DIANA

Das Buch

In Trondheim wird die Sekretärin Vibeke Ordal ermordet in ihrer Wohnung aufgefunden. Alles deutet auf Raubmord hin, denn Vibeke hatte sich am selben Tag einen beträchtlichen Teil ihres Lottogewinns bar auszahlen lassen. Das Geld ist verschwunden. Bei dem für Kriminalfälle zuständigen Zeitungsredakteur William Schrøder geht kurz darauf ein anonymer Brief mit folgendem Wortlaut ein: *Sie war die Erste.* Vier Wochen später – Kommissar Kolbjørnsen tritt bei den Ermittlungen auf der Stelle – geschieht ein zweiter Mord. Das Opfer ist die junge Schriftstellerin Miriam Malme. Auch ihr wurde, wie schon bei Vibeke Ordal, mit einem kleinen, professionellen Schnitt, vermutlich von hinten, die Halsschlagader durchgetrennt. *Sie war die Zweite.* Kommissar Kolbjørnsen jagt einen Serienkiller, der das beschauliche Trondheim in eine nie gekannte Angst versetzt.

Der Autor

Fredrik Skagen, 1936 geboren, zählt zu den erfolgreichsten Spannungsautoren Skandinaviens. Er erhielt den wichtigsten Krimipreis des Nordens, den *Glas Key*, seine Romane und Kinderbücher wurden vielfach preisgekrönt.
Im Heyne Verlag erschienen: *Schwarz vor Augen* (62/331), *Weiße Spuren* (62/276), *Im Sog der Nacht* (62/360).

Fredrik Skagen

Das dritte Opfer

Roman

Aus dem Norwegischen
von Knut Krüger

DIANA VERLAG
München Zürich

Diana Taschenbuch Nr. 62/0378

Die Originalausgabe
»Blomster og blod«
erschien 2000 bei J. W. Cappelens Forlag a. s.

Deutsche Erstausgabe 12/2003

Der Diana Verlag ist ein Verlag der
Ullstein Heyne List GmbH & Co. KG
Printed in Germany 2003

Umschlaggestaltung: Hauptmann und Kampa
Werbeagentur, München - Zürich, unter Verwendung eines Ausschnitts
des Gemäldes HOUSE AT DUSK von Edward Hopper, 1935
Satz: Schaber Satz- und Datentechnik, Wels
Druck und Bindung: Elsnerdruck, Berlin
Gedruckt auf chlor- und säurefreiem Papier

ISBN: 3-453-87378-5

http://www.heyne.de

»Und die Liebe wurde zum Ursprung und Herrscher der Welt, doch ihre Wege sind gesäumt von Blumen und Blut, Blumen und Blut.« So schrieb Knut Hamsun vor gut hundert Jahren in ›Victoria‹. Aber ist dies so schön, wie die Leute es gern hätten? Und ist es nicht ein göttliches Unglück, dass wir von unseren Liebsten anfangs mit Geschenken und Blumen überhäuft, später mit unserem eigenen Blut besudelt werden? Erst wenn wir im Grab liegen, kehren die zurück, die uns verlassen haben. Womit überschütten sie uns dann, wenn nicht mit Blumen und nochmals Blumen?

Aus dem Tagebuch von Miriam Malme (1975–2000)

Es war eine dunkle

und stürmische Nacht.

William wusste nicht genau, woher dieser Satz stammte, doch war er ihm vor vielen Jahren in den Sinn gekommen, als er sich dreißig bis vierzig Kilometer östlich von Trondheim in freier Natur befand. Sie lagen nebeneinander auf dem Boden und drückten sich eng aneinander – Jon in der Mitte, Oddvar zur Rechten und William zur Linken.

Stürmisch? Hin und wieder strich ein kühler Wind über die nahezu unsichtbare, mit Gras bewachsene Ebene, doch rüttelte er nicht an den Baumkronen. Auch war es nicht Nacht, sondern ein früher Abend im Herbst. Dunkel war es allerdings, dafür konnte sich William verbürgen. Düstere Wolken waren aufgezogen und hatten sich vor den zarten Halbmond geschoben, sodass sie einander nur noch schemenhaft erkannten. Die warmen, gelblichen Lichter der Höfe, die sich talwärts befanden, weckten in ihm die Sehnsucht nach einer Zigarette, einer Tasse Kaffee und – nicht zuletzt! – dem Prasseln eines Kaminfeuers. Oddvar hatte ihn gebeten, sich warm anzuziehen. Er meinte dies auch getan zu haben, fror aber trotzdem. Normalerweise fühlte er sich wohl in der Natur, streifte gern durch die Wälder, doch war es für einen zentralheizungsverwöhnten Stadtmenschen kein Vergnügen, regungslos im Dunkeln auf eiskaltem Boden zu liegen.

Am Anfang hatte er alles sehr spannend gefunden, als die Dämmerung hereingebrochen war und er sich vorgestellt hatte, wie das Wild langsam zum Vorschein kam, um sich willig erlegen zu lassen. Linkerhand meinte er gar das Brechen eines Zweiges gehört zu haben, doch Jon hatte ihm zugeflüstert, dass die Beute, falls sie denn auftauchte, aus der anderen Richtung käme.

Obwohl William sich über seine völlige Unerfahrenheit im Klaren war, bezweifelte er längst, dass es Sinn hatte, noch länger auf der Lauer zu liegen. Sein Gefühl sagte ihm, dass es in dieser Gegend nichts als Ameisen und Regenwürmer im Winterschlaf gab. Jørgen, dem Vierten im Bunde, der 150 Meter entfernt unter einer Tanne stand, fiel die Aufgabe zu, den Schrei einer Eule zu imitieren, sobald sich ein Tier zeigte, er hatte jedoch während der gesamten Dreiviertelstunde nicht einen Laut von sich gegeben. William, Anfänger und unbewaffneter Zuschauer, versuchte die tauben Finger zu bewegen und fragte sich, wie es überhaupt möglich war, etwaige Tiere am finsteren Waldrand auszumachen. Doch die Zigarette musste warten. Denn sobald das sensible Wild auch nur im Geringsten gewarnt werde, wechselten ganze Rudel die Richtung.

Hatte Jon erklärt.

Oddvar trug an allem die Schuld. Er hatte William förmlich angefleht mitzukommen. »Heute Abend muss es passieren. Jon glaubt fest daran. Der hat so was im Gefühl. Ich garantiere dir, das wird ein Riesenerlebnis!« Oddvar hatte ihn in der Stadt abgeholt, und eine gute halbe Stunde später waren sie vor Jørgens Haus vorgefahren. William war sowohl ihm als auch Jon das erste Mal begegnet. Jørgen war aufgekratzt gewesen und hatte in einer Tour gequasselt, während der stillere Jon einen durch und durch besonnenen und abgeklärten Eindruck gemacht hatte. Man konnte kaum glauben, dass er sich in regelmäßiger psychiatrischer Behandlung befand, um seine Angstattacken in den Griff zu bekommen. Bei Anbruch der Dämmerung waren sie in Jørgens Pick-up gestiegen und losgefahren.

Nach weiteren fünf Minuten begann die dünne Reifschicht unter ihnen zu schmelzen. Als die kalte Feuchtigkeit durch ihre Hosenbeine drang, legte William vorsichtig seine Hand auf Jons linken Arm, um ihn zu fragen, wie lange sie noch ausharren sollten. Er fühlte den groben Stoff seiner Feldjacke und ahnte, dass Jon sich zu ihm umdrehte. Dann spürte er einen Warmluftschwall an seinem rechten Ohr, wie von einem Heißluftofen, und vernahm Jons Flüstern: »Frierst du, Bill?«

»Nein, aber …«

William schätzte seine Fürsorge, legte allerdings keinen Wert darauf, Bill genannt zu werden. Niemand hatte das je getan. Jon hatte mehrere Jahre in den USA verbracht, aber das war schon lange her. Der amerikanische Einschlag wirkte gezwungen und machte hier, in einer mittelnorwegischen Ortschaft, einen fast lächerlichen Eindruck.

»Hast du sie auch gesehen?«

»Wen?«

»Na, die drei Rentierkühe, die gerade an uns vorbeigelaufen sind, knapp fünfzehn Meter entfernt.«

Dass ich nicht lache, dachte William. Oddvar zufolge war Jon zwar der mit Abstand Erfahrenste von ihnen allen, schien jedoch eine lebhafte Fantasie zu besitzen. Geschehnisse der Vergangenheit konnte er sich mit solcher Überzeugungskraft zusammenreimen, dass es kaum möglich schien, sie mit dem Hinweis auf ihre Unwahrscheinlichkeit zu entkräften. Nichtsdestotrotz hielten Oddvar und Jørgen das meiste für wahr, wussten sie doch um seinen fabelhaften Jagdinstinkt.

»Glaubst du mir nicht, Bill?«

In seiner Stimme schwang ein arroganter Unterton mit, der William missfiel. Der Mann war ihm ohnehin nicht geheuer, was vermutlich an den Informationen lag, die Oddvar ihm gegeben hatte: ein ehemaliger Berufssoldat mit psychischen Problemen …

»Tja, ich weiß nicht.«

»Was meinst du, Oddvar?«, flüsterte Jon.

»Jørgen hätte doch Laut gegeben, wenn irgendwelche Tiere vorbeigetrabt wären.«

Jon schien verärgert. »Jørgen? Der riecht doch nicht mal seinen eigenen Furz.« Dann wies er sie an, ein Stück nach vorne zu robben, aber möglichst so, dass sie keine unnötigen Geräusche machten. Seite an Seite schlängelten sie sich zehn Meter nach vorne, als Jon plötzlich innehielt und seine Taschenlampe anknipste.

»Schaut her!«

William hob langsam den Kopf. Vom plötzlichen Licht geblendet, konnte er nichts erkennen, das auf ein Tier hingewiesen hätte.

»Das ist ja unglaublich!«, raunte Oddvar entgeistert.

Zunächst wusste William nicht, was der Freund meinte. Dann, im nächsten Augenblick, erkannte auch er verwundert, was der Lichtkegel offenbarte: Unmittelbar vor ihnen, nur wenige Zentimeter entfernt, waren einige gelbe, steife Grasbüschel dabei, sich aufzurichten! Es gab nur eine Erklärung. Sie waren gerade niedergetrampelt worden, obwohl William hätte schwören können, nicht einen einzigen Laut vernommen zu haben. Wie Jon im Dunkeln das Passieren der Tiere hatte bemerken können, war ihm unbegreiflich. Und woher wollte der Kerl wissen, dass es sich um Rentierkühe und noch dazu nicht um zwei oder vier, sondern um *drei* gehandelt hatte?

»Warum hast du nicht geschossen?«, flüsterte Oddvar.

»Weil ich den Bock erwischen will.«

Kaum hatte Jon dies gesagt und die Lampe gelöscht, als sie auch schon ein dumpfes Geräusch wahrnahmen, fast wie von einem Nebelhorn und kaum mehr als hundert Meter entfernt. Mit einem Mal spürte William, wie die Spannung zurückkehrte. Konnte es sich um den Rentierbock handeln, das älteste Tier der Herde, der soeben einen Brunftschrei ausgestoßen hatte? Jon hatte sich geschworen, dass dessen Krone buchstäblich die Krönung der Jagdsaison werden sollte.

»Bleibt liegen und seid still!«

Dann robbte er weiter und verschwand lautlos aus ihrem Blickfeld. Oddvar rollte sich einmal um die eigene Achse, sodass er dicht neben William liegen blieb. Im nächsten Augenblick riss die Wolkendecke auf und gab den Halbmond frei, während Oddvar nach rechts zeigte und William das Fernglas reichte. William hielt es sich vor die Augen. Mit ein wenig Fantasie war es vorstellbar, dass sich die länglichen Schatten unter den Tannen langsam vorwärts bewegten, doch er war sich nicht sicher, den richtigen Ort im Visier zu haben. Möglicherweise bildete er sich die Bewegungen in der konturlosen Szenerie nur ein. Vielleicht handelte es sich um Jørgen, der den Ruf einer Eule imitieren wollte. Dennoch nickte er, wollte seinen Amateurstatus nicht zugeben. Erneut spürte er die Kälte und ärgerte sich, dass er Oddvars Drängen, ihn zu begleiten, nachgegeben hatte. »Ein Jagdausflug mit Jon wird dich davon überzeugen, dass er uns nichts vormacht.« Die Jagd hatte William nie sonderlich interessiert. Eine Angeltour bei schönem Wetter, warum nicht, aber das hier? Es müsste schon mit dem Teufel zugehen, bei dieser Dunkelheit ein Rentier zu erwischen.

Eine Ewigkeit schien vergangen – kaum länger als zehn Minuten, wie er später begriff –, dann hörten sie den kanonenschussähnlichen Knall eines Jagdgewehrs. Er hatte gerade die Stellung gewechselt, und in der sonderbaren Stille, die folgte, konnte selbst er das Rascheln rascher Schritte hören, als ein ganzes Rudel von Tieren plötzlich aufschreckte und verschwand. Jetzt bestand kein Zweifel mehr – sie mussten von allen Seiten von Wild umgeben sein, während Jon einen ganz bestimmten Bock im Auge hatte, und zwar den ältesten, denn seiner Meinung nach war es an der Zeit, dass jüngere Tiere die Führung der Herde übernahmen. Oddvar stand auf und zog William mit sich fort, bis sie die Überbleibsel einer Skihütte erreichten. Gleichzeitig stieß Jørgen zu ihnen.

»Glaubst du, er hat getroffen?«, fragte William, der froh war, sich endlich wieder bewegen zu können. Das Versteckspiel hatte ein Ende.

»Klar, sonst hätte er doch nicht abgedrückt«, entgegnete Jørgen grinsend.

Im Schein des Mondlichts bahnten sie sich ihren Weg, als sie Jon plötzlich fluchen hörten: »Verdammter Mist!«

Sie liefen zu ihm, während er mit gesenkter Waffe und angeschalteter Taschenlampe das Tier zu suchen schien , auf das er geschossen hatte. Gemeinsam machten sich alle entlang einem Graben auf die Suche. Nach fünf Minuten gaben sie auf.

»Genau hier stand das Mistvieh!«, sagte Jon verbittert. »Mit erhobenem Kopf und einem schier unglaublichen Geweih. Fucking beautiful!«

Jetzt nahm auch William den strengen Geruch wahr, den das brunftige Tier abgesondert hatte. Wider alle Wahrscheinlichkeit schien es dem Projektil entgangen zu sein. Oddvar und Jørgen verstanden die Welt nicht mehr. Der Chef hatte daneben geschossen, und das aus nächster Distanz! Das war so ungewöhnlich, dass es ihnen die Sprache verschlug und sogar die Frotzelei ein Ende hatte. Jon suchte gar nicht erst nach Ausreden, sondern drehte sich eine Zigarette, während er mit tonloser Stimme sagte: »Werde wohl langsam zu alt dafür.«

Zu alt?, dachte William. Vierzig war doch kein Alter für einen Jäger.

Danach waren sie zum Pick-up getrottet und zur Ortschaft am Fjord zurückgefahren. Jørgen bat sie herein. Seine Frau sowie Anna, Jons schlanke, blonde Begleiterin, hatten bereits Kaffee gekocht und das Essen zubereitet. Wärme und Bewirtung waren die reinste Wohltat, während Anna Jon zu trösten versuchte. Doch William hatte das unangenehme Gefühl, den Fehlschuss womöglich verantwortet zu haben. Vielleicht hatte er Geräusche gemacht, die das Rentier in der Zehntelsekunde, die dem Schuss vorausging, aufgeschreckt hatten. Jons verstohlene Blicke schienen dies anzudeuten, doch machte er niemand einen Vorwurf. Nur eines brachte er mit Entschiedenheit, beinahe hasserfüllt hervor: »Morgen bringe ich das Mistvieh zur Strecke!«

Seine beiden Kameraden zweifelten nicht daran. Während Jon und Anna zu ihrem an einem Hang gelegenen

Haus fuhren, kehrten Oddvar und William in die Stadt zurück.

»Eigentlich wollte ich ein paar Fotos machen«, sagte William. »Eine kleine Reportage für die Zeitung schreiben, aber viel gibt es ja nicht zu berichten.«

»Das war auch nicht der Grund, warum ich dich gefragt habe, ob du mitkommen willst.«

»Ich weiß, du wolltest mir nur seine unnachahmlichen Fähigkeiten demonstrieren.«

»Und, ist mir das nicht gelungen?«

»Schon, abgesehen davon, dass er nicht getroffen hat.«

»Tja, ziemlich peinliche Angelegenheit. Kann mich gar nicht erinnern, wann ihm das zuletzt passiert ist. Aber die Rentierkühe haben wir schließlich beide nicht erkannt, obwohl sie direkt an uns vorbeigelaufen sind! Nur durch solche Eigenschaften konnte er im Dschungel überleben. Du solltest mal ein längeres Gespräch mit ihm führen. Ein Buch über Jon könnte ein Riesenerfolg werden.«

»Mir wäre es lieber, er hätte getroffen.«

»Reines Pech«, meine Oddvar. »Oder Lampenfieber.«

»Wie meinst du denn das?«

»Ihr solltet euch vielleicht erst mal näher kennen lernen. Dann würdest du zum Beispiel erfahren, dass er das Ausweiden der Tiere nicht mehr mit ansehen kann. Wenn wir eines erlegt haben, erledigen das immer Jørgen und ich. Jon wendet uns dann den Rücken zu oder geht ein Stück weg. Das ist eines seiner Probleme. Unter anderen Bedingungen, vor mehr als fünfzehn Jahren, hat er vermutlich zu viel Blut sehen müssen, das Blut toter und verwundeter Soldaten, das Blut verstümmelter Kin…«

»Und wenn schon«, schnitt ihm William das Wort ab. Er hatte keine Lust, sich den Horror schildern zu lassen, den Jon angeblich erlebt hatte.

»Lange hat er geglaubt, die Schrecken vergessen zu haben. Hatte sie vollkommen verdrängt und versucht, ein normales Leben zu führen. Doch in den letzten drei, vier Jahren sind die Gespenster der Vergangenheit wieder aufgetaucht. Anna sagt, dass er manchmal mitten in der Nacht schreiend aufwacht, sich schweißgebadet auf den Boden wirft und englische Satzfetzen ruft, während er ein imaginäres Gewehr in der Hand hält. Posttraumatische Leiden nennt man das wohl. Nachwirkungen des Krieges.«

»Das hast du mir schon einmal erzählt. Aber ich fürchte, ich bin der Falsche, wenn es darum geht, solche Erlebnisse zu protokollieren.«

Oddvar überhörte das. »Man muss ihn zum Erzählen ermuntern, seinem Gedächtnis auf die Sprünge helfen. Sein Psychiater meint, eine Veröffentlichung seiner Erinnerungen würde Jon helfen, sie zu verarbeiten.«

William nickte, immer noch skeptisch. »Ich bin Journalist, kein Historiker.«

»Komm morgen wieder mit. Dann ist der Rentierbock fällig, ganz bestimmt.«

»Tut mir Leid. Morgen feiere ich Geburtstag mit meiner Familie.«

Das tat er. William, seit kurzem fester Mitarbeiter beim *Trondheimer Anzeiger*, wurde 33 Jahre alt und verbrachte den nächsten Abend im Kreis seiner Lieben – seiner Frau Solveig, dem fünfjährigen Sohn Anders sowie seinen Eltern und Schwiegereltern – in einer Etagenwohnung in Trondheim. In einem Monat erwartete Solveig ihr zweites Kind.

Oddvar rief gegen neun an und gratulierte. Nutzte die Gelegenheit, um zu erzählen, dass sich Jon vor gut zwei Stunden, nach nur zwanzig Minuten auf der Pirsch, seine Trophäe gesichert habe. Ein präziser Schuss aus vierzig Metern habe direkt ins Herz getroffen, während er und Jørgen sicher gewesen waren, dass sich keine Tiere in der Nähe befanden. »Wirklich schade, dass du nicht dabei warst, William!«

Es war Dienstag, der 22. Oktober 1985.

hatte sein Gesicht kreideweiß werden lassen. Er war sich darüber im Klaren, doch dies war einer der äußerst seltenen Augenblicke, in denen er die Beherrschung verlor.

Ob Beate etwas von seiner Erregung gespürt hatte? Wohl kaum. Gott sei Dank ahnte sie nicht, wie vielen Schönheiten er schon den Laufpass gegeben hatte. Ihr gegenüber war es leicht, die Fassung zu bewahren, denn Beate brachte ihn dazu, sich zu entspannen und von seiner besten Seite zu zeigen. Mit keiner Frau hatte er es länger ausgehalten als mit ihr, und so sollte es weitergehen, zumindest solange er keine fand, die ihm noch besser gefiel.

Seine Kindheit hatte ihn gelehrt, Niederlagen einzustecken und mit der Zeit in seinen eigenen Vorteil umzumünzen. Das war eine harte Lektion gewesen. Im Sportunterricht beispielsweise, wenn die Angeber, die das Sagen hatten, abwechselnd ihre Mitspieler auswählten, konnte er im Voraus sagen, wer als Letzter übrig bleiben würde – der ausgemachte Versager, den niemand haben wollte. Ständig stand er im Weg; in einzelnen Sportarten gelang es ihm, das Spiel seiner gesamten Mannschaft zu zerstören. Und das Wissen darum war beinahe das Schlimmste.

Es stimmte schon, er war ein Tollpatsch gewesen, obwohl er einen durchaus athletischen Eindruck machte. Hatte jedes Mal den Ball verloren, wenn er zufällig bei ihm gelandet war, und war rot angelaufen, wenn er ihn verspielte und dem Gegner damit eine neue Chance eröffnete. *Stoffel* hatten sie ihn genannt, weil er allzu oft über seine eigenen Füße stolperte und der Länge nach hinstürzte. Linkischer und unbeholfener als Stoffel konnte man einfach nicht sein. Er war der größte Hanswurst der gesamten Schule. Die Mädchen aus der Parallelklasse wussten dies und zogen ihn auf. Sogar die Lehrer tuschelten über ihn. Er hörte es und sah es ihnen an.

Aber es war doch schließlich nicht seine Schuld, dass er so geboren war!

Die Demütigung trieb ihm Tränen in die Augen. Er drehte sich um und schlich in die Umkleidekabine. Doch in der Hitze des Gefechts bemerkten die anderen nicht einmal das. Er war einfach Luft für sie, ein vollkommen überflüssiges Wesen, dessen Existenz kaum zu rechtfertigen war. Das Allerschlimmste jedoch war die Verachtung der Mädchen.

Erst später begriff er, worum es eigentlich ging, welche Kniffe er anwenden musste, um sich zu behaupten, obwohl sich der Erfolg anfangs in Grenzen hielt. Entscheidende Stichwörter waren Selbstdisziplin, Abgeklärtheit, Geduld. Einige Tricks hatte er sogar in der Schule, im Biologieunterricht gelernt. Gewisse Auswahlkriterien spielten in der Natur eine entscheidende Rolle. *Natürliche Selektion.* Alles war eine Frage der Anpassung, der optimalen Ausnutzung angeborener Vorteile, wie Darwin erklärt hatte.

Denn niemand konnte in Abrede stellen, dass er gut aussah und zudem einen *Verstand* besaß, der den meisten anderen überlegen war. Mit der Zeit überspielte er die körperlichen Defizite, begann heimlich die blitzschnellen Bewegungen eines Kampfsports zu trainieren. Er schloss sich einer Laienspielgruppe an und belegte einen Kurs in Imitation und Parodie. Doch vor allem nutzte er seine hohe Intelligenz, las Romane, ging ins Kino und vergegenwärtigte sich, wie wichtig es war, seinen angeborenen Charme richtig einzusetzen. Schlagfertigkeit und Einfallsreichtum kamen immer gut an. Selbst aus der eigenen Ungeschicklichkeit beim Ballsport ließ sich Kapital schlagen, wenn man sowohl sich selbst als auch das Spiel nicht so ernst nahm. Bei den Mädchen hatte diese Taktik durchschlagenden Erfolg, und mit der Zeit wurde es das reinste Spiel für ihn, sie ins Bett zu kriegen. Als er sich nach Beendigung der Schule anderen Kreisen anschloss, gab es niemand mehr, der ihn *Stoffel* nannte.

Sein Ziel war die absolute Perfektion, der er sich immer mehr annäherte. Bei der Arbeit betrachtete er dies ohnehin als Selbstverständlichkeit. Im zwischenmenschlichen Bereich hingegen erforderte es ein besonderes Maß an Konzentration. Wollte man im Leben Erfolg haben, mussten die Basisfertigkeiten nicht nur gepflegt, sondern kontinuierlich weiterentwickelt werden, und erste Voraussetzung für ein Gelingen war die Entwicklung des ästhetischen Gespürs. Der Sinn für das Schöne, Harmonische und Vollkommene musste bewusst gefördert werden, ebenso das Interesse für bildende Kunst, Literatur und Musik. Wollte man *beliebt* sein – eine unabdingbare Voraussetzung für den Aufstieg an die Spitze –, durfte man sein Äußeres nicht vernachlässigen. Ein attraktives, makelloses Aussehen, einhergehend mit untadeligem Benehmen, war von entscheidender Bedeutung. Ein perfekt sitzender Anzug zu jeder Zeit ein Muss. Es verlangte viel Selbstdisziplin, im Privat- und Berufsleben stets auf natürliche Weise im Mittelpunkt zu stehen. Details wie Krawatte, blank geputzte Schuhe und penible Körperhygiene waren Kleinigkeiten, die den Gesamteindruck komplettierten und eine Lebensart verrieten, die Bewunderern beiderlei Geschlechts als vorbildlich erscheinen musste. Seine gelassene Unangreifbarkeit trug zweifellos zu seinem Erfolg bei. Die Entfernung feiner Härchen in den Ohren sowie die Pflege der Nagelbetten waren letzte Finessen. Eitelkeit? Pedanterie? Nein. Vollkommenheit.

Dann die kleinen Aufmerksamkeiten, vor allem zu Beginn. Für nichts waren Frauen empfänglicher, als für wohl überlegte, scheinbar spontane Komplimente, das erfuhr er tagtäglich. Er war es gewohnt zu gewinnen, und zwar am laufenden Band. Die Kunst bestand darin, seine Vorteile richtig einzusetzen und sich bietende Gelegenheiten zu nutzen. Was er viele Jahre hindurch getan hatte. *The survival of the fittest.*

Und jetzt das!

Die unangenehme Erinnerung an die Geschehnisse vor elf Monaten, an seine einzige schmerzliche Niederlage als Erwachsener, die er so chevaleresk hingenommen hatte, obwohl seine Wangen vor Hass und Scham brannten. Er war sich seines Sieges so sicher gewesen, dass er Beate beinahe den Laufpass gegeben hätte. Doch keine Regel ohne Ausnahme. Die neue Frau zu erobern, hatte sich als ebenso unmöglich erwiesen, wie einst ein As beim Sportunterricht zu sein. Es dauerte nicht lange, bis er begriff, dass auch kein anderer ihr das Wasser reichen konnte, und schließlich gab er es auf. Er hatte sie fast aus seinem Bewusstsein verdrängt. Bis zu diesem Moment.

Das neue Jahrtausend, die verheißungsvolle Zukunft, die gerade erst begonnen hatte, war im Augenblick des Wiedersehens zunichte geworden. Das schönste und unnahbarste Geschöpf auf Erden hatte die Frechheit besessen, in den besitzergreifenden Armen eines fremden Mannes an seinem Haus vorüberzugehen!

Aus seinem Gesicht wich alle Farbe, weil er die Zähne so hart zusammenbiss, dass sein Kiefer schmerzte. Natürlich wollte er ihr eine faire Chance geben, sie um eine Erklärung bitten, sie anrufen, damit sie ihm sagen konnte, dass alles nur ein Missverständnis sei und sie es eigentlich verabscheue, von solch einem Kerl belästigt zu werden. Er würde ihr großherzig verzeihen, sich vielleicht sogar selbst ins Spiel bringen, ihr signalisieren, dass er immer noch bereit war, Beate wegen ihr zu verlassen. Oder sollte er mit beiden gleichzeitig ein Verhältnis haben?

Doch andernfalls, wenn sich wider Erwarten zeigen sollte, dass sie sich – zum ersten Mal – einen Liebhaber genommen hatte, dann gab es nur eins: Rache! Welcher Art diese sein sollte, war ihm noch nicht klar, doch zweifelte er nicht einen Augenblick, dass es einem Mann mit seinen geistigen Fähigkeiten gelingen sollte, einen perfekten Plan zu ersinnen. Alles andere wäre eine schmähliche Niederlage, die er nicht würde ertragen können.

Wenn Beate nur nicht merkte, wie viel Kraft ihn das kostete!

Als Vibeke Ordal entdeckte,

dass sie zum ersten Mal in ihrem Leben im Lotto gewonnen hatte, stieß sie keinen Triumphschrei aus, sondern schlug relativ beherrscht mit der Faust auf den Tisch. Aber ihr Herzschlag beschleunigte sich vor Freude. So geschehen am Donnerstag, dem 13. Januar 2000, während der Mittagspause. Sie glaubte zwar nicht an Horoskope, erinnerte sich aber, dass sie erst kürzlich in einer Zeitung unter der Rubrik Waage gelesen hatte: *Es ist nicht auszuschließen, dass Ihnen in dieser Woche ein materieller Gewinn ins Haus steht.* Man konnte aus geringerem Anlass abergläubisch werden.

Sie hatte ihre Kaffeetasse stehen lassen und saß nahezu allein in der Kantine des Autohauses, während sie wie üblich ihren fünf Wochen gültigen Lottoschein mit dem Ergebnis der Ziehung verglich, das in der Zeitung abgedruckt war. In einer der Spalten hatte sie fünf Richtige und eine Zusatzzahl. Ihre Prämie belief sich auf sage und schreibe 153 270 Kronen. Sie kontrollierte die Zahlen zwei weitere Male, bevor sie sich sicher fühlte, und wählte, nachdem sie in ihr kleines Büro zurückgekehrt war, die Handynummer ihres einzigen Sohnes, der die Universität besuchte. Er war sofort am Apparat.

»Gorm Ordal.«

»Hier ist Mama. Hast du heute Abend schon was vor?«

»Monica und ich wollten in Kino gehen. Ist was Besonderes?«

»Ich habe eine große Überraschung für dich.«

»Hast du dir etwa einen neuen Kerl geangelt?«

»Nein … äh … ich sagte doch … für *dich*.«

Einen neuen Kerl? Vibeke musste lächeln. Es fehlte ihr nicht an männlichen Bekanntschaften, doch bevor sie wieder mit einem Mann zusammenzog, wollte sie sichergehen, dass die Beziehung auch hielt, und zwar ein Leben lang. Zurzeit hatte sie ein Auge auf einen der Autoverkäufer geworfen, doch zweifelte sie, dass er der Richtige war. Der charmante Knut Petter wusste, wie man mit Frauen umging, doch gleichzeitig befürchtete sie, dass er auch im Privatleben zu sehr *Händler* war und eine Freundin kurzerhand abservierte, wenn er ein jüngeres Modell haben konnte.

»Na, sag schon!«

»Nicht vor heute Abend. Nimm Monica mit. Ich mach uns was Schönes zu essen.«

»Klingt gut! Um neun sind wir da.«

Vibeke beschloss, ihren Kollegen erst einmal nichts von ihrem Spielglück zu verraten, obwohl es einer der Mechaniker aus der Karosserieabteilung gewesen war, der sie zum Lottospielen animierte, nachdem er selbst im Herbst einen bescheidenen Gewinn eingestrichen hatte. Sie hatte es drei Monate lang mit derselben Zahlenkombination versucht, die ihr ein Computerprogramm empfohlen hatte. Es war also doch möglich, das Glück auf seine Seite zu ziehen, dachte sie. Nichts kam ihr im Moment mehr gelegen als die Möglichkeit, das Darlehen für ihr Haus weiter tilgen zu können.

Ihr Arbeitstag war um vier Uhr beendet, und es dämmerte bereits, als sie sich zu Fuß auf den Heimweg machte. Den Starlet benutzte sie nur in Ausnahmefällen, wenn das Wetter schlecht war und sie im Zentrum etwas zu erledigen hatte. Die Arbeit am Schreibtisch verschaffte ihr so wenig Bewegung, dass sie ein Bedürfnis nach den beiden täglichen Spaziergängen empfand. Sie ging rasch die Lade allé entlang, so wie immer, passierte das Musikhistorische Museum sowie die schneebedeckten Tennisfelder auf der gegenüberliegenden Seite. Die Temperatur lag um den Gefrierpunkt, und dieses eine Mal hatte die Gemeinde sogar dafür gesorgt, die Bürgersteige streuen zu lassen. Sie ging in den Supermarkt, musterte die Metzgertheke und brauchte nicht lange zu überlegen, ehe sie sich für Entrecote entschied. Heute sollte es weder Pizza noch Pasta geben, denn heute traf *sie* die Entscheidung. Von Weihnachten war noch eine Flasche Rotwein übrig geblieben, und sie war sicher, dass ihre Gäste gegen eine solche Bewirtung nichts einzuwenden hatten.

Im Grunde wäre es besonders schön, ging ihr durch den Kopf, wenn sie Gorm gleich einen Scheck in die Hand drückte, anstatt ihm nur zu *erzählen*, dass sie ihn ein wenig am Gewinn beteiligen würde, sobald die Überweisung auf ihr Konto eingegangen war. Nach dem Einkauf wollte sie deshalb noch auf die Bank, die sich im selben Gebäude wie der Supermarkt befand. Sie hatte Glück. Die Bank schloss am Donnerstag erst um halb fünf, also in wenigen Minuten.

Im Schalterraum befanden sich zwei Kunden. Ein Mann stand mit dem Rücken zu ihr an einer Theke, auf der Broschüren und Formulare auslagen. Sie ging zu der freien Bankangestellten, die sie von früher her kannte, und nickte ihr freundlich zu. Gab ihr die Scheckkarte und bat sie, den Stand des Girokontos zu überprüfen. Der Betrag stimmte, etwas über vierzigtausend, und Vibeke erwartete in nächster Zeit keine

Rechnungen. Dreißigtausend schienen ihr eine angemessene Summe zum Verschenken zu sein. Das Geld würde Gorm gut tun. Kannte sie ihn richtig, würde er es nicht in die Haushaltskasse fließen lassen. Studenten hatten ständig so viele Wünsche. Schienen einfach nie genug zu bekommen und stellten an ihren Lebensstandard ganz andere Forderungen als Vibekes Generation es getan hatte. Doch Gorm verdiente es. Im Alltag wäre sie gern großzügiger zu ihm gewesen, doch ihr Sekretärinnenjob hatte sie nicht gerade wohlhabend gemacht.

Die Bankangestellte schob ihr ein Formular entgegen. Sie füllte es aus, unterschrieb und schob es zurück.

»Möchten Sie einen Scheck oder Bargeld?« Vielleicht würde es Gorm besonders freuen, einen dicken Umschlag entgegenzunehmen und die vielen Scheine selbst zählen zu können. Sie sah bereits sein erstauntes Gesicht vor sich.

»Bargeld bitte. Möglichst glatte Scheine. Es soll ein Geschenk sein.«

Die freundliche Frau ließ ihren Blick über die Bestände wandern. »Diese sind ganz neu.«

Sie zeigte ihr einen Fünfhundertkronenschein. Der Silberfaden zur Rechten von Sigrid Undset glitzerte. Wie passend, denn zum einen studierte Gorm nordische Literatur, zum anderen sah Monica der hübschen Schriftstellerin nicht unähnlich. Wenn man noch mal jung wäre … sich einen lieben Freund besorgen, von vorn anfangen und die öden Jahre mit Harald vergessen könnte. Zwei Dinge hatte er ihr hinterlassen, bevor er aus ihrem Leben verschwunden war – einen Sohn sowie das hypothekenbelastete Haus.

Sie zählte rasch die Scheine, die sie, um sie nicht zu knicken, vorsichtig in ein freies Fach ihrer Handtasche gleiten ließ. Dann steckte sie die Quittung ein, lächelte zum Dank und passierte auf dem Weg zum Ausgang den Mann, der in einer Broschüre blätterte.

In Wirklichkeit hatte dieser Vibeke Ordal unablässig beobachtet. Sein Blick war aufmerksam und scharf genug gewesen, um zu registrieren, was sich nur wenige Meter von ihm abgespielt hatte. Er wartete zehn Sekunden. Dann steckte er die Broschüre in die Tasche und verließ eine halbe Minute vor Schalterschluss Bank.

Der Østmarkveien nahm beim Einkaufszentrum seinen Anfang. Es handelte sich um eine relativ schmale Allee ohne Bürgersteig, deren Bäume das Licht der Straßenlaternen dämpften. Aus irgendeinem Grund drehte sie sich um, nachdem sie die Treibhäuser passierte hatte, und erblickte einen dunkel gekleideten Mann, der in dieselbe Richtung ging wie sie. Er befand sich zwanzig bis dreißig Meter hinter ihr und schien sein Tempo in diesem Moment zu verlangsamen.

Erst jetzt begriff Vibeke, wie leichtfertig sie gehandelt hatte, sich eine so große Summe in bar auszahlen zu lassen. Selbst hier, an einem friedlichen Winternachmittag in Trondheim, konnten es Junkies auf sie abgesehen haben, um sich Geld für neuen Stoff zu besorgen. Du bist naiv, hätte Harald zu ihr gesagt, wenn du dir einbildest, vor so etwas gefeit zu sein. Dass er selbst fast nie Bargeld im Portemonnaie hatte, lag ihrer Meinung nach weniger an der Furcht, überfallen zu werden, als an seinem allgegenwärtigen Geiz, unter dem sie stets gelitten hatte. Allerdings schien es ihr mehr als unwahrscheinlich, dass ein Fremder wusste, wie viel Geld sie in ihrer Handtasche bei sich trug.

Dennoch pochte ihr Herz heftig, während sie instinktiv das Tempo erhöhte und in den Victoria Bachkes vei einbog, eine abgeschiedene Straße mit vereinzelten Villen. Sie ging um eine weitere Ecke und passierte die wohlbekannten Grundstücke und Hecken, die sich zu beiden Seiten der Straße befanden. Dann eilte sie in ihren sicheren, unter einer dichten Schneedecke begrabenen Vorgarten, hastete am Briefkasten sowie dem Auto vorbei, das vor dem Eingang stand. Als sie die Haustür erreichte, hatte sie bereits den Schlüssel in der Hand. Wenn der Mann sie verfolgt hatte, gab es niemanden, der ihn noch hätte aufhalten können. Ein kurzer Blick über die Schulter, ehe sie den Schlüssel herumdrehte. Auch hier ließ die Straßenbeleuchtung zu wünschen übrig, doch hätte sie den Mann zweifellos erkannt, wäre er in der Nähe gewesen.

Dann ging sie rasch ins Haus, knallte die Tür ins Schloss und atmete tief durch. In die Erleichterung mischte sich Verärgerung über sich selbst, weil sie sich eingeredet hatte, der Fremde habe es womöglich auf ihre Handtasche abgesehen. Sie zog die Jacke aus, stellte sich vor den Spiegel im Flur, zog einige Male den Kamm durch ihre blonden Haare und ging in die Küche. Sie stellte die Lebensmittel in den Kühlschrank und warf einen Blick auf die Armbanduhr. Sie hatte noch gut vier Stunden. Genug Zeit, eine Kleinigkeit zu essen, Kaffee zu trinken, die Zeitung zu lesen, aufzuräumen und sich ein wenig zurechtzumachen, bevor sie mit der Zubereitung des Abendessens begann.

Sie machte Licht im Wohnzimmer und legte die Frank Sinatra-CD ein, die sie von Gorm zu Weihnachten bekommen hatte. Es waren dieselben eleganten Nelson Riddle-Arrangements wie auf ihrer alten Schallplatte, die sie stets gehört hatte, bis ihr Plattenspieler vor Jahren den Geist aufgab. Sie summte die Melodie mit und begann unwillkürlich zu tänzeln.

»A summer wind came blowing in, from across the sea …«

Ihr Sohn hatte wirklich das richtige Gespür gehabt. Er wusste, wie gut es ihr tat, sich hin und wieder aus der Realität zu stehlen und eine Zeit in Erinnerung zu rufen, in der es noch keinen Harald gegeben und die Welt vor ihr gelegen hatte wie ein offenes blaues Meer. Alles schien damals möglich. Konnte Knut Petter die Erwartungen erfüllen, wenn sie auf ihn zuging?

»It lingers there to touch your hair, and walk with me …«

Unglaublich, wie sehr ein unverhoffter Geldsegen die Stimmung heben und sogar alte Träume wieder beleben konnte! Sie setzte Kaffeewasser auf, schmierte sich eine Brotscheibe und nahm am Küchentisch Platz. Die sechzig unbenutzten Scheine steckte sie in einen großen Umschlag und begann im *Dagblad* zu blättern. Las darüber, wie klug es sei, sein Geld in Aktienfonds anzulegen, glaubte aber, dass es eine noch bessere Idee war, zunächst die eigenen Schulden abzutragen. Erneut schlug sie die Seite auf, auf der die Lottoergebnisse des vorigen Tages standen, und verglich diese mit ihrem Wettschein. Alles in Ordnung! Als sie einen verstohlenen Blick auf die Straße warf, fiel ihr ein, dass sie aus Furcht vor einem eventuellen Überfall vergessen hatte, in den Briefkasten zu schauen. Sie stand auf und legte den Umschlag auf den Kühlschrank.

Als sie den Briefkasten öffnete, der sich neben dem Gartentor befand, rollte ein Mercedes gemächlich an ihr vorbei. Der Mann hinter dem Steuer winkte, und sie winkte zurück. Henriksen, dachte sie. Er wohnte in derselben Straße und war von Beruf Setzer; ein sympathischer Kerl mit einer netten Frau und hübschen Kindern. Es hatte begonnen zu schneien. Sie blätterte rasch die vielen Werbebroschüren durch, bevor sie alle zusammen in die Mülltonne warf. Nahm sich einmal mehr vor, einen Aufkleber an ihrem Briefkasten anzubringen, der das Einwerfen von Reklame untersagte. Dann kehrte sie ins Haus zurück, schloss die Tür hinter sich, ging in die Küche – und sah sich plötzlich einem Mann gegenüber, der sich ins Haus geschlichen haben musste, während sie den Briefkasten geleert hatte.

In diesem Augenblick begriff Vibeke, dass es derselbe Mann war, der ihr auf dem Heimweg gefolgt war. Vielleicht war er ums Haus geschlichen, hatte sie heimlich durchs Fenster beobachtet.

Doch blieb ihr kaum Zeit, Angst zu empfinden, schon gar nicht, sich Aussehen und Kleidung des Mannes einzuprägen. Nur einen schwachen Tabakgeruch nahm sie wahr, während er sie packte, herumdrehte und von hinten festhielt. Etwas Blankes und erschreckend Scharfes blitzte vor ihren Augen auf. Sie bekam den linken Arm frei und schlug mit ihm verzweifelt über die Schulter. Doch plötzlich spürte sie zwischen Kinn und Ohr einen schmerzhaften Schnitt in der Haut. Es war nicht der Schmerz, sondern der Schnitt an sich, der es ihr unmöglich machte zu schreien. Das Letzte, was sie hörte, war die Stimme Frank Sinatras, die aus den Lautsprechern des Wohnzimmers drang: *»I've got you under my skin, I've got you deep in the heart of me …«*

Die Stimme verklang rasch und wich vollkommener Stille – und Finsternis.

Es schneite noch eine halbe Stunde, bevor eine steife Brise aus südwestlicher Richtung auffrischte. Um fünf vor neun standen ein neugieriger und erwartungsfroher Gorm Ordal sowie seine Freundin Monica Holm vor dem Bungalow am Victoria Bachkes vei. Sie hatten den Bus aus der Stadt genommen, nachdem sie *Eyes Wide Shut* im Kino gesehen hatten.

Sie klingelten, doch niemand öffnete.

»Du musst das falsch verstanden haben. Vielleicht meinte sie morgen«, sagte Monica.

»Unmöglich. Hier sind verwehte Fußspuren, und das Auto ist auch da.«

Er hatte einen Reserveschlüssel in der Tasche und zögerte nicht, ihn ins Schloss zu stecken und die Tür zu öffnen.

»Mama?«

Als niemand antwortete, hängten sie zunächst ihre Jacken an die Garderobe. Monica ging in das erleuchtete Wohnzimmer, während Gorm sich für die Küche entschied. Er sah sofort, dass die Mutter in einer Lache getrockneten Bluts auf dem Boden lag. Der Anblick kam ihm unwirklich vor, glich er doch zum Verwechseln einer Szene, die sie gerade im Kino gesehen hatten. Er schloss die Augen und öffnete sie wieder, doch nichts hatte sich verändert. Als Monica eine halbe Minute später im Türrahmen erschien, stand er reglos da, ebenso unbeweglich wie die Tote auf dem Fußboden.

Weil sich Hauptkommissar Storm im Urlaub befand, war Arne Kolbjørnsen vom Morddezernat der Erste, der die schreckliche Nachricht erhielt. Die Zentrale des Trondheimer Polizeidistrikts hatte um 21 Uhr 04 den telefonischen Bescheid entgegengenommen. Der Wachhabende hatte Gorm Ordals Aussage sorgfältig notiert, ehe ein Streifenwagen nach Lade beordert worden war. Dieser war bereits eingetroffen, als Kommissar Kolbjørnsen mit seinem jungen Kollegen Håkon Balke am Tatort erschien. Sie benötigten nur wenige Augenblicke, um festzustellen, dass der Polizeioberrat, ein Arzt, ein Fotograf sowie die Leute von der Spurensicherung hinzugezogen werden mussten. Balke erledigte dies umgehend und wies die Streifenbeamten an, den Garten abzusperren, falls neugierige Passanten auftauchen sollten, was unweigerlich geschehen würde, wenn erst einmal eine Reihe von Dienstfahrzeugen vor dem Haus parkte. Kolbjørnsen versuchte das wie paralysiert wirkende junge Paar nach den Geschehnissen zu befragen, obwohl er es zunächst als seine wichtigste Aufgabe ansah, ihnen zu helfen und sie aus der Trance zu befreien, in der sie sich offenbar befanden.

Mit misstrauischem, finsterem Blick, einen Arm um die nicht minder zitternde Monica gelegt, saß Gorm Ordal auf dem Sofa und versuchte stotternd zu erklären, warum sie hier waren – wie sie vor rund acht Stunden ein kurzes Telefongespräch mit der Mutter geführt, selbst die Haustür aufgeschlossen und sie schließlich ermordet vorgefunden hatten.

»Was für eine Überraschung könnte sie gemeint haben?«

»Das … das weiß ich nicht.«

Kolbjørnsen nickte. Worin diese bestand, hatte ihnen die Mutter natürlich erst während ihres Besuchs erzählen wollen.

»Aber ihre Stimme hat sich so angehört, als … als wolle sie mir etwas schenken.«

Der Kommissar hatte ein beklemmendes Gefühl. Ihm war das, was in der Küche geschehen war, nahezu unbegreiflich. Verbrechen von solcher Brutalität waren in Trondheim nicht an der Tagesordnung. Alle Fenster waren geschlossen, keine Scheiben zertrümmert. Es fanden sich keinerlei Spuren eines Kampfes, nur den einen Schnitt am Hals, der ausgereicht hatte, um das Blut sogleich aus der Halsschlagader strömen zu lassen. Eine zielgerichtete, effektive Handlung, die ein menschliches Ungeheuer vermuten ließ, dem normale Gefühle fremd waren. Vielleicht handelte es sich nicht einmal um einen Einbrecher, sondern um eine Person, die Vibeke Ordal gekannt und selbst hereingelassen hatte.

»Vielleicht war Eifersucht im Spiel«, warf Polizeioberrat Martin Kubben ein, der kurz darauf auftauchte. Er sagte dies nicht grundlos. Eifersucht war eine der häufigsten Ursachen, die Menschen die Kontrolle über sich verlieren ließen.

»Soweit ich weiß, hatte meine Mutter keinen Freund.«

»Was ist mit Ihrem Vater?«

»Sie wurden vor acht Jahren geschieden. Er lebt in Oslo.« Gorm war nervös und sprach abgehackt, als sei das Verhör ein mündliches Examen, auf das er sich allzu schlecht vorbereitet hatte.

»Sein Name?«

»Harald Tranøy. Meine Mutter … und ich … haben nach der Scheidung ihren Mädchennamen angenommen.«

»Er hat Ihre Mutter nie bedroht?«

»Nicht dass ich wüsste. Warum sollte er?«

In diesem Moment brach der junge Mann zusammen, worauf sie das Paar eine Weile in Ruhe ließen.

Die meisten Morde geschahen im Affekt. Durchdachte Vorbereitungen oder das Legen falscher Fährten, um die Polizei in die Irre zu führen, waren selten. Kubben, der Jurist und für eine eventuelle Anklageerhebung verantwortlich war, hatte mit einer klaren Beweislage gerechnet, die Täter und Motiv rasch ans Licht bringen würde. Ein Mord in den eigenen vier Wänden brachte in der Regel eine Familientragödie zum Vorschein. Doch darauf deutete in diesem Fall nichts hin. Abgesehen vom Blut auf dem Küchenboden gab es keine Indizien, weder innerhalb noch außerhalb des Bungalows, keine Tatwaffe und kein erkennbares Motiv, die auf einen bestimmten Täter hinwiesen. Mögliche Fußspuren hatte der verdammte Neuschnee überdeckt. Auch bestand zunächst kein Grund, den Sohn und seine Freundin, deren Unschuld sich bestimmt bald erweisen würde, zu verdächtigen. Das einzig Gewisse war die Stellungnahme des Arztes, dem zufolge der Mord an der sechsundvierzigjährigen Vibeke Ordal vor mindestens zwei bis drei Stunden geschehen sein musste und der Tod durch Blutverlust infolge der Durchtrennung der rechten *arteria carotis* eingetreten war, ausgeführt mit einem außerordentlich scharfen Gegenstand.

Bevor und nachdem die Leiche zur gerichtsmedizinischen Obduktion ins Kreiskrankenhaus gebracht worden war, hatte die Spurensicherung die Küche buchstäblich auf den Kopf gestellt. Wie Kubben wusste auch Kolbjørnsen, wie wichtig es war, formale Fehler zu vermeiden. Vor allem in den letzten Jahren waren Ermittlungsergebnisse immer wieder von tüchtigen Strafverteidigern torpediert worden, die sich offenbar viel von ihren amerikanischen Kollegen abgeschaut hatten. Selbst die klarste Beweisführung war manchmal für die Katz, weil die Polizei allzu oft ihre eigenen Vorschriften missachtete, zum Beispiel, wenn der Eifer, den Hauptverdächtigen möglichst schnell zu überführen, das Gebot der Neutralität überlagerte, oder wenn es zu Formfehlern bei der Erstellung der Indizienkette kam. Dann konnten sie gezwungen sein, die Anklage fallen zu lassen oder gar die Ermittlungen einzustellen.

Im Laufe des Abends wurden die letzten Handlungen Vibeke Ordals rekonstruiert und folgende Erkenntnisse gewonnen:

Sie hatte ihren Arbeitsplatz zur üblichen Zeit, also um Punkt 16 Uhr verlassen. Ein Kassenzettel in ihrem Portemonnaie belegte, dass sie auf dem Heimweg noch im Einkaufszentrum von Lade gewesen war und die Lebensmittel eingekauft hatte, die sich jetzt in ihrem Kühlschrank befanden. Der Kassenzettel war von 16 Uhr 21. Die Quittung der Bankfiliale zeigte, dass sie fünf Minuten später 30000 Kronen abgehoben hatte. Dieses Geld fand sich weder im Portemonnaie noch in der Handtasche. Auf dem Küchentisch lagen neben einer halb geleerten Kaffeetasse und einem Teller mit Brotkrümeln eine aufgeschlagene Tageszeitung sowie ein ausgefüllter Lottoschein. Falls die abgedruckten Gewinnzahlen richtig waren – was sich kurze Zeit später bestätigte –, hatte sie soeben 153270 Kronen gewonnen.

Erste Schlussfolgerung:

Vieles deutete darauf hin, dass Vibeke Ordal zu einem früheren Zeitpunkt des Tages von ihrem Lottogewinn erfahren hatte. Darum rief sie um halb eins ihren Sohn an und lud ihn samt seiner Freundin zum Abendessen ein, vermutlich um ihm oder ihnen beiden einen Teil der Gewinnsumme zu schenken. (Dem Sohn war nach eigener Aussage nicht bekannt, dass seine Mutter Lotto spielte.) Später war ihr eine bisher unbekannte Person – vermutlich im Wissen, dass sie soeben das Geld von der Bank abgehoben hatte – auf dem Heimweg zum Victoria Bachkes vei gefolgt. Die betreffende Person verschaffte sich auf noch nicht geklärte Weise Zugang zum Haus. Möglicherweise kam es in der Küche zu einem Handgemenge, doch vermutlich wurde die Hausbesitzerin ermordet, ehe sie sich zur Wehr setzen konnte. Danach nahm der Täter oder die Täterin das Geld an sich und verließ das Haus.

Sollten diese Vermutungen sowie die Annahme, dass es sich beim Täter nicht um einen Bekannten des Opfers handelte, den Tatsachen entsprechen, stand die Polizei vor einer weitaus schwierigeren Aufgabe, als Polizeioberrat Kubben anfangs gedacht hatte. Zu diesem Zeitpunkt hatte er getan, was er konnte, und das war nicht viel. Kolbjørnsen wusste, dass sein unmittelbarer Vorgesetzter Nils Storm ihm die Verantwortung für den komplizierten praktischen Teil der Ermittlungen übertragen würde, die im schlimmsten Fall ergebnislos blieben.

Außerdem konnte man sich keinesfalls darauf verlassen, dass die Spurensicherung ihnen konkrete Anhaltspunkte liefern konnte. Balke war bereits beauftragt worden, Befragungen in der Nachbarschaft durchzuführen. Wenn sie Glück hatten, befand sich der Mörder immer noch in der Nähe. War es gar denkbar, dass er das Geld nicht an sich genommen hatte und dieses als Tatmotiv keine Rolle spielte?

Gorm Ordal, der sich unter den gegebenen Umständen erstaunlich schnell wieder gefasst hatte, half der Polizei beim Auswählen von Schränken und Schubladen, in denen seine Mutter die Scheine möglicherweise hätte verstecken können, doch es wurde kein Geld gefunden. Eine Flasche Rotwein der beliebten Sorte *Cappella* stand auf dem Esstisch im Wohnzimmer, und der junge Mann zweifelte nicht, dass sie die drei Steaks sowie das frische Gemüse, das im Kühlschrank lag, hätte begleiten sollen. Außerdem ließen die angeschaltete Stereoanlage sowie die eingelegte Frank Sinatra-CD vermuten – wie er Kolbjørnsen unter Tränen versicherte –, dass sie einen glücklichen Nachmittag verlebt hatte, bevor das Furchtbare geschehen war. Auch hatte sie Kaffee getrunken und in der Küche die Zeitung gelesen. Was bedeutete, dass seine Mutter unmittelbar nach ihrer Heimkehr ermordet worden war. Wie hätte sich der Täter Zugang verschaffen sollen, wenn sie ihn nicht gekannt hatte? Vielleicht hatte er sich als Vertreter oder Ähnliches ausgegeben.

Die wahrscheinliche Antwort ließ nicht lange auf sich warten. Balke kehrte aus der Nachbarschaft zurück und konnte berichten, dass ein Mann namens Preben Henriksen auf dem Heimweg um ziemlich exakt zehn Minuten vor halb sechs in gemächlichem Tempo am Bungalow vorbeigefahren war und Frau Ordal zugewinkt hatte, während diese – ohne Mantel! – gerade den Briefkasten geleert hatte. Sie hatte zurückgewinkt. Nur eine knappe Minute später, nachdem Henriksen seinen Wagen zwei Häuser weiter in die Garage gestellt, das Tor geschlossen und seinen Briefkasten geleert hatte, war ein Mann an ihm vorübergehastet, wenn nicht gelaufen, und in Richtung Olav Engelbrektssons allé verschwunden. Henriksen hatte den Mann nicht beschreiben können, wusste auch nicht zu sagen, ob er jung oder alt gewesen war, erinnerte sich bloß an dessen dunkle Kleidung. Nein, er hatte nicht gesehen, ob er aus dem Vorgarten von Vibeke Ordal gekommen war, doch mit Sicherheit aus dieser Richtung. Vor allem war ihm der Mann aufgefallen, weil er es so eilig gehabt hatte.

Kolbjørnsen hielt es durchaus für möglich, dass der Täter Vibeke Ordal auf der Bank beobachtet hatte und ihr dann nach Hause gefolgt war. Ebenso wahrscheinlich war es, dass er sich ins Haus geschlichen hatte, während sie den Briefkasten leerte. Vermutlich war sie überwältigt und ermordet worden, nachdem sie in die Küche zurückgekehrt war, in der sich der Eindringling gerade die Beute sicherte. Falls es sich beim Mörder um die Person handelte, die Henriksen beobachtet hatte, konnten sie zumindest den Tatzeitpunkt sehr genau bestimmen.

Zumindest.

Alles andere – das Wichtigste – war nach wie vor ein Rätsel. Der unbekannte Täter, sofern es sich um einen Mann handelte, war vermutlich über alle Berge.

Kolbjørnsens Laune wurde auch nicht besser, als gegen 23 Uhr ein altbekanntes Gesicht vor dem Haus auftauchte. Er begegnete ihm auf der Treppe zur Haustür. Mit Rücksicht auf die Schwere des Falls hatte er seine Mitarbeiter angewiesen, anstelle des Polizeifunks, der von nahezu jedem abgehört werden konnte, ihre Handys zu benutzen. Jemand musste Ivar Damgård, einem von zwei Journalisten, die für den *Trondheimer Anzeiger* die Kriminalfälle recherchierten, einen Tipp gegeben haben. Der Kommissar betrachtete ihn im Grunde als netten Kerl, der nur seinen Job erledigte, doch heute Abend legte er auf seine Gegenwart absolut keinen Wert.

»Wer hat Sie informiert, Damgård?«

»Das werde ich Ihnen schon sagen, vorausgesetzt, Sie erzählen mir, was geschehen ist.«

Kolbjørnsen warf einen Blick auf die Straße. Gott sei Dank hatten sich vor dem Zaun noch nicht allzu viele Schaulustige versammelt. »Das muss Kubben entscheiden.«

Der Polizeioberrat wurde hinzugezogen. Auch er verlangte den Namen des Informanten, bevor er seinerseits Informationen herausgab.

Ivar Damgård lächelte. Es war ihm anzusehen, dass er bereits eine ganze Menge wusste. »Mein Informant heißt Preben Henriksen und wohnt gleich dort drüben. Er arbeitet als Setzer bei uns. Ein Polizist wollte von ihm wissen, ob er in den letzten Stunden etwas Ungewöhnliches bemerkt hätte, und als Henriksen sagte, er habe einen unbekannten Mann die Straße entlanghasten sehen, klärte ihn der Beamte darüber auf, dass es sich vermutlich um einen brutalen Gewaltverbrecher handelte.«

»Was haben Sie doch für ein Glück mit Ihren gesprächigen Kollegen«, sagte Kubben, der froh gewesen wäre, wenn der junge Balke sein Mundwerk im Zaum gehalten hätte.

»Das können Sie laut sagen. Die Bewohnerin dieses Hauses wurde ausgeraubt und ermordet, nicht wahr?«

»Wenn Sie ihren Namen bis auf weiteres geheim halten, gebe ich Ihnen eine Kurzversion der Geschehnisse. Sie kennen die Spielregeln.«

Der Journalist nickte und zückte seinen Notizblock.

Danach blickte er verstohlen zum Küchenfenster hinüber und äußerte den Wunsch, das Haus betreten zu dürfen, was ihm jedoch verwehrt wurde. Man gestand ihm allenfalls zu, eine Außenaufnahme des Bungalows zu machen. Damgård warf einen Blick auf seine Armbanduhr und war mit dem Erreichten zufrieden. Wenn die Nachricht morgen in der Zeitung stehen sollte, musste er sich sputen. Nur eines wollte er noch wissen: »Der Täter lief also vermutlich in Richtung Olav Engelbrektssons allé davon?«

Kolbjørnsen und Kubben nickten bestätigend.

»Womit nicht auszuschließen ist, dass er nach Østmarkneset wollte«, fügte Damgård listig hinzu.

»Das ist einzig und allein *Ihre* Schlussfolgerung.«

Kolbjørnsen wusste, worauf der Journalist anspielte, denn auch ihm war diese Möglichkeit schon in den Sinn gekommen. Nur einen knappen Kilometer entfernt befand sich Trøndelags Psychiatrisches Krankenhaus, dessen teils gewalttätige Patienten unter Verschluss gehalten wurden. Konnte sich einer von ihnen unerlaubt Ausgang verschafft haben?

Er seufzte. Keine sechs Stunden nach dem Tod Vibeke Ordals hatten die Spekulationen begonnen – auch in seinem Kopf.

im Türrahmen konnten auf den ersten Blick an Hänsel und Gretel erinnern. Hand in Hand standen sie unbeweglich da und drückten sich eng aneinander, als hätten sie auf der Welt nur einander.

Vielleicht empfanden sie wirklich so, dachte William Schrøder, doch ihre weißen Gesichter ließen nicht darauf schließen, dass sie das schöne Kuchenhaus im Wald erblickt hatten – dem kleinen Jungen stand der Mund offen, während seine etwas ältere Schwester den ihren zusammenkniff. Ihre Mienen ließen keinerlei Neugier erkennen, nur Trotz, Furcht und Resignation. Die Situation schien ihnen nicht neu zu sein.

Mama Danielsen saß im Bademantel auf dem Sofa und rauchte eine Zigarette. Die Polizeibeamtin legte ihr einen Kopfverband an, weil das Blut immer noch aus der Schläfenwunde sickerte. Papa Danielsen stand mit dem Rücken zum Fenster und war offenbar betrunken. Dumpf starrte er den Fernseher an, dessen Ton abgestellt war. Nur der Videorekorder surrte und spielte das für die aktuelle Totorunde entscheidende Fußballmatch ab, das William bereits gesehen hatte. Das Spiel war momentan unterbrochen worden. Ein Spieler lag verletzt auf dem Rasen, während der Schiedsrichter die Sanitäter mit der Bahre heranwinkte. William flüsterte: »Sollten wir nicht auch einen Krankenwagen rufen?«

Der Polizist namens Rikard schüttelte den Kopf. »Das muss Maria entscheiden. Die Frage ist, ob wir die Frau in Sicherheit bringen sollten.«

»Zusammen mit den Kindern?«

»Die schlägt er nie. Nur seine Frau.«

William atmete tief durch und war sich keinesfalls sicher, dass die Kinder nichts zu befürchten hatten. Auch wenn dem Mann die Reue ins Gesicht geschrieben stand und er sich alle Mühe gab, einen halbwegs nüchternen Eindruck zu machen, lag etwas in den dunklen Augen, das William erschreckte. Solche Schläger, dachte er, sollten von ihren Familien vollkommen ferngehalten werden.

Diese Episode aus Risvollan, die vierte des Samstagabends, würde in wenigen Zeilen des *Polizeijournals*, das jeden Montag im *Trondheimer Anzeiger* erschien, Erwähnung finden. Die Redaktion dieser Rubrik teilte er sich mit Ivar Damgård. Normalerweise handelte es sich um eine fast wortgetreue Abschrift des Polizeiberichts. Um einen genaueren Einblick zu gewinnen, was sich hinter der Bezeichnung *Familiäre Gewalt* verbarg, hatte er darum gebeten, die Streifenbeamten einmal auf ihrem Einsatz begleiten zu dürfen. Solveig hatte die Vermutung geäußert, dass hinter dieser Bezeichnung viele Familientragödien zum Vorschein kamen, die für die Gesellschaft womöglich ein größeres Problem darstellten als Drogenkriminalität, ärztlicher Honorarbetrug oder Bankraub. Ihrer Meinung nach lag die Wurzel allen Übels in den Familien selbst. Als Sonderschullehrerin wusste sie, wovon sie sprach. Die Schulen konnten nicht viel ausrichten, solange die Basis versagte. Trugen die Zeitungen dazu bei, die Bedeutung dessen herunterzuspielen, was sich hinter Hausmauern und heruntergezogenen Jalousien abspielte? Wollte die Presse wirklich das Privatleben der Menschen schützen? Oder neigte sie zur Ignorierung häuslicher Gewalt, weil sich die Fälle zu sehr ähnelten und sowohl Journalisten als auch Leserschaft bereits unempfindlich für die Katastrophen waren, die sich hinter den Überschriften verbargen? Nur Morde, Vergewaltigungen und Spionagefälle bekamen fette Schlagzeilen.

Hin und wieder verspürte William Schrøder das Bedürfnis, sich intensiver mit dieser Materie zu befassen, obwohl er nicht richtig wusste, wie er es anfangen sollte. Vielleicht sollte er einmal mit einem Soziologen sprechen. Wie brachte man Vätern – oder seinetwegen auch Müttern – richtiges Verhalten in der Familie bei? Indem man sie moralisch unterstützte? Ihnen einen aufmunternden Brief der Wertekommission zukommen ließ? Durch Kurse für Eltern in spe? Er wusste es nicht.

Obwohl Ivar und er zurzeit täglich auf der Pressetribüne saßen und eine Gerichtsverhandlung weitaus größerer Tragweite verfolgten – dem Angeklagten wurde vorgeworfen, seine Mitbewohnerin vergiftet zu haben –, ahnte er, dass sich die beiden Kindergesichter in sein Gedächtnis einprägen und dass er ihren Anblick so schnell nicht vergessen würde. Vielleicht lag dies auch daran, dass ihm sein eigenes Glück bewusst wurde. Während ihrer gut zwanzigjährigen Ehe waren Solveig und er niemals physisch und nur selten verbal aneinander geraten. Ihre Kinder waren stets von gewalttätigen Szenen verschont geblieben. Mögliche Ursachen für ihr harmonisches Familienleben gab es viele: solide Ausbildung, gute Erziehung, humanistisches Weltbild, friedfertige Veranlagung, ökonomische Sicherheit, aufrichtige gegenseitige Liebe, anerzogene Hemmung gegenüber Gewalt oder ganz einfach eine gute Portion Glück. Denn Gewalt in der Familie fand sich in allen gesellschaftlichen Schichten.

Doch nur selten führte diese zu strafrechtlicher Verfolgung. Immer wieder unterließen es die Opfer, solche Vorfälle anzuzeigen, weil die Täter ein ums andere Mal weinend auf die Knie fielen, Besserung gelobten und um Vergebung baten. Warum also sollte die Polizei einen alltäglichen Vorgang vor ein unwilliges Gericht zerren, das ohnehin mehr als genug zu tun hatte. War es überhaupt sinnvoll, einen Mann zu bestrafen, der seiner Frau unter Alkoholeinfluss regelmäßig Gesichtsverletzungen zufügte, solange sie sich damit abfand und ihm verzieh?

Auch in diesem Fall nutzte es nichts, der Frau nahe zu legen, ihren Mann zu verklagen. Als sie der Polizeibeamtin Maria mit matter Stimme erklärte, sie benötige keinen Arzt und könne sich den »Zwischenfall« – der so lautstark gewesen war, dass ein Nachbar die Polizei verständigt hatte – selbst zuschreiben, entspannte sich ihr Mann sichtlich und stellte den Videorekorder ab.

»Wie hat das angefangen?«, wollte Rikard wissen.

Papa Danielsen zuckte die Schultern.

»Das lag am Totoschein«, sagte die Frau leise.

»Wie das?«

»Ich habe den Schein nicht rechtzeitig abgeliefert.«

Sie blickte verstohlen zum Fenster, während der Mann bedächtig nickte. Als die Polizei erschien und die Scherben einer grünen Vase auf dem Fußboden bemerkte, hatte er seine Frau als »verdammte Schlampe« bezeichnet, sich dann jedoch mehr und mehr beruhigt.

»Ihnen ist also ein Riesengewinn durch die Lappen gegangen?«

Sie antwortete nicht. Papa Danielsen stand der Mund offen. »Äh … nein.« Er starrte auf den Boden. »Aber das konnte ich ja nicht wissen.«

»Ihre Frau hat sie also vor einer unnötigen Geldausgabe bewahrt.«

»Wir *hätten* gewinnen können«, sagte er tonlos.

»Sie sollten Ihrer Frau danken.«

»Tja … vielleicht.«

Zu Williams Erstaunen wankte der Mann zu der Frau, die er soeben misshandelt hatte, setzte sich vorsichtig neben sie und legte seinen Arm schützend um ihre Schultern. Und damit nicht genug: Anstatt ihn wegzuschieben, lehnte sie ihren bandagierten Kopf an seinen und murmelte: »Ist schon gut.«

Der Rest des Alkohols wurde konfisziert, ohne dass der Mann protestierte, während Maria die Geschwister ins Kinderzimmer begleitete. Dort blieb sie eine Viertelstunde und las ihnen eine Gutenachtgeschichte vor, während ein aufrichtig empörter Rikard Papa Danielsen die Leviten las und ihm seine Verantwortung als Erziehungsberechtigter ins Gedächtnis rief. Am Ende der Gardinenpredigt ließen die beiden auf dem Sofa ihren Tränen freien Lauf, während sie sich aneinander klammerten und der Mann Besserung gelobte.

»Wenn sich so etwas noch ein einziges Mal wiederholt«, schloss Rikard, »dann kommen wir und buchten Sie ein, Danielsen!«

»Ja, ja«, schluchzte der Paterfamilias.

»Sie erledigen gewissenhaft Ihre Arbeit, habe ich gehört. Warum gehen Sie nicht genauso verantwortungsbewusst mit Ihrer Frau um?«

Nach langem Schweigen kam eine Antwort – von ihr: »Das tut er doch. Normalerweise. Nur manchmal verliert er eben die Beherrschung, nur ab und zu. Und natürlich hätte ich den Totoschein rechtzeitig abgeben sollen!«

Das darf doch nicht wahr sein, dachte William. Als er langsam auf den Flur hinausging, hörte er Marias Stimme, der nun jede polizeiliche Autorität fehlte. Sie klang freundlich und warm, als wäre ein Engel herabgeschwebt und hätte sich der Kinder erbarmt:

»Peter Hase ließ sich vorsichtig von der Schubkarre gleiten und lief im Schutz der Johannisbeersträucher so schnell er konnte den Gartenweg entlang. Doch als er um die Ecke bog, entdeckte ihn Gregersen.«

Er kannte diesen Text. Es handelte sich um eine der Erzählungen von Beatrix Potter, die er seinen eigenen Kindern oft vorgelesen hatte, bevor sie für solche Geschichten zu alt geworden und zu einer Literatur übergegangen waren, in denen Menschen anstelle von Tieren sprachen. Durch den Türspalt warf er einen Blick auf die Polizistin, die mit dem Rücken zu ihm saß. Die Geschwister, die eng aneinander gekuschelt im unteren Bett lagen, schienen sich jetzt in einer anderen Wirklichkeit, weit entfernt von Lärm und Gewalt, zu befinden.

Als William wenige Minuten später neben den beiden Beamten die Treppen des Wohnblocks hinunterging, erlaubte er sich ein hymnisches Lob über ihre Arbeit.

»Das Jugendamt sollte euch zu Ehrenmitgliedern machen.«

»Wir *sind* das Jugendamt«, stellte Maria fest. Ernst fügte sie hinzu: »Manchmal würde ich solche Kinder am liebsten in Wolldecken einwickeln, mitnehmen und nach Strich und Faden verwöhnen.«

Sie hatten gerade im Auto Platz genommen, als ihnen eine Messerstecherei in einem Nachtclub in der Fjordgata gemeldet wurde. Während sie sich auf dem

Weg befanden, schaute William auf die Armbanduhr und bat darum, in Nardo abgesetzt zu werden.

»Schon genug?«, fragte Rikard lächelnd.

William wollte das nicht zugeben und schob vor, es sei bereits spät geworden. Am Ende des Thors veg stieg er aus dem Wagen, winkte ihnen noch einmal zu und dachte, dass ihm die letzten Stunden wirklich gereicht hatten. Er selbst hatte nichts tun können und hasste die Rolle als unbeteiligter Zuschauer. Während er durch die frische Nachtluft spazierte, sah er immer noch die Gesichter der Kinder vor sich. Wenn sie als Erwachsene später Konflikte erlebten, war die Wahrscheinlichkeit groß, dass auch sie versuchten, diese mit Gewalt zu lösen.

Auf dem Keramikschild neben ihrer Wohnungstür des Etagenhauses stand: *Hier wohnen Solveig, William, Anders und Heidi Schrøder*.

Eigentlich war das Schild überholt, doch hatte er keine Lust, es gegen ein anderes auszutauschen. Anders war erwachsen und wohnte nicht mehr bei ihnen. Der Zwanzigjährige hatte gerade ein Medizinstudium in Bergen begonnen. Und Heidi sollte im Frühjahr konfirmiert werden, die kleine Heidi, die sie bei der Geburt fast verloren hätten und die nur dank der neuen Brutkastenbehandlung im Kreiskrankenhaus überlebt hatte. Heidi hatte jubiliert, als ihr Bruder ausgezogen war, weil sie seitdem viel mehr Platz hatte. Wie hatten sie es in all den Jahren nur zu viert in der Wohnung ausgehalten? Sie hatten die Wohnung kurz vor der Hochzeit gekauft, und Nardo war ein ruhiges und günstig gelegenes Viertel. Er konnte sich nicht daran erinnern, wann er das letzte Mal einen Streifenwagen in ihrer Gegend gesehen hatte. Außerdem hatten sie ein gutes Verhältnis zu ihren Nachbarn. Dennoch verriet die Statistik, dass es selbst in dieser etablierten, bürgerlichen Gegend hinter verschlossenen Türen manchmal zu Gewalttaten kam. Die Dunkelziffer war ungewiss, doch gab es auch hier Drogenmissbrauch, Alkoholismus und psychisch bedingte Konflikte, denen selbst das aufmerksamste Sozialwesen nicht Herr werden konnte.

Doch im Großen und Ganzen empfand er Trondheim als eine Stadt, in der es sich gut leben und arbeiten ließ. Sie verfügte über eine international renommierte Fußballmannschaft, deren Spiele er mit großem Interesse verfolgte, und die Kriminalitätsrate bewegte sich in einem Bereich, der weder Ivar und ihn noch die Polizei vor unlösbare Probleme stellte. Außerdem musste man der Wirklichkeit ins Gesicht sehen und durfte sich von deren Schattenseite nicht lähmen lassen. Als würde es irgendjemand helfen, wenn die Auslandskorrespondenten ihrer Zeitung kein Auge mehr zubekamen, weil sie unentwegt über das Böse in der Welt nachgrübelten!

Als er leise die Tür aufschloss, kam ihm ein Lied von Margrethe Munthe in den Sinn. Er legte seine Kappe auf die Garderobenablage, zog Jacke und Schuhe aus und schlich ins Wohnzimmer.

Das wäre gar nicht nötig gewesen, denn Solveig saß im Fernsehsessel. Das tat sie gern, wenn er Spätdienst hatte, sofern sie sich nicht in ein Buch vertiefte. Da ihre braunen Augen sich völlig auf den Bildschirm konzentrierten, nahm sie keine Notiz von ihm. Er blieb stehen und betrachtete sie einen Augenblick. Solveig war nie im klassischen Sinne schön, doch immer unglaublich süß gewesen. Vielleicht lag es an ihrem unbefangenen, munteren Wesen, dass sie so leicht mit anderen Leuten in Kontakt kam. Auch kam ihr dies im Umgang mit ihren schwierigen Schülern, denen sie zu helfen versuchte, zugute. In diesem Moment fiel das Licht der Leselampe schräg auf ihr dunkles Haar und ließ es wie sonnenbeschienene Lava erglühen.

Sie war vierundvierzig, drei Jahre jünger als er, sah jedoch nicht älter aus als dreißig. Zumindest in Williams Augen.

»Spannend?«

Sie zuckte zusammen, lächelte und streckte die Hand nach der Fernbedienung aus. »Typisch amerikanischer Streifen.«

»Warum liest du nicht lieber?«

»Musst *du* gerade fragen, als Fernsehjunkie des Hauses.«

»Meinetwegen brauchst du nicht auszuschalten. Es ist erst halb eins, und morgen ist Sonntag.«

»Lass uns lieber noch ein Glas zusammen trinken. Wie wär's mit einem Drambuie?«

»Gerne. Ich hol die Gläser.«

Sie setzten sich nebeneinander aufs Sofa. Solveig zündete sich eine Zigarette an. William, der ständig versuchte mit dem Rauchen aufzuhören, ließ sich vom Duft verführen und bediente sich ebenfalls. Als sie miteinander anstießen, sagte er nachdenklich: »Das Ehepaar, dem wir vor zwanzig Minuten einen Besuch abgestattet haben, saß genauso da wie wir. Der Mann hatte einen über den Durst getrunken.«

»Mit schlimmen Folgen?«

»Alles relativ. Beim nächsten Einsatz wäre es um eine Messerstecherei gegangen. Aber ich wollte nicht schon wieder an das erinnert werden, was letzte Woche in

Lade passiert ist. Stattdessen habe ich mich nach Ruhe und Harmonie gesehnt.«

»Dacht ich mir's doch.«

»Ich weiß, worauf du anspielst. Aber was zum Teufel können Ivar und ich denn schon ausrichten?«

»Das müsst ihr schon selber wissen. Jedenfalls finde ich, dass eure kommentarlosen Berichte die Realität banalisieren und verschleiern. Den Sinn eines solchen Journalismus verstehe ich einfach nicht.«

»Bei den Lesern kommt das sehr gut an. Die Leute werden auf dem Laufenden gehalten, was in ihrer Gegend passiert, ohne dass wir reißerische Artikel draus machen müssen. Glaub mir, die Leute haben Fantasie genug, um sich den Rest auszumalen.«

»Trotzdem solltet ihr mal über eine andere Form nachdenken. So wie die Rubrik im Moment aussieht, hat sie überhaupt keinen Sinn ... sag mal, hast du eben gesagt, es wäre halb eins?«

»Fünf nach halb.« William verstand mit einem Mal, warum sie nachfragte. Er hatte schon die ganze Zeit das Gefühl gehabt, dass sie etwas beunruhigte, obwohl sie ganz von dem zweitklassigen Film gefesselt zu sein schien.

»Heidi hat fest versprochen, spätestens um zwölf zu Hause zu sein. Darum hatte ich auch begonnen, den Film zu gucken. Ich schaffe es einfach nicht, mich auf ein Buch zu konzentrieren, wenn sie unterwegs ist.«

»Ist sie nicht auf einem Fest mit einer Reihe anderer Konfirmanden?«

»Doch, einige wollten sich bei Jensens treffen, aber ohne den Pfarrer.« Sie stand auf und ging zum Fenster.

»Jetzt machst du dir wirklich unnötig Sorgen.«

»Ich kann doch nichts dafür!« Sie presste das Gesicht gegen die Scheibe und versuchte auf die Straße zu schauen.

»Früher hast du dir eben Sorgen um Anders gemacht. Und im Großen und Ganzen ist doch immer alles gut gegangen, auch wenn er manchmal zu spät kam. Keine Schlägereien, kein Haschisch ...«

»Ja, stimmt schon. Aber Heidi ist doch erst vierzehn ... und ein Mädchen.«

»Jetzt entspann dich und setz dich wieder hin, Solveig. Wenn wir ihr nicht vertrauen, dann kann sie uns auch nicht trauen.«

»Ihr vertrauen? Sie hatte versprochen, vor über einer halben Stunde zu Hause zu sein!«

William spürte, wie er sich wieder einmal von ihrer Besorgnis anstecken ließ. Er hasste dieses beklemmende Gefühl in der Magengrube, die Unsicherheit, die sich in ihm ausbreitete. Gleichzeitig fühlte er sich verpflichtet, sie zu beruhigen, so zu tun, als gäbe es nicht den geringsten Anlass zur Nervosität.

»Dabei hatten wir's doch gerade so gemütlich. Aber okay, wenn sie bis eins nicht da sein sollte, verständigen wir die Polizei.« Er zwang sich zu einem lauten Lachen.

»Lass uns einfach bei Jensens anrufen. Ich mach das schon.«

»Na gut, wenn es dich beruhigt. Aber verlass dich drauf, dass du die Erste bist. Heidi wird dir sicher ungeheuer dankbar sein!«

Solveig ließ sich unwillig wieder auf das Sofa plumpsen. Nahm einen Schluck und sagte: »Ich verstehe nicht, wie du so gelassen sein kannst. Gerade du, der genau weiß, was in dieser Gegend für schreckliche Dinge geschehen.«

»Das meiste ist völlig harmlos.« Er strich ihr über den Kopf. Ihr Haar fühlte sich ganz und gar nicht nach getrockneter Lava an. Es war weich, und er wünschte sich, dass seine Tochter in ihrem Zimmer schliefe und Solveig in seinen Armen läge und dass sie diejenige wäre, nach der er sich gesehnt hatte, seit er nach Hause gekommen war. Doch was Sex betraf, gab es keinen schlimmeren Feind als nagende Angst.

»Das meiste, ja. Aber sie ist noch so jung. Und so unerfahren.«

»Unbekümmert …«

»Genau. Es geschehen nun mal so furchtbare Dinge, William!«

»Darüber bin ich mir im Klaren. Aber es gibt doch auch ganz normale Verspätungen. Man trifft irgendwelche Bekannte und vergisst die Zeit. Vor allem, wenn man jung ist.« Er zog sie an sich und senkte die Stimme. »Bist du Musterkind etwa nie zu spät nach Hause gekommen?«

Sie nickte verhalten, und als er spürte, wie sie sich ein wenig beruhigte, versuchte er den alten Gesprächsfaden wieder auszunehmen, indem er sie daran erinnerte, dass schließlich sie es gewesen war, die ihn überredet hatte, die Streifenpolizisten zu begleiten. Doch obwohl seine Taktik Erfolg hatte, irritierte es ihn, dass die Angst um ihre Tochter jetzt auf ihn übergegangen war. Außerdem ärgerte er sich, dass er etwas getrunken hatte und seine Tochter nicht mehr mit dem Auto abholen konnte.

Um ein Uhr hielt er es nicht mehr länger aus, sprang auf und sagte forsch: »Jetzt ruf *ich* an und verderbe ihnen den Abend! Hast du die Nummer?«

Die hatte Solveig, doch genau in dem Moment, als er vor dem schmalen Schreibtisch stand, die Nummer eintippte und sich davor fürchtete, wie die Antwort ausfallen würde – falls überhaupt jemand ans Telefon ging –, hörten sie das altbekannte, wohltuende Geräusch der Haustür, die ins Schloss fiel. Er schaffte es gerade noch, den Hörer aufzulegen, bevor Heidi, den Schlüssel in der Hand, mit roten Wangen ins Zimmer stürzte und rief, sie hätten solch einen Spaß gehabt.

Zur geplanten Standpauke kam es nicht. Williams Magenschmerzen waren wie weggeblasen, und als Heidi die Verspätung damit erklärte, der Sohn von Herrn Jensen habe sie nicht wie verabredet mit dem Auto abgeholt und es sei schwierig gewesen, ein Taxi zu bekommen, kehrte in der Wohnung der Familie Schrøder wieder Ruhe und Frieden ein.

Ein weiteres Mal konnten sie feststellen, dass die großen Unglücke immer nur anderen zustießen.

hatte er Schwierigkeiten, einen unangenehmen Traum loszuwerden, der ihn in der Nacht gequält hatte. Er brauchte frische Luft, fuhr mit dem Auto bis an den Stadtrand und machte sich mit seinen Langlaufskiern auf den Weg. Solveig besuchte lieber eine Vernissage, während Heidi sich aus beidem nichts machte.

Das Wetter ließ allerdings zu wünschen übrig. Die Temperatur lag um den Gefrierpunkt, es schneite stetig, und auch der Untergrund hätte besser sein können. Darum schnallte er schon bei Grønlia seine Skier ab, ging in die Hütte, reinigte seine beschlagenen Brillengläser und entdeckte, als er wieder freie Sicht hatte, ein loderndes Kaminfeuer – sowie einen guten Freund.

»Mistwetter«, stellte Oddvar fest, der mit einer etwa gleichaltrigen Frau an einem der Tische saß und Kaffee trank.

Oddvar Skaug war der einzige seiner alten Freunde, mit dem William immer noch Umgang pflegte. Er vertrat durchdachte Meinungen und hielt mit ihnen nicht hinterm Berg, vor allem wenn es um Frauen und Fußball ging. Sie gingen fast immer zusammen ins Lerkendalstadion, doch im Gegensatz zu William war Oddvar unverheiratet und kinderlos. Er besaß eine kleine Computerfirma namens *Omega*, die sich auf Firmenberatung spezialisiert hatte. Obwohl er für verschiedenste Unternehmen arbeitete, war er offenbar nicht clever genug, so viel zu verdienen wie manche seiner Konkurrenten, worüber er sich nur selten beklagte. Im Gegensatz zu den meisten von Williams Bekannten schien Geld für ihn keine dominierende Rolle zu spielen.

»Darf ich dir Gøril vorstellen?«

Ihr Nachname schien ihm im Moment entfallen zu sein, aber was machte das schon. Oddvars Damenbekanntschaften waren ebenso flüchtig wie Eintagsfliegen.

»William arbeitet für den *Trondheimer Anzeiger*, als Experte für Kriminalfälle.«

»Wie aufregend.«

Er setzte sich wieder die Brille auf und war sich nicht sicher, ob die Antwort ironisch gemeint war oder nicht. Doch der nordländisch gefärbte Klang ihrer Stimme sowie ihre neugierigen Augen unter den Locken schienen auf Letzteres hinzudeuten.

»Er kennt den Bodensatz der Gesellschaft und weiß genau, was in einem kranken Verbrecherhirn vor sich geht.«

»Jetzt hör schon auf, Oddvar. Ich bin ein ganz normaler Journalist.«

»Was du nicht sagst. Über den Mord, der vorletzte Woche in Lade passiert ist, bist du aber sicher gut informiert.«

»Auch die Polizei scheint bis jetzt ziemlich im Dunkeln zu tappen. Es sei denn, sie hält ihr Wissen zurück.«

»Sprecht ihr von der Frau, die ausgeraubt und erstochen wurde?«

»Die rechte Halsschlagader war durchtrennt«, präzisierte William.

»Mit einem Messer?«

»Möglicherweise. Aber im Grunde genommen habe ich keine Ahnung, was für eine Waffe benutzt wurde.

Außerdem ist ein Kollege von mir für die Sache zuständig.« Normalerweise diskutierte er mit Außenstehenden nicht über aktuelle Fälle, schon gar nicht, wenn sie nichts Erhellendes beizutragen hatten. Was selten der Fall war.

»Die arme Frau«, fuhr sie fort. »Dabei hatte sie gerade im Lotto gewonnen.«

Als ob das einen Unterschied machte, dachte William. Er unterließ den Hinweis, dass der Lottogewinn die Tragödie vermutlich erst verursacht hatte. Musste sich eingestehen, dass er sich als Artikelschreiber wohl dieselben Gedanken gemacht hätte wie Ivar: Warum hatte die Frau die Dummheit begangen, so viel Bargeld abzuheben? *Von Vorfreude zu tiefster Trauer* hatte Ivar in Anspielung auf die psychische Verfassung des Sohnes getitelt. Kein Zweifel, dass die Art der journalistischen Aufbereitung die Meinung der Leser beeinflusste.

»So ist das Leben«, sagte Oddvar lapidar, »besser gesagt, der Tod.«

Genau, dachte William. Das war in diesem Fall der alles entscheidende Punkt. Die Familie Danielsen von gestern Abend hatte zwar kein Geld gewonnen. Daran hätte sich auch nichts geändert, wenn Frau Danielsen den Totoschein rechtzeitig abgegeben hätte. Doch dafür hatte der Familienstreit nicht mit einer tödlichen Katastrophe geendet.

»Bei uns vergeht keine Kaffeepause, in der wir nicht über die arme Frau sprechen«, sagte Gøril. »Es geschah ja schließlich ganz in der Nähe.«

»Sie wohnen in Lade?«

»Nein, aber ich arbeite in der Psychiatrischen Klinik. Nicht auszudenken, wenn es einer unserer Patienten getan haben sollte. Die meisten von ihnen sind nicht gezwungen, sich die ganze Zeit auf dem Krankenhausgelände aufzuhalten. Selbst aus dem am strengsten bewachten Gebäude, dort, wo sich die gewalttätigen Patienten aufhalten, könnte ohne weiteres mal jemand entwischen. Die Kontrollmaßnahmen sind nicht lückenlos.«

»Also ich kann mir das nicht vorstellen«, wandte Oddvar ein. »Dass eine Person mit massiven psychischen Problemen oder einer geistigen Störung in der Lage sein soll, jemanden auszurauben, zu ermorden und sich unbemerkt wieder in die Klinik zu schleichen. Und wie sollte sie überhaupt an ein scharfes Messer herankommen?«

»Das Gros der Patienten ist vollkommen harmlos. Trotzdem kann man natürlich nichts ausschließen. Die Fälle sind so verschieden und reichen von vorübergehenden Depressionen bis zu unheilbarer Schizophrenie. Manche sind in ihrem Verhalten absolut unberechenbar, und so viel Verstand gehört doch wohl nicht dazu, um zu begreifen, was es mit einer größeren Geldsumme auf sich hat. Die Tat selbst kann im Affekt geschehen sein. Und mit dem nötigen Glück …«

Sie hielt plötzlich inne, als ärgere sie sich über die Andeutung, ihr Arbeitsplatz sei ein Hort potenzieller Mörder, die jederzeit ausbrechen und bestialische Verbrechen begehen könnten. In der langen, ehrenhaften Geschichte des Psychiatrischen Krankenhauses von Trøndelag war so etwas sicher noch nie vorgekommen, dachte William. Doch unwillkürlich begann ihn das Thema zu interessieren. Sogar Ivar hatte die Möglichkeit in Betracht gezogen. Natürlich nicht in der Zeitung. Dort hatte er ausschließlich mitgeteilt, der Nachbar der Toten habe zum vermuteten Tatzeitpunkt einen

Mann in Richtung Olav Engelbrektssons allé hasten sehen. Weitere Spekulationen waren Sache der Leser. Der Mann konnte den Weg nach rechts eingeschlagen haben, in Richtung Ringvebukta und Fagerheim. Hatte er sich hingegen nach links gewandt, wäre er entweder zur Ringve-Schule und später zur Lade-Kirche gelangt oder er hätte sich auf Lademoen und die Stadtmitte zu bewegt. Aber es gab noch eine dritte Möglichkeit: Er hätte vor der Schule in den Østmarkveien abbiegen können, der seinerseits von der Olav Engelbrektssons allé gekreuzt wurde. Die Entfernung vom Victoria Bachkes vei bis zum Krankenhaus betrug nur wenige hundert Meter.

»Was tun Sie in der Klinik?«, fragte er

»Ich bin Krankenschwester auf der Abteilung II.«

»Ist die Polizei schon bei Ihnen gewesen?«

»Nicht bei uns. Aber die Abteilung VII wurde offenbar befragt, ob an dem betreffenden Nachmittag irgendwelche Patienten außer Haus gewesen seien. Ohne Ergebnis, soviel ich weiß.«

»Es ist aber auch nicht auszuschließen, dass ein gefährlicher Patient sich unerlaubt Ausgang verschafft haben könnte?«

»Äh … nein … ich denke nicht.« Gøril zögerte. »Sie wollen meine Aussage doch nicht etwa in der Zeitung wiedergeben?«

»Klar, du kommst morgen bestimmt auf die Titelseite«, sagte Oddvar grinsend.

»Nein, keine Sorge«, entgegnete William. »Aber danke für Ihre Einschätzung.«

Dann stand er auf, verabschiedete sich von den beiden, gab seine leere Kaffeetasse ab und verließ die Hütte. Da der Schneeregen inzwischen in Regen übergegangen war, beschloss er, die kürzeste Loipe nach Storsvingen zu nehmen. Bei solchem Wetter, mit nassem Rücken, zog er sich leicht eine Erkältung zu.

Während eines sanften Anstiegs kam ihm plötzlich der Gedanke, der Mörder könne so berechnend gewesen sein, dass er absichtlich in Richtung Psychiatrische Klinik gelaufen war, um die Polizei in die Irre zu führen. Was ihm somit auch gelungen wäre.

In Wirklichkeit war der Mann vielleicht nach links abgebogen, als er den Østmarkveien erreichte, hatte die entgegengesetzte Richtung eingeschlagen und war zum Parkplatz des Einkaufscenters zurückgekehrt. War dort in sein Auto gesprungen und hatte sich aus dem Staub gemacht. Vielleicht handelte es sich um jemand, der nicht vorbestraft war, einen gerissenen, intelligenten Kerl, der, von Geldnöten getrieben, zufällig sein Opfer erblickt und die günstige Gelegenheit genutzt hatte. Es war keinesfalls sicher, dass er den Mord von Anfang an geplant hatte, doch konnte die Angst, wiedererkannt zu werden, alle Hemmungen verdrängt haben.

Vielleicht.

Während der letzten, flachen Abfahrt ging William in die Knie und spürte zufrieden, wie er beschleunigte. Langlauf hatte ihm immer viel Spaß gemacht.

Was war mit der Mordwaffe, dem Messer – falls es sich um ein Messer handelte?

Das konnte der Täter aus der Halterung an der Wand genommen haben, die sich neben dem Kühlschrank befand. (Ivar hatte sich durch das Küchenfenster einen raschen Einblick verschafft.) Konnte das Blut unter der Spüle abgewaschen, das Messer abgetrocknet und wieder an seinen Platz gehängt haben. Vibeke Ordal war eine passionierte Köchin gewesen, deren Messerset (erneut Ivar zufolge) ebenso umfangreich wie scharf geschliffen war.

Dachte William, bevor er kopfüber in den Schnee stürzte. Er hatte die Tour mit einem eleganten Telemarkschwung beenden wollen, bevor er den Schneewall entlang dem Storsvingen erreichte. Begriff, dass er einen Moment lang unkonzentriert gewesen war, weil ihn der Mord in Lade weitaus stärker beschäftigte, als er Oddvar und seiner Freundin gegenüber hatte zugeben wollen.

Unwillkürlich musste er wieder an seinen nächtlichen Traum denken. Bevor er sich ins Bett gelegt hatte, fürchtete er, im Traum ängstlichen Kindergesichtern zu begegnen, doch das geschah nicht. Stattdessen träumte er von einer Menge Blut, das zunächst aus der verwundeten Schläfe einer Frau lief und anschließend eine riesige braunrote Lache auf einem Küchenfußboden bildete, auf den er nie seinen Fuß gesetzt hatte.

Er verspürte ein unangenehmes Zittern, während er die Skier auf dem Autodach befestigte.

hatten beide ein eigenes Büro im Pressehaus in Heimdal gehabt. Doch aus praktischen Gründen – es verging selten eine längere Zeit, ohne dass einer von ihnen das Bedürfnis hatte, mit dem anderen zu reden – bekamen sie die Erlaubnis, die Trennwand einzureißen. Obwohl beide dadurch ein paar Regalmeter einbüßten, machte ihr neues Büro einen ziemlich geräumigen und luftigen Eindruck. Außerdem hatten sie es nun nicht mehr nötig, ständig aufzustehen, hinüberzulaufen und sich immerfort im Türrahmen des anderen aufzuhalten. Kurz gesagt, so ihre Argumentation, führe die Neuregelung zu großer Zeitersparnis, woraufhin der Chefredakteur seine Genehmigung erteilt hatte.

Nun konnten beide ihre Kommunikation an dem Ort aufrechterhalten, der ihnen am besten gefiel, in ihren vertauten Bürostühlen, mit Blick auf die aktuellen Unterlagen. Natürlich sprachen sie nicht bei jeder Gelegenheit miteinander, wie manche hätten befürchten können. Vor allem taten sie es, wenn sie sich in aktuellen Fällen auf dem Laufenden halten wollten, was allerdings ziemlich häufig vorkam. Im Großen und Ganzen teilten sie sich die Aufgaben brüderlich, bildeten jedoch gleichzeitig ein Team, das, wenn es darauf ankam, fest zusammenhielt.

Ein einzigartiges symbiotisches Phänomen, wie böse Zungen behaupteten. Im Pressehaus waren sie früher mit einer Mischung aus Neid und Arroganz als Starsky und Hutch bezeichnet worden. Es gab sogar Nachrichtenredakteure, die es als minderwertig betrachteten, sich mit alltäglicher Kriminalität beschäftigen zu müssen, und es kam nur selten vor, dass Berufsanfänger sich um einen Platz in der kleinen Krimiredaktion bemühten. Wie auch immer, am Tag, an dem die Trennwand fiel, wurden die beiden Laurel und Hardy getauft, eine Bezeichnung, die zum Glück für ihre Erfinder weder William noch Ivar etwas ausmachte. »Wie kindisch ihr seid«, war Ivars lapidarer Kommentar. Falls die beiden noch andere Ziele verfolgten als das ehrenwerte, möglichst gute Arbeit zu leisten, so sprachen sie jedenfalls nicht davon. Das Wichtigste für sie war ihre enge Kooperation, ihre gemeinsame Wellenlinie sowie ihr Gespür dafür, welche Themen in welcher Form publiziert werden sollten.

Von Natur aus hatten die beiden wenig Gemeinsamkeiten. Ivar zum Beispiel hatte eine sehr forsche Art – normalerweise ein Vorteil für einen Journalisten –, während William introvertiert veranlagt war. Ivar platzte auf Pressekonferenzen der Polizei manchmal mit der ersten Frage heraus, noch ehe das Startsignal für die Journalisten gegeben worden war. William pflegte zu warten, bis er an der Reihe war. Auch fragte er sehr präzise, während Ivar meist mehrere Antworten gleichzeitig einforderte. Ivar liebte es zu diskutieren, während William sich in der Rolle des Zuhörers am besten gefiel.

Sie waren ungefähr gleich alt, sahen jedoch grundverschieden aus. Ivar Damgård war mit seinen strohblonden Haaren, den leuchtenden Augen und seinem getrimmten Vollbart eine markante Erscheinung. Manche meinten, er sehe aus wie ein richtiger Macho, obwohl ihm niemand übertriebene Eitelkeit vorwerfen konnte. Er hasste jede Art der Körperbetätigung. William Schrøder war sehr viel besser in Form, aber einen halben Kopf kleiner und kam mit seinen spärlichen, aschblonden Haaren wohl kaum als Model für ein Frisurenmagazin infrage. Im Gegensatz zu seinem Kollegen, dessen wohlgenährter Bauch seit Jahren nicht zu verhehlen war, hatte er eine durch und durch schlanke, beinahe magere Figur. Er trug eine Brille, war stets sorgfältig gekleidet und machte einen ausgeprägt intellektuellen Eindruck, während Ivar sich sportlicher kleidete, immer noch ohne Brille auskam und derjenige von ihnen war, der öfter ins Kino ging und ein Buch nach dem anderen verschlang. Fußball im Fernsehen hingegen konnte er nicht ausstehen, während William nur selten ein Spiel ausließ.

Obwohl ihr persönlicher Background sich ähnelte, beide verheiratet waren und zwei Kinder hatten, trafen sie sich nur selten außerhalb der Arbeit. Dass sie nicht auch noch die Freizeit miteinander verbrachten, erklärte vermutlich am besten, warum sie in der Redaktion so gut miteinander auskamen. Da sie sich ein Büro teilten, mussten sie auch tolerieren, dass einer telefonierte, während der andere am Computer arbeitete, womit beide jedoch glänzend zurechtkamen. Außerdem waren sie ja nicht immer gemeinsam in einem Raum. Ging bei ihnen die Meldung über einen Überfall oder Einbruch ein, machte sich meist einer von ihnen auf den Weg zum Tatort, während der andere oft einen Großteil des Tages im Gerichtsgebäude zubrachte, um später anschaulich und objektiv über interessante Prozesse berichten zu können, von denen es nicht wenige gab. Manchmal ereignete sich so vieles gleichzeitig, dass weitere Kollegen hinzugezogen werden mussten. Doch im Großen und Ganzen bewältigten sie die anfallende Arbeit allein.

Gab einer von ihnen den Ton an? Wenn es um definitive Entscheidungen ging, behielt William in der Regel die Oberhand, weil er als Kriminalreporter über die größere Erfahrung verfügte.

Als er am Montagmorgen, dem 24. Januar, sein Büro betrat, befand sich Ivar bereits im wenige Kilometer entfernten Gerichtsgebäude in der Munkegata, in dem der Strafverteidiger in dieser Woche versuchte, die Schöffen davon zu überzeugen, dass es im Fall des Mannes, der seine Freundin vergiftet hatte, eine Reihe mildernder Umstände gab. Obwohl das Urteil bereits festzustehen schien, war der Prozess so spektakulär, dass viele Journalisten aus Oslo angereist waren, um täglich von ihm zu berichten.

William stellte die Kaffeetasse vorsichtig auf einen freien Fleck zwischen die Papierhaufen. Dann setzte er sich auf den Stuhl, rollte näher an den Schreibtisch heran und schaute auf seine Notizen. Es gab keine dringliche Arbeit, nur einige Telefonanrufe mussten erledigt werden. Er hatte Ivar unter anderem versprochen, sich beim Polizeipräsidium nach dem aktuellen Stand im Lade-Mordfall zu erkundigen. Bevor er den Hörer zur Hand nahm, warf er einen Blick in die Tagesausgabe der Zeitung und las im *Polizeijournal* noch einmal nach, was sich am Samstagabend zugetragen hatte:

23 Uhr 34. Gewaltsamer Ehestreit in Risvollan. Ein Mann fügte seiner einunddreißigjährigen Ehefrau im Streit eine blutende Wunde an der Schläfe zu. Ärztliche Behandlung war nicht nötig. Ob die Frau ihren Mann anzeigen wird, ist ungewiss.

Aus Sicht der Polizei klang das so einfach, dachte William. Nichts über die Hintergründe. Kein Wort davon, dass die Frau nicht zum ersten Mal misshandelt worden war. Keine Erwähnung des Alkoholgestanks in der Wohnung oder der verschreckten Kinder im Türrahmen. Keine Beschreibung ihrer Hilflosigkeit oder der Vergebung seitens Frau Danielsens, die William immer noch unbegreiflich war. Niemand wusste besser als die Mitarbeiter das Sozialamts, dass solch ein Milieu Gift für die Kinder war, doch gab es keinerlei Bestrebungen, Mutter und Kindern eine andere Bleibe anzubieten.

Im Grunde konnte er Solveigs Einstellung gut nachvollziehen. Aber kam Journalisten wie ihm eine Überwachungsfunktion zu? An wen sollten sie sich wenden, wenn die Frau selbst es unterließ, ihren Mann anzuzeigen? An Verwandte des Opfers, an einkommensstarke Freunde des Paares? An motivierte und mitfühlende Leser? An Institutionen wie Sozialamt, Familienberatung oder Kinderschutzbund? (Als wären die unhaltbaren Verhältnisse in vielen Familien nicht allgemein bekannt!) Wann war der Punkt gekommen, an dem man Eltern ihre Kinder wegnehmen musste? Geeignete Pflegeeltern gab es nicht gerade in Hülle und Fülle. Manchmal waren sie die richtige Lösung, doch kam es auch vor, dass die barmherzigen Samariter nicht genügend an dem Wohl der Kinder interessiert waren und sie damit zum Spielball eines bürokratischen Systems machten, dem Verordnungen und Paragrafen wichtiger waren humanitäre Aspekte. Doch andere zu kritisieren war schließlich kein Kunststück. Waren er und Solveig denn bereit, ihr Heim für unglückliche kleine Seelen zu öffnen, mit allen Komplikationen, die das mit sich führte? In der Egogesellschaft war es üblich, dass jeder genug mit seinen eigenen Problemen zu tun hatte. Wenn man von der Arbeit nach Hause kam, verdiente man Ruhe und Frieden und wollte sich nicht mit weiteren Problemen herumschlagen. Und war die Vernachlässigung einzelner Kinder nicht ein Luxusproblem, verglichen mit dem Elend, das in großen Teilen der Welt herrschte?

Ein weiteres Mal musste William sich eingestehen, keine Patentlösung parat zu haben. Er griff zum Telefonhörer und wählte die Durchwahl von Arne Kolbjørnsen. Während er es klingeln ließ, nippte er an seiner Kaffeetasse und streckte die Beine unter den Schreibtisch. Etwas mit seinem linken Knie war nicht in Ordnung. Hatte er sich doch etwas zugezogen, als er gestern im Schnee gestürzt war?

»Kolbjørnsen!«, bellte es am anderen Ende.

William verstand sofort, dass der Mann mehr als genug zu tun hatte. Eigentlich war es ein Wunder, dass er überhaupt abgehoben hatte. Er sah ihn vor sich, den hartnäckig arbeitenden rothaarigen Polizeibeamten, der die Karriereleiter Stufe für Stufe emporgestiegen war; der seinen Bart abrasiert hatte, nachdem er zum Kommissar befördert worden war; der, wie er selbst, im Stillen seine Arbeit verrichtete, nicht viel Aufhebens um die eigene Person machte, jedoch stets tat, was von ihm erwartet wurde. Im Moment war er mit einem rätselhaften Fall konfrontiert, der sich nicht ohne weiteres lösen ließ, und sein Chef, Nils Storm, erwog sicherlich, die Experten von KRIPOS, dem Zentralorgan der norwegischen Kriminalpolizei, einzuschalten.

»Hier ist William Schrøder. Ich hoffe, ich störe Sie nicht.«

»Aber nein, ich habe mich schon nach Ihrer Stimme gesehnt.« Trotz seiner Vertrauen erweckenden Sachlichkeit schlug Kolbjørnsen zuweilen einen ironischen Ton an, der den meisten Polizisten fremd war. »Sie wollen sicher etwas zum Mord an Vibeke Ordal erfahren, nicht wahr?«

»Richtig geraten. Gibt es irgendwelche Neuigkeiten?«

»Leider nein.«

»Irgendwelche Spuren muss der Täter doch hinterlassen haben.«

»Aber nicht in Form von Fingerabdrücken auf den Türklinken. Und falls er seinem Opfer im Garten aufgelauert haben sollte, hat der Neuschnee seine Fußspuren unkenntlich gemacht. Alles, was wir gefunden haben, sind ein paar nasse Zigarettenstummel, die an der Hauswand, in der Nähe des Küchenfensters, lagen, aber die können natürlich schon vorher da gewesen sein.«

»Selbst gedrehte Zigaretten?«

»Vermutlich.«

»Sind Sie nicht der Meinung, dass die Zeitung ihre Leser zur Mithilfe aufrufen sollte?«

»Wenn ich das wäre, hätten Sie es erfahren.«

»Was ist mit Østmarka?«

»Sie meinen das Krankenhaus? In der betreffenden Abteilung ist niemand vermisst worden. Außerdem hält es das Personal für sehr unwahrscheinlich, dass einer der Patienten in der Lage sein sollte, eine solche Tat zu verüben und nachher zu vertuschen. Die in Frage kommenden Personen hätten sich in diesem Fall noch länger im Haus des Opfers aufgehalten oder wären durch die Nachbarschaft gestreift. Ein geistig verwirrter Mensch hätte niemals die vielen Vorsichtsmaßnahmen treffen können, die erforderlich waren, um erfolgreich zu sein.«

»Vielleicht hat irgendein abgebrannter Krankenpfleger die Gelegenheit beim Schopf gepackt, weil er wusste, dass man die Patienten, nicht aber die Angestellten verdächtigen würde.«

»Sie sollten Privatdetektiv werden.«

William lächelte. Sie kannten einander ziemlich gut und wussten genau, ab welchem Punkt die Polizei der Presse keine weiteren Informationen liefern konnte. »Ivar Damgård hat ein Gespräch mit der Bankangestellten geführt, die Vibeke Ordal bedient hatte. Leider konnte sie keine Beschreibung des Mannes geben, der sich zu diesem Zeitpunkt in der Schalterhalle befand.«

»Das ist richtig«, sagte Kolbjørnsen. »Er hatte ihr den Rücken zugekehrt.«

»Und er verließ die Bank unmittelbar nach Frau Ordal.«

»Sieht so aus. Noch mehr Details, die wir Einfallspinsel außer Acht gelassen haben?«

»Ja, die Banknoten. Falls es sich wirklich um neue Scheine gehandelt hat, müssten die Nummern bekannt sein.«

»Vielen Dank für den Hinweis, aber das haben wir schon überprüft. Ausgehend vom nächsten Geldpaket, das bereitlag, wissen wir genau, um welche Nummern es sich handelt.«

»Die Sie vielleicht veröffentlichen sollten.«

»Haben wir schon, aber nur gegenüber den richtigen Instanzen. Postämter, Banken, Tankstellen. Und sicher kennen Sie auch den Grund dafür, Sherlock.«

Das tat William. Eine Veröffentlichung der Nummern konnte den Täter davon abhalten, die Scheine in Umlauf zu bringen. »Für heute habe ich keine weiteren Fragen mehr, vielen Dank.«

»Lassen Sie bald wieder von sich hören, damit wir im Präsidium über den Stand Ihrer Ermittlungen unterrichtet sind.«

»Versprochen. Auf Wiederhören.«

Er schluckte die spitze Bemerkung und brachte lächelnd ein paar Notizen zu Papier, trank seinen Kaffee und fragte sich, ob er im Moment noch irgendetwas Sinnvolles bezüglich des Mordes am Victoria Bachkes vei unternehmen konnte.

Einige Stunden später ging er zum Mittagessen in die Kantine. Als er Henriksen, den Setzer, erblickte, der einen schwarzen Anzug trug und ein Stück Käsekuchen aß, ging er mit seinem Lunchpaket zu ihm hinüber.

»Siehst ja aus wie aus dem Ei gepellt, Preben. Hast du heute noch was vor?«

»Das solltest du eigentlich wissen. Nachher ist die Beerdigung.«

»Oh, entschuldige. Kanntest du Vibeke Ordal gut?«

»Zumindest besser als die meisten anderen Nachbarn. Meine Frau war mit ihr befreundet. Außerdem hatten wir früher Kontakt zu Harald Tranøy, solange er noch mit ihr zusammenwohnte.«

»Wurden sie nicht vor sieben, acht Jahren geschieden?«

»So in etwa. Eigentlich war mir der Kerl ziemlich unsympathisch, weil er sich ständig irgendwelche Gartengeräte von uns ausgeliehen hat. Dafür war er uns allerdings auch behilflich, wenn wir mal einen juristischen Rat brauchten.«

»Ein Anwalt, jetzt wohnhaft in Oslo?«

»Richtig. Mit seiner neuen Freundin. Ich hoffe, er behandelt sie besser als Vibeke.«

»Hat sie unter ihm gelitten?«

»Vor allem psychisch, glaube ich. Außerdem ist er ein verdammter Geizkragen.«

»Aber er hatte wohl keinen Grund … sie zu ermorden?«

Henriksen, der sich gerade ein großes Stück Kuchen in den Mund schob, erstarrte und schaute ihn erschrocken an. »Nie im Leben. Und schon gar nicht aufgrund des Geldes, denn er ist zwar Anwalt, aber Gorm ist Alleinerbe.«

»Den Sohn kennst du auch?«

»Ja, natürlich. Ein netter Junge.« Der Setzer kaute weiter. »Er spielte eine Weile in der Jugendmannschaft von Trygg, während ich dort Trainer war. Im Moment hat er wohl hauptsächlich das Studium und seine Freundin im Kopf. Zurzeit wohnen sie im Studentenwohnheim in Moholt, aber vielleicht werden sie in das Haus seiner Mutter ziehen. Falls Gorm dazu in der Lage ist.«

William nickte, dachte an all das Blut, das er im Traum gesehen hatte, und daran, wir schrecklich es für den Sohn gewesen sein musste, die Leiche seiner Mutter zu finden. »Der Unbekannte, der an dir vorbeigelaufen ist, kannst du dich noch an Einzelheiten erinnern?«

»Nur an die, von denen ich Ivar schon erzählt habe. Hätte ich gewusst, was gerade geschehen war, hätte ich natürlich besser aufgepasst … mir den Kerl geschnappt und ihn mit bloßen Händen erwürgt!«

»Sie stand am Briefkasten, als du an ihr vorbeifuhrst?«

»Ja, wir haben uns zugewinkt.«

»Aber da hast du nichts von einem Mann gesehen, der sich dem Haus näherte?«

Henriksen schluckte und ließ den Rest des Kuchens stehen, als sei ihm plötzlich bewusst geworden, dass er seiner Nachbarin an diesem Nachmittag zum letzten Mal zugewinkt hatte. »Ich bedaure fast, dass ich Ivar den Tipp gegeben habe. Auch die Polizei stellt mir ständig dieselben Fragen. Wie zum Teufel hätte ich denn ahnen können, was im nächsten Moment passieren würde?«

»Natürlich konntest du das nicht.«

»Wenn dich die Sache so brennend interessiert, dann komm doch mit zur Beerdigung. Ich fahre in einer halben Stunde los.«

William nickte erneut. Er konnte sich dezent im Hintergrund halten und in die Lage der Hinterbliebenen hineinversetzen. Er wusste, dass die Neugier seine eigentliche Triebfeder war, sowie die klammheimliche Hoffnung, der Mörder könne sich unter den Trauergästen befinden, wie dies manchmal in Romanen und Filmen vorkam.

»Was mich wundert«, bemerkte Henriksen nach einer Weile, »ist, dass die Polizei eine so rasche Beerdigung zulässt. Ich meine, Vibeke Ordal wurde doch erst vor elf Tagen ermordet. Ich dachte, die Experten würden für die Untersuchung der Leiche mehrere Wochen benötigen.«

»Sie wurde einen Tag nach ihrer Ermordung obduziert. Nach meinen Kenntnissen gab es keinen Grund, die Beerdigung aufzuschieben. Schließlich wurde sie nicht vergiftet, wie in dem Fall, der gerade verhandelt wird.«

»Ich kann nur hoffen, dass sie den Kerl möglichst bald schnappen. Meine Frau sagt, sie findet keine Ruhe, bevor sie nicht eine große Mauer ums Krankenhaus gebaut haben.«

Das Begräbnis begann um halb zwei. Die Trauerfeier fand in der Lademoen Kapelle in Voldsminde statt. William folgte Henriksen in seinem eigenen Wagen und blieb, nachdem er Henriksens Frau begrüßt hatte und diese mit ihrem Mann hineingegangen war, noch eine Weile hinter dem Steuer sitzen, um die Leute zu beobachten, die der Reihe nach auf den Parkplatz einbogen und aus ihren Autos stiegen. Die Temperatur lag um den Gefrierpunkt, und obwohl die feuchten, weißen Schneeflocken, die vom Himmel fielen, für eine verspätete Weihnachtsstimmung sorgten, konnten sie auch als Versuch eines gnädigen Gottes betrachtet werden, die Schwere des Abschieds ein wenig zu mildern. Bei zwei Autos handelte es sich um neue Toyotas mit dem Logo der Firma, für die Vibeke Ordal gearbeitet hatte. Er erkannte einen der Mitarbeiter, der ihm vor ein paar Jahren einen gebrauchten Corolla verkauft hatte.

Unter den Gästen bemerkte er auch einige Gesichter aus dem Sportmilieu, allen voran einen groß gewachsenen Mann seines Alters mit kupferroten Haaren und einem traurigen, dunklen Anzug. Hatte Kolbjørnsen Gleiches im Sinn wie er selbst, oder war es üblich, dass die Polizei den Ermordeten die letzte Ehre erwies?

Um fünf vor halb zwei, als der Strom der Besucher nachließ, verließ William widerwillig seinen Wagen und betrat die hell erleuchtete Kapelle. Ein Mann in dunklem Anzug, der sich am Eingang postiert hatte, reichte ihm ein zusammengefaltetes Blatt mit den Liedtexten, und die Töne der einsetzenden Orgel bedrückten ihn so stark, wie er befürchtet hatte. Der Anblick des Sargs sowie der süßliche Duft der Blumen verstärkten sein Gefühl, an einer Trauer teilzuhaben, zu der er eigentlich keinen Anlass hatte. Hier war er ein ebenso unbeteiligter Zuschauer wie in der ärmlichen Wohnung in Risvollan. Joakim, sein Vater, hatte es ihm damals gesagt, nachdem er ihm erzählt hatte, er würde beim *Trondheimer Anzeiger* anfangen: »Du wirst vieles zu sehen bekommen, mein Junge, darunter auch Dinge, auf die du lieber verzichten würdest. Aber das gehört wohl zum Alltag eines Journalisten.« Der Vater hatte Recht behalten, doch im Gegensatz zu ihm war Solveig der Meinung, er müsse sich auch persönlich für die wichtigen Fälle interessieren, über die er schrieb. Aber das war ihm nicht möglich, denn je mehr er vom Privatleben anderer Menschen erfuhr, desto stärker musste er darauf achten, einen gewissen Abstand zu wahren. Ließ er das Leid fremder Personen zu nahe an sich herankommen, dann war der Griff zur Flasche oder anderen Drogen vorprogrammiert. Geistliche zum Beispiel, die oftmals mehrere Begräbnisse am Tag durchzuführen hatten, konnten unmöglich so tief mit den Trauernden mitfühlen, wie ihre salbungsvollen Stimmen vorgaben. Kein Wunder, dass man vielen von ihnen die Routine anmerkte. Als Berufsanfänger, der von zahlreichen Beerdigungen berichten musste, hatte er versucht, sich in die Situation eines Pfarrers hineinzuversetzen, und es dauerte nicht lange, bis er seine eigenen Formulierungen auswendig kannte:

Die Kirche war feierlich mit Blumen und Kerzen geschmückt. Auf dem Sarg lag ein Bouquet der engsten Familienangehörigen, das aus dunkelroten Rosen bestand …

Er nahm in der hintersten Reihe Platz, ein Stück von Kolbjørnsen entfernt, dessen hellwacher Blick die Anwesenheit des *Trondheimer Anzeigers* mit unmerklichem Lächeln quittierte. Falls sich der Täter wider alle Wahrscheinlichkeit unter der Schar barhäuptiger Köpfe befand, war es William unmöglich, ihn zu identifizieren. Schämen sollte er sich, denn er hatte hier nichts zu suchen.

Ein Trio spielte »So nimm denn meine Hände«, und nach der Beerdigung wurde »Schön ist die Erde« angestimmt.

Er bemerkte, dass er die Deckenbalken zählte, während der Pfarrer sprach. Erschrocken zuckte er zusammen, wie ein kleiner Junge, den man auf frischer Tat ertappt hatte. Dann versuchte er, sich das Gesicht der Toten im Sarg vorzustellen, den tiefen Schnitt in ihrem weißen Hals, von dem man das Blut sorgfältig entfernt hatte, doch es gelang ihm nicht. Vielleicht weil er sie niemals lebend gesehen hatte, vielleicht weil er sich im Dienst befand und die äußeren Umstände ohnehin nicht beeinflussen konnte.

Danach erhoben sich alle und blieben eine Weile unbeweglich stehen, bevor ein junger Mann, Gorm Ordal, gebeugten Kopfes und seine Freundin im Arm haltend, langsam durch den Mittelgang schritt. Ein Stück dahinter folgte ihm ein Mann mittleren Alters mit grau melierten Haaren und geröteten Augen. Die Ähnlichkeit mit Gorm war so auffällig, dass William sofort begriff, dass es sich um den Vater handelte. Harald Tranøy war aus Oslo gekommen, um am Begräbnis seiner ehemaligen Frau teilzunehmen. Anständige Menschen taten so etwas offenbar.

Er empfand Erleichterung, als er wieder den Schneematsch unter seinen Füßen spürte. Während er die Tür seines Autos öffnete, legte sich eine Hand auf seine Schulter.

»Hallo.« Es war der Toyota-Verkäufer namens Knut Petter. Man sah ihm an, dass er geweint hatte.

»Eine furchtbare Geschichte«, sagte William.

»Völlig unbegreiflich.«

»War sie beliebt bei ihren Kollegen?«

»Sehr beliebt. Fast die gesamte Belegschaft ist hier.«

Der Mann hatte sich eine Zigarette angezündet, und William bekam Lust, es ihm gleichzutun. Stattdessen ergriff er die Gelegenheit zu einer weiteren Frage: »Niemand von Ihnen wusste, dass sie an diesem Tag im Lotto gewonnen hatte?«

»Nein, ich denke nicht. Vibeke wollte es anscheinend lieber für sich behalten. Aber die Polizei hat uns natürlich auch schon gelöchert.« Er machte eine mürrische Kopfbewegung in Richtung Kolbjørnsen, der sich wenige Meter entfernt mit Harald Tranøy unterhielt. »Als hätte irgendjemand von uns Vibeke auch nur ein Haar krümmen können. Kommen Sie noch mit zum gemeinsamen Essen?«

»Nein, ich kannte sie nicht persönlich.«

»Verstehe. Sie sind hier, um über das Begräbnis zu berichten.«

»Nein, nein.«

»Vielleicht war der Mörder sogar unter uns. So was soll ja vorkommen. Wenn er auch nicht an den Tatort zurückkehrt, sucht er vielleicht immer noch die Nähe zu seinem Opfer.«

William schüttelte den Kopf, begriff jedoch, dass er nicht der Einzige war, der eine lebhafte Fantasie besaß. Hingegen würde er nie so handeln wie seine Kollegen von der Boulevardpresse – von denen er allerdings niemand in der Kapelle erblickt hatte –, sich an die engsten Angehörigen wenden, sie fotografieren und nach ihren Gefühlen befragen. Den schamlosen Reportagen, die daraus entstanden, fehlte jede Spur echter Mitmenschlichkeit; sie befriedigten einzig und allein den unbändigen Drang der Leserschaft, Einblick in das Privatleben anderer Leute zu bekommen. Sowohl *Dagbladet* als auch *VG* hatten bereits Kurzinterviews mit Gorm Ordal veröffentlicht, die weder besonders sensibel noch erhellend waren. Auch in Norwegen war man auf dem Weg, individuelle Tragödien öffentlich auszuschlachten, was er nicht ausstehen konnte. Dort, wenn auch nicht auf allen Gebieten, verlief für ihn die Grenze, die moralisch verantwortlichen Journalismus von unverantwortlichem trennte. Unter anderem, weil es seine Pflicht war, Menschen, die zur Redseligkeit neigten, vor sich selbst zu schützen.

Kurz darauf befand er sich wieder auf dem Weg nach Heimdal, verfluchte einen Raser, der mit mindestens 110 km/h an ihm vorbeipreschte, hatte sich jedoch längst wieder beruhigt, als er mit einer Kaffeetasse in der Hand sein Büro betrat. In der Zwischenzeit war die Post für Laurel und Hardy eingetroffen. Einen der Briefe, die an Ivar persönlich adressiert waren, legte er auf dessen Schreibtisch. Danach putzte er seine Brillengläser, vertiefte sich eine Weile in kleinere Delikte und überlegte, ob es richtig gewesen war, das Sozialamt einzuschalten. Schließlich fiel ihm ein, dass eine Kollegin kurz vor Weihnachten einen langen Artikel geschrieben und festgestellt hatte, dass weitaus größere Mittel für den Kampf gegen familiäre Gewalt bereitgestellt werden müssten. Er zweifelte daran, dass der Artikel sein Ziel erreichen würde.

Dann eilte ein geschäftiger Ivar ins Zimmer und ließ sich sogleich auf seinen Schreibtischstuhl fallen. »Ein Typ, der seine Freundin vergiftet, damit sie ihn nicht verlässt, ist ein ausgemachter Psychopath«, war seine brummende Kurzversion des heutigen Gerichtstages.

»Trotz so genannter verminderter Zurechnungsfähigkeit?«

»Ja, es scheint paradox, aber der Kerl ist hochintelligent.«

»Ich war auf der Beerdigung von Vibeke Ordal«, versuchte es William mit einem Themenwechsel.

»Wie nett von dir. Gibt's was Neues?«

»Nein, eigentlich nicht. Da liegt übrigens ein Brief für dich.«

»Hm.« Ivar streckte die Hand aus, ohne den Bildschirm aus den Augen zu lassen. »Bestimmt wieder irgendein ungebetener Kommentar.«

Bei großen Fällen fehlte es nie an Kritik und Protesten von verschiedensten Seiten. Obwohl beide stets versuchten, den Gang der Verhandlung möglichst objektiv darzustellen, beschwerten sich die Angehörigen oft über die Art und Weise, in der die Aussagen von Angeklagten und Zeugen wiedergegeben wurden. Erneut versuchte William sich auf seine Arbeit zu konzentrieren, wurde jedoch von Ivars Lieblingsformulierung aus seinen Gedanken gerissen: »Ich glaub', ich spinne!«

Er hob den Blick. Ivar hatte den Umschlag geöffnet und starrte mit offenem Mund auf das rote Blatt Papier, das er auseinander gefaltet hatte.

»Was ist das?«

»Sieh selbst.«

William nahm das Blatt. In der Mitte der DIN-A4-Seite standen nur vier Wörter, geschrieben mit großen Buchstaben:

SIE WAR DIE ERSTE

Verwirrt drehte er das Blatt, doch die Rückseite war leer. Ivar untersuchte den Umschlag.

»Poststempel ist von Samstag, Trondheim. Natürlich kein Absender.«

Das konnte alles und nichts bedeuten, wusste William. In der Regel bedeutete es nichts. Doch in diesem Fall hatte er das unheimliche Gefühl, dass der Brief – der knappe schwarze Text auf blutrotem Grund – sehr viel mehr war als das Werk eines Verrückten. Beziehungsweise genau das. Die melodramatische Nachricht eines kranken Menschen, der nicht nur bedenkenlos und willkürlich mordete, sondern implizit damit drohte, die Tat zu wiederholen. Adressiert an Ivar Damgård, vermutlich, weil dieser den ersten Artikel über den Mord verfasst hatte.

Dann sah William, dass Ivar bereits zum Telefonhörer gegriffen hatte.

»Guten Tag, Herr Kolbjørnsen! Hier Damgård. Jetzt halten Sie sich fest, ich habe gerade einen anonymen Brief bekommen ...«

William betrachtete den Kollegen und versuchte aus dessen Mienenspiel auf den Gesprächsverlauf zu schließen. Durch einen Knopfdruck hätte er einen kleinen Lautsprecher aktivieren können, widerstand jedoch der Versuchung.

»Fingerabdrücke? Keine Angst, ich werde den Umschlag nur noch mit Samthandschuhen anfassen. Sieht so aus, als fühlte sich der Kerl von uns vernachlässigt … Sie glauben, da erlaubt sich jemand einen Spaß … wir sollten das nicht veröffentlichen? Bitte?« Ivar schwieg eine Weile und machte sich dann ein paar Notizen. »Das mit der Plastiktüte geht in Ordnung. Sie schicken einen Kurier? Alles klar …«

Noch während er telefonierte, hatte Ivar eine Schreibtischschublade aufgezogen und eine Pinzette herausgeholt.

»Wir müssen auf jeden Fall ein paar Kopien machen, bevor wir das Schreiben aus der Hand geben«, knurrte er.

»Kolbjørnsen nimmt den Brief ernst?«

»Anfangs schien es gar nicht so. Doch die Ermittlungen treten anscheinend so auf der Stelle, dass er und Storm sich an jeden Strohhalm klammern. Was ist, wenn der Absender seine Drohung in die Tat umsetzt?« Mithilfe der Pinzette trug er den Umschlag und das Blatt Papier zum Kopierer. »Außerdem …«

»Ja?«

»Außerdem hat mir Kolbjørnsen gesagt, dass ein identischer Brief auf seinem Schreibtisch lag, als er von der Beerdigung kam.«

Während Ivar sich auf das Kopieren konzentrierte, stand William auf, streckte den Arm aus und angelte sich den Block, warf einen Blick darauf und stellte fest, dass sie wieder einmal dieselben Überlegungen anstellten. Falls sie beide richtig vermuteten, standen sie – und nicht zuletzt die Polizei – dem schlimmsten Verbrechertypus von allen gegenüber, einer personifizierten Bedrohung, die zum Albtraum für die Allgemeinheit werden konnte. Ivar hatte ein einziges Wort notiert.

Serienmörder?

Für einen Augenblick trafen sich ihre Blicke. Das einzige Geräusch war das Summen des Kopierers.

Wenn sie allein

zu Hause war, blieb sie manchmal am Fenster stehen und blickte hinaus, in Richtung Fjord. Lange und unverwandt, als ob die Lichter, die sich zwischen ihr und dem Wasser befanden, ihre Fragen hätten beantworten oder besser gesagt: sie von ihrer nagenden Unsicherheit hätten befreien können.

Sie wusste, sie würde diese nie loswerden, solange er sich nicht aus seiner Schale befreite und ihr in die Augen blickte, wenn sie sich dem Thema näherten. Aber das tat er nie. Jedes Mal, wenn er darüber zu sprechen begann, was in seinem Kopf vor sich ging, und wenn sie hoffte, dass nun, *nun* die Wahrheit ans Licht kommen würde, wich sein Blick zurück. Wurde fern und diffus, worauf er sich entweder einigelte oder von etwas anderem zu sprechen begann. Den Fernseher anstellte und in den Keller ging. Wenn er wieder heraufkam, den Arm voller Birkenholz, das nach sommerlichem Wald duftete, pfiff er meist irgendein altes Stück – Jimi Hendrix? – vor sich hin und war so zärtlich gestimmt, dass er beim geringsten Hüftschwung von ihr dahinschmolz und sie zu liebkosen begann. Seine Augen wurden dann sanft und warm, und sie ließ es zu, dass seine Hände ihren gesamten Körper ertasteten. Vergaß die bohrende Angst und gab sich ganz dem Genuss hin. Niemand, glaubte sie, war imstande, ihr solch eine Lust zu bereiten wie er. Sie wurde schon feucht, wenn er sie nur ansah. Dabei waren sie beide nicht mehr die Jüngsten!

Dennoch wunderte es sie, dass er immer wieder von sich aus auf ein Leben zu sprechen kam, das er offenbar verabscheute und das mehr als dreißig Jahre zurücklag. Warum drang er nie zum Wesentlichen vor, zum Kerngehäuse des verbotenen Apfels?

Warum ließ er sie abends, wenn es dunkel war, manchmal allein? Früher hatte sie ihn oft nach dem Grund gefragt, doch seine Antworten waren stets vage gewesen.

»Wo willst du hin?«

»Ich muss raus.«

»Wohin?«

»Weiß nicht. Muss den Kopf freibekommen.«

Er konnte fünfzehn Minuten oder stundenlang fortbleiben, zu Fuß gehen, die Skier oder das Auto benutzen. Einmal hatte sie darauf bestanden mitzukommen, und widerstrebend hatte er eingewilligt. Sie waren bergauf gegangen, dem Wald entgegen. Mit sicherem Schritt hatte er sie durch das nahezu undurchdringliche Terrain geführt, während er kaum ein Wort sprach und sich vermutlich über eine Vergangenheit den Kopf zerbrach, die sie so gern mit ihm geteilt hätte. Doch inzwischen behelligte sie ihn nicht mehr mit ihren Fragen; ihr Arzt hatte ihr dringend davon abgeraten und gesagt, es sei vollkommen sinnlos, noch mehr Druck auf ihn auszuüben. Solange er das Thema von sich aus nicht anschnitt, konnten ihre fordernden Fragen seinen totalen Zusammenbruch auslösen.

Jetzt war sie allein. Stand zehn Minuten am Fenster, bevor sie sich losriss. Ging langsam ins Schlafzimmer, zog einen Hocker an den geöffneten Kleiderschrank, stieg auf ihn und angelte sich eine Pappschachtel vom obersten Regal. Setzte sich aufs Bett und entfernte den Deckel. Er hatte ihr nie verboten hineinzuschauen. Kurz vor ihrer Hochzeit hatte er ihr sogar den Inhalt gezeigt, jeden einzelnen Gegenstand hervorgeholt, ihr anvertraut, was er alles mitgemacht hatte, jedenfalls das meiste. Er fand, sie sollte das wissen, bevor sie ihm ihr Jawort gab.

Sein innerstes Geheimnis, das er nicht mit ihr zu teilen vermochte, musste sich in dieser Schachtel befinden. Doch falls es so war, falls die kleinen Gegenstände ihn an das Allerschlimmste erinnerten, warum behielt er sie dann? Warum grub er nicht ein Loch und ließ die Reliquien für immer darin verschwinden? Sie nahm die Dinge heraus und hielt sie eine Weile in der Hand, bevor sie sie auf die geblümte Bettdecke legte: die Dokumente, das Kästchen mit den Medaillen, die Zeitungsausschnitte, die metallenen Identifikationszeichen und zuletzt – das Armeemesser mit dem grünen Griff. Sie zog es langsam aus der Scheide, worauf die scharfe Klinge im Licht aufblitzte, das durch den Erker fiel.

Das Messer.

So hatten sie ihn genannt. Falls er die ganze Geschichte und seine psychischen Leiden nicht erfunden hatte, um die Demütigung verkraften zu können, beim Militär aussortiert worden zu sein.

Dennoch begannen ihre Finger zu zittern. Dann hörte sie das Geräusch seines Wagens und legte alles rasch an seinen Platz zurück. Als er den Flur betrat, hatte sie die Schachtel wieder auf das oberste Regal geschoben und ging ihm lächelnd entgegen.

musste öffentlich einräumen, auf der Stelle zu treten. Das fürchterliche Verbrechen, das ganz Lade aufgeschreckt hatte, schien unaufgeklärt zu bleiben. Beinahe vier Wochen waren vergangen, seit der Student Gorm Ordal seine Mutter tot aufgefunden hatte, und obwohl die Polizei jeden Stein umdrehte und die wenigen gesicherten Erkenntnisse von allen Seiten betrachtete, sogar mehrmals mit denselben Personen sprach, gab es einfach nichts Neues, das die Nachforschungen in die richtige Richtung hätte lenken können. Alle Wege mündeten in eine Sackgasse.

Die einzige konkrete »Spur« waren die kurzen, deformierten Zigarettenstummel, die vielleicht nicht einmal vom Täter stammten. Hauptkommissar Storm zufolge war es unmöglich, so etwas wie Fingerabdrücke auf ihnen zu erkennen. Da half es auch nicht, dass die Spurensicherung feststellte, beim Tabak handele es sich um Petterøes Blau Nummer drei. Die Lösung des Falls schien in immer weitere Ferne zu rücken.

Die Leute fanden es regelrecht peinlich, dass weder die Experten von KRIPOS noch die Mitarbeiter der Trondheimer Polizeibehörde etwas in der Hand hatten. Natürlich gab es eine große Dunkelziffer, Todesfälle, bei denen niemand Verdacht schöpfte, es könne ihnen ein Verbrechen zugrunde liegen, doch meistens fand die Polizei früher oder später den Schuldigen. Und selbst in den relativ wenigen unaufgeklärten Fällen gab es in der Regel ein paar Indizien: einzelne Haare, Fußabdrücke, zurückgelassene Waffen, ein auffälliges

Fahrzeug, winzige Blutspuren oder anderes mikroskopisches Material, das Verdächtige mit dem Tatort verknüpfte. Doch in diesem Fall hatte niemand beobachtet, wie eine Person, die es sehr eilig gehabt hatte, in einen Wagen gestiegen und davongebraust war.

Alles deutete auf einen Raubmord hin, für den es nur zwei mögliche Zeugen gab – *mögliche*, weil keinesfalls sicher war, dass es sich bei der »männlichen Person«, die die Bankangestellte sowie der Setzer gesehen hatten, um den Mörder handelte. Vielleicht hatten sie nicht einmal dieselbe Person beobachtet, und die Polizei konnte weiterhin nicht ausschließen, dass der Täter eine Frau war. Entweder war der Mörder mit allen Wassern gewaschen oder er hatte einfach eine Riesenportion Glück gehabt.

Glück, dachte William Schrøder, hatte auch Vibeke Ordal gehabt, wenn auch nur am Anfang. Er und Ivar verwendeten viel Zeit darauf, über den Fall zu diskutieren, nicht zuletzt, weil sie in diesen stärker involviert schienen als üblich. Zum einen war der Tipp von einem ihrer Kollegen gekommen, zum anderen war einer der beiden identischen Briefe an Ivar adressiert gewesen, vermutlich weil der Absender seine Veröffentlichung in der Zeitung anstrebte.

Nach starkem Druck seitens der Polizei sowie mehreren internen Konferenzen hatte sich Chefredakteur Gunnar Flikke schweren Herzens dazu entschieden, von einer Veröffentlichung der kurzen Nachricht Abstand zu nehmen – fürs Erste. Polizeioberrat Martin Kubben hatte mit allem Nachdruck gefordert, die Zeitung solle es bei ihrer Internetumfrage: Was meinen Sie? Welche Strafe verdient der Angeklagte im Giftmordprozess? bewenden lassen. (Die peinliche Umfrage wurde nach einer Stunde gestoppt, war zu diesem Zeitpunkt jedoch schon von anderen Massenmedien aufgegriffen worden.) Was war mit dem Mord am Victoria Bachkes vei? Sollte man die Bevölkerung nicht warnen? Kubben verneinte und wusste den Kriminaldirektor hinter sich, während auch der Polizeipräsident seine ganze Autorität geltend machte, um für eine Geheimhaltung des Briefes zu sorgen. Gerade weil die Mitteilung möglicherweise gar nicht auf das Konto des Täters, sondern irgendeines Trittbrettfahrers ging, weigerte er sich, die Bevölkerung in Angst und Schrecken zu versetzen. Die Leute würden sich grundlos gegenseitig verdächtigen, sich nicht mehr aus dem Haus trauen, ihre Türen verriegeln und in unnötige Hysterie verfallen.

Doch wenn der Mörder es ernst meinte?

Das war und blieb ein Dilemma. Sollte er ein weiteres Mal zuschlagen, würden Polizei und Zeitung einräumen müssen, von der Drohung gewusst zu haben. Doch Kubben und Storm hatten sich geschworen, ihm nicht die Freude zu gönnen, zur öffentlichen Person zu werden.

Für William war die Frage nach dem Motiv der entscheidende Punkt. Hatte der Täter von Anfang an töten wollen oder sich dazu gezwungen gefühlt, nachdem er das Geld gestohlen hatte? Handelte es sich um einen gewöhnlichen Raubmörder, einen alten Bekannten der Polizei, würde er kaum ein zweites Mal töten. Wann hatte er von Vibeke Ordals Lottogewinn erfahren, falls er überhaupt davon gewusst hatte? Angenommen, es handelte sich um einen Arbeitskollegen, der vom Gewinn erfahren hatte – wie hatte er wissen können, dass sie nach der Arbeit eine beträchtliche

Summe von ihrem Konto abheben würde? Hatte er vor ihrem Büro gestanden und ihr Telefongespräch mit dem Sohn belauscht? Nein, da war es schon wahrscheinlicher, dass sich der Täter in der Bank befunden und beschlossen hatte, dem erstbesten Kunden zu folgen, der einen größeren Betrag abheben würde. Natürlich konnte es sich auch um einen Verrückten handeln, der durch die Gegend gestreift war und sich spontan für sein Opfer entschieden hatte.

William änderte seufzend seine Sitzposition. Der morgendliche Becher Kaffee war längst kalt geworden.

Falls es sich doch um einen zynischen Wiederholungstäter handelte, räsonierte er weiter – wie sollte man diesen aufspüren, da man nichts anderes über ihn wusste, als dass er offenbar, so wie die Hälfte der gesamten norwegischen Bevölkerung, über einen Computer verfügte? Da die Zeitung eingewilligt hatte, die Drohung zu verschweigen, hatte Kolbjørnsen im Gegenzug versprochen, sie über den Stand der Ermittlungen auf dem Laufenden zu halten, hatte bis jetzt aber kaum etwas mitzuteilen gehabt. Sowohl der Umschlag als auch das rote Papier konnten aus jedem beliebigen Schreibwarengeschäft stammen. Kein einziger Fingerabdruck war gefunden worden. Der Text war *möglicherweise* mit Hilfe eines Druckers der Marke Cannon ausgedruckt worden. Dies schien den Eindruck zu bestätigen, es handele sich um eine intelligente Person, die behutsam vorging, Handschuhe trug und Schuhsohlen besaß, die anonyme Abdrücke hinterließen. Eine Person, die nichts dem Zufall überließ. Eine Person, die in einer psychiatrischen Klinik nichts zu suchen hatte. Dennoch wollte William dorthin und hatte mit großer Mühe einen Gesprächstermin mit einem der

Chefärzte vereinbaren können. Nach einem Blick auf die Uhr stand er auf und zog seine Jacke an.

»Glaubst du, der Absender ist wütend?«, fragte er Ivar.

»Warum sollte er das sein?«

»Weil wir den Brief nicht veröffentlicht haben.«

Ivar zuckte die Schultern. »Das wird sich zeigen. Vielleicht erhalte ich ja bald eine Mahnung von ihm.«

Oder eine weitere Frau wird ermordet, dachte William. »Kommst du mit ins Krankenhaus?«

»Nein danke. Das bringt mich nur durcheinander, weil ich den Unterschied zwischen den autorisierten Seelenklempnern und den Patienten nicht erkenne. Außerdem glaube ich nicht, dass Herr X dort zu Hause ist.«

Das tat William auch nicht. Dennoch fand er es interessant, einen Einblick in das Leben hinter den Mauern zu bekommen. Auch die Leser hatten ein Recht darauf, solange sich Gerüchte hielten, der Mann sei direkt aufs Krankenhaus zugelaufen. Obwohl die Existenz eines gewissen Briefs vertuscht wurde, konnte die Polizei einen Journalisten nicht daran hindern, einen Fachmann zur psychischen Struktur eines Serienmörders zu befragen.

»Wenn du in zwei Stunden nicht zurück bist, gebe ich eine Vermisstenanzeige auf«, sagte Ivar grinsend, als William das Büro verließ.

Das Außenthermometer zeigte fünf Grad plus, es herrschte Tauwetter. Typisch, dachte William lakonisch, als er sich ins Auto setzte. Es war der 9. Februar. Wenn er an das merkwürdige Winterwetter der letzten Jahre dachte, fragte er sich oft bekümmert, ob die Klimaforscher nicht Recht hatten, doch in diesem Moment dachte er ausschließlich daran, dass sich an irgendeinem Ort, vielleicht ganz in der Nähe, ein Mörder befand, dem die Polizei nicht auf die Spur kam. Gestern Nachmittag war er in einer Buchhandlung gewesen und hatte sich – beinahe verstohlen – ein Exemplar der *New Encyclopedia of Serial Killers* gekauft, doch bis jetzt hatte er nur ein wenig darin blättern können. Sollte der berechnende Verrückte einen weiteren Mord begehen, würde vielleicht ein gewisses Muster deutlich, nach dem der Täter vorging – ein abnormes Muster, versteht sich.

Ihn schauderte, als er auf die E6 abbog. Im nächsten Augenblick fragte er sich, warum er sich aufgrund des anonymen Briefs fortwährend düstere Theorien ausmalte. Weil er *wollte*, dass es so war? Weil er bereits ahnte, dass weitere Morde geschehen würden? Weil er begonnen hatte, von Blut zu träumen?

Vor zehn Tagen hatte er sich an seine Kollegin Halldis Nergård gewandt und ihr von seinem Besuch bei der Familie Danielsen in Risvollan berichtet. Er hatte ihr ebenfalls erzählt, dass Solveig die Berichterstattung über alltägliche Gewalt für absolut unzureichend hielt. Sie hatte aufmerksam zugehört, worauf er in der letzten Ausgabe ihrer Wochenzeitung zwei kenntnisreiche und gut geschriebene Artikel von ihr zu diesem Thema entdeckte. Vielleicht waren sie nur eine Reaktion auf den fortdauernden Giftmordprozess, dessen Tat sich ebenso gut auf Hass wie auf Eifersucht zurückführen ließ, doch William war dies einerlei. Hauptsache, den Menschen wurde in puncto familiärer Gewalt die Augen geöffnet, damit sie begriffen, dass dieses Thema jeden betreffen konnte und jeden etwas anging. Er hatte Halldis zu ihren Artikeln gratuliert. Sie selbst glaubte, ein wenig zur Aufklärung beigetragen zu haben, zweifelte aber an einer vorbeugenden Wirkung. Die Frage war, ob sich die psychische Struktur des Menschen überhaupt beeinflussen und verändern ließ, ob die individuelle seelische Veranlagung nicht vielmehr genetisch festlag und es sinnlos war, die eigenen Triebe und Bedürfnisse zu verleugnen. Ebenso sinnlos vermutlich wie der Versuch, einem Drogenabhängigen im Zuge der Therapie den Aggressionstrieb zu nehmen. Zwangsmaßnahmen waren der letzte Ausweg und kamen in der Regel erst zur Anwendung, wenn die Katastrophe bereits geschehen war. Anders ausgedrückt: War es moralisch vertretbar, auf den vagen Verdacht hin, der Nachbar misshandele seine Kinder, die Behörden zu informieren?

Es ärgerte William, dass er sich immer wieder mit einer Frage beschäftigte, die er nicht lösen konnte, und so versuchte er sich bewusst auf etwas anderes zu konzentrieren. Er war nicht gerade ein Musikliebhaber, summte jedoch eine Melodie, die sich wie *Night and Day* anhören sollte, als er der ausgeschilderten Umleitung um die Stadtmitte folgte und sich Lade näherte. Ein Blick auf die Armbanduhr verriet ihm, dass er zu früh aufgebrochen und vermutlich auch viel zu schnell gefahren war. Erst in zwanzig Minuten war er mit dem Chefarzt verabredet.

Deshalb machte er noch Station beim Einkaufszentrum in Lade, das sich am Ende der Sportanlage befand, und bog auf den Parkplatz ein. Stellte den Motor ab und überlegte, ob er eine Schachtel Zigaretten kaufen sollte. Er beobachtete den Eingangsbereich. Ivar war bereits in der Bank gewesen, die sich im selben Gebäude wie das Einkaufszentrum befand, und hatte sich mit der weiblichen Angestellten unterhalten, also hatte es keinen Sinn, wenn er dasselbe tat. Ivar beherrschte sein Metier und wusste als erfahrener Kriminalreporter genau, nach welchen Details er sich erkundigen musste. Neben dem Haupteingang gab es ein kleines Vordach, unter dem die Einkaufswagen standen. Der Täter hätte sich genauso gut hier aufhalten und die Leute im Auge behalten können, die das Gebäude verließen. Er stieg aus dem Auto und schlenderte auf die Einkaufswagen zu. Ein ausgezeichneter Beobachtungsort, vor allem im Dunkeln.

Ehe er sich's versah, war William hineingegangen und hatte sich eine Schachtel Barclays gekauft. Danach benutzte er den Anzünder im Auto und fuhr weiter. Folgte langsam dem Østmarkveien und stellte sich vor, wie der Täter sein Opfer verfolgt hatte. Was ging im Kopf eines solchen Kerls vor, wenn überhaupt etwas in ihm vorging? Rechts zweigte der Victoria Bachkes vei ab, doch er fuhr weiter geradeaus, war zuvor schon da gewesen und wollte sich in seiner Rolle als Privatdetektiv auch nicht lächerlich machen. Kreuzte langsam die Olav Engelbrektssons allé und bog in die Parkanlage ein, die im Sommer sehr hübsch, zu dieser Jahreszeit jedoch deprimierend war. Stellte das Auto auf dem großen Parkplatz zwischen den hohen Bäumen und den frei stehenden Gebäuden ab. Spazierte zum lachsfarbenen Backsteinhaus hinüber, in dem sich die Station B3 befand. Eigentlich war er mehr an der »gefährlichen« Abteilung interessiert, die weiter in den Park hineinreichte und auf der Rückseite einen umzäunten Hof, jedoch keinerlei Arztbüros aufwies. Er hatte gerade seine Zigarette gelöscht, als eine weiß gekleidete Frau in der Tür erschien.

Er wunderte sich, wie sauber und ordentlich das Gebäude von innen wirkte. Warme Farben und Topfpflanzen, niedrige Tische und bequeme Stühle. William stellte sich vor und sagte, er sei mit Jomar Bengtsen verabredet. Er glaubte, er würde sicher eine Weile warten müssen, doch sie lächelte ihn sofort mit einem Folgen-Sie-mir-Blick an und führte ihn an einer Sitzgruppe vorbei, wo einige Männer saßen und Kaffee tranken. Er ging davon aus, dass es sich um Patienten handelte, doch weder Aussehen noch Kleidung ließen auf ihren Geisteszustand schließen; auch sah er keine dumpfen Blicke, die verrieten, dass sie sich in einer anderen Welt befanden.

Dr. Bengtsen hingegen, ein stattlicher Mann in den Fünfzigern mit ungebändigten, abstehenden Haaren, machte auf den voreingenommenen William einen dubiosen Eindruck. Mit den tief liegenden Augen und seiner bunten Jacke hätte er durchaus zu den Patienten gehören können. Vielleicht verhielt es sich wirklich so, wie viele – Ivar inklusive – behaupteten: dass Leute sich gern zu Psychologen oder Psychiatern ausbilden ließen, um den eigenen psychischen Problemen auf den Grund zu kommen.

Die Stimme passte allerdings zu einem professionellen Mediziner. Der Händedruck war warm und fest, und sobald er seinen Gast in einem bequemen Stuhl seines gelb gestrichenen Büros im Dachgeschoss hatte Platz nehmen lassen, setzte er sich ihm gegenüber und verkündete, er habe nur dreißig Minuten Zeit.

»Ich möchte nicht unhöflich sein, Herr Schrøder, aber ich habe schrecklich viel zu tun.«

»Das verstehe ich gut.«

»Ein generelles Interview, sagten Sie, oder geht es um die irrige Annahme, wir hätten einen Mörder in unserem Haus?«

»Weder noch …« William legte seinen Notizblock auf den niedrigen Tisch und zückte seinen Kugelschreiber.

»Die Polizei war schon hier, zusammen mit einer Bankangestellten und einem Setzer von Ihrer Zeitung. Sie bekamen die Erlaubnis, sich auf Station VII umzusehen und mit allen männlichen Patienten zu sprechen. Vermutlich glaubten sie, dort den Tatverdächtigen wiederzuerkennen.«

»Das war nicht der Fall?«

»Gott bewahre, nein. Und jetzt hoffe ich sehr, dass uns der lange Arm des Gesetzes in Frieden lässt.«

»Sie halten es also für völlig ausgeschlossen, dass einer Ihrer Patienten einen Mord begehen könnte?«

Der Psychiater rollte so wild mit den Augen, dass William am liebsten seinen Blick abgewandt und die nackten Baumkronen vor dem Fenster betrachtet hätte, doch er konnte sich beherrschen.

»Natürlich ist es nicht ausgeschlossen, Herr Schrøder. Bei psychisch Kranken ist nichts auszuschließen. Aber ich halte es für ziemlich unwahrscheinlich, die Umstände in Betracht gezogen.«

»Es gibt auch Patienten, die zu Gewalt neigen, verstehe ich Sie da richtig?«

»Aber ja. Falls gewisse Voraussetzungen gegeben sind und sich eine Gelegenheit bietet. Aber das ist bei uns nicht der Fall!«

»Ich verstehe.«

»Tun Sie das?«

»Natürlich. Im Grunde bin ich auch mehr an Ihrer Meinung hinsichtlich der Handlungsmuster eines Mörders interessiert, seines … wie soll ich mich ausdrücken … seines Modus operandi.«

Hatte er sich eingebildet, mit dem Arzt auf gleicher Augenhöhe diskutieren zu können, indem er sich eines lateinischen Ausdrucks bediente, unterlag er einem peinlichen Irrtum. Das Einzige, was beiden gemeinsam war, waren ihre Brillen. Der Arzt breitete abrupt die Arme aus, während seine Augen hinter den Gläsern fast aus ihren Höhlen kullerten: »Du lieber Himmel, woher soll ich denn das wissen? Es wimmelt doch nur so von Handlungsmustern, und keines gleicht dem anderen.«

»Nun, einige gemeinsame Merkmale, zum Beispiel bei Serienmördern, wird es doch sicherlich geben.«

»Aha, Sie wollen also andeuten, dass der Mann, den die Polizei sucht, weitere Morde begehen könnte?«

William ruderte zurück. »Nein, nein, das war eine generelle Frage.«

»Die von einem Mann mit so geringer Erfahrung, wie ich sie habe, nicht zu beantworten ist. Zwar habe ich schon Menschen kennen gelernt, die getötet haben, aber nicht von der Sorte, an die Sie denken.«

Es folgte ein längerer Vortrag, und William schrieb eifrig mit. Er fühlte sich wie ein Student in einem Hörsaal, wie ein Laie, der versuchte, eine Theorie zu verstehen, ohne die nötigen Vorkenntnisse zu besitzen. Doch einiges begriff er.

Bei einzelnen psychisch gestörten Menschen, dozierte Bengtsen, seien die üblichen Barrieren und Tabus nicht vorhanden. Ethische Normen im Umgang mit anderen Menschen könnten dann außer Kraft gesetzt sein, und das Empfinden von Gut und Böse variiere je nach der augenblicklichen Situation, sofern der Betreffende überhaupt ein bewusstes Verhältnis zu seiner Umwelt habe. Der Journalist sollte wissen, dass solch asoziales Verhalten auch bei so genannten gesunden Menschen vorkomme. Ein Psychopath sei nicht unbedingt geisteskrank in der eigentlichen Bedeutung des Wortes, aber dennoch zu den perversesten Handlungen imstande. Im Gegensatz zu psychisch Kranken seien sich dissoziale Menschen über ihr Verhalten im Klaren, nur nicht imstande, sich über ihre ererbten, egoistischen Instinkte hinwegzusetzen.

Bengtsen erging sich in langen Exkursen. Und versuchte William das Dilemma seines Berufsstands zu verdeutlichen. In den USA sei es beispielsweise verboten, bei psychisch Kranken das Todesurteil zu vollstrecken, unabhängig davon, wie ungeheuerlich ihre Verbrechen seien. Einer, der wegen Mordes auf seine Hinrichtung warte, heiße Claude Maturana. Warte in Anführungszeichen, denn er sei geistig so verwirrt, dass er kaum das Urteil zur Kenntnis genommen habe. Sei es moralisch vertretbar, den Mann zu behandeln, nur damit er eines Tages auf dem elektrischen Stuhl lande?

»Ich schenke genetischen Erklärungsansätzen einfach keinen Glauben«, sagte Bengtsen abschließend, »wenn es um Mörder geht. Sie kennen doch sicher den Sozialpsychologen Stanley Milgram.«

»Ein wenig.«

»Seiner Meinung nach kann jeder, absolut jeder unter gewissen Bedingungen zum Mörder werden. Denken Sie nur an Hitler-Deutschland. Ich halte Milgrams Theorien für stichhaltiger als die von Adrian Raine, einem anderen Amerikaner, der behauptet, mörderische Hirne hätten eine besondere Struktur. Solche Gehirne zeigen angeblich eine geringere Aktivität in dem Teil, der negative Impulse verarbeitet. Daher könnten die betreffenden Personen ihre Aggressionen nur unzureichend kontrollieren. Nun ja, ich will diese Möglichkeit nicht völlig ausschließen, aber …«

»Ist eine Heilung gewisser Patienten unmöglich?«

»Manchmal ja, auch wenn es sich nicht um eine Geisteskrankheit handelt. Wachsen Kinder unter furchtbaren Umständen auf, werden aus ihnen mitunter die schlimmsten Verbrecher. Kindliche Traumata können zu asozialem Verhalten führen. Doch auch gesunde, erwachsene Menschen können sich zu Mördern entwickeln, wenn sie zum Beispiel verinnerlicht haben, dass Konflikte am besten durch Gewalt zu lösen sind.« Er warf einen Blick aus dem Fenster, während sich seine Stirn in Falten legte. »Vor Jahren habe ich einen interessanten Fall erlebt: Ein zuvor gesunder Mann bekam unheilbare psychische Probleme, *weil* er gemordet hatte. Doch Sie werden verstehen, Herr Schrøder, dass ich Ihnen unmöglich eine allgemeine Charakteristik geben kann, schon gar nicht in Bezug auf einen Mörder, der mir völlig unbekannt ist.«

Vielleicht hatte er das schon getan, dachte William hinterher. Selbst ein kompetenter und ein wenig exzentrischer Arzt wie Jomar Bengtsen konnte nicht mit letzter Sicherheit ausschließen, dass einer seiner Patienten ein Mörder war.

Das Gespräch, besser gesagt der Monolog des Mediziners, wurde durch das zweimalige Piepsen seines Handys unterbrochen und nach exakt dreißig Minuten beendet. An den Maßstäben eines Interviews gemessen, war es allzu sprunghaft und kurz gewesen, was oft der Fall war, wenn der Interviewer nicht genau wusste, was er wollte. Für William gab es wenig festzuhalten und noch weniger, was für tausende von Lesern von Interesse gewesen wäre. Dennoch hatte Bengtsen ein paar Dinge erwähnt, denen William mehr Beachtung hätte schenken sollen. Etwa über den Sozialpsychologen Milgram und die asozialen Impulse scheinbar normaler Menschen. Oder waren diese Worte an anderer Stelle gefallen?

Als er nach Heimdal zurückkehrte, saß Ivar vergnügt in der Kantine. William schilderte ihm in Kürze seine ambivalenten Eindrücke und gab eine Beschreibung des Interviewpartners.

»Ist ja auch kein Wunder, dass Leute von ihrem Arbeitsumfeld beeinflusst werden«, entgegnete Ivar.

»Vielleicht habe ich ein bisschen übertrieben.«

»Wie auch immer, während du zur Vorlesung bei Dr. Valium warst, habe ich einen Anruf vom Präsidium bekommen. Kolbjørnsen hat mitgeteilt, dass eine der Banknoten aufgetaucht ist.«

»Wo?«

»In einem Lokal in Lademoen namens Pizza-Burger-Top. Es liegt am Mellomveien. Eine Polizeibeamtin, Maria soundso, war dort und hat aus Mitleid ein paar Hamburger für eine arme Familie gekauft. Kannst du dir das vorstellen?«

»Maria Senje. Als ich sie letztes Mal gesehen habe, las sie gerade aus *Peter Hase* vor.«

»Zum Bezahlen hatte sie nur einen Tausender und bekam einen nagelneuen Fünfhunderter zurück. Man kann ja nie wissen, dachte sie und verglich die Nummer mit der auf der Bankliste. Volltreffer! Der litauische Inhaber konnte ihr sogar mitteilen, dass er den Schein von einer Frau aus der Nachbarschaft habe, die wenige Minuten zuvor bei ihm eingekauft hatte. Am Morgen haben Kolbjørnsen und Balke ihr einen Besuch abgestattet …«

»Kennst du ihren Namen?«

»Ja, Kolbjørnsen war offenbar der Meinung, wir hätten eine Gegenleistung verdient. Die Fast-Food-Liebhaberin heißt Britta Olsen und hat einen Frisiersalon in der Østersundsgata. Sie glaubte sich daran erinnern zu können, den Schein gestern Vormittag bekommen zu haben, und zwar von einem männlichen Kunden, den sie nie zuvor gesehen hatte. Angeblich war er nicht sehr gesprächig, aber dem Dialekt nach kam er aus Nordland. Außerdem hat sie eine ziemlich genaue Personenbeschreibung gegeben: um die fünfzig, dünnes, dunkles Haar, kräftig gebaut, circa eins achtzig groß ...«

»Na großartig. Diese Beschreibung passt auf mindestens tausend Leute in Trondheim.«

»Sie haben Frau Olsen aufs Präsidium geladen, damit sie sich die Fotos der Verbrecherdatei anguckt. Wenn sie den Mann nicht wiedererkennt, fertigen sie vielleicht ein Phantombild an.«

»Ist ja nicht gesagt, dass es sich um den Täter handelt. Der Schein kann schließlich durch mehrere Hände gegangen sein, bevor er in dem Fast-Food-Laden landete.«

»So weit wird vermutlich sogar die Polizei denken«, kommentierte Ivar.

»Dass er in Lademoen, unweit von Østmarka, auftauchte, könnte aber darauf hindeuten, dass sich der Täter in der Nähe aufhält.«

»Exakt. Hab schon eine kurze Notiz verfasst. Kolbjørnsen sagte, Storm sei plötzlich auch der Meinung, man solle einen knappen Hinweis in die Zeitung setzen. Hat sich wohl an die alte Regel erinnert, dass die Leser die besten Detektive sind. Außerdem kam gerade die Nachricht über den Ticker, es gebe drei Morddrohungen gegen Prominente.«

William las die Nachricht, als sie wieder in ihrem gemeinsamen Büro waren. Die Drohungen richteten sich in allen drei Fällen gegen Gewerkschafter, darunter auch gegen den Vorsitzenden Yngve Hågensen: WIR MACHEN DICH FERTIG. DU SOLLST KREPIEREN, HÅGENSEN. Das klang schon sehr viel konkreter als SIE WAR DIE ERSTE.

»Unterzeichnet mit *88* … Neonazis!«

»Wie kommst du denn da drauf?«, fragte Ivar, indem er sich seinen Bart kratzte.

»H ist der achte Buchstabe des Alphabets. HH bedeutet Heil Hitler.«

»Oder Heinrich Himmler. Nazis sind Rassisten, nichts anderes. Ich frage mich, was für ein Gefühl das für den Gewerkschaftsboss ist.«

»Wird doch kaum seine erste Morddrohung gewesen sein.«

»Nein, aber vergiss nicht, dass sie letztes Jahr in Schweden Ernst gemacht haben, als sie Björn Söderberg umbrachten.«

»Verdammte Schweine«, brach es aus William heraus.

Vibeke Ordal war nicht mal Gewerkschaftsmitglied gewesen, ging ihm durch den Kopf. Es war sehr unwahrscheinlich, dass die Briefe von ein und derselben Person stammten. Doch gleichzeitig verrieten sie einiges über den Geist der Zeit, über die Rücksichtslosigkeit, die sich in den letzten Jahren in einzelnen Bevölkerungsschichten breit gemacht hatte. Das neue Jahrtausend fing nicht einfach da an, wo das letzte aufgehört hatte, sondern begann mit größerer Intensität denn je. Die Gewaltspirale hatte eine weitere Umdrehung gemacht.

»Warum hast du dir das Buch gekauft, Papa?«, war Heidis erste Frage, nachdem sie am Esstisch Platz genommen hatten.

»Welches Buch?«

»Das über Serienmörder.«

»Aus rein fachlichem Interesse.«

»Worum geht's denn eigentlich?«

»Um Leute, die auf ihre Weise verrückt sind und sich in der Regel einen gewissen Menschentypus zum Opfer auserkoren haben. Das verschafft ihnen eine gewisse Befriedigung. Na ja, ich habe gerade erst angefangen zu lesen.«

Solveig stellte das Essen auf den Tisch. »Wohl bekomm's. Ich meine das Essen. Ich habe mich auch gefragt, was du mit dem Buch willst, William. Solche Monster gibt es in Norwegen Gott sei Dank nicht, und schon gar nicht in Trøndelag.«

»Da irrst du dich. Die beiden einzigen Norweger, die in dem Lexikon erwähnt werden, sind Trønder. Belle Gunness aus Selbu hatte seinerzeit zahlreiche Menschen auf dem Gewissen, wenn auch in den USA. Und du musst gar nicht so weit zurückdenken. Erinnerst du dich etwa nicht an Arnfinn Nesset, der die Leute im Pflegeheim von Orkdal umgebracht hat?«

»Wir sind anscheinend zum Besten und zum Schlimmsten in der Lage«, kicherte Heidi.

Solveig wechselte lieber das Thema, doch als die Familie am Nachmittag Besuch von Williams Eltern Randi und Joakim erhielt, kamen sie wieder darauf zu sprechen.

Beide waren siebenundsechzig Jahre alt und wohnten nur wenige Kilometer entfernt, in Valentinlyst. Nach einem langen Berufsleben als Physiotherapeutin war Randi vor kurzem in Rente gegangen. Sie war erst neunzehn, als sie Joakim aus Kristiansand begegnet war, und nur neun Monate später hatte sie ihren Sohn William zur Welt gebracht. Joakim war als ehemaliger Polizist schon vor längerer Zeit pensioniert worden und hatte viele Jahre hindurch eine mehr oder minder verdienstvolle Position beim Geheimdienst inne. Das Ende des Kalten Krieges fiel ungefähr mit seiner Pensionierung zusammen, doch gab er sich keiner Illusion hin, dass der Hass auf den Ostblock damit der Vergangenheit angehörte. Was wieder einmal bestätigt wurde, als sie gemeinsam die Abendnachrichten sahen. Das staatliche norwegische Fernsehen schien ein ungebrochenes Interesse am Auslandskorrespondenten des *Stavanger Aftenblad* zu haben, der monatelang vom Geheimdienst observiert worden war, weil er im Verdacht stand, einst geheime NATO-Dokumente an die Stasi geliefert zu haben. Joakim seufzte unüberhörbar und murmelte, die Staatsanwaltschaft habe wirklich ein Talent, längst geklärte Vorgänge wieder ans Licht zu zerren; er zweifele sogar daran, dass an der Geschichte überhaupt was dran war, wollte sich aber nicht weiter äußern, als William nachfragte.

Sehr viel engagierter regierte er hingegen, als die Morddrohungen gegen die Gewerkschaftsfunktionäre vermeldet wurden.

»In den letzten Jahren meiner Berufskarriere habe ich immer wieder darauf hingewiesen, dass der Neonazismus eine weitaus größere Gefahr für die Sicherheit des Staates darstellt als der Kommunismus, aber die Hysterie der McCarthy-Ära ist wohl immer noch lebendig.«

Selbst nach fünfzig Jahren in Trondheim sprach er das R immer noch guttural aus. Und sein Alter war ihm überhaupt nicht anzumerken, dachte William stolz. Solveig hatte gerade den Fernseher ausgeschaltet und Kaffee serviert, als sein Vater von ihm wissen wollte, was er von dem Giftmordprozess halte.

»Ach, lass doch, Joakim«, bat Randi. »Können wir nicht über was anderes reden?«

»Einmal Polizist, immer Polizist«, brummte Joakim.

William lächelte. Musste sich eingestehen, dass sein eigenes Interesse am Kriminaljournalismus mit dem Beruf des Vaters zusammenhing. »Übermorgen wird das Urteil gesprochen. Ich rechne mit der Höchststrafe.«

»Vorausgesetzt es gibt noch einen Funken Gerechtigkeit in der Welt«, warf Solveig erregt ein. »Die Frage ist, ob es etwas nützt, solche Menschen zu bestrafen«, fügte sie nachdenklich hinzu. »Ich meine, lassen sich Psychopathen wirklich von langen Gefängnisstrafen abschrecken?«

»Wohl kaum«, sagte Joakim. »Aber in den meisten Fällen kommt es ja nicht so weit.«

»Trotzdem finde ich es unverantwortlich, solche Menschen frei herumlaufen zu lassen.«

»Ganz deiner Meinung«, erklärte Randi. »Denk nur an unseren Nachbarn. Der misshandelt ganz sicher seine Frau, damit sie sich bis aufs I-Tüpfelchen so verhält, wie er es von ihr verlangt.«

William räusperte sich. »Ich habe heute Vormittag mit einem Psychiater in Østmarkneset gesprochen. Er sagte, es sei extrem schwierig, ja nahezu ausgeschlossen, solche Menschen zu therapieren.«

»Østmarkneset?«, wiederholte sein Vater. »Glaubst du etwa auch, dass der Mörder von Vibeke Ordal aus dem Krankenhaus kommt?«

»Man kann nichts ausschließen.«

»Gut, dass Arne Kolbjørnsen die Ermittlungen leitet. Tüchtiger Kerl. In seinen ersten Jahren hat er sich unter mir abgerackert. Ohne diese feuerroten Haare wäre er ein perfekter V-Mann.«

»Hat er ein paar Spione auffliegen lassen?«

»Aber ja, unter anderem einen aus Trøndelag, der die Russen auf eine harmlose Windkraftanlage in Frøya aufmerksam gemacht hatte. Die glaubten wirklich, dahinter verberge sich eine militärische Anlage. Wofür Arne natürlich nichts konnte. Er hat wirklich ausgezeichnete Arbeit geleistet.«

Allen, die irgendwann einmal mit Joakim zusammengearbeitet haben, stellt er ein gutes Zeugnis aus, dachte William. Doch was Kolbjørnsen betraf, konnte er ihm nur beipflichten. Er selbst zog es vor, die Sache mit dem anonymen Brief vorerst für sich zu behalten; der Vater war nicht mehr ganz so verschwiegen wie früher. Auch Solveig hatte er nichts davon erzählt.

Dennoch spürte er ihre forschenden braunen Augen auf sich, wusste, dass sie ihn in den meisten Fällen durchschaute. Er hätte *The New Encyclopedia of Serial Killers* verstecken und nicht einfach im Wohnzimmer liegen lassen sollen. Sah er Gespenster am helllichten Tag, sollte er es für sich behalten und sie in einen Schrank sperren. Wo sie vermutlich auch hingehörten.

Als er in die S-Bahn zum Flughafen stieg,

sah er sofort eine ungewöhnlich hübsche Frau und setzte sich, da es überall noch freie Plätze gab, auf der anderen Seite des Gangs ans Fenster. Obwohl er sicher war, dass es die Wirtschaftszeitung *Dagens Næringsliv* im Flugzeug gratis geben würde, hatte er sie am Hauptbahnhof gekauft, um sich auf dem Weg bis zum Flughafen in Gardermoen die Zeit zu vertreiben. Nun diente sie ihm als Schutzschild, über dessen Rand hinweg er die Frau heimlich beobachten konnte.

Sein erster Eindruck verstärkte sich noch. Der dezente olivgrüne Hosenanzug hob ihre Schönheit nur umso stärker hervor, sodass er Schwierigkeiten hatte, den Blick von ihr zu wenden.

Als der Zug sich in Bewegung setzte, dachte er: Vor zwanzig Jahren hätte ich sie angelächelt, wenn sie in meine Richtung geschaut hätte.

Vor zwanzig Jahren hätte er sich unter dem Vorwand, er sei an ihrem Buch interessiert, vielleicht direkt neben sie gesetzt. Hätte versucht, sie in ein Gespräch zu verwickeln, nicht weil er glaubte, sie könne sich für ihn interessieren, oder um den Duft ihres sicher exklusiven Parfüms zu riechen, sondern um ihr Aussehen aus der Nähe genießen zu können. Denn nichts faszinierte ihn mehr als ein hübsches Frauengesicht. Blätterte er in Zeitungen und Magazinen, geschah es, dass er minutenlang an einem Porträt hängen blieb, das ihn ansprach. Auch gegen den Anblick des Körpers hatte er nichts einzuwenden, aber das hing mit einem physischen Bedürfnis zusammen. Das Studium eines Gesichts hingegen war ein ästhetischer Vorgang, die Bewunderung des beinahe Vollkommenen – der Wölbung der Wangenknochen, des weichen Schwungs der Lippen und der faszinierenden Tierhaftigkeit der Augen. Vor allem der Augen.

Hatte sie ihn zur Kenntnis genommen? Seine unaufdringliche, respektvolle Neugier bemerkt?

Wenig deutete darauf hin. Menschen wie sie wurden in der Regel missgünstig beäugt. Anscheinend las sie vollkommen unangefochten in ihrem Buch, hatte seine Bewunderung nicht bemerkt. Sie war ein ätherisches Wesen, dem nichts Böses widerfahren durfte. Eine Frau von Klasse. Eine jungfräuliche Blume, eine Madonna. Zwar konnte man davon träumen, ein solches Wesen zu besitzen, durfte sich jedoch keine Hoffnung machen, es zu berühren oder auszuführen. Sie wirkte zerbrechlich wie Glas und weich wie Samt. Unberührt und doch verheißungsvoll uneinnehmbar. Ja, unberührt! Hier saß er und beobachtete eine Frau, die unter ihren Kleidern einen weißen, glatten Körper besaß, den kein Mann je besessen hatte, dessen war er sich sicher. Falls überhaupt jemand in diese Richtung denken durfte, dann Herren von so edler Abstammung und solcher Noblesse, dass sie primitive Wörter wie Möse und ficken nicht in den Mund nahmen, Wörter, die ihr sicher ebenfalls fremd waren. Falls sie sich überhaupt mit so etwas Primitivem wie dem Geschlechtsleben abgab.

Er hatte ein schlechtes Gewissen; sein ästhetisches Gespür lief Gefahr, in etwas ganz anderes überzugehen. Er sah auf die Armbanduhr. Es war genau 21 Uhr. Ein Zeitpunkt, an den er sich später aus zwei Gründen erinnern sollte: In exakt einer Stunde würde das

Flugzeug abheben, und gleichzeitig meldete sich ein Handy. Nicht seines, mit dem Marsch aus *Die Brücke am Kwai*. Es war ein dezentes Rufsignal, das zu seiner Besitzerin passte. Er sah, wie sie das Buch in den Schoß legte, die rechte Hand in ihrer Handtasche verschwinden ließ und den kleinen Apparat an ihr Ohr hielt.

Während sie zuhörte und so leise sprach, dass er ihre Worte nicht verstand, schaute sie zum ersten Mal zu ihm herüber. Herrgott, was für wunderschöne, fast orientalische Augen!

Doch im nächsten Moment hatte sie sich wieder eingekapselt, beugte den Kopf und konzentrierte sich auf das Gespräch. Er konnte nur ahnen, dass sie hin und wieder die Lippen bewegte. Die meiste Zeit schien sie zuzuhören.

Erst als sie mit einer langsamen Bewegung, fast wie in Trance, das Handy vom Ohr entfernte, verriet ihre Körpersprache, dass sie eine unangenehme Nachricht bekommen hatte.

Es bestand kein Zweifel, dass ihre Hände zitterten. Er sah es auch ihren Schultern an; sie waren auf eine Art und Weise gesunken, als sei sie um mehrere Jahre gealtert. Etwas von ihrer ätherischen, fast überirdischen Aura ging verloren, als sie begann, wechselweise an die Decke, hinaus ins Dunkel und in ihren Schoß zu starren, in dem das Handy auf dem offenen Buch lag. Ihre Hände ballten und öffneten sich. Ein paarmal fuhr sie sich hektisch durch ihr dichtes schwarzes Haar. Ihre Kühle, Selbstsicherheit und Unnahbarkeit war verflogen. Jetzt nahm sie ihr Handy und hielt es ein paar Sekunden prüfend in der Hand, bevor sie es sich anders überlegte und es wieder in ihren Schoß sinken ließ. Sie kennt nicht einen Menschen, dachte er, an den sie sich wenden kann in ihrer Not. Dann zog sie ein Taschentuch hervor und schien nicht zu bemerken, dass im selben Moment ihr Buch auf den Boden fiel. Sie weinte nicht nur; sie schien wie gelähmt.

Eine Todesnachricht oder das brutale Ende einer Beziehung?

Erst sehr viel später sollte er erfahren, auf welch seltsame Weise diese Vermutungen zusammenhingen, auch wenn eine von ihnen nicht den Tatsachen entsprach.

Als der Zug in den langen Tunnel einfuhr, begannen ihre Schultern zu zucken. Instinktiv stand er auf. Den anderen Passagieren schienen die Erschütterung der Frau entgangen zu sein. Ein Ehepaar, das weiter vorne saß, schimpfte lauthals über die undichten Stellen des Tunnels, die inzwischen offenbar repariert worden waren, während der ältere Mann, der direkt hinter ihr saß, sich weiter in sein Kreuzworträtsel vertiefte. Die Frau brauchte jemand, der ihr in ihrem offenkundigen Leid zur Seite stand und sie trösten konnte.

Er überquerte den Mittelgang und überzeugte sich davon, dass sie in der Tat völlig außer sich war, denn sie nahm nicht einmal Notiz von ihm, als er direkt neben ihr stand. Dann fragte er leise und eindringlich: »Entschuldigung, kann ich Ihnen helfen?«

Sie blickte verwirrt auf. Keine Schminke lief von den schrägen dunklen Augen hinab, nur blanke Tränen, denn alles an diesem Gesicht war echt. Er ärgerte sich bereits, zu ihr hinübergegangen zu sein, obwohl sie die schönste Frau war, die er je gesehen hatte. Ja, sie war so perfekt, dass er erneut an eine Blume denken musste, die niemand berühren durfte. Daher fiel ihre Antwort wohl auch so aus, wie er befürchtet hatte.

»Nein, danke.« Mehr abweisend als höflich und ohne verborgene Signale, die das Gegenteil bezeugten.

»Entschuldigung, ich dachte …«

Ihre Porzellanhaut war blass, ihre weichen Lippen zitterten. Und trotzdem lehnte sie seine Hilfe ab, verzichtete auf Zuspruch von jemand, der Mitleid für sie empfand.

Als sie das Handy in die Tasche steckte, entfernte er sich und ließ sich wieder auf seinen Platz fallen. Musste sich eingestehen, dass sie ohne ihn zurechtkam und darauf verzichten konnte, von einem fremden Kerl mittleren Alters, einem Ritter ohne Format, belästigt zu werden. Er war mehr verärgert als enttäuscht und spürte seine Wangen vor Zorn zittern, als hätte sie ihm zwei Ohrfeigen verpasst. Von diesem Moment an tat er so, als lese er konzentriert in *Dagens Næringsliv*.

Als die Lautsprecherstimme kurz darauf den Flughafen ankündigte, stand sie sofort auf, nahm ihre grüne Reisetasche von der Ablage und hängte sich ihre Handtasche über die Schulter. Ohne ihn eines Blickes zu würdigen, strebte sie dem nächsten Ausgang entgegen.

Er suchte seine Sachen zusammen und entdeckte, als er den Blick von seinem leeren Platz zu ihrem wandern ließ, dass ihr Buch immer noch auf dem Boden lag. Er bückte sich und hob es auf. Es war eine Taschenbuchausgabe von Vikram Seths *An Equal Music*.

Am Kontrollschalter wurde er aufgehalten, weil er sein Ticket in die falsche Tasche gesteckt hatte, und verlor sie aus den Augen. Auf dem Weg durch die lange Abflughalle fragte er sich, ob er das Buch beim Schalter für Fundsachen abgeben sollte, während er sich gleichzeitig umsah. Doch er konnte sie nicht finden. Jetzt musste er darauf hoffen, dass sie dasselbe Flugzeug nahm wie er. Falls das der Fall sein sollte, würde sie sich inzwischen bestimmt ein wenig beruhigt haben und darüber freuen, ihr Buch zurückzubekommen. Vielleicht war der Platz neben ihr noch frei, sodass er das Wunder ihrer Schönheit aus nächster Nähe erleben konnte.

In seiner Fantasie war er ihr Retter, an dessen Schulter sie ihren Kopf betten konnte, ein Mann, der sich von nun an für immer um sie kümmern würde.

Auf dem Flughafen war sie lange auf der Toilette gewesen, hatte sich gegen die Wand gelehnt und versucht, die Nachricht, die sie erhalten hatte, herunterzuspielen und sich einzureden, sie habe alles nur geträumt. Am Flugsteig war sie unter den Ersten, die ihre Bordkarte abgaben. Sie reiste Economyclass, saß an diesem Februarabend fast allein hinter dem Vorhang und registrierte kaum, dass der Flug ohne Zwischenfälle verlief, denn ihre Gedanken kreisten unaufhörlich um die Nachricht; Gedanken, in denen sich Erschrecken, Misstrauen und Verzweiflung mischten. Und inmitten des Schmerzes der unerklärliche Anflug einer Linderung. Die formelle, nasale Stimme des Beamten mit dem Trønderdialekt hallte immer noch durch ihren Kopf, so deutlich, als hätte er nur einen halben Meter von ihr entfernt gestanden.

»Miriam Malme? Entschuldigen Sie bitte die Störung, aber da Aslak Fuglevåg keine nahen Angehörigen besitzt und wir es für unsere Pflicht halten, Sie zu informieren … Sie sind doch seine Freundin? … Wir haben ein Foto von Ihnen sowie Ihren Namen und Ihre Adresse in seiner Brieftasche gefunden … Sie befinden sich auf dem Weg zum Flughafen? Der letzte Flug nach Værnes …? Wenn Sie möchten, erzähle ich Ihnen später, was geschehen … Jetzt sofort? In Ordnung, aber Sie müssen sich auf eine schlimme Nachricht einstellen. Herr Fuglevåg war am frühen Abend in einen schweren Unfall verwickelt und … Ob er ums Leben gekommen ist? Leider ja. Aus ungeklärter Ursache war sein Auto auf die falsche Fahrbahn geraten und kollidierte mit einem LKW … ja, in einem der Tunnel …«

Sie hatte versichert, es sei nicht nötig, Sie vom Flughafen abzuholen, verstand sehr gut, dass der Beamte »unter den gegebenen Umständen« viel um die Ohren hatte. Eigentlich hatte sie dafür kein Verständnis, doch legte sie absolut keinen Wert darauf, dem fremden Mann in Værnes zu begegnen. Denn der unfassbaren Tragödie und Trauer zum Trotz empfand sie auch diese verzweifelte Erleichterung, derer sie sich schämte und der sie in Ruhe auf den Grund gehen wollte.

Sie könne ein Taxi nach Hause nehmen, hatte sie gesagt. Ach so, der Beamte wolle sie wirklich in Hommelvik besuchen, so spät am Sonntagabend? Weil es einige ungeklärte Fragen gäbe, zu deren Lösung sie beitragen könne? Widerstrebend hatte sie eingewilligt, aber keinen Arzt, danke, und keine Nachbarn! Sie kannte sie kaum; außerdem wussten sie nichts über ihr Verhältnis zu Aslak.

»Dann kommen wir so gegen Mitternacht vorbei. Wenn Sie wollen, können wir ein Beruhigungsmittel für Sie mitbringen.«

Miriam fürchtete den Besuch von zwei, drei Männern, die ihr tiefes Mitgefühl zum Ausdruck bringen würden, konnte ihn jedoch nicht ablehnen. Sie wollten ja nur ihr Bestes, und vielleicht tat es ihr sogar gut, wenn man sich um sie kümmerte und ihr nähere Informationen zu dem Unfall gab. Seine letzten, sicher tröstenden Worte hatte sie nicht mehr mitbekommen, flüsterte jedoch ein Ja, bevor sie die Verbindung beendete.

In Værnes war ihr, als rufe jemand ihren Namen, während sie den Terminal durchquerte, und erhöhte das Tempo. Rasch sprang sie auf den Rücksitz des erstbesten freien Taxis. Hatte ihre Reisetasche neben sich gestellt, ehe der Fahrer den Kofferraum hatte öffnen können. Er begriff sicher, dass sie es eilig hatte, legte den ersten Gang ein und setzte den Wagen in Bewegung, kaum dass ihr »Hommelvik« über die Lippen gekommen war. Zum Glück gehörte er nicht zu der redseligen Sorte.

Die Gedanken rauschten durch ihren Kopf. Während sie ins Dunkel starrte, sah sie ihn deutlich vor sich. Aslak Fuglevåg, den Stipendiaten am Institut für Nordische Philologie, der über die Metaphorik in der Neueren Norwegischen Literatur promovieren wollte. Den leise sprechenden Einzelgänger aus Larvik, der sie an einem der ersten Dezembertage angerufen und höflich gefragt hatte, ob er sie zu ihrer schriftstellerischen Arbeit befragen dürfe. Wie *bewusst* sie ihre Metaphern einsetze; ob sie intuitiv entstünden oder ob sie methodisch in der Welt der Malerei und Musik nach ihnen suchte, wie er ihren Texten zu entnehmen glaubte. Sie hatte sich überreden lassen, ihn in einem Trondheimer Café zu treffen, für das er angeblich eine besondere Vorliebe hatte. Aslak mit dem schmalen, ernsten Gesicht und den hellen Haaren. Nicht gerade ein Adonis, aber ein warmherziger Mensch, der sowohl für sie als auch für ihre Romane große Sympathie empfand. »Sie schreiben einfach wunderbar, Frau Malme. So stilsicher, so kompromisslos.«

»Nicht kompromisslos«, hatte sie widersprochen, denn sie wusste, dass sie das niemals tat. »Mein Lektor meint, ich sei viel zu zurückhaltend. Vielleicht liegt darin der Grund, dass sich meine Bücher so schlecht verkaufen.« Er entgegnete, dass sie innerhalb des von ihr geschaffenen *Kontextes* sehr wohl kompromisslos schreibe. Sie mochte diese akademischen Phrase ebenso wenig wie seinen unterwürfigen, bettelnden Blick, der auch einem traurigen Basset hätte gehören können. Doch war er ein Mann, der nicht flirtete wie die anderen Männer, der ihr niemals abgedroschene Komplimente über ihre Schönheit machte. Er schien etwas an ihrem Wesen zu bewundern, im Gegensatz zu den vielen Männern, die es in all den Jahren ausschließlich auf ihren Körper abgesehen hatten und die sie deshalb, mitunter schweren Herzens, abgewiesen hatte. »Ich schätze dein ernstes Wesen«, hatte Aslak zu einem späteren Zeitpunkt gesagt, »deine Sicht des Lebens, deine ausgeglichene Art.« Obwohl sie nicht wusste, ob ihr solche Aussagen etwas bedeuteten, entwickelte sich zwischen den beiden eine Art Freundschaft, eine unausgesprochene Allianz. Denn im Grunde war er genauso einsam wie sie. Er hatte ihrer schriftstellerischen Arbeit neue Impulse verliehen, eine intellektuelle Seite an ihr geweckt, von deren Existenz sie bislang nichts gewusst hatte. Außerdem war es ein schönes Gefühl, wieder einen männlichen Freund zu haben, obwohl sie sich niemals getraut hätte, ihn wirklich an sich heranzulassen.

Während sie durch den Tunnel zwischen Hell und Hommelvik fuhren, verfluchte sie abermals die fürchterliche Scham, die es ihr unmöglich machte, sich körperlicher Lust hinzugeben; sie zu einem ewigen Zölibat zwang.

Dabei waren sie so nah dran gewesen, Ende Januar, in seiner Trondheimer Wohnung, nach einer Flasche Rotwein und leckerer Pasta, die er zubereitet hatte. Zum ersten Mal war selbst er, der Verfechter innerer Werte, so zudringlich geworden, dass sie ihn entschieden wegschieben musste, wohl wissend, dass die Situation in einer Katastrophe enden würde, wenn sie ihre eigene Lust nicht unter Kontrolle bekam. »Was ist, Miriam, bin ich zu hässlich für dich?«, hatte er gejammert. »Sag es mir einfach ins Gesicht. Ich halte die Wahrheit schon aus!« Doch erneut hatte sie ihm die gegenteilige Wahrheit verschwiegen, und erneut musste sie die Strafe für den früheren, nicht wieder gutzumachenden Fehltritt ertragen. Dafür hatte sie einem weiteren Bewerber den Schock seines Lebens erspart.

Am nächsten Tag hatte sie ihn angerufen, um Entschuldigung gebeten und kühl erklärt, sie brauche Ruhe, um ihren Roman zu beenden. Sie wolle dies in ihrer Ferienhütte am Oslofjord tun. Ein paar Wochen dort würden ihr den Frieden bescheren, den sie dringend nötig habe. Aslak, der ein professionelles Verständnis für die Bedürfnisse einer Autorin hatte, versprach sie trotz seiner Verliebtheit nicht zu stören. Hatte offenbar ihre Signale nicht verstanden, dass sie ihre Beziehung beenden wollte.

Sie hatte ein Flugzeug gen Süden genommen, war mit dem Zug nach Vestby gefahren und hatte das kleine Haus in Hvitsten bezogen, in dem sie früher ihre Sommer verbracht hatte. Sie hätte es längst verkaufen sollen, doch bereitete es ihr ein bittersüßes Gefühl, am

Fenster zu sitzen, sich vergangener Zeiten zu besinnen und sich auszumalen, wie es heute sein *könnte*. Ein masochistischer Zug? Ja, aber gleichzeitig eine Hoffnung, an die sie sich klammern konnte, auch wenn sie sich nie erfüllen würde. Keine lästigen Touristen in den umliegenden Hütten, keine ekstatischen Freudenschreie halb nackter, badender Menschen. Nur ihre eigenen Spuren im Schneematsch. Sie schrieb Tag und Nacht, hoffte, dass Aslak mit der Zeit begriff, dass ihre Beziehung unwiderruflich vorbei war, dass ihr nichts anderes übrig geblieben war, als ihn abzuweisen. Doch schon nach wenigen Tagen rief er an, um ihr zu sagen, dass er sie anbete und in Hinsicht auf sein körperliches Bedürfnis keinerlei Druck auf sie ausüben wolle. Viel wichtiger sei es für ihn, in ihrer Nähe zu sein. Sie nahm ihm das nicht ab. Auch wenn *sie* gelernt hatte, ihre Triebe zu beherrschen, konnte sie von ihm nicht verlangen, sich für alle Zeit mit einer platonischen Beziehung zufrieden zu geben.

Im Laufe des Gesprächs geschahen zwei Dinge: Als er sie unwissentlich an eine ähnliche Situation vor einem Jahr erinnerte – allerdings hatte dieser Mann einen fast unwiderstehlichen Charme gehabt –, wurde sie von einer Sehnsucht nach Aslak gepackt, die sie schwindelig machte. Während die Heimreise näher rückte und sie immer heftiger auf ihren Laptop einhämmerte, fühlte sie sich hin und her gerissen. Im letzten Kapitel ihres Romans schrieb sie: *Eine Margerite im Sonnenlicht. Ein Blatt nach dem anderen ausreißen. Mehr an die Kraft der Natur als die der Vernunft glauben. Er liebt mich – er liebt mich nicht – er liebt mich – er liebt mich nicht. Schließlich ist nur noch ein Blatt übrig. Besser man rührt es nicht an.*

Doch sie wusste, dass sie ihn liebte. Die Frage war, ob sie sich traute. Ob sie etwas tat, was sie nie zuvor getan hatte. In ihrer Verzweiflung betete sie zu Gott und flehte ihn an, ihr die Entscheidung abzunehmen. Drei Tage vor ihrer Abreise hatte ein Buch in der Post gelegen, ein Geschenk von Aslak. Im Zug nach Oslo hatte sie angefangen zu lesen und die Lektüre in der S-Bahn zum Flughafen fortgesetzt. Es war eine musikalische Liebeserklärung an sie, ein Buch über zwei Menschen, die den Weg zueinander nicht fanden. Was sollte das bedeuten? Sie hatte immer noch keine Entscheidung getroffen. Und dann, wie aus heiterem Himmel, war sie plötzlich erhört worden. Im Zug zum Flughafen, via Handy. Es war als Deus ex Machina aufgetreten und hatte ihre Qualen beendet.

Sie wurde davor bewahrt, ihm ins Gesicht sehen und sagen zu müssen, dass er unmöglich noch ein Interesse an ihr haben könne, wenn er die Wahrheit erführe. Aslak Fuglevåg, das hässliche Entlein, würde sie nie mehr behelligen. Eine höhere Gewalt hatte sich ihrer erbarmt und die Angelegenheit geregelt.

Oder hatte *er* ihr die Entscheidung abgenommen? Hatte er ihren Zwiespalt gespürt und die Kollision mit dem LKW absichtlich herbeigeführt? Sie wusste, dass so etwas weitaus häufiger vorkam, als die statistische Wahrscheinlichkeit aussagte. Hin und wieder, vor allem in depressiven Phasen, hatte sie selbst mit dem Gedanken an eine ähnliche Tat gespielt. Doch auch dazu hatte ihr der Mut gefehlt. Vermutlich weil sie das erste Unglück überlebt hatte, das geschah, als sie sechzehn Jahre alt war, als ihre Eltern umgekommen waren, als die große Wende in ihrem Leben eingetreten war und ihr Niedergang begonnen hatte. Schweigend hatte sie an diesem Wintertag auf dem Rücksitz gesessen, bis sie plötzlich einen kreisenden Adler erblickt, laut gerufen und mit dem Finger in die Luft gezeigt hatte. In weniger als zwei Sekunden hatte der Vater daraufhin die Kontrolle über den Wagen verloren, der über die Fahrbahnbegrenzung geschossen und einen Abhang hinabgestürzt war.

Oder hatte Aslak geglaubt, sie käme mit einer früheren Maschine, sich auf den Weg nach Hommelvik gemacht, um sie willkommen zu heißen? Hatte er ihr ein weiteres Mal erzählen wollen, wie viel sie ihm bedeutete?

Die Vorsehung hatte mit ihrer unfasslichen Logik dafür gesorgt, dass auch er einem Verkehrsunfall zum Opfer gefallen war. Erneut musste sie weinen und schämte sich der sonderbaren Gefühle, die über sie gekommen waren. Denn die Gewissheit, ihn geliebt zu haben, überlagerte die Erleichterung, wieder unabhängig zu sein.

»Soll ich hier rechts abbiegen?«

Als der Taxifahrer abbremste, begriff sie, dass sie fast am Ziel waren.

»Ja, bitte.«

In scharfen Kurven schlängelte sich die Straße bergauf, zwischen Häusern und Bäumen hindurch. Die Frontscheinwerfer wanderten von einer Seite zur anderen, und das taten ihre Gedanken auch. Sie war so mitgenommen, dass sie fast vergessen hätte zu bezahlen, als sie vor der alten Villa aus dem Wagen stieg. Der Fahrer gehörte nicht zu den Menschen, die auf die seelische Verfassung ihrer Passagiere eingingen, vielleicht hatte er auch einfach keine Lust dazu. Er wendete scharf, sobald er das Geld bekommen hatte, und verschwand die Straße hinunter. Es war halb zwölf geworden.

Miriam sah, dass der Briefkasten überquoll, aber der musste warten. Auf dem Weg zur Haustür stellte sie erleichtert fest, dass die Polizei noch nicht da war. Sie brauchte ein paar Minuten für sich allein, musste versuchen, sich ein wenig von dem Schock zu erholen und Klarheit über ihre widersprüchlichen Empfindungen zu erlangen. Die Stimme am Handy hatte ihr einen weiteren, unerklärlichen Schrecken eingejagt, einen Schrecken, den sie mit etwas ganz anderem verband. Sie fischte den Schlüsselbund aus ihrer Handtasche und spürte das heftige Pochen ihres Herzens unter dem Pullover. Gleichzeitig entdeckte sie, dass das Buch von Aslak verschwunden war; sie musste es in der S-Bahn vergessen haben. Und wenn er sie trotzdem geliebt hatte? Hätte sie ihm doch nur eine Chance gegeben! Erneut wurde sie von dem Gefühl der Trauer durchflutet, dem bittere Tränen folgten.

Sie schloss die Tür hinter sich, stellte die grüne Reisetasche vorsichtig auf den Boden, bevor sie Handtasche und Mantel auf den nächsten Stuhl schleuderte. Musste auf die Toilette. Sie erbrach sich ins Waschbecken und spülte ihren Mund mit kaltem Wasser aus. Dann eilte sie in die Küche, schaltete das Licht an und hoffte, ihre Nerven mit etwas Hochprozentigem in den Griff zu bekommen. Vor dem offenen Kühlschrank stehend, streckte sie ihre zittrige Hand nach der kleinen Likörflasche aus, in der sich, soweit sie sich erinnerte, noch ein kleiner Rest befand. Doch sie kam nicht mehr dazu, sie zu berühren, weil sie in diesem Moment ein Geräusch hinter sich hörte und das Deckenlicht erlosch.

Ihr Herz hämmerte mehr als je zuvor, doch das sollte nicht lange anhalten.

Am Donnerstag, dem 17. Februar,

veröffentlichte der *Trondheimer Anzeiger* einen Leitartikel, der sich mit familiärer Gewalt beschäftigte. Kolbjørnsen hatte ihn mit großem Interesse gelesen. Er war davon überzeugt, William Schrøder, der seit geraumer Zeit gegen die Brutalisierung des Familienlebens zu Felde zog, habe ihn zu verantworten, zweifelte jedoch an seinem Effekt. Immer mehr weibliche Opfer änderten Namen und Wohnort, um der männlichen Aggression zu entgehen, oft ohne Erfolg. Der Leitartikler diskutierte die Berechtigung dieser Frauen, auch ihre persönliche Identifikationsnummer ändern zu lassen.

»Lächerlich!«, hatte Oberrat Kubben in der Mittagspause geschnaubt. »Man muss das Übel an der Wurzel packen.«

»Wie stellst du dir das vor?«

»Indem man die Strafen verschärft. Der Gesetzgeber muss uns endlich freie Hand geben, gegen diese Typen vorzugehen, auch wenn noch keine Anzeige vorliegt. Gerade dann!«

Kolbjørnsen war sich da nicht so sicher. Vielleicht sollte man den Leuten lieber Partnerschaftskurse anbieten, bevor man sie zusammenziehen ließ. Doch betrachtete er diese Fragen als zweitrangig, verglichen mit dem, was zum Beispiel in Lade geschehen war. Es fuchste ihn, dass sie in dieser Sache einfach nicht weiterkamen. Niemand in der Gegend um Britta Olsens Frisiersalon schien den Mann zu kennen, der mit einem ganz speziellen Fünfhundertkronenschein bezahlt hatte. Die anderen Banknoten waren nicht aufgetaucht. Zu gern hätte er Christian Rønnes um Rat gefragt, fand es jedoch peinlich, einen Mann um Hilfe zu bitten, der vor drei Jahren in Pension gegangen war. Rønnes hatte über eine außergewöhnliche Intuition verfügt, eine Veranlagung, die Kolbjørnsen bei sich selbst vermisste.

Zumindest gab es einen neuen Laborbefund: Vibeke Ordal musste sich zur Wehr gesetzt und den Angreifer gekratzt haben. Man hatte bei einem der Zigarettenstummel eine DNA-Analyse durchführen können, und seit gestern war sehr wahrscheinlich, dass es sich beim Mörder um den Mann handelte, der die Kippen vor dem Haus hinterlassen hatte, denn die Analyse einiger mikroskopisch kleiner Hautfetzen hatte dasselbe Resultat gezeigt. Aber was half das schon, solange es noch keine Gendatei gab, in der die gesamte Bevölkerung erfasst war?

Wenn Kolbjørnsen viel zu tun hatte, war er für niemand zu sprechen und überließ es der Zentrale, sich ungebetener Gäste anzunehmen. Dabei hatte er die zahlreichen Anfragen selbst zu verantworten. Aufgrund seines freundlichen, verständnisvollen Umgangs mit Kleinkriminellen wurde er oft von ihnen auf dem Präsidium besucht, entweder um ihn auszuhorchen oder um Rat zu fragen.

Doch an diesem Donnerstag machte er eine Ausnahme, obwohl er eigentlich genug um die Ohren hatte. Um 14 Uhr 37 empfing er einen Mann mit fast farblosem Haar, das einem Rentner hätte gehören können, doch schien es sich um seine natürliche Haarfarbe zu handeln, denn das verhältnismäßig glatte, schmale Gesicht ließ auf einen Dreißigjährigen schließen. Gerade zur Tür hereingekommen, blieb er unschlüssig stehen; gab es etwas, das Kolbjørnsen nicht ausstehen konnte, denn waren es Männer, die nicht das geringste Selbstvertrauen besaßen. Der schmächtige Kerl wirkte vollkommen verloren, als wolle er sich für seine bloße Existenz entschuldigen. Dennoch hatte er inständig darum gebeten, mit Kolbjørnsen sprechen zu dürfen.

Kolbjørnsen ging zu ihm, gab ihm die Hand, stellte sich vor und manövrierte ihn zum Gästestuhl seines kleinen Büros. Nachdem er selbst hinter dem Schreibtisch Platz genommen hatte, zog sein Gast die Handschuhe aus, knöpfte mit irritierender Langsamkeit seinen altmodischen Mantel auf und sagte leise: »Mein Name ist Aslak Fuglevåg.«

»Kein Trønder, soviel ich höre.«

»Nein, ich bin in Larvik geboren und aufgewachsen.«

»Was sind Sie von Beruf?«

»Ich habe ein Stipendium an der Universität, genauer gesagt in Dragvoll. Ich promoviere in Literaturwissenschaft.«

»Was kann ich für Sie tun?«

»Es … äh … geht um meine Freundin.«

Armer Kerl, dachte der Kommissar, dem nicht entging, dass der Mann jeden Blickkontakt vermied und stattdessen den Schneefall vor dem Fenster im Auge behielt. »Ist ihr etwas zugestoßen?«

»Das … das befürchte ich.«

»Wie ist ihr Name?«

»Miriam, Miriam Malme. Die Schriftstellerin.«

Beim letzten Wort lag ein Anflug von Stolz in seiner Stimme. Kolbjørnsen bemühte sich um einen wissenden Gesichtsausdruck, während er den Namen notierte. Er hatte ihn nie zuvor gehört.

»Sie ist erst vierundzwanzig, gilt aber als eines der größten literarischen Talente …«

»Warum wollten Sie gerade mich sprechen, Herr Fuglevåg?«

»Ich habe Ihren Namen in der Zeitung gelesen, in Verbindung mit einem bestimmten Kriminalfall.«

Es lag auf der Hand, um welchen Fall es sich handelte. Die kritischen Pressestimmen schienen Fuglevåg offenbar nicht abgeschreckt zu haben. »Ach so. Erzählen Sie mir, warum Sie sich Sorgen machen.«

»Am dreizehnten Januar ist sie zu ihrem Ferienhaus nach Hvitsten gefahren. Sie wollte dort zwei Wochen bleiben und ihren Roman beenden …« Er zögerte, atmete tief durch und hob unschlüssig die Hände.

Sieh mal einer an, dachte Kolbjørnsen. Eine unbekannte Schriftstellerin mit eigenem Ferienhaus am Oslofjord. Kein Wunder, dass die Kulturetats ständig erschöpft sind, wenn der Staat dafür sorgt, dass anspruchsvolle Künstler in solcher Umgebung arbeiten können. »Und weiter?«

»Miriam wollte Sonntagabend zurückkommen.«

»Wohnen Sie zusammen?«

»Nein, wir haben getrennte Wohnungen. Sie hat ein Haus in Hommelvik.«

Auch noch ein eigenes Haus! Schien sich ja um eine interessante Frau zu handeln. »Im Grunde hätten Sie sich an die Polizeibehörde in der Gemeinde Malvik wenden sollen.«

Offenbar hatte Fuglevåg kurz aufgeblickt und seinen Gesichtsausdruck richtig gedeutet. »Äh … es ist …

kein besonders großes Haus. Sie besitzt auch nicht viel Geld, sondern hat beide Häuser von ihren Eltern geerbt, nachdem diese gestorben waren. Sie hat keine Geschwister und lebt ziemlich … allein.«

»Hat es irgendwelche Unstimmigkeiten zwischen Ihnen gegeben?«

»Nein, nein, wir sind sehr … glücklich miteinander!« Er errötete, als hätte man ihn bei einer dreisten Lüge ertappt.

»Ich wollte Ihnen nicht zu nahe treten. Sie hatten also keinerlei Kontakt seit ihrer Abreise?«

»Doch, doch, sie hat ihr Handy dabei. Wir haben letzte Woche ein paarmal miteinander telefoniert. Ich habe ihr versprochen, ihr Genug Zeit und Ruhe zum Schreiben zu geben.« Er verschränkte seine Finger. »Seit Montag habe ich sie nicht mehr erreicht, obwohl ich es mehrmals täglich probiert habe. Und heute ist Donnerstag …«

»Sie hat nie zurückgerufen?«

»Nein, auch nicht übers Festnetz. Zu ihrem Handy bekomme ich seit Dienstagmorgen keine Verbindung mehr.«

»Vielleicht hat sie nur vergessen, es aufzuladen? Was ist mit ihrem Arbeitgeber?«

»Sie ist nicht angestellt. Ich sagte doch, dass sie Schriftstellerin ist.«

»Haben Sie's bei ihr zu Hause versucht, an der Tür geklingelt?«

»Nein, sie wohnt auf dem Land, und ich … äh … habe kein Auto. Um ehrlich zu sein, bin ich noch nie dort gewesen.«

»Woher wollen Sie dann wissen, dass das Haus nicht groß ist?«

»Weil sie es mir selbst erzählt hat. Knapp achtzig Quadratmeter und ziemlich heruntergekommen, hat sie gesagt.«

»Ihre Bekanntschaft ist also neueren Datums?«

Aslak Fuglevåg fasste sich plötzlich ein Herz und schien demonstrieren zu wollen, dass er auf solch irrelevante Fragen keinen Wert legte. Seiner Besorgnis zum Trotz raffte er sich zu einem Scherz auf: »Neueren Datums? Nein, wir haben uns gegen Ende des vorigen Jahrhunderts kennen gelernt.«

Kolbjørnsen verzog keine Miene. »Also im Dezember?«

»Äh … ja, das ist richtig.«

»Ist es nicht möglich, dass sie ihren Url…, ich meine, ihren Arbeitsaufenthalt verlängert hat?«

»Ich habe heute Vormittag die Fluggesellschaft angerufen und erfahren, dass sie für den letzten Flug nach Værnes am Sonntagabend auf der Passagierliste stand. Von da an habe ich mir ernsthaft Sorgen gemacht.«

»Würden Sie mir bitte ihre beiden Telefonnummern geben?«

Fuglevåg leierte die Zahlen herunter, und Kolbjørnsen notierte. »Wir werden der Sache sofort nachgehen«, sagte er mit erzwungener Beiläufigkeit. »Zufällig sind einige meiner Leute gerade in der Gegend von Malvik, um sich ein paar Schäferhundwelpen anzusehen.« Bei der Polizei galt die Regel, bei der Suche nach vermissten Erwachsenen nichts zu übereilen – neun von zehn Personen tauchten wieder auf –, doch in diesem Fall hatte er das Gefühl, dass der Betreffende womöglich zu lange damit gewartet hatte, sich an die Polizei zu wenden. Mehr als drei Tage war ungewöhnlich lang. Er griff zu seinem Handy und wählte eine

Kurzwahlnummer. »Håkon? Bist du immer noch in Hommelvik? Schon erledigt? Hervorragend. Es geht um eine junge Frau namens Miriam Malme. Könntest du überprüfen, ob sie zu Hause ist?«

Håkon Balke bejahte. Er bekam ihre Adresse, wurde von Fuglevågs Anliegen in Kenntnis gesetzt und versprach zurückzurufen, sobald er etwas herausbekommen hätte. Kolbjørnsen hätte seinem Gast gern geraten, die Wartezeit in der Kantine bei einer Tasse Kaffee zu verbringen, brachte es aber nicht übers Herz. Hatte das Gefühl, ein wenig zu abgeklärt reagiert zu haben. Hinter der nichts sagenden akademischen Maske des Literaturstipendiaten verbarg sich womöglich ein zutiefst verunsicherter Mensch, der aus Sorge um seine Freundin schier außer sich war. Der sich krampfhaft beherrschte, obwohl er das Schlimmste befürchtete.

»Sie halten es also für extrem unwahrscheinlich, dass sie ihre Pläne geändert hat, ohne Sie darüber zu informieren?«

Fuglevåg beugte sich vor und hielt seinem Blick stand. »Ich halte es für völlig ausgeschlossen. Sie hat eine Tante in Stavanger und wohl ein paar Freunde bei ihrem Verlag in Oslo, aber hier? Höchstens ein paar lose Bekannte. Miriam ist eine bedeutende Autorin und ein wunderbarer Mensch – aber fürchterlich einsam. Nach dem Tod ihrer Eltern muss sich die Arme völlig zurückgezogen haben.«

Und Sie versuchen offenbar, die Arme aus ihrer Isolation zu befreien, ging Kolbjørnsen durch den Kopf. Vielleicht sind Sie einfach nicht ihr Typ. Vielleicht will sie Sie loswerden. Laut sagte er: »Wie sind ihre Eltern ums Leben gekommen?«

»Durch einen Autounfall vor acht Jahren. Sie saß auf dem Rücksitz, als ihr Vater die Kontrolle über den Wagen verlor. Ihre Eltern waren auf der Stelle tot, doch sie … überlebte. Sie spricht nie darüber.« Plötzlich schien er an etwas ganz anderes zu denken, steckte die Hand in seine Manteltasche und zog seine Brieftasche hervor. Öffnete sie, stand auf und reichte dem Kommissar ein Passfoto. »Sie brauchen doch sicher ein Foto von ihr.«

Kolbjørnsen warf einen raschen Blick auf das Bild und sogleich einen zweiten.

Er glaubte zunächst, Fuglevåg erlaube sich einen Scherz und zeige ihm das Foto eines Models oder einer Filmschauspielerin. Diese Schönheit konnte unmöglich eine private Beziehung zu dem langweiligen norwegischen Literaturstudenten haben, geschweige denn seine Freundin sein. Mit diesem Gesicht hätte sie sich schon eher einen der Promis der amerikanischen Filmszene angeln können. Lange Zeit konnte er seinen Blick nicht von dem Bild losreißen und sein Misstrauen kaum verbergen, bis er endlich die Sprache wiederfand: »Dies ist also Ihre Freundin … die Schriftstellerin Miriam Malme?«

»Äh … ja. Ich verstehe, dass Ihnen das merkwürdig vorkommt, aber das ist sie.«

Kolbjørnsen registrierte den Stolz, der in seiner zitternden Stimme lag. »Kein Wunder, dass Sie sich Sorgen machen«, sagte er mit kaum verhohlenem Neid.

»Es geht nicht allein um ihr Äußeres, sondern um ihre innere Schönheit. Jeder Satz, den sie schreibt, jede Zeile … atmet Poesie …« Fuglevåg holte tief Luft und schien nach geeigneten Worten zu suchen, ehe er mit beinahe ekstatischer Verzückung über sein unfassbares

Glück fortfuhr: »Aber natürlich ist sie auch wunderschön anzusehen, ihre fremdartigen, fast exotischen Züge, wenn Sie verstehen, was ich meine …«

Kolbjørnsen verstand, wurde jedoch den einen, alles beherrschenden Gedanken nicht los: Wie war dieser nichts sagende Bücherwurm nur an eine solche Frau herangekommen? Handelte es sich um eine geistige Verbindung verwandter Seelen, für die er keine Antennen hatte?

Während er Fuglevåg das Foto zurückgab und murmelte, er würde es sicher nicht einsetzen müssen, da Miriam Malmes Verschwinden, wie in den meisten Fällen, bestimmt bald aufgeklärt werde, war dem jungen Mann im Mantel seine Angst erneut anzumerken. Auch schien es ihm unangenehm zu sein, dass er sich für einen Moment von der Erinnerung hatte fortreißen lassen. Er besann sich auf sein Anliegen – um professionelle Hilfe zu ersuchen –, das ihn sicher genug Überwindung gekostet hatte.

Wenige Minuten später klingelte das Telefon, aber es war nur William Schrøder, der wissen wollte, ob es im Mordfall etwas Neues gäbe. Dies war die einzige Unterbrechung, während Kolbjørnsen dem Stipendiaten missmutig einen Vortrag über die Nachforschungsmethoden der Polizei hielt. Natürlich hätte er Fuglevåg in die Kantine schicken sollen!

Als das Telefon zum zweiten Mal klingelte, wusste er gar nicht mehr, wie lange er schon dozierte. Doch brauchte er eine Fortsetzung nicht mehr zu fürchten, denn Balke war am Apparat. Seine zitternde Stimme überschlug sich beinahe: »Er hat wieder zugeschlagen, Arne! Du musst sofort kommen und die ganze Truppe alarmieren.«

Unwillkürlich zuckte er zusammen, während sich seine Hand um den Hörer krampfte. »Truppe« war die interne Bezeichnung für den umfassenden Apparat, der bei einem verdächtigen Todesfall automatisch in Bewegung gesetzt wurde. Dennoch konnte man seiner Stimme nichts anmerken, als er ruhig fragte: »Was ist geschehen?«, so als handele es sich um ein harmloses Handgemenge.

»Als niemand die Tür öffnete und ich auf der Rückseite des Hauses eine kaputte Fensterscheibe entdeckte, bin ich hineingeklettert. Die Frau, nach der du gefragt hast – sicher handelt es sich um sie – lag in einer Blutlache auf dem Küchenboden, genau wie …«

Hier geriet Balke ins Stocken, worauf ihm Kolbjørnsen ein paar routinemäßige Anweisungen gab. Nachdem er aufgelegt hatte, warf er Fuglevåg einen kurzen Blick zu und überlegte angestrengt, wie er es ihm sagen sollte. Doch ehe er dazu kam, hatte der offenbar nichts ahnende Besucher das Wort ergriffen: »Gibt es etwas Neues von Miriam?«

Es gibt Menschen,

die nach ihrem Tod große Aufmerksamkeit erlangen – ein Schicksal, das auch Miriam Malme zuteil werden sollte. Schon am nächsten Tag, dem 18. Februar, war ihr Name in aller Munde. Bislang war nur ein kleiner Kreis literaturinteressierter Menschen auf die junge, begabte Autorin aufmerksam geworden, doch nach den Aufmachern der Tageszeitungen sperrten weite Teile der Bevölkerung ihre Augen auf, zum einen vor Schreck über einen weiteren bestialischen Mord, doch nicht weniger, weil das Foto des Opfers eine so außergewöhnlich schöne Frau zeigte, dass die Bewunderung ihres Aussehens mit ebenso großem Mitleid einherging. So ist nun mal die Natur des Menschen.

Dachte William, als er in seinem Büro saß und seinen eigenen Leitartikel noch mal durchlas. Sowohl er als auch Ivar hatten am vorigen Abend die improvisierte Pressekonferenz in Hommelvik besucht, die arrangiert worden war, weil sich die Gerüchte über das Verbrechen in der kleinen Ortschaft wie ein Lauffeuer verbreitet hatten.

Zu dieser Zeit hätte er eigentlich mit Solveig in der Olavshalle bei einem Konzert des Pianisten Leif Ove Andsnes mit dem Norwegischen Kammerorchester sitzen sollen. Unmittelbar bevor sie von zu Hause aufbrechen wollten, war er von dem Mord informiert worden. Solveig hatte die Karten schon vor langer Zeit bestellt, und obwohl sie wusste, dass William unter allen Umständen an der Pressekonferenz teilnehmen musste, war sie bitter enttäuscht. Die nicht besonders musikinteressierte Heidi – wie der Vater, so die Tochter – war für ihn eingesprungen, während er sich vornahm, die Sache irgendwie wieder gutzumachen.

Dass die Leiche von Miriam Malme (24) gestern gefunden wurde, ist einem nahen Bekannten zu verdanken, der über ihr Verschwinden in Sorge geraten war. Ein Polizist, der ihr Haus in Hommelvik aufsuchte, entdeckte, dass eines der Schlafzimmerfenster auf der Rückseite eingeschlagen worden war. Durch dieses Fenster verschaffte er sich Einlass und fand die Leiche, die mit durchgeschnittener Halsschlagader auf dem Küchenfußboden lag.

Ein Taxifahrer aus Stjørdal konnte sich daran erinnern, Miriam Malme am Sonntagabend vom Flughafen in Værnes nach Hause gefahren zu haben, nachdem sich diese zwei Wochen lang im Süden des Landes aufgehalten hatte. Ihre Leiche scheint bereits mehrere Tage lang in der Küche gelegen zu haben. Keinem der Nachbarn war etwas Ungewöhnliches aufgefallen. Vermutlich hatten sie nicht einmal ihre Abwesenheit bemerkt. Die Verstorbene hatte die Tageszeitung für die Dauer ihrer Abwesenheit abbestellt, doch weder der Zeitungsausträger noch der Postbote sahen sich zu einer Reaktion veranlasst, als der Briefkasten überzuquellen begann. Da der Briefkasten immer noch nicht geleert worden war, als man die Leiche fand, geht die Polizei davon aus, dass der Mord unmittelbar nach ihrer Heimkehr, spätestens am Montagmorgen geschehen ist.

Von der Tatwaffe fehlt jede Spur, und abgesehen von der eingeschlagenen Fensterscheibe, die es dem Täter vermutlich ermöglichte, im Haus auf sein Opfer zu warten, verfügt die Polizei bislang nur über wenige Anhaltspunkte. Auch scheint nichts auf einen Raubmord hinzudeuten. Hauptkommissar Nils Storm vom Trondheimer Polizeipräsidium hält alle Informationen unter Verschluss und lehnte auf der gestrigen Pressekonferenz jede Spekulation darüber ab, es könne sich um denselben Mörder handeln, der vor gut einem Monat Vibeke Ordal getötet hat. Die Analogie der beiden Fälle ist auffallend.

Da der Mord in der Gemeinde Malvik geschah, wären eigentlich die dortigen Polizeibehörden für die Ermittlungen zuständig. Aufgrund deren mangelnder Erfahrung sowie der Schwere der Tat hat jedoch das Trondheimer Polizeipräsidium den Fall an sich gezogen. Eine Entscheidung, die in Anbetracht der lokalen Kenntnisse der Malviker Polizeibehörde als durchaus diskussionswürdig bezeichnet werden kann. Wie aus Polizeikreisen verlautete, konzentrieren sich die Ermittlungen zunächst auf einen möglichen Zusammenhang mit dem Mordfall in Lade …

Sekunden später sagte Ivar: »Es heißt durchschnittener, nicht durchgeschnittener.«

»Was?« William blickte auf.

»Ich sagte, es heißt durchschnittene, nicht durchgeschnittene Halsschlagader.«

»Du hast auch immer was auszusetzen.« Sein Kollege, der eine unbedeutende Stufe unter ihm stand, war nahezu unfehlbar, wenn es um sprachliche Präzision ging, und es ärgerte William, dass dieser ihm fast jede Woche irgendeinen stilistischen Schnitzer nachweisen konnte.

»Ist schon okay.« Ivar lächelte so versöhnlich wie immer. »Die wenigsten stören sich an so was. Selbst die meisten Norwegischlehrer würden das durchgehen lassen. Und in diesem Fall konzentriert sich das Interesse der Leute ohnehin auf das hochattraktive Mordopfer.«

»Quatsch.«

»Hast du doch selbst gesagt. Erst das Gesicht der Toten verleiht dem Fall seine besondere Note. Du brauchst dir bloß die Titelseiten der Osloer Zeitungen anzugucken, dann weißt du, was Sache ist.«

»War dir ihr Name eigentlich ein Begriff?«

»Wurde manchmal im Feuilleton erwähnt, aber das liest du ja nicht.«

William konterte: »Solveig liest gerade ein Buch von ihr, findet es allerdings ziemlich langweilig.« Er wandte sich wieder der Tagesausgabe ihrer Zeitung zu und studierte einen Artikel, für den Ivar die Verantwortung trug, konnte jedoch keine sprachlichen Fehler entdecken.

Miriam Malme wurde am 8. November 1975 in Hommelvik geboren. Nach dem Abitur begann sie ein Lehramtsstudium und absolvierte Berufspraktika auf Frøya und in Steinkjer. Bereits im Alter von 20 Jahren veröffentliche sie ihren ersten Roman mit dem Titel »Alles, was ich weiß« (1996), dem 1998 der Roman »Herzkammermusik« folgte. Beide Werke wurden von der Kritik sehr positiv aufgenommen. In den letzten Jahren widmete sich Miriam Malme voll und ganz ihrer schriftstellerischen Tätigkeit.

Die Verstorbene war unverheiratet. Im Winter 1992 kamen ihre Eltern bei einem Autounfall ums Leben. Der Wagen war in Soknedal einen Abhang hinabgestürzt und in Flammen aufgegangen. Miriam Malme saß damals auf dem Rücksitz, kam jedoch trotz ihrer schweren Verletzungen mit dem Leben davon.

Der sechs Jahre ältere Freund Malmes, der sie vermisst gemeldet hatte, gab gegenüber der Polizei an, sie habe die beiden vorangegangenen Wochen in Hvitsten verbracht, um in

Ruhe ihren neuen Roman beenden zu können. Die Publikation des Buches sei für kommenden Herbst geplant gewesen. Seiner Aussage zufolge habe es sich bei der Verstorbenen um eine stille und zurückhaltende Person gehandelt, die allein in ihrem Elternhaus in Hommelvik lebte.

»Vielleicht war sie ihn über«, murmelte William.

»Wen meinst du?«

»Ihren Freund. Vielleicht ist sie nach Hvitsten gefahren, um ihn für eine Weile los zu sein. Bei diesem Aussehen konnte sie sich vor Männern doch sicher nicht retten.«

»Kolbjørnsen sagte, er könne gar nicht verstehen, dass die beiden ein Paar waren. Dieser Fuglevåg scheint alles andere als ein Frauentyp zu sein.«

»Obwohl wir normalerweise ja nicht im Privatleben anderer Leute herumschnüffeln, sollte sich vielleicht mal einer von uns mit ihm unterhalten.«

»Du wohnst am nächsten.«

»Okay. Aber nicht vor dem Wochenende.«

Während Ivar Kaffee holte, putzte William seine Brille und überprüfte das Resultat mit einem Blick auf seine Uhr. Draußen hatte dichter Schneefall eingesetzt, das Thermometer zeigte mehrere Grad unter Null. Endlich schien es in Trondheim richtig Winter zu werden. Vielleicht konnte er seine Familie morgen zu einer Skitour überreden.

»Trotz ihrer schweren Verletzungen …«, murmelte er vor sich hin, als Ivar zurückkehrte. »Kann mich nicht erinnern, dass davon auf der Pressekonferenz die Rede war.«

»Ich hab im Archiv nachgeschaut. Im Januar '92 haben wir über den Unfall berichtet. Hier ist eine Kopie.«

Ivar schlürfte seinen Kaffee, während William den Artikel studierte.

»Hier steht, sie erlitt schwerste Verbrennungen, die in einer Spezialklinik in Bergen behandelt wurden«, sagte er nach einer Weile. »Sie muss ein Riesenglück gehabt haben, dass ihr Gesicht verschont blieb.«

Während Ivar irgendeine Entgegnung murmelte, steckte der junge Stig Ove von der Poststelle grinsend seinen Kopf zur Tür herein: »Hier sitzen also Laurel und Hardy in aller Seelenruhe, während der Frauenmörder weiter sein Unwesen treibt.«

»Für gute Ratschläge sind wir jederzeit empfänglich.«

»Ich habe einen Vetter dritten Grades, der als Patient in der Psychiatrischen Klinik sitzt. Kam als Söldner aus dem Biafrakrieg und hatte den Verstand verloren.«

»Und du willst uns einreden, dass Leute wie er am Abend freien Ausgang haben?«

»Aber ja. Die Psychologen lassen sich so leicht austricksen.« Stig Ove grinste, warf ein paar Umschläge auf Williams Schreibtisch und verschwand.

Sein Blick fiel sofort auf einen Umschlag, der neben seinem Kaffeebecher lag. Die Adresse hatte dieselbe Typografie wie beim letzten Mal und lautete: *Trondheimer Anzeiger, z. Hd. Ivar Damgård, 7003 Trondheim.*

Er schob den Umschlag zu Ivar hinüber, der ihn mit einem Brieföffner vorsichtig aufschlitzte. Mithilfe einer Pinzette zog den er blutroten Briefbogen heraus und faltete ihn auseinander. William war aufgestanden, um beide Schreibtische herumgegangen und stellte sich hinter ihn. Der Text war genauso kurz wie beim letzten Mal:

Damit stand ein für alle Mal fest: Als Absender kam nicht irgendein Irrer infrage, denn der Brief, der den Poststempel des vorigen Tages trug, war vermutlich spätestens zu dem Zeitpunkt abgeschickt worden, an dem die Leiche gefunden wurde, und mit Sicherheit *bevor* die Medien darüber berichtet hatten. War der Täter davon ausgegangen, dass man Miriam Malme bald finden würde?

»Ich glaub', ich spinne!«, sagte Ivar.

»Verdammt!«, sagte William.

Die Theorie, dass sie es mit einem Serienmörder zu tun hatten, schien sich zu bewahrheiten.

»Kolbjørnsen hat den Brief sicher auch bekommen.«

Was sich kurze Zeit später als richtig erwies. Bei ihrem ersten Anruf war besetzt, doch fünf Minuten später bekam Ivar den Kommissar an den Apparat. Dieser bestätigte, ein identisches Schreiben erhalten zu haben, und erneut sollte ein Kurier nach Heimdal geschickt werden, um ihres abzuholen. Auch William verstand Kolbjørnsens Worte, weil er diesmal den Lautsprecher eingeschaltet hatte.

»Eine Veröffentlichung? Nicht, bevor Storm seine Genehmigung erteilt hat!«

»Das entscheiden Sie nicht allein. Die Bevölkerung hat ein Recht darauf, die Wahrheit zu erfahren«, sagte Ivar.

»Ein Recht? Sie müssen doch begreifen, dass der Kerl genau das erreichen will: Angst zu verbreiten und eine Massenhysterie auszulösen!«

»Das ist mir völlig klar. Aber ich kann Ihnen garantieren, dass unser Chefredakteur Gunnar Flikke diesmal nicht auf eine Veröffentlichung verzichten wird. Es sei denn, Kubben zeigt uns einen Paragrafen, der ausdrücklich untersagt, den Inhalt empfangener Briefe zu publizieren. Und das kann er nicht.«

»Ich garantiere Ihnen, dass wir auch in Zukunft kollegial zusammenarbeiten werden«, versuchte es Kolbjørnsen, »und dass wir Sie bis an die Grenze des Möglichen mit Informationen versorgen werden, aber das können Sie vergessen, wenn Sie jetzt nicht bereit sind, unsere Entscheidung abzuwarten.«

»Bis an die Grenze des Möglichen? Bis jetzt passen Ihre Informationen auf die Rückseite einer Briefmarke. Außerdem feilschen wir nicht um unsere Rechte.«

Nachdem sich die Auseinandersetzung ein wenig beruhigt hatte, legte Ivar mit seinem charakteristischen Grinsen auf, nahm einen Schluck Kaffee und lehnte sich zufrieden zurück: »Ich denke, das hat gesessen!«

Auch William konnte sich ein Schmunzeln nicht verkneifen, bemerkte nach einer Weile jedoch: »Scheinst dich ja fast darüber zu freuen, dass der Irre wieder zugeschlagen hat.«

»Darum geht es doch gar nicht. Wir haben hier einen Job zu erledigen. Redest du mit Gunnar?«

»Ja, klar.«

Da der Chefredakteur gerade in einer wichtigen Konferenz saß, wollte William zunächst intern ein paar offene Fragen klären.

»Die Analogie«, sagte er, »ist offensichtlich. Beide Frauen lagen auf dem Küchenboden und wurden auf exakt dieselbe Weise ermordet. Eine geschieden, die andere ledig. Beide allein lebend. Und vermutlich wurde auch Miriam Malme an einem Dreizehnten getötet. Ein Zufall?«

»Fehlt nur noch, dass sie auch im Lotto gewonnen hatte.«

»Außerdem müssen wir prüfen, ob sie bestohlen wurde. Diesmal hat der Mörder jedenfalls ein Fenster eingeschlagen, um ins Haus zu gelangen. Falls die bei der Polizei genauso ticken wie ich, werden sie sich bald fragen, ob die Opfer einander kannten …«

»Und welche Verbindung der Unbekannte zu ihnen hatte. Ob er seine Opfer zufällig oder geplant auswählt«, entgegnete Ivar.

»Aber im Gegensatz zu Vibeke Ordal hat Miriam Malme nicht ihren Briefkasten geleert, als sie nach Hause kam. Woher wusste der Mörder eigentlich, dass sie genau an diesem Abend aus Hvitsten wiederkommen würde?«

»Wir können nicht einfach davon ausgehen, *dass* er es wusste.«

»Also wissen wir immer noch nicht, ob wir es mit einem Einbruch mit Todesfolge oder mit einer gezielten *Hinrichtung* zu tun haben.« William schauderte, als er das Wort aussprach.

»Wir können nicht einmal hundertprozentig sicher sein, dass es sich wirklich um ein und denselben Täter handelt«, konstatierte Ivar ohne innere Überzeugung. »Werde im Laufe des Tages mit Balke telefonieren. Wenn irgendjemand etwas durchsickern lässt, dann er.«

»Und ich werde mich mit Malmes Verlag in Oslo in Verbindung setzen. Auch wenn sie dort bestimmt nur Positives über ihre Autoren zu sagen haben, könnte es ja sein, dass ich auf brauchbare Informationen stoße.«

Nach Feierabend fuhr er in die Stadt, um für Solveig eine CD zu kaufen. Beethovens Klavierkonzert Nr. 2 in

B-Dur hatte gestern Abend auf dem Programm gestanden, und er hoffte eine Einspielung mit Leif Ove Andsnes zu finden. Doch zuerst besuchte er die Buchhandlung in der Olav Tryggvasons gate, in der ihn dieselbe Verkäuferin bediente wie vor anderthalb Wochen. Das Schildchen an ihrer Bluse erinnerte ihn, dass sie Brit Glein hieß. Als er sagte, wonach er suche, schien sie sich an ihn und an das Buch zu erinnern, das er letztes Mal gekauft hatte.

»Letztes Mal konnten wir ja gerade noch das vorletzte Exemplar des englischen Mörderlexikons hervorzaubern, doch heute kommen Sie leider zu spät. Miriam Malme hat zwar nur für eine kleine Zielgruppe geschrieben, für die wirklich Anspruchsvollen, und ihr erster Roman ist längst verramscht worden, aber ihr zweites Buch, *Herzkammermusik*, wurde uns heute früh förmlich aus den Händen gerissen. Sie können sich bestimmt denken, warum.«

Das konnte William und begriff, dass er das starke Publikumsinteresse schon gestern hätte voraussehen müssen.

»Aber wir haben bereits nachbestellt. Wir können gar nicht fassen, was geschehen ist.«

Er sagte, ihm ginge es genauso, und gab ihr seine Visitenkarte. »Könnten Sie ein Exemplar für mich beiseite legen, wenn die Lieferung eintrifft?«

»Sehr gern. Aber Sie könnten es natürlich auch bei der Volksbibliothek probieren.«

»Die haben bestimmt auch kein Exemplar mehr … äh … sagen Sie, kannten Sie die Autorin persönlich?«

»Kennen ist übertrieben. Anlässlich der Buchpräsentation des Verlags vor zwei Jahren habe ich ihr kurz die Hand geschüttelt. Ich habe die junge Autorin als ausgeprägt bescheiden und zurückhaltend in Erinnerung … und als sehr hübsch natürlich.«

»Eine große schriftstellerische Begabung?«

»Ohne jeden Zweifel«, stellte Brit Glein fest. »Nicht ganz nach meinem Geschmack, aber sie hatte sicher eine glänzende Karriere vor sich.«

William bedankte sich für die Auskunft und verabschiedete sich.

Erst als er sich vom Zentrum entfernte und im gleichmäßigen Verkehr in Richtung Elgeseter Brücke fuhr, fiel ihm wieder die CD ein, mit der er Solveig hatte überraschen wollen. Verdammt noch mal!

Er wendete an der Shell-Tankstelle und fuhr zurück. Stellte den Wagen wenig später im Parkverbot ab und hastete in ein Musikgeschäft. Ein viel beschäftigter, aber zuvorkommender Verkäufer tat, was er konnte, fand jedoch keine Beethoven-Einspielung mit Andsnes als Solisten. Ob ihm mit Haydns Klaviersonaten geholfen sei? William, der sich zu erinnern glaubte, dass auch Haydn zu den wirklich bedeutenden Komponisten zählte, hielt dies für eine hervorragende Lösung.

Nachdem er bezahlt hatte und das Geschäft gerade verlassen wollte, erblickte er unter der jungen, in den CD-Regalen klappernden Kundschaft zwei Gesichter, die ihm bekannt vorkamen. Oftmals ließ er seinen beruflichen Instinkt und seine journalistischen Pflichten außer Acht, wenn diese mit der Integrität trauernder Menschen kollidierten, doch diesmal hatte er das Gefühl, er solle die Gelegenheit nutzen. Er ging zu ihnen und sprach den Mann vorsichtig an.

»Entschuldigung … Herr Ordal?«

Beide drehten sich um und blickten ihn fragend an. »Ja?«

»Mein Name ist William Schrøder. Ich bin Journalist beim *Trondheimer Anzeiger*.«

»Aha«, war die skeptische Reaktion. Die Auskunft schien die beiden nicht gerade entgegenkommender zu machen. Monica Holm zupfte ihren Freund am Ärmel.

»Sie haben vor kurzem ein Gespräch mit meinem Kollegen Ivar Damgård geführt. Ich selbst bin bei dem Begräbnis Ihrer Mutter gewesen ... es mag für Sie keine große Rolle spielen, doch Sie sollen wissen, dass Sie mein tiefstes Mitgefühl haben.«

»Danke.«

»Ich störe Sie nur sehr ungern, doch es geht um die Leiche, die gestern gefunden wurde.«

»Hm«, entgegnete Gorm Ordal, dessen Freundin ihn mit sich ziehen wollte.

»Sie haben vielleicht noch nicht davon gehört, dass ein neuer Mord geschehen ist.«

»Doch, habe ich!«, fuhr ihn Gorm plötzlich an. »Aber glauben Sie ja nicht, dass mir das irgendwie weiterhilft.«

Es waren solche Reaktionen, die William gemeinhin fürchtete, aber nun war es zu spät. Er aktivierte unwillkürlich seinen reuevollsten Gesichtsausdruck und hob entschuldigend die Hände. »Es tut mir Leid, Herr Ordal, ich wollte Ihnen nicht zu nahe treten.«

»Schon okay.«

»Ich nehme an, Sie sind mindestens ebenso daran interessiert wie die Polizei, dass der Täter geschnappt wird.«

»Natürlich bin ich das.«

»In dieser Hinsicht habe ich eine Frage an Sie. Wissen Sie zufällig, ob Ihre Mutter mit Miriam Malme bekannt war?«

Ordal, der sich ein wenig beruhigt hatte, schüttelte den Kopf, schien aber zur Zusammenarbeit bereit. »Das hat mich die Polizei heute Morgen auch schon gefragt.«

»Und was haben Sie geantwortet?«

»Dass ich mir das nicht vorstellen kann.«

»Vielen Dank für die Auskunft.«

»Vermutlich kannte meine Mutter nicht einmal ihren Namen. Mit Literatur konnte sie nicht viel anfangen.«

»Und Ihnen war der Name ein Begriff?«

»Ich hatte ihn schon mal gehört, aber sie gehört nicht zum Pensum, oder, Monica?«

»Nein«, bestätigte die Freundin.

»Würden Sie mich anrufen, wenn Ihnen in dieser Hinsicht doch etwas einfällt?«

Gorm Ordal nickte bedächtig, als halte er einen Mitarbeiter des *Trondheimer Anzeigers* plötzlich für ebenso kompetent wie die Polizei, wenn es darum ging, dem Mörder auf die Schliche zu kommen. Zum zweiten Mal binnen einer halben Stunde gab William jemand seine Visitenkarte. Zumindest hatte er das Gefühl, unter Beweis gestellt zu haben, dass nicht alle Journalisten aufdringlich und sensationslüstern waren.

Als er sich in seinem Toyota Corolla auf dem Weg in ein geruhsames Wochenende befand, hörte er die Lokalnachrichten, die sich natürlich hauptsächlich dem Mord in Hommelvik widmeten. Mehr als 24 Stunden waren vergangen, seit man die Leiche Miriam Malmes gefunden hatte, und Storm musste in einem Interview einräumen, dass die Polizei ziemlich im Trüben fischte. Auf die Frage, ob es sich womöglich um ein und denselben Täter handelte, antwortete er, man könne selbstverständlich nichts ausschließen, doch sei es für solche

Schlussfolgerungen noch zu früh. Storm sprach ruhig und besonnen, ließ sich auf keinerlei Spekulationen ein und erwähnte mit keiner Silbe die anonymen Bekennerschreiben. Auch unterließ er es, alleinstehenden Frauen davon abzuraten, das Haus zu verlassen.

Was, wie William durch den Kopf ging, in Anbetracht der Tatsache, dass beide Opfer zu Hause in ihren Küchen ermordet worden waren, auch nicht besonders klug gewesen wäre. Doch morgen würde die Öffentlichkeit von den Bekennerbriefen erfahren. Gunnar Flikke hatte keinen Zweifel daran gelassen, dass es die Pflicht des *Trondheimer Anzeigers* war, sie zu veröffentlichen, und die Polizei dies respektieren musste.

Nachdem William die Bücher Miriam Malmes nicht hatte bekommen können, beschloss er, den Freitagabend dazu zu nutzen, sich in *The New Encyclopedia of Serial Killers* zu vertiefen. Bis jetzt hatte er nur ein wenig darin geblättert, vielleicht, weil ihm der Inhalt Angst machte.

Doch der Abend verlief etwas anders als erwartet.

Solveig ließ sich erwartungsgemäß durch Küsse und CD besänftigen und konnte berichten, dass Heidi gestern Abend vom Pianisten Andsnes sehr angetan gewesen sei. »Schade, dass du nicht dabei warst. Vermutlich hättest du dich in die Dirigentin verguckt. Aber im Ernst, es war ein großartiges musikalisches Erlebnis.«

»Ich habe die Kritik gelesen.«

Solveig lächelte säuerlich. »Und ich habe gelesen, was du über den Mord in Hommelvik geschrieben hast. Aber es ist einfach nicht dasselbe – vor Ort zu sein oder später darüber zu lesen.«

»Zum Glück war ich nur bei der Pressekonferenz anwesend. Kann mir immer noch nicht vorstellen, was für ein Gefühl es ist, eine Leiche in ihrem eigenen Blut zu finden, geschweige denn einen Mord persönlich mit anzusehen. Dem Klaviervirtuosen hätte ich natürlich gern zugehört.«

»Kannst du haben.«

Sie legte die CD ein, und als Heidi zum Mittagessen nach Hause kam, drang aus den Lautsprechern im Wohnzimmer Haydns Klaviersonate Nr. 23 in A-Dur. Aber sie wollte jetzt nicht zuhören.

»Du hättest ihn sehen sollen, Papa, seinen ganzen Körper, wie er die Tasten …«

»Das nennt man Anschlag«, schaltete Solveig sich ein.

Anschlag, schoss es durchs Williams Kopf, während er an etwas ganz anderes dachte. Wie Heidi hatte er nie ein Faible für klassische Musik gehabt. Als die Sonate verklungen war, mobilisierte er all die Begeisterung, die vermutlich von ihm erwartet wurde: »Wunderbar! Fantastisch!«

»Ja, viel schöner als die Realität des Alltags.«

»Apropos lesen, Solveig. Du hast doch gesagt, dass du das Buch von Miriam Malme nicht zu Ende gelesen hast. War es wirklich so schlecht?«

»Schlecht ist der falsche Ausdruck. Ich fand es einfach langweilig – was natürlich auch an mir liegen kann.«

»Wir haben das Buch nicht etwa im Haus?«

»Nein, nein, wir haben es letztes Jahr im Literaturkreis gelesen.«

Während des verspäteten Abendessens – was an Freitagen oft vorkam – sprachen sie mehr über den

Mord als über Musik. Heidi war gerade auf ihr Zimmer gegangen, als es an der Tür klingelte.

»Störe ich?«, fragte ein lächelnder Oddvar Skaug, nachdem Solveig geöffnet hatte. »Ich möchte nur deinen geliebten William für ein paar Minuten in Beschlag nehmen.«

»Komm rein. Ich habe gehört, du hast eine neue Freundin?«

»Hm? Ach ja, Gøril, eine tolle Frau.«

»Schade, dass du sie nicht mitgebracht hast. Der Kaffee ist gerade fertig.«

»Sie hat leider Nachtdienst heute.«

Als Freund des Hauses ließ sich Oddvar nicht zweimal bitten. Mit einer kleinen Plastiktüte in der Hand stapfte er ins Wohnzimmer, rief William ein »Hei!« entgegen, ließ sich aufs Sofa fallen und drehte sich eine Zigarette. William kam der Freund ein wenig überdreht vor, als habe er ein besonderes Anliegen. Solveig bemerkte dasselbe.

»Ein Männergespräch?«, fragte sie.

»Kann man so sagen«, antwortete Oddvar. »Aber du kannst ruhig zuhören. Es geht um eine Frau und würde Gøril ziemlich eifersüchtig machen, aber im Grunde ist das ein ernstes und vor allem aktuelles Thema. Glaube ich zumindest.«

Seine Worte wirkten so mysteriös, dass sich William sofort nach vorne beugte und sagte: »Erzähl!«

Nachdem der Freund eine Tasse Kaffee bekommen und seine Zigarette angezündet hatte, begann er: »Eigentlich hätte ich gleich zur Polizei gehen sollen, aber ich nehme an, du weißt es als Journalist zu schätzen, dass ich mich erst mal an dich wende. Letzte Woche habe ich einen vollkommen überflüssigen Computerkurs in Oslo besucht und danach ein gemütliches Wochenende bei meinen Elter verbracht. Aber was dann passierte …« Er hielt einen Augenblick inne und zog an seiner Zigarette. »Am Sonntagabend habe ich den letzten Flieger nach Hause genommen und während der S-Bahnfahrt zum Flughafen versucht, mit einer Frau in Kontakt zu kommen, die ganz in meiner Nähe saß. Um ehrlich zu sein, habe ich mich bewusst in ihre Nähe gesetzt.«

William und Solveig wechselten rasche Blicke. Oddvar, der Junggeselle, hatte aus seinem intensiven Interesse am anderen Geschlecht nie einen Hehl gemacht, eine Tatsache, die er als »ästhetische Leidenschaft« bezeichnete.

»Doch ich hätte mir die Mühe sparen können. Sie hat mich sofort abblitzen lassen. Lass gut sein, hab ich mir gedacht, bist ja auch nicht mehr der Jüngste. Außerdem habe ich Gøril. Und jetzt ratet mal, was dem gestressten Computerexperten heute ins Auge springt, als er endlich Zeit findet, einen Blick in die Zeitung zu werfen.«

Beide zuckten die Schultern.

»Das Foto der Frau aus dem Zug, besser gesagt, das ihrer Leiche.«

»Du willst doch nicht behaupten, dass …«

»Aber sicher doch. Ein solches Gesicht sieht man schließlich nicht alle Tage. Und mit so einer pechschwarzen Mähne, dass nur du mit ihr hättest konkurrieren können, Solveig.«

Ohne zu fragen, griff William in Oddvars Tabakpäckchen und begann sich ebenfalls eine Zigarette zu drehen. »Red weiter!«

»Vielleicht bin ich der Letzte, der mit ihr geredet hat, dachte ich. Abgesehen vom Taxifahrer. Aber entscheidend ist der Grund, warum ich sie schließlich angesprochen habe …« Oddvar bemerkte die ungeduldige Neugier seines Freundes, die er durch eine Sprechpause weiter anstachelte.

»Na sag schon!«

»Um 21 Uhr piepte ihr Handy, und plötzlich, von einer Sekunde auf die andere, wirkte ihr junges, schönes Gesicht total verzweifelt. Tränen liefen über ihre Wangen.«

Auch Solveig hatte sich von der Geschichte faszinieren lassen. »Du meinst, sie hat eine schlimme Nachricht bekommen?«

»Ganz bestimmt. Nachdem sie aufgelegt hatte, wirkte sie völlig außer sich, wie unter Schock. Da bin ich zu ihr hin und habe mich erkundigt, ob ich ihr irgendwie helfen könne. Nichts weckt meinen Beschützerinstinkt so sehr wie eine hilflose Frau. Doch leider wollte sie davon nichts wissen, also habe ich mich beschämt wieder auf meinen Platz gesetzt.«

»Und dann?«, flüsterte William.

»Bis zum Flughafen ist nichts Besonderes mehr geschehen. Als sie wie in Trance das Abteil verließ, merkte sie nicht, dass ihr Buch, in dem sie anfangs so konzentriert gelesen hatte, auf den Boden gefallen war. Als geborener Gentleman habe ich es natürlich sofort aufgehoben und bin ihr nach. Aber weil der Chef von *Omega* auch verdammt schlampig ist, konnte ich mein Ticket nicht gleich finden, und weg war sie.«

Keiner der beiden Zuhörer schaltete sich ein, als er eine weitere rhetorische Pause machte. Während er an seiner Zigarette zog, zündete sich William seine an.

»Ich hatte ja keine Ahnung, welche Maschine sie nehmen würde, und habe wirklich während meiner gesamten Wartezeit nach ihr gesucht. Schließlich musste ich zu meinem Gate laufen, um meine Maschine – BU 156, um genau zu sein – noch zu erwischen. Bin im letzten Moment an Bord gegangen und habe mir während des gesamten Flugs nach Værnes den Kopf zerbrochen, wie es der armen Frau wohl gehen würde. Während ich am Gepäckband stand und auf meinen schweren Koffer wartete, habe ich mich dann riesig gefreut, die Frau wiederzusehen, die bereits zum Ausgang eilte. Sie hatte nur Handgepäck dabei, eine Handtasche sowie eine Reisetasche. Sie muss Economy geflogen sein, weil ich sie im Flugzeug nicht gesehen habe. Ich habe ihr dann noch nachgerufen und bin mir sicher, dass sie meine Stimme auch gehört hat, aber bevor ich sie einholen konnte, war ihr Taxi schon weg.«

Oddvar streckte seine Hand nach der Kaffeetasse aus, als wolle er unterstreichen, dass sein Bericht beendet war. Nachdem er einen Schluck genommen hatte, fügte er bescheiden hinzu: »Als ich ihr Bild in der Zeitung gesehen und deinen Artikel gelesen habe, kam ich sofort auf den Gedanken, dass dich die Geschichte interessieren müsste.«

»Darauf kannst du Gift nehmen!« Trotz des unerwarteten und überraschend vollständigen Berichts gingen William eine Reihe von Fragen durch den Kopf. Oddvars Sinn für Details hatte zweifellos mit seinem Beruf zu tun.

Dennoch war es Solveig, die die erste Frage stellte: »Als du im Zug saßt, hast du irgendwas von dem verstanden, was sie am Telefon gesagt hat?«

»Leider nicht. Die verdammt teuren neuen Züge machen zwar wenig Geräusche, aber sie sprach unglaublich leise. Ich glaube, ich habe nur ein einziges Wort verstanden: Aslak.«

»Vielleicht die Person, die angerufen hat.«

»Keine Ahnung.«

»Der Name ist mir kürzlich erst untergekommen«, schaltete William sich ein. »Aus Rücksichtnahme haben wir ihn bisher verschwiegen, aber mein Mittelsmann bei der Polizei hat mir erzählt, dass der Freund Miriam Malmes Aslak Fuglevåg heißt. Er war es auch, der die Vermisstenanzeige aufgegeben hat.«

Oddvars Stirn legte sich in Falten. »Sonderbar … als ich merkte, wie sehr sie das Gespräch mitgenommen hatte, war mein erster Gedanke, dass ihr Freund mit ihr Schluss gemacht haben könnte oder vielleicht sogar tot war. So kann man sich irren.«

»Trotzdem hätte ich gerne gewusst, wovon das Gespräch wirklich gehandelt hat.«

»Und wenn der Mörder selbst am Telefon war«, ereiferte sich Solveig. »Wenn er sie aus irgendeinem Grund demütigen wollte.«

William verkniff sich einen Kommentar. Dieser Gedanke passte einfach nicht mit dem Bild zusammen, das er sich von einem wahnsinnigen Serienmörder machte. Dass dieser gewusst haben könnte, welches Flugzeug sein Opfer nehmen würde und sich hatte vergewissern wollen, dass es sich wirklich auf dem Heimweg befand, schien ihm extrem unwahrscheinlich. In diesem Fall hätte er riskiert, dass sie aufgrund ihrer Erschütterung Dinge unternahm, die sein Vorhaben gefährdet hätten.

Er hatte Ivar zwar gesagt, er wolle Aslak Fuglevåg noch eine Weile in Ruhe lassen, doch Oddvars Bericht ließ ihn diesen Beschluss noch einmal überdenken. Und als der Freund zu allem Überfluss mit übertriebener Nonchalance ein Buch aus seiner Plastiktüte zog, dauerte es nicht mehr lang, bis William sich zum Handeln entschloss.

»Das ist der Roman, den sie in der S-Bahn vergessen hat.«

Solveig nahm ihn in die Hand. »*An Equal Music* von Vikram Seth. Den haben wir auf Norwegisch, William.«

»Wirklich?«

»Ja, einer der schönsten und traurigsten Liebesromane, die ich je gelesen habe.«

»Ich hab nur kurz reingesehen«, sagte Oddvar. »Ich glaube, es geht um die unglückliche Liebe zweier Musiker.«

»Stimmt, *er* spielt in einem Streichquartett, während *sie* eine taube Pianistin ist …«

Auch William war taub geworden, zumindest gegenüber ihrem Geplapper. Er war schon auf dem Weg zum Telefon, suchte im Telefonbuch nach Fuglevågs Namen, ohne ihn zu finden. Nach kurzem Zögern wählte er Kolbjørnsens Privatnummer. Während er das Freizeichen hörte, versuchte er Oddvar dankbar anzulächeln, doch dieser schien ganz von Solveigs hingebungsvoller Inhaltsangabe gefesselt zu sein.

»Guten Abend, Herr Kolbjørnsen. Hier ist William Schrøder.«

»Was gibt's?« William zweifelte daran, dass Kolbjørnsen das wirklich wissen wollte; die Stimme des Kommissars klang schroff und abweisend. Die Publikation der anonymen Bekennerbriefe hatte seinen Kooperationswillen sicher nicht verstärkt.

»Ich denke, ich habe neue Informationen für Sie, besser gesagt, ein Freund von mir.«

»Schießen Sie los.«

»Vorausgesetzt, Sie geben mir die Adresse von Aslak Fuglevåg. Während der gestrigen Pressekonferenz sagte Storm, er wohnt auf der Halbinsel.«

»Storm bedauert sicher, überhaupt etwas gesagt zu haben.«

»Das sollte keiner von Ihnen tun. Sobald ich ein paar Worte mit Fuglevåg gewechselt habe, werde ich Ihnen Informationen geben, die Sie bestimmt ein ganzes Stück weiterbringen. Außerdem brauchen Sie dann nicht überrascht zu sein, wenn Sie morgen die Zeitung aufschlagen.«

William drückte sich gegenüber der Polizei nur selten so deutlich aus, doch diesmal hatte er das Gefühl, dass ihm Oddvars Informationen einen Vorteil verschafften, den er auszunutzen gedachte. Kolbjørnsen schien Blut geleckt zu haben und klang schon sehr viel entgegenkommender.

»In Ordnung. Er wohnt in der Klostergata, irgendwo hinter den großen Wohnblocks. Ich komme gerade nicht auf die Hausnummer, aber ich kann noch mal im Präsidium nachfragen.«

»Vielen Dank. Gibt's sonst was Neues?«

»Ich hab frei heute Abend.«

»Ich garantiere Ihnen, dass Sie in ein bis zwei Stunden alle Hände voll zu tun haben werden.«

Er legte auf, war – was selten vorkam – äußerst zufrieden mit sich selbst und ging wieder zur Sitzgruppe hinüber, um dem Freund ausgiebig für seine Auskünfte zu danken.

Oddvar hatte nichts dagegen, ihn zu begleiten. »Ist mir doch ein Vergnügen, den *Trondheimer Anzeiger* mit sensationellem Stoff zu versorgen.« Sie nahmen getrennte Autos, weil William damit rechnete, nachher noch in die Redaktion zu fahren, nachdem er – oder am besten Oddvar persönlich – Kolbjørnsen die versprochenen Informationen gegeben hatte. Theoretisch konnte er seine Texte auch zu Hause schreiben und an die Redaktion mailen, doch würde er später sicher das Bedürfnis haben, absolut ungestört zu arbeiten.

Unterwegs meldete er sich bei Ivar. Dieser konnte es normalerweise nicht ausstehen, wenn man ihn während der Fernsehnachrichten anrief, doch hörte er sich ohne zu murren eine Kurzversion von Oddvars Reisebericht an. Nachdem er sich mit der Vorgehensweise einverstanden erklärt hatte, sagte er: »Ich habe einige Punkte aufgelistet, die sich beim Gespräch mit Balke ergeben haben: Was den Mord an Vibeke Ordal betrifft, hat ihr Ex-Mann ein wasserdichtes Alibi. Tranøy war zum Tatzeitpunkt auf einer Konferenz in London. Hinsichtlich des Autounfalls vor acht Jahren hat Balke gesagt, dass Miriam Malme wegen ihrer extremen Verbrennungen damals in Lebensgefahr schwebte. Ihr Gesicht war nur deshalb unversehrt geblieben, weil sie es geschafft hatte, ihren Kopf und ihre Arme durch die zertrümmerte Heckscheibe zu strecken, als das Auto Feuer fing. Durch die Heckscheibe ist sie dann aus dem Wagen gekrabbelt und hat sich in einer Schneewehe gewälzt. Im Obduktionsbericht steht angeblich, dass ihr Oberkörper völlig entstellt ist.«

»Das hat Balke dir erzählt?«

»Ja.«

»Um Himmels willen.«

»Außerdem sagte er, dass sich in ihrer Reisetasche ein Laptop befand. Die zugehörige Diskette haben sie geöffnet. Es handelt sich offenbar um ein Romanmanuskript.«

»Kannst du das protokollieren?«

»Aber klar.«

»Und über einen Zusammenhang mit dem Lade-Mord hat er nichts gesagt?«

»Kein Wort. Die scheinen überhaupt keinen Gedanken daran zu verschwenden. Alles Bluff natürlich.«

Sie fanden die angegebene Adresse ohne Probleme. Fuglevåg wohnte im dritten Stock eines älteren, renovierten Mietshauses am Flussufer, ungefähr in der Mitte zwischen der Fußgängerbrücke und der Elgeseterbrücke. Die Fassade lag in nordöstlicher Richtung, doch hatte man von hier aus eine schöne Aussicht über den Fluss und auf die in hellgrünes Licht getauchte Festung Kristiansten, die William an einen klobigen Eiswürfel denken ließ. Als er kürzlich mit Solveig hier entlangspaziert war, hatte sie ihm erzählt, dass Agnar Mykle an diesem Ort seine Kindheit verbracht habe, und zwar in einem roten Holzhaus, das unmittelbar an das heutige Mietshaus angrenzte, aber schon vor dreißig Jahren abgerissen worden sei. Ob Fuglevåg das wusste?

Doch vergaß er später vollkommen zu fragen. Hingegen dachte er sofort, als ihnen die Tür geöffnet wurde, an Kolbjørnsens Aussage, Fuglevåg sei alles andere als ein Frauentyp. Auch wenn er in Betracht zog, dass die Trauer einem gesunden Menschen enorm zusetzen konnte, machte der Mann auf ihn einen verbrauchten, um nicht zu sagen ältlichen Eindruck. Ein *Jammerlappen* hätte die scharfzüngige Solveig vielleicht gesagt. Ein paar Hanteln und ein bisschen frische Luft würden vermutlich helfen. Eine neue Jacke und moderne Schuhe anstelle der Pantoffeln.

»Bitte?« Seine Augen flackerten.

»Herr Fuglevåg?«

»Ja … das bin ich.«

»Mein Name ist William Schrøder, und dies ist Oddvar Skaug.«

»Von der Polizei, vermute ich.«

»Nein, ich arbeite für den *Trondheimer Anzeiger*. Herr Skaug ist Computerspezialist.«

Falls sie befürchtet hatten, Fuglevåg würde ihnen einen triftigen Grund für ihre Störung abfordern oder gar die Tür vor der Nase zuschlagen, hatten sie sich getäuscht. Er schien vielmehr froh über den Besuch zu sein, als könnte ihn dieser ein wenig aufheitern.

Ein schwaches, verwirrtes Lächeln – dann ließ er sie herein. Noch bevor sie im kargen Wohnzimmer Platz genommen hatten, plapperte Fuglevåg nervös drauflos.

»Sie müssen schon entschuldigen, dass es hier etwas spartanisch aussieht, aber ich werde höchstens ein bis zwei Jahre in dieser Bude bleiben. Ich bin einzig und allein nach Trondheim gekommen, um zu promovieren. Über Metaphern, genauer gesagt, deren Gebrauch in den Neunzigerjahren. Also nichts mit Bjørnson oder Ibsen. Normalerweise bin ich Norwegischlehrer in Larvik. Bin ganz in der Nähe des Farrissees geboren, da, wo das berühmte Mineralwasser herkommt. Ist doch ziemlich in Mode gekommen, Farris zu trinken, finden Sie nicht? Rauchen Sie nur, wenn Sie wollen. Soll ich einen Aschenbecher holen? Oder vielleicht einen Kaffee?«

Oddvar lehnte dankend ab, sie hätten gerade Kaffee getrunken, aber ein Aschenbecher wäre schön. Die

Gäste nahmen nebeneinander auf einem mit Kunstleder bezogenen, in die Jahre gekommenen Dreisitzer Platz. Fuglevåg begnügte sich mit einem Hocker. Auf dem Tisch lagen mehrere Tageszeitungen – *Dagblad, VG, Aftenposten* und der *Trondheimer Anzeiger* –, alle dort aufgeschlagen, wo sich die Artikel zum Hommelvik-Mord befanden.

»In den Fernsehnachrichten haben sie auch gerade davon berichtet«, warf der Gastgeber erklärend ein.

»Es tut mir Leid, Sie so kurze Zeit nach der Tat behelligen zu müssen«, begann William umständlich, der trotz des Entgegenkommens Fuglevågs das vertraute Unbehagen spürte, Betroffene zu belästigen. »Aber wir möchten Sie davon in Kenntnis setzen, dass Herr Skaug Ihrer Freundin am Sonntagabend zufällig in der S-Bahn begegnet ist.«

»Miriam?«

»Ja, es ist wohl am besten, er berichtet selbst darüber.«

Oddvar begann sofort seinen Bericht, der, soweit William feststellen konnte, vollkommen identisch mit der ersten Version war. Fuglevåg war aufmerksam wie ein Musterschüler, der er allem Anschein nach früher auch gewesen war. Nachdem Oddvar seinen Bericht beendet hatte, hob er folgerichtig seinen Arm: »Äh … Sie haben wirklich gehört, wie Sie meinen Namen sagte?«

»Nur ein einziges Mal, aber ich hatte den Eindruck, dass sich das Gespräch um Sie drehte.«

»Zumindest habe ich nicht angerufen. Das letzte Mal habe ich Freitag vor genau einer Woche mit ihr telefoniert … das letzte …« Er seufzte auf, als begriffe er plötzlich, dass er sie nie mehr anrufen würde.

Doch Oddvar ging nicht darauf ein. »Wir hätten gerne gewusst, ob Sie eine Idee haben, wer Ihre Freundin mit seinem Anruf zum Weinen gebracht haben könnte, um es vorsichtig zu formulieren.«

Fuglevåg wusste es nicht. Sagte, er habe wirklich keine Ahnung, wer zu einer solch perfiden Handlung imstande sei. Sie habe sehr zurückgezogen gelebt und nur wenige Bekanntschaften gehabt. Alle, die ihm bekannt seien, hätten Miriam bewundert. Das könne er garantieren.

»Es ist natürlich möglich, dass ich das Gespräch sowie ihre Reaktion falsch eingeschätzt habe«, fügte Oddvar hinzu.

Fuglevåg zog dieselbe Schlussfolgerung wie Solveig. »Die Wahrscheinlichkeit ist groß, dass es sich um den Mörder gehandelt hat«, sagte er leise. »Aber wie konnte er wissen, dass sie sich auf dem Heimweg befand? Und welcher Teufel hat ihn geritten, ihr vorher einen Schrecken einzujagen?«

Treffend formuliert, dachte William. Wenn man wüsste, was einen Serientäter antreibt … Laut sagte er: »Haben Sie gewusst, dass sie am Sonntag den letzten Flug nach Hause nehmen wollte?«

»Ja, darum habe ich am nächsten Tag auch mehrmals in Hommelvik angerufen. Wir hatten uns ja seit über zwei Wochen nicht gesehen. Aber sie war nicht zu erreichen, weder übers Festnetz noch auf dem Handy.«

»Und trotzdem haben Sie weitere drei Tage gewartet, ehe Sie zur Polizei gegangen sind?«

»Tja, ich … äh … dachte, Miriam würde schon ihre Gründe haben.« Fuglevåg schlug die Augen nieder. »Es hätte ja sein können, dass sie mehr Zeit brauchte, um den Text noch mal in Ruhe durchzugehen. Oder …«

»Ja?«

»Vor ihrer Abreise hatte sie mich besucht. Wir kamen uns, wie soll ich sagen, sehr nah, und plötzlich stieß sie mich weg, als ich versuchte …«

»Vielleicht hatte sie genug von Ihnen und ist deshalb gefahren«, sagte Oddvar brutal.

»Daran habe ich anfangs auch gedacht. Doch als ich sie später in ihrem Sommerhaus anrief, hatte ich nicht den Eindruck, sie wolle mich auf Distanz halten. Vielleicht hatte ich die ganze Situation falsch eingeschätzt. Jedenfalls habe ich ihr ein Buch geschickt, das ihr signalisieren sollte, wie sehr ich sie liebe …«

Die Augen des schmächtigen Mannes hatten sich mit Tränen gefüllt. Oddvar steckte seine Hand in die mitgebrachte Plastiktüte und reichte ihm den Roman von Vikram Seth: »Dieses hier?«

»Ach … ja! Und *dieses* Buch hat sie im Zug liegen lassen?« Fuglevåg verstand dies offenbar nicht als Zeichen, sie sei seiner überdrüssig gewesen, sondern begann das Buch zu streicheln, als halte er eine wertvolle Erinnerung in Händen. »Ich hatte eine Widmung auf einen Zettel geschrieben und an den Umschlag geheftet.«

»Den muss sie entfernt haben.« Oddvar kannte keine Gnade.

Doch auch diese Bemerkung schien Fuglevågs Glauben an ihre Liebe zu ihm nicht erschüttern zu können. »Ich hoffe, sie hat ihn geküsst und gut aufgehoben.«

Oddvar seufzte unüberhörbar, während William einen versöhnlichen Ton anschlug: »Seit wann kannten Sie Miriam eigentlich?«

»Seit zweieinhalb Monaten. Unsere Verbindung war … die Literatur. Ich selbst mache vielleicht nicht viel her, aber … wir … begegneten uns auf einer anderen Ebene, wenn ich so sagen darf.«

»Hatte sie Ihnen von dem Autounfall erzählt, bei dem ihre Eltern ums Leben kamen?«

»Ja, sie sagte, sie selbst hätte ihn verursacht. Sie machte sich bittere Vorwürfe, ihren Vater in einer Kurve abgelenkt zu haben. Gott sei Dank kam sie mit dem Leben davon.«

»Sie erlitt damals schwere Verbrennungen.«

»Das … das wusste ich nicht.«

Angesteckt von der Forschheit des Freundes, fragte William: »Halten Sie es für denkbar, dass sie Ihrem Annäherungsversuch auswich, weil ihr Körper von Brandnarben entstellt war?«

Fuglevåg zuckte zusammen und schaute ihn erschrocken an. Stand auf und schlurfte zum Fenster, wo er ein paar Sekunden stehen blieb und auf den dunklen Fluss starrte, ehe er sich ihnen erneut zuwandte. Eine tiefe Falte war auf der glatten Stirn entstanden, während er sich mit einer Hand durch seine farblosen Haare fuhr. In der anderen hielt er immer noch das Buch.

»Jetzt, wo Sie's sagen … Sie war wirklich sehr scheu in dieser Hinsicht, obwohl es mir doch gar nicht so sehr um … um Sex ging. Sie hat immer lange Röcke oder Hosenanzüge getragen und bevorzugte Pullover oder Blusen mit langen Ärmeln und hohen Kragen, niemals mit Ausschnitt … Aber es hätte für mich doch überhaupt keine Rolle gespielt, wie sie darunter aussah!«

William versuchte sich vorzustellen, was für ein Gefühl es für eine junge Frau sein musste, ein Gesicht zu haben, das die Männer anzog wie ein Magnet, und einen Körper, der – zumindest in ihren Augen – so abstoßend war, dass sie niemand an sich heranließ. Er schaffte es nicht. Eine solche Frau konnte nur Sex haben, wenn es stockdunkel war, vorausgesetzt, ihr Körper war nicht so von Narben übersät, dass es den Partner dennoch abstieß.

»Ihre Handynummer steht nicht im Telefonbuch«, sagte er, um dem Gespräch eine andere Richtung zu geben. »Könnte dies mit ihrem Bedürfnis nach einem zurückgezogenen Leben in Verbindung stehen?«

»Nein, das liegt wohl eher daran, dass sie es erst seit kurzem besitzt. Das Handy war ein Weihnachtsgeschenk von mir.« Auch Fuglevåg schien über den Themenwechsel erleichtert.

»Dennoch kannte der Anrufer offenbar ihre Nummer.«

»Der Kommissar, an den ich mich gewandt hatte, Kolbjørnsen war sein Name, hat mir gestern Vormittag einen Besuch abgestattet. Das Telefongespräch hat er nicht erwähnt.«

»Weil er davon nichts wusste. Was wollte er?«

»Er hat mir viele seltsame Fragen gestellt. Ob ich Vibeke Ordal gekannt hätte. Natürlich habe ich das nicht. Ob ich ihrem Sohn am Institut begegnet sei. Wieder Fehlanzeige. Was sollte ich noch dort? Die Studenten können mir bei meiner Doktorarbeit sowieso nicht helfen. Kolbjørnsen hatte sogar die Frechheit, mir ein Mordmotiv zu unterstellen.«

»Und das wäre?«

»Verschmähte Liebe. Was für ein Unsinn!«

Er ließ sich wieder auf seinen Hocker fallen, legte *An Equal Music* beiseite und trocknete sich mit einem Taschentuch die Augen. Doch er hatte an Selbstsicherheit gewonnen, war nun weniger hilflos und devot. Oddvar sicherte sich das Buch, während William sagte: »Als Journalist für Kriminalfälle habe ich mir auch so meine Gedanken über ein mögliches Motiv gemacht. Wissen Sie, ob Miriam irgendwelche Wertgegenstände im Haus aufbewahrte? Geld, Schmuck, Kunst?«

»Ich bin zwar nie bei ihr zu Hause gewesen, aber ich kann es mir kaum vorstellen. Sie war nicht gerade sehr vermögend.«

»Dann möchten wir uns verabschieden. Vielen Dank für Ihr Entgegenkommen. Leider werden Sie sich auf einen weiteren Besuch der Polizei einstellen müssen. Wenn Kolbjørnsen von den Geschehnissen während Miriams Rückreise erfährt, wird er Ihnen sicher weitere Fragen stellen.«

»Ihren Roman, natürlich!«

»Was meinen Sie?«

»Sie fragten mich doch, ob Sie irgendwelche Wertgegenstände zu Hause aufbewahrte. Und wenn es jemand auf ihr neues Manuskript abgesehen hatte?«

Über Aslak Fuglevåg ließe sich einiges Positive sagen, dachte William, aber seine Überbewertung eines nicht publizierten Romanmanuskripts offenbarte doch einen gewissen Realitätsverlust. Vor allem, was die elementaren Triebkräfte eines Serienmörders betraf.

der vorletzten Februarwoche stand sie ein weiteres Mal allein am Fenster und betrachtete die Uferkante des Fjords, an der sämtliche Lichter der umliegenden Häuser von der Dunkelheit verschluckt wurden. Vielleicht sollte sie ihm entschieden entgegentreten und eine Antwort verlangen. Vor allem seinetwegen, weniger aus eigenem Interesse. Denn erneut fürchtete sie, dass er einem Zusammenbruch nahe war. Seit langem – tatsächlich seit mehreren Jahren – war er frei von Symptomen gewesen. Er hatte sich fast wie in alten Zeiten benommen, wie ein Patient, der sich auf dem Weg der Besserung befindet und langsam wieder der Alte wird.

Doch im letzten halben Jahr hatten sich die Symptome zurückgemeldet. Sie erkannte sie wieder: den fernen Blick, das abrupt einsetzende Zittern, die abgehackten Sätze, die er von sich gab, wenn sie ihn unter Druck setzte; die Suche nach einem verborgenen Kern, der ihn ängstigte. Weil in diesem Kern auch Ruhe und absolute Stille herrschte, wie im Auge des Sturms?

Der ferne Blick.

Sein Arzt hatte vom *Tausendmeterblick* gesprochen, wenn die Augen durch alles hindurchsahen, ohne etwas Bestimmtes anzusehen, wie an einen fernen Punkt genagelt, der sich nicht konkretisieren ließ. Soldaten bekamen diesen Tausendmeterblick, wenn sie so viele Feinde liquidiert und so viel Selbstachtung verloren hatten, dass sie alle Emotionen verdrängten. Dann bewegten sich ihre Gedanken außerhalb jeder Vernunft und machten sie zu Robotern.

Sein bislang einziger Versuch, die Geschehnisse der Vergangenheit offenzulegen, der vor Jahren auf Betreiben seines Arztes zustande gekommen war, hatte anfangs gute Resultate erbracht. Doch die Gegenreaktion war auf dem Fuße gefolgt und hatte ihn nur umso verschlossener gemacht. Warum all die zwecklosen Andeutungen?

Völlig ausgeschlossen war es nicht, dass er sich eines schönen Tages vollständig öffnen würde, aber der Arzt hegte starke Zweifel. Sie solle sich lieber auf die Gegenwart konzentrieren. Was hatte es für einen Sinn, ständig Salz in alte Wunden zu streuen, wenn sie an sich ein gutes Verhältnis hatten? Sollte sie, alles in allem, nicht zufrieden damit sein, einen Ehemann zu haben, der seinen einfachen Job in der Hobelwerkstatt bewältigte und ein mehr als guter Liebhaber war? Lange hatte sie dem Arzt zugestimmt; um nichts auf der Welt wollte sie ihre Beziehung gefährden. Doch es setzte ihr zu, dass sie nachts manchmal aufwachte, wenn er im Schlaf weinte. Oder wenn sie feststellte, dass er nicht mehr neben ihr lag. Dann fand sie ihn in der Regel im Bad, während er an seinen Tablettenschachteln fummelte, die er normalerweise nicht anrührte. Oder wenn er, in der Küche sitzend, stumm seine Hände anstarrte, als entschieden diese über Leben und Tod.

Nun war er wieder draußen, im Dunkeln. Was ging nur in seinem Kopf vor, wenn er durch die Gegend streifte?

Leben und Tod.

Wenn im Fernsehen über Verbrechen und das Leid anderer Menschen berichtet wurden, wirkte er meist unbeteiligt, so als ginge ihn das nichts an. (Nur ein einziges Mal hatte sie ihn vor Wut heulen gesehen, als besonders grausame Szenen aus dem Kosovo über die Mattscheibe flimmerten.) Doch als sie vor einigen Tagen von einer jungen Frau hörten, die man mit durchschnittener Kehle aufgefunden hatte, schien er völlig außer sich und tigerte ruhelos durch die Gegend, als habe er seine eigene Tochter verloren. Sie selbst hatten keine Kinder, aus dem einfachen Grund, weil sie unfruchtbar war. Vor zwölf Jahren hatten sie eine Adoption in Erwägung gezogen – elternlose Kinder gab es genug auf der Welt –, den Plan jedoch schließlich aufgegeben. Bei seinen psychischen Problemen würde er ein schreiendes Kind zu Hause vielleicht nicht ertragen können. Und auch dem Kind durfte man einen so labilen Vater nicht zumuten. Jetzt war es zu spät.

Warum hatte ihn die Nachricht vom Tod der Frau so aus der Fassung gebracht? Weil der Mord sich in unmittelbarer Nachbarschaft ereignet hatte? Weil das Haus nur einen Steinwurf von ihrem eigenen entfernt lag?

»Kanntest du sie?«

»Nein.«

»Ehrenwort?«

»Ja.«

»Aber du wusstest, wer sie war?«

»Ich … äh … habe sie ein paarmal beim Einkaufen gesehen.«

Das hatte sie auch und sogar hin und wieder einige Worte mit ihr gewechselt. Eine Kassiererin hatte erzählt, die attraktive, grazile Frau mit den schwarzen Haaren schreibe Romane, die gute Kritiken erhielten. Doch an öffentlichen Veranstaltungen des kleinen Ortes hatte sie nie teilgenommen, und wenige wussten mehr über sie zu sagen, als dass sie schön wie ein Filmstar war.

Sie selbst wusste mit Sicherheit, dass er am Sonntagabend vor zehn Tagen, an dem die Frau vermutlich getötet worden war, das Haus verlassen hatte. Erst gegen Mitternacht war er nach Hause gekommen, wortkarg und verschlossen.

»Wo bist du gewesen?«

»Bin durch die Gegend gelaufen.«

»Im Dunkeln?«

»Ja, im Dunkeln komme ich zur Ruhe.«

Erst als ein Polizeibeamter aus Malvik bei ihnen vorbeischaute und sich erkundigte, ob sie am Sonntagabend oder in der Nacht etwas Besonderes bemerkt hätten, dachte sie wieder an seine Abwesenheit, doch keiner von ihnen verlor darüber ein Wort.

Weit entfernt stampfte ein Frachter mit leuchtenden Laternen durch die schwere See, wie ein vom Kurs abgekommenes Raumschiff. Das Auto stand vor der Garage; im Licht der Straßenlaterne konnte sie es schemenhaft erkennen. Doch wo war er? Auf Skiern im Wald? Bei Bjålands? Oder bei irgendeinem trinkfesten Kumpel, der sich seine ewige Litanei über die Schrecken des Krieges anhörte. Wann sprach er die Wahrheit, und wann gewann seine Fantasie die Oberhand? Denn dass er diese im Übermaß besaß, daran bestand kein Zweifel. Trotz seiner großen Schreibprobleme konnte er so lebendig und plastisch erzählen, dass er vielleicht Schriftsteller hätte werden können (was er indirekt auch geworden war). So gesehen hätten sie doch Kinder haben sollen. Zumindest eines, das auf seinen Knien sitzen und mit weit offenen Augen und Ohren lauschen könnte. Er selbst las nie ein Buch, und in Zeitungen blätterte er bloß. Aber fernsehen, das mochte er. Besonders Action- und Zeichentrickfilme, die er sich stundenlang ansah. War er durchs Fernsehen auf Ideen gekommen, durch die unzähligen Kanäle, die es in den USA gegeben hatte und die sicher eine Abhängigkeit erzeugten, die auch in Norwegen mehr und mehr um sich griff?

Sie seufzte, entfernte sich vom Fenster und ging ins Schlafzimmer. Stellte den Hocker vor den Kleiderschrank, holte ein weiteres Mal den Pappkarton herunter und legte ihn auf das Bett. Da lagen sie alle, die Dinge aus der Vergangenheit. Seine Entlassungspapiere – »in Ehren«, wie es geheißen hatte –, die Identifikationsabzeichen mit Namen und Kennnummer. Die Zeitungsaufnahmen vom grünen Dschungel. Sie öffnete auch das kleine Kästchen, betrachtete die Ehrenabzeichen, die seine Uniformjacke geschmückt hatten, und hob nacheinander die Medaillen in die Höhe. Sie kannte die Namen der meisten: Purple Heart, Silver Cross mit Eichenlaub und dem Scharfschützenabzeichen in Gold. Auszeichnungen, die für Einsatz und Mut vergeben wurden, doch vor allem bezeugten, dass er *gemordet* hatte.

Erst als sie schaudernd alles an seinen Platz legen und das Kästchen schließen wollte, fiel ihr auf, dass etwas fehlte. Sie hatte nur sichergehen wollen, dass alles in Ordnung war. Aber das war es nicht. Das Messer mit dem olivgrünen Griff war verschwunden.

Am Sonntag, dem 27. Februar,

unternahm William einen weiteren Skiausflug. Solveig hatte Schularbeiten zu korrigieren und wollte danach zu einem improvisierten Lehrertreffen, auf dem Initiativen für eine Aufwertung dieser teils ausgebrannten und zugleich unterschätzten Berufsgruppe beschlossen werden sollten. Williams Meinung nach wollten sie einfach mehr Geld. Solveig sagte, er habe gut reden; sein Job bei der Zeitung sei ohnehin viel besser dotiert. Doch dieser entgegnete, neben Lehrern und Krankenpflegern gebe es noch eine Vielzahl anderer Berufe mit entsprechend langer Ausbildung, die viel zu schlecht bezahlt würden, zum Beispiel Bibliothekare (Ivars Frau war Bibliothekarin), nur schrien diese nicht ständig nach Lohnerhöhungen und würden, ginge man auf die Forderung der Lehrer ein, noch weiter ins Hintertreffen geraten. Sei das etwa gerecht? Warum bildeten sich die Pauker eigentlich ein, sie seien die einzigen, die einen anstrengenden Job hätten?

Als Heidi aufwachte und sich in die Diskussion einmischte, wäre es beinahe zu einem richtigen Streit gekommen. Denn dieses eine Mal schlug sie sich auf die Seite des Vaters. Lehrer seien eine Plage; sie müsse bis Montag einen Aufsatz fertig schreiben.

Nach einer kurzen Periode mit Schneefall waren die Temperaturen wieder über den Gefrierpunkt geklettert. Der Himmel war genauso bedeckt wie bei seiner letzten Skitour, doch empfand er ein dringendes Bedürfnis, einen klaren Kopf zu bekommen und seine widersprüchlichen Gedanken zu klären. Und selbst die hitzigen Diskussionen über gerechte Löhne hatten ihn nicht aus seiner Grübelei über die beiden Morde reißen können.

Am vorigen Abend hatte er seine Lektüre der *New Encyclopedia of Serial Killers* beendet. Dass er dazu eine ganze Woche benötigt hatte, lag nicht nur an seiner knappen Zeit, sondern auch am Unwillen, zu viel auf einmal zu lesen. Denn er war durch eine Landschaft des Schreckens gereist, deren Bewohner zu den makabersten Handlungen imstande waren. Das Einfachste wäre natürlich gewesen, sie als Wahnsinnige abzutun, als perverse Mutanten, die niemals so zahlreich sein würden, dass man ihnen nicht mehr Herr würde. Denn in einer Gesellschaft mit weit verbreitetem Respekt vor ethischen Normen standen sie unweigerlich auf verlorenem Posten.

Glücklicherweise.

Doch gänzlich von der Erdoberfläche verschwinden würden sie nie. Manche gingen zugrunde, während sich neue bemerkbar machten. Warum ließen sie sich nicht völlig ausmerzen? Weil die verworrene Gesellschaft, in der sie aufwuchsen und die ihr gewissermaßen feindlich gegenüberstand, dafür sorgte, dass ihre abnormen Bedürfnisse befriedigt wurden. Der Keim lag bereits in den Genen, doch oftmals waren es die äußeren Umstände, die ihre dunklen Neigungen nährten.

Selbst der Irrsinn unterlag einer gewissen Methode, auch wenn Wesen und Motivation der Mörder oft unergründlich schienen. Jack Unterweger zum Beispiel, ein Österreicher, dessen Vater amerikanischer Soldat gewesen war, hatte es seinerzeit ausschließlich auf weibliche Prostituierte abgesehen. In seiner Kindheit war er von seinen Eltern verlassen worden und bei verschiedenen Verwandten aufgewachsen. Schon im Alter von zehn Jahren war er in kleinere Verbrechen verwickelt. Als er 1976, 24 Jahre alt, zu einer lebenslangen Freiheitsstrafe verurteilt wurde, weil er ein achtzehnjähriges Mädchen gefoltert und nachher mit ihrem BH erwürgt hatte, gab er seiner Mutter die Schuld an seiner Entwicklung. Als Tatmotiv gab er an, das Mädchen sei eine Hure gewesen (was nicht stimmte). Hinter den Gefängnismauern entdeckte Unterweger die Literatur für sich und schrieb in den folgenden Jahren mehrere Gedichte, einen Roman sowie seine Autobiografie. Außerdem redigierte er eine Gefängniszeitschrift. Unter Wiener Intellektuellen genoss er bald eine solche Achtung, dass ihm gestattet wurde, an literarischen Veranstaltungen teilzunehmen. 1990 wurde er als *geheilt* betrachtet – als Person, die nie mehr töten würde – und vorzeitig entlassen.

Seine literarische Karriere hätte weiter bergauf gehen können. Das Problem war allerdings, dass er auch weiterhin Menschen tötete und sich erst ab diesem Zeitpunkt seinen wohlbegründeten Ruf als Serienmörder erwarb. Im Laufe des folgenden Jahres wurden sieben österreichische Frauen getötet, ohne dass Jack Unterweger verdächtigt wurde. Erst eine Kulturvisite in den USA, die zeitlich mit der brutalen Ermordung dreier Prostituierter in Los Angeles zusammenfiel, weckte das Misstrauen der Polizei. Auf dem Heimweg hielt er einen Vortrag in Prag und ermordete eine tschechische Prostituierte. In Wien wurde er von Beamten bereits erwartet, doch gelang ihm die Flucht nach Florida, wo er schließlich festgenommen wurde. Obwohl es nur wenige Indizien gab und er ein Meister im

Verwischen seiner Spuren war, wurde er 1994 des elffachen Mordes angeklagt und verurteilt. Wenige Stunden nach der Urteilsverkündung erhängte er sich in seiner Zelle. Seine Opfer waren ausschließlich Prostituierte, die er, stets nach demselben Muster, im Rotlichtbezirk aufgabelte, zum nächsten Waldstück verfrachtete, dort mit ihrer eigenen Unterwäsche erdrosselte und zurückließ.

Obwohl pervertierte sexuelle Neigungen zu den häufigsten Verbrechensursachen zählten und deren Varianten, wie William gelesen hatte, vielfältig waren, folgten die meisten Täter doch einem bestimmten Muster, einem Auswahlprinzip, das ein wenig Sinn in den Irrsinn brachte.

Im Gegensatz zu Massenmördern, die meist viele Menschen auf einen Schlag töteten, ermordeten Serientäter einen nach dem anderen, wobei sich der Zeitraum zwischen den Morden von wenigen Tagen bis zu mehreren Monaten, sogar Jahren, erstrecken konnte. In der Regel erhöhte sich im Laufe der Zeit die Tatfrequenz. Das hing vom unterschiedlichen Bedürfnis der Täter ab, ihre bürgerliche Fassade als zuverlässiger Arbeitnehmer oder gutmütiger Familienvater aufrechtzuerhalten. Es gab auch viele weibliche Serienmörder sowie eine verblüffend hohe Zahl verschiedengeschlechtlicher Paare mit sexuellen Abhängigkeitsverhältnissen. Sogar Gruppen kamen vor. Der charismatische Charles Manson hatte eine ganze »Familie« geleitet, die für eine Reihe bizarrer Morde verantwortlich war.

Für gewöhnlich bestanden zwischen Serienmördern und deren Opfern keine oder nur sehr lose Verbindungen; in den seltensten Fällen gab es verwandtschaftliche Beziehungen. Motive und Tötungsarten wirkten selten rational begründet. Die Probleme waren in erster Linie psychogenetischer Natur – Menschen, die ihre Probleme alleine nicht in den Griff bekamen; Menschen, die richtig und falsch nicht unterscheiden konnten. Das Phänomen *overkill* war ein durchgehendes Charakteristikum, die Existenz scheinbar unmotivierter Gewalt. Denn für die meisten Serienmörder übte die Tat einen Reiz an sich aus, oft verbunden mit dem Bedürfnis nach Dominanz. Häufig wurden die Opfer vorher tagelang gequält und der Akt der Tötung in die Länge gezogen, um dem Mörder eine größere Befriedigung zu verschaffen. Historisch gesehen, hatten die Täter von heute durch das Auto allerdings die Möglichkeit, sich rascher vom Tatort zu entfernen als in früheren Zeiten.

Vor allem hatten William die psychischen Voraussetzungen interessiert, die es möglich machten, eine gewisse Klassifizierung der Täter vorzunehmen. Das Lexikon hatte vier *Typen* unterschieden:

Erstens den *Visionär*: Eine psychotische Person, die unter einer Persönlichkeitsspaltung leidet, mitunter eingebildete Stimmen hört und von diesen Instruktionen erhält, die unter anderem dazu dienen, die Verbrechen zu legitimieren. Herbert Mullin zum Beispiel gab während seiner Gerichtsverhandlung 1973 an, auf telepathischem Weg erfahren zu haben, dass nur noch ein Blutvergießen ein verheerendes Erdbeben in Kalifornien verhindern könne. Er wurde wegen zehnfachen Mordes verurteilt, während Kaliforniens Erdoberfläche unbeschadet blieb.

Zweitens den *Missionar*: Er nimmt durch seine Morde eine selbst auferlegte Verantwortung für die Allgemeinheit wahr, deren Lebensqualität er durch die Existenz unerwünschter Elemente beeinträchtigt sieht. Einer von ihnen war der *Yorkshire Ripper* Peter Sutcliffe, der sich vorgenommen hatte, die Straßen von Bradford von Prostituierten zu säubern.

Drittens die *Hedonisten*, die sich in Lustmörder, Spannungsmörder und Vorteilsmörder unterteilen lassen. Bei weitem in der Überzahl sind die Lustmörder, deren Handlungsmuster sich in vier Phasen gliedert: die Fantasie, die Jagd, den Mord sowie das Erlebnis, das darauf folgt. Der Mord an sich verschafft ihnen die größte Befriedigung, wenngleich ein Mann wie Jerry Brudos auch eine gewisse Freude bei den nachfolgenden Handlungen empfunden haben musste: Er bewahrte den Fuß eines seiner Opfer in der Tiefkühltruhe auf, nahm ihn hin und wieder heraus und probierte an ihm verschiedene Damenschuhe mit Pfennigabsätzen, von denen er eine ganze Sammlung besaß. Die Zeit nach dem Mord empfinden die meisten Serienmörder als öde und deprimierend, was das Bedürfnis nach der nächsten Tat verstärkt. Manche scheinen sich über diesen Drang vollkommen im Klaren zu sein. So kritzelte William Heirens in der Wohnung eines Opfers Folgendes an die Wand: *Ich habe keine Kontrolle über mich selbst. Fasst mich, um Himmels willen, ehe ich weitere Menschen töte!*

Der letzte Typus ist der *Machtsucher*, der durch seine mangelnde Selbstachtung charakterisiert ist. Er will nicht nur Kontrolle über andere Menschen ausüben, sondern sich zum Herrn über Leben und Tod aufschwingen.

Als William das Buch aus der Hand legte, hatten sich einige seiner Vorurteile bestätigt, während andere widerlegt worden waren. Trotz eines zunehmenden Gefühls der Frustration hatte er alle Lebensläufe mit derselben Aufmerksamkeit gelesen. Von vielen Mördern waren Fotos abgedruckt, und wenn diese die Wahrheit sprachen, meinte er einen gemeinsamen Zug entdeckt zu haben, der aus den Texten nicht hervorging. Zwar waren die meisten Bilder nach Beendigung ihrer »Karriere« entstanden, nachdem sie all ihrer Hoffnung beraubt waren, dennoch meinte er bei allen dieselbe *Leere* des Blicks wahrzunehmen. Als gehörten die Augen nicht mehr zum Körper, als sähen sie etwas, das an sich ohne Bedeutung war, sie jedoch mehr beschäftigte als ihre konkrete Umgebung.

Während einer Abfahrt ging er in die Hocke, ließ die Skier gleiten und versuchte die Gedanken zu vertreiben. Doch sobald er wieder seine Stöcke einsetzte, kehrten sie zurück.

Hatte nicht auch Aslak Fuglevåg diesen eigentümlichen Blick gehabt? War er womöglich ein neuer Jack Unterweger, ein Mensch mit gespaltener Persönlichkeit, der seine Aufmerksamkeit sowohl der Literatur als auch dem Tod widmete, zwei an sich völlig verschiedenen Themen, zwischen denen in diesem Fall ein absurder Zusammenhang bestand? Seine auffallende Unruhe und sein hektisches Auftreten konnten mit seinen Schuldgefühlen in Verbindung stehen. War es nicht nahe liegend, dass der Mann, der Miriam Malme ein Handy geschenkt hatte, derselbe war, der sie im Zug angerufen hatte?

Die Art und Weise, in der sie seinen Vornamen ausgesprochen hatte, ließ Oddvar vermuten, dass sie über ihn, nicht mit ihm sprach. Konnte er sich geirrt, Fuglevåg seine Stimme verstellt haben? War es denkbar, dass es ihm irgendwie gelungen war, ihr einen Schrecken einzujagen – eine der Tat vorhergehende Folter, die schließlich in ihrer Tötung kulminierte, weil sie sich geweigert hatte, mit ihm zu schlafen? Doch womit hatte er sie so treffen können?

William sah ein, dass ihn diese Gedankenspiele nicht weiterbrachten. Obwohl ihm sowohl rationale als auch irrationale Begründungen dafür einfielen, dass der Stipendiat aus Larvik seiner Freundin das Leben genommen haben könnte, war es weitaus schwieriger, eine Verbindung zum Mord an Vibeke Ordal herzustellen.

Auch im zweiten Fall traten die Ermittlungen auf der Stelle. Natürlich hatten die veröffentlichten Briefe großes Aufsehen erregt und waren nicht zuletzt von der Osloer Boulevardpresse ausgeschlachtet worden. Der Trondheimer Anzeiger war aus nachvollziehbaren Gründen das erste Blatt gewesen, das vom Telefongespräch im Zug berichtet hatte, und nur wenige Tage später hatte die norwegische Telefongesellschaft Telenor herausgefunden, dass das Gespräch von einer Telefonzelle der Trondheimer Innenstadt aus geführt worden war. Die Erkenntnisse der Polizei waren spärlich. Der Kriminaldirektor ließ verlauten, dass aus dem Haus Miriam Malmes nichts oder nur sehr wenig entwendet worden sei; allerdings habe sich in ihrer Handtasche weder ein Portemonnaie noch Geld befunden, und auch ihr Handy werde vermisst. Dass sich auch auf dem zweiten Drohbrief keine Fingerabdrücke befanden, konnte hingegen niemand überraschen. Und selbst wenn nicht sämtliche Einwohner Trondheims und Malviks damit begonnen hatten, ihre Türen zu verbarrikadieren, herrschte kein Zweifel, was in diesen Tagen das wichtigste Gesprächsthema im ganzen Land war, nachdem Ivar und er in dieser Woche erstmals den Ausdruck *Serienmörder* lanciert hatten.

Fest stand in jedem Fall, dass Miriam Malme auf dem Weg zur Kultautorin war. Die Druckereien arbeiten mit Hochdruck daran, dass neue Auflagen ihrer ersten Bücher zur Auslieferung bereitstanden, und selbst die norwegische Ausgabe von Vikram Seths *An Equal Music* erlebte einen unerwarteten Aufschwung. Ein neugieriges literarisches Publikum wartete gespannt auf das letzte nachgelassene Werk der Autorin, das einer Verlagsankündigung zufolge wohl noch vor Beginn des Sommers erscheinen würde.

Wie üblich hatte William bei Grønlia Station gemacht und Kaffee getrunken, war diesmal jedoch nicht von Leuten belästigt worden, die ihn zu den blutigen Vorkommnissen in dieser Gegend ausquetschen wollten. Wieder allein auf der Loipe, während er im klassischen Stil mit diagonalem Stockeinsatz dahinglitt, spürte er, dass ihn das Thema einfach nicht losließ. Das Irritierendste war das Gefühl, dass er bedeutende Informationen versäumt und wichtigen Bemerkungen, die in den letzten Wochen gefallen waren, zu wenig Beachtung geschenkt hatte. Während die Stardetektive in den Krimis die losen Fäden aufspürten und verknüpften, konnte er sich nicht einmal daran erinnern, wer was gesagt hatte. Sätze, die er Ivar und Oddvar zuschrieb, konnten ebenso gut von Solveig und Heidi stammen oder beiläufige Äußerungen außenstehender Personen wie Gorm Ordal oder Jomar Bengtsen sein. Was zum Teufel hatte sein Bewusstsein nur so oberflächlich gestreift, dass nichts als eine dumpfe Ahnung geblieben war, hierin könne der Schlüssel zum Verständnis liegen?

Unmittelbar unter seiner Haut, irgendwo in seinem Hinterkopf machte sich dieses Bewusstsein bemerkbar, das vage Gefühl, etwas zu wissen, das von entscheidender Bedeutung sein konnte. Vergessen waren alle Gedanken über alltägliche Gewalt.

»Hallo, Herr Schrøder!«

Auch die Tatsache, dass er während eines Anstiegs beinahe mit Arne Kolbjørnsen kollidiert wäre, erlöste ihn nicht von seinen Grübeleien. Der kräftige Kommissar auf den schmalen Skiern war ebenfalls allein unterwegs. Er trug eine leuchtend rote Skijacke, die fast dieselbe Farbe wie seine Haare hatte. Aber nur fast. Grün wäre etwas dezenter gewesen, dachte William. Doch freute er sich aufrichtig darüber, dass Kolbjørnsen offenbar an einem Gespräch interessiert war. Dass ihre Kommunikation nicht gelitten hatte. Solange es nicht um die Ermittlungen ging, war alles in Ordnung. Auch einem Journalisten war der Feiertag heilig.

Doch Kolbjørnsen kannte kein Wochenende. Tatsächlich schien er einen fachlichen Austausch im Sinn zu haben, was William mit beinahe kindlichem Stolz erfüllte. Aus nachvollziehbaren Gründen betrachtete ihn der Kommissar nicht als unliebsamen Schnüffler, sondern gleichberechtigten Partner.

»Ich wollte Sie heute Morgen schon anrufen, weil ich ein paar Fragen habe«, begann Kolbjørnsen, nachdem sie am Rand der Loipe stehen geblieben waren, »aber ich kann Sie ihnen ja auch jetzt stellen, falls Sie nichts dagegen haben.«

»Schießen Sie los! Ihre Fragen sind mir jederzeit willkommen.« William nutzte die Gelegenheit, um sich die Brille zu putzen. Womöglich war es aufschlussreich, Kolbjørnsens Mienenspiel zu studieren.

»Als Erstes wäre ich an Ihrer aufrichtigen Meinung zu Aslak Fuglevåg interessiert.«

»Gern, aber nach nur einer einzigen Begegnung ist die wohl nicht besonders aussagekräftig.«

»Na, kommen Sie schon.«

»Er ist eine ziemlich widersprüchliche Persönlichkeit. Scheint Miriam Malme tief geliebt zu haben, macht einerseits einen devoten und nervösen Eindruck, ist andererseits sehr von seinen eigenen fachlichen Fähigkeiten überzeugt ...«

»Intelligent?«

»Zweifellos.«

»Das ist auch mein Eindruck. Halten Sie ihn für fähig, ihm unliebsame Frauen mit einem Messer zu ermorden?«

»Nein, das kann ich mir ehrlich gesagt nicht vorstellen.«

»Ich auch nicht. Aber Kubben ist da anderer Meinung. Er sagt, jeder Hänfling könne auf diese Weise ein Messer benutzen, wenn es nur scharf genug ist. Im Prinzip stimme ich ihm zu, aber ...«

William setzte sich seine Brille wieder auf und nutzte Kolbjørnsens Zögern zu einer Frage: »Wissen Sie mit Sicherheit, dass beide Male dasselbe Werkzeug benutzt wurde?«

»Nein, aber gut, dass Sie von Werkzeug sprechen. Dolch, Machete, Bajonett, Skalpell ... wer weiß das schon. Zumindest war es nach Meinung der Experten keine einfache Rasierklinge. Die Schnitte waren verschieden, der eine schräger als der andere, beide jedoch auf der rechten Seite des Halses. Und in beiden Fällen mit einer einzigen langen Bewegung ausgeführt, von der Kehle bis zu einer Stelle hinter dem Ohr.«

»Fürchterlich …«

»Äußerst professionell, wenn ich mir diesen Ausdruck erlauben darf. Die Leichen zeigten keine Spuren einer vorhergehenden Gewaltanwendung.« Kolbjørnsen hob die Hand an die Stirn und trocknete sich den Schweiß unterhalb seiner flammenden Haarpracht. »Außerdem frage ich mich, warum Fuglevåg, wenn er seine Freundin denn ermorden wollte, ihr vorher am Telefon einen Schrecken einjagte.«

»Das habe ich mich auch schon gefragt«, entgegnete William aufrichtig.

»Anders gefragt: Wer kann sie angerufen haben, wenn er es nicht war? Der Handyvertrag war ziemlich neu. Jemand könnte sich die Nummer von der Auskunft besorgt haben. Was jedoch bedeutet, dass dieser Verrückte wusste, dass sie ein Handy zu Weihnachten bekommen hatte. Na, ja, Verrückter ist relativ …«

»Ein cleverer … Serientäter?«

Ein leichtes Zucken der Mundwinkel verriet die eigentliche Meinung des Kommissars. »Wir ziehen alle Möglichkeiten in Erwägung und bedauern die Unruhe in der Bevölkerung, die Sie und Damgård hervorgerufen haben, doch zunächst gehen wir weiter von zwei getrennten Fällen aus. Fuglevåg hat für den Nachmittag, an dem Vibeke Ordal ermordet wurde, zwar kein Alibi, doch stimmt die Speichelprobe, die er freiwillig abgegeben hat, nicht mit der DNA-Analyse der Zigarettenkippen und der Hautreste überein. Und die Familie Ihres Kollegen Henriksen hat überzeugend versichert, dass der Hausherr am Abend oder in der Nacht, in der der andere Mord geschah, zu Haus gewesen ist.«

»Herrgott, Henriksen gehört doch wohl nicht zum Kreis der Verdächtigen.«

Kolbjørnsen blickte auf seine Skispitzen und lächelte hintergründig. »Bei Mordfällen kommt es nicht selten vor, dass der erste Zeuge, der sich meldet, auch der Täter ist.« Dennoch schien der Kommissar Henriksen als Täter nicht in Betracht zu ziehen. »Sie müssen sich vorstellen, dass jeder erwachsene Mensch in Trondheim für uns ein potenzieller Mörder ist. Denken Sie nur an Ihren sympathischen Freund Oddvar Skaug, der sich *rein zufällig* im Zug befand, als ...«

»Soll das ein Witz sein?«

»Oder an irgendeinen Angestellten beim *Trondheimer Anzeiger*. Es ist schließlich auffallend, dass Ihre Zeitung auffallend gut informiert ist, was die beiden Mordfälle anbelangt. Zunächst die Zeugenaussage von Henriksen. Dann Skaugs Beobachtung im Zug. Die Briefe, die nicht nur an mich, sondern auch an Damgård geschickt wurden.«

»Zeitungsredakteure verfügen eben über zahlreiche Kontakte.«

»Das ist mir klar. Aber versuchen Sie die Sache mal aus unserem Blickwinkel zu betrachten. Vorläufig ist noch *alles* möglich.«

»Da gebe ich Ihnen Recht. Übrigens hat Ivar gehört, dass Sie auf der Rückseite des Hauses von Miriam Malme Fußabdrücke entdeckt haben.«

»Gehört? Sie haben wohl eher Balke zum Plappern gebracht, nehme ich an. Aber es stimmt, wir haben die Abdrücke von Jagdstiefeln entdeckt, Größe 44. In Hommelvik hat es zwischen dem dreizehnten und dem siebzehnten nicht geschneit.«

»Und in ihrer Handtasche befand sich bestimmt eine handgeschriebene Liebeserklärung von Fuglevåg, die er mit einer Büroklammer am Buch befestigt hatte.«

»Wirklich?«

»Die würden wir gern veröffentlichen.«

»Da müssen Sie Fuglevåg schon selber fragen.«

Für einen kurzen Moment schien Kolbjørnsen seine Kooperationsbereitschaft verloren zu haben. Dann kehrte wieder das gutmütige Leuchten in seine Augen zurück. Sowie ein Anflug von Hoffnung, wie William überrascht feststellte, als wäre die Zeitung eine Art Orakel, das man in besonders prekären Fällen befragen konnte.

»Wir haben mit Daisy Malme gesprochen, Miriams Tante in Stavanger. Sie ist die einzige lebende Verwandte. Sie erzählte uns, dass ihre Nichte mehrere, teils sehr schmerzhafte plastische Operationen am Haukeland-Krankenhaus über sich ergehen ließ. Doch Miriam war entweder unzufrieden mit dem Ergebnis oder hielt es nicht länger aus, jedenfalls brach sie die Behandlung nach einiger Zeit ab. Fuglevåg war sich über den eigentlichen Grund dessen, was er als ihre Schwermut bezeichnete, vermutlich gar nicht im Klaren. Vorgestern hat er uns übrigens erzählt, Miriam hätte ihm Ende Januar anvertraut, dass ein ehemaliger Freund, den sie lange nicht gesehen habe, ihr ein frohes neues Jahr gewünscht hätte und offenbar wieder mit ihr anbandeln wollte. Leider hat sie den Namen nicht genannt.«

»Vielleicht hatte sie sich die Geschichte nur ausgedacht, um Fuglevåg eifersüchtig zu machen. Um ihm zu zeigen, dass er nicht der einzige Bewerber war.«

»Schon möglich. Aber sie hatte nicht besonders fröhlich gewirkt, sagte er. Übrigens habe ich noch eine andere Neuigkeit. Aber nur, wenn Sie versprechen dichtzuhalten. Und wenn ich sage dichthalten, dann meine ich hundert Prozent …«

»Versprochen!«

Kolbjørnsen wartete, bis ein paar Langläufer vorübergezogen waren. Nachdem er Blicke in beide Richtungen geworfen hatte, sagte er sehr leise, als habe der Wald entlang des zugefrorenen Wassers Ohren: »Die Obduktion hat ergeben, dass Miriam Malme Jungfrau war.«

Hinterher, als William sich in gemächlichem Tempo auf dem Rückweg befand, dachte er: Warum diese plötzliche Offenheit und das Vertrauen zu ihrer Zeitung, ohne die üblichen ironischen Bemerkungen über die Scharfsinnigkeit ihrer Ermittlungen? Er selbst hatte doch nur seine Meinung zu Fuglevåg zum Ausdruck gebracht. Wollte sich der Kommissar für Oddvars wertvolle Informationen erkenntlich zeigen, oder hatte auch er sich festgefahren und war auf der Suche nach dem erlösenden Stichwort, das den Knoten lösen konnte?

Wie man in den Wald ruft, so schallt es heraus, dachte er. Für den Bruchteil einer Sekunde beschlich ihn dennoch das Gefühl, dass sich zwischen den Bäumen, die ihn umgaben, ein lebendes Wesen befand, das ihm eine Botschaft übermitteln wollte. Der Inhalt einer bedeutenden Information schien kurz Gestalt anzunehmen, bevor er sich im Nichts auflöste.

Jemand hatte etwas gesagt, aber wer, und was?

Brit Glein in der Buchhandlung? Preben Henriksen? Joakim, sein Vater?

Etwas über Miriam Malme? Über die anonymen Schreiben? Über den Serienmörder?

Während ihres kurzen Lebens hatte die Autorin von *Herzkammermusik* nie einen Mann ihre nackte, verbrannte Haut sehen lassen. Eine grausame Strafe des Schicksals, weil sie den Tod ihrer Eltern verursacht hatte?

Warum hatte der Täter die Briefe geschickt? Indem er sich zu »erkennen« gab, wuchs die Gefahr, von der Polizei aufgespürt zu werden. Wollte er das wirklich, oder waren die Schreiben ein Teil seiner sadistischen Befriedigung, die er beim Töten empfand? Vielleicht handelte es sich nicht um einen wahnsinnigen Serienmörder der üblichen Sorte, sondern um einen eiskalten, berechnenden Fanatiker, der ganz andere Ziele verfolgte, als die Menschen in Trøndelag und einige Gewerkschaftsbosse in Oslo zu terrorisieren. Wenn ich nach Hause komme, dachte William, werde ich eine Namensliste erstellen. Verbindungslinien zwischen Personen und Zeitpunkten ziehen. Neue Zusammenhänge entdecken.

Doch daraus wurde nichts. Vielmehr musste er Solveig bei der Vorbereitung des Sonntagsmenüs assistieren und gleichzeitig ihre frisch erworbenen Argumente zur Notwendigkeit einer Gehaltsaufbesserung für den Lehrerstand über sich ergehen lassen.

in der Østersundsgata war ein bescheidenes Etablissement. Zwar hatte der Salon ein Bild von James Dean im Logo gehabt, das überdies dichtes, geschmeidiges Haar versprach, doch hatte sich die männliche Kundschaft in Grenzen gehalten. Britta Olsen verfolgte kein anderes Ziel, als sich selbst ernähren zu können. Früher war sie angestellt gewesen und hatte sich vor vier Jahren dazu entschieden, ihr eigener Chef zu werden. Sie empfand kein Bedürfnis nach Luxus und war sowohl privat als auch in ihrem Salon, der sich nur einen Steinwurf von ihrer Wohnung befand, auf sich allein gestellt. Gute Freundinnen und ein hochwertiger Fernsehapparat waren ihr Ablenkung genug. Ergänzt vom Schnellimbiss am Mellomveien, den sie regelmäßig besuchte.

Zwar ernährte sie sich nicht ausschließlich von Fastfood, doch nutzte sie die Gelegenheit, um bei dem freundlichen Litauer namens Labskaus oder so ähnlich nette Männer ihres eigenen Alters kennen zu lernen. Die Kunden ihres Salons hatten nie ein sonderlich großes Interesse an ihr als Frau gezeigt. Sie wirkten zufrieden mit ihrer Arbeit, das war alles, und hatten ohnehin keine Ahnung, wer James Dean war. Vielleicht machte sie in der schummrigen Beleuchtung bei *Pizza-Burger-Top* auch einen jüngeren Eindruck.

Dann war in Britta Olsens Leben etwas geschehen, das sie zu einer wichtigen Person im sozialen Leben von Lademoen machte, und dies hatte sowohl mit dem Frisiersalon als auch dem Schnellimbiss zu tun: Sie hatte die Haare des Mannes geschnitten, der als Mörder der Frau, die im Lotto gewonnen hatte, infrage kam.

An die meisten Kunden, ganz gleich, ob sie zur Stamm- oder Laufkundschaft gehörten, konnte sie sich erinnern, insbesondere an den groß gewachsenen Mann aus Nordland, der am 8. Februar vorbeigeschaut hatte und seine dünnen, dunklen Haare schneiden ließ. Er war weder sonderlich attraktiv noch gesprächig gewesen, hatte, gemessen an seinem Alter (das in etwa ihrem entsprach), aber ein eigentümliches, faszinierendes Charisma besessen. Als hätte er ein spannendes Leben hinter sich und berge ein Geheimnis, über das man zu gerne etwas erfahren hätte. Nachdem er gegangen war, hatte sie eine sonderbare Leere empfunden. Am Abend hatte sie den Schnellimbiss am Mellomveien aufgesucht und sich zwei Cheeseburger genehmigt – Trostessen nannte man das wohl.

Am nächsten Tag, gleich nach Öffnung des Salons, waren zwei freundliche Polizeibeamte in Zivil bei ihr aufgetaucht und wollten wissen, woher der Fünfhundertkronenschein gekommen sei, mit dem sie ihre Burger bezahlt habe.

Von diesem Moment an war es für eine Weile spannend, Britta zu sein. Ihr Name erschien in der Zeitung, und ein Journalist der Tageszeitung *VG* hatte sie vor ihrem Salon fotografiert und interviewt. *Hatte sie mit dem Mörder gesprochen?* Sogar das Logo war auf dem Bild zu erkennen. Auf dem Polizeipräsidium – man hatte sie abgeholt und zurückgebracht – waren ihr unzählige Fotos dubios aussehender Männer vorgelegt worden, die ihr weder frontal noch im Profil bekannt vorkamen. Hinterher wurden Phantombilder nach ihren Anweisungen angefertigt. Sie musste einräumen, dass die künstlich zusammenmontierten Bilder den *Betreffenden*, wie er stets genannt wurde, niemals hundertprozentig trafen, doch wurde ihr heiß und kalt bei der Vorstellung, es könnte sich womöglich um einen lebensgefährlichen Verbrecher handeln. Und in ihn hätte sie sich beinahe verguckt!

Doch die Zeit verstrich, ohne dass die Polizei seiner habhaft wurde, und sowohl die Schrecken als auch die Faszination hatten sich weitgehend verflüchtigt, als sie sich am Dienstag, dem 29. Februar – exakt drei Wochen nachdem sie die verdächtige Banknote entgegengenommen hatte –, allein in ihrem Salon befand und an einem Musikquiz des Radiosenders P4 beteiligte, bei dem die Hörer anrufen und raten konnten, was für Musik gerade gespielt worden war. Als es auf halb eins zuging, hatte sie bislang drei Kunden bedient, ein akzeptabler Schnitt für die erste Hälfte des Arbeitstages. So gesehen kam ihr die Lunchpause gerade recht, und während sie kauend am Fenster saß und auf den Namen der Bigband zu kommen versuchte, die sie veranlasste, sich in den Hüften zu wiegen, fiel ihr Blick auf einen Mann, der auf dem Bürgersteig der anderen Straßenseite vorüberschlenderte. Zwei Dinge geschahen gleichzeitig:

Sie erinnerte sich mit einem Mal, dass die Band *Vikingarna* hieß, und der Mann kam ihr bekannt vor.

Somit gab es zwei Gründe, sofort zum Telefonhörer zu greifen: 1. Um unter den ersten Hörern zu sein, die P4 die richtige Antwort mitteilten. 2. Um die Polizei anzurufen. Sie tat keins von beiden, wenngleich sie dem Mann den Vorzug vor dem möglichen Gewinn einer CD gegeben hätte. Wäre sie vollkommen sicher gewesen, hätte sie 112 gewählt. Doch leider war der Mann inzwischen aus ihrem Blickfeld verschwunden.

Da Britta ihre Verantwortung für die Gesellschaft ernst nahm und sich Furchtlosigkeit in diesem Moment mit einer sonderbare Erregung paarte, schlüpfte sie ohne zu zögern in ihren Mantel, zog ihre Stiefeletten an und schloss die Tür von draußen ab. Ja, dort war er und ging an den Fassaden der alten Wohnblocks entlang, deren Renovierung die Østersundsgata wieder zu einem akzeptablen Wohnort gemacht hatte. Er schien es nicht eilig zu haben. Sein gemächliches Tempo konnte auch daran liegen, dass er Angst hatte, auf dem glatten Untergrund auszurutschen. Viele Hausbesitzer versäumten ihre Pflicht, den Bürgersteig zu streuen. Er war barhäuptig. Der dunkle Wintermantel und die gleichfarbige Hose hätten wem auch immer gehören können.

Sie zuckte zusammen – und zögerte. Wenn sie dies durchführen wollte, musste sie in jedem Fall genügend Abstand halten und darauf achten, dass er sie nicht bemerkte. Falls er sie bemerken und wiedererkennen sollte, wollte sie schnellstens in die entgegengesetzte Richtung flüchten und Zuflucht im nächsten Hauseingang suchen.

Der Mann verschwand um die nächste Hausecke. Als sie ihm mit schnellen Schritten folgte und vorsichtig die Biskop Sigurds gate entlangschaute, entdeckte sie ihn erneut. Würde er nach rechts abbiegen, wenn er den Maschendrahtzaun am Bahngelände erreichte? Doch nein, ohne sich umzusehen, ging er direkt auf den Zaun zu und mitten durch ihn hindurch, wie ein Phantom. Schien auf der anderen Seite der Gleise, wo das Gelände ein wenig abschüssig war, kleiner zu werden. Britta begann erneut zu laufen, erreichte den Zaun und entdeckte, dass die Maschen durchtrennt und auseinandergebogen waren. Dass die Leute sich trauten, einer Abkürzung wegen ihr Leben zu riskieren, anstatt den Fußgängerübergang zu nehmen, der nur hundert Meter entfernt lag!

Doch sie traute sich ebenfalls. Es war helllichter Tag, kein Zug weit und breit. Als sie die Gleise überquerte, sah sie, dass sich auf der gegenüberliegenden Seite des Geländes ein entsprechend großes Loch im Maschendrahtzaun befand. Sie stieg auf dieselbe Art und Weise hindurch, blieb stehen und sah sich um. Für einen Moment war der Mann verschwunden, doch geriet er auf der Jernbanegata erneut in ihr Blickfeld. Er hatte ihr immer noch den Rücken zugewandt und ging eine kurze, nur nachlässig vom Schnee geräumte Straße hinunter, in deren alten Holzhäusern sich einst Arbeiterwohnungen befunden hatten.

Das Viertel hieß Svartlamoen und war berüchtigt für seine ungeklärten Besitzverhältnisse. Sie selbst hatte ein gespaltenes Verhältnis zu dieser Gegend. Im Sommer herrschte in den verwilderten kleinen Gärten ein reges Treiben der unkonventionellen jungen Leute mit ihren grellen Haaren, die die verfallenen Häuser in Besitz genommen hatten. Doch jetzt, beim Anblick der großen U-Boot-Hangars, die noch aus dem Zweiten Weltkrieg stammten und die Sicht auf den Fjord versperrten, fand sie die Atmosphäre deprimierend. Vielleicht wäre es wirklich das Beste, wie einige meinten, alles einfach abzureißen und die undichten Bretterbuden, die nicht einmal über Toiletten verfügten, durch neue, praktische Wohnungen zu ersetzen. Auf der anderen Seite gab es hier auch nette Leute, deren Jungen teils zu ihr in den Salon kamen. Einige hatten sogar eine richtige Ausbildung und eine normale Haarfarbe, drückten sich ordentlich aus und trugen gepflegte Kleider.

Als der Mann vor einem Haus mit abblätternder Farbe stehen blieb, wurde ihr bewusst, wie gefährlich ihr Verhalten war. Sie hätte sich gewünscht, dass einer oder mehrere der arbeitslosen Jugendlichen auf der Straße gewesen wären, damit sie jemand hätte um Hilfe bitten können, falls die verdächtige Person sie bemerkte. Vielleicht schliefen sie noch oder waren womöglich sogar bei der Arbeit. Ohne einen Blick in ihre Richtung zu werfen, ging er durch eine Gartenpforte an der Schmalseite des Hauses. Ihr Herzschlag beruhigte sich ein wenig. Jetzt hätte sie ihr Handy dabeihaben, die Polizei alarmieren und Wache halten sollen. Sie sah ihr Foto in *VG* schon vor sich: *Dank dieser mutigen Friseurin konnte der Mörder gefasst werden.*

Als sie ein anschwellendes metallisches Geräusch hörte, zuckte sie zusammen, doch es handelte sich nur um einen roten Kleintransporter, der direkt hinter ihr um die Kurve rumpelte. Sie sollte zum Salon zurücklaufen und vorn dort aus die Polizei anrufen, obwohl sie immer noch nicht sicher war, ob es sich bei dem Mann wirklich um ihren ehemaligen Kunden handelte. In diesem Moment trat ein Mädchen, kaum älter als achtzehn, aus dem gegenüberliegenden Haus. Sie trug ein Bündel auf dem Arm und näherte sich einem Kinderwagen, der auf dem Bürgersteig stand. Obwohl sie kahlköpfig und schlampig gekleidet war, machte sie auf Britta einen ungefährlichen und vertrauenswürdigen Eindruck. Rasch ging sie ihr entgegen.

»Entschuldigung, wissen Sie, wer dort drüben wohnt?« Sie machte eine seitliche Kopfbewegung in Richtung des Hauses.

»Warum wollen Sie das wissen?«, fragte das Mädchen und legte das Bündel, ein schlafendes Baby, behutsam in den Kinderwagen. »Ist er nicht süß?«

»Ich glaube, ich kenne den Mann, der dort gerade ins Haus gegangen ist.«

»Das war Rasmussen.«

»Wer ist er?«

»Wer sind Sie überhaupt?«

»Entschuldigung, mein Name ist Britta Olsen. Ich habe einen Frisiersalon in der Østersundsgata.«

Das Mädchen musterte sie eingehend. Dann nickte sie, als stimme Brittas Erscheinungsbild mit ihrer Vorstellung von Friseurinnen überein. »Ich heiße Linn. Dieser Rasmussen ist Anfang Januar eingezogen, als Nachmieter von Kristian Vedi, den's in den Süden gezogen hat.«

Da sie offenbar nichts mehr zu sagen wusste, beugte sich Britta ihr entgegen und flüsterte ihr ins Ohr, wessen sie Rasmussen verdächtigte.

Es dauerte nicht lange, ehe Linn in schallendes Gelächter ausbrach. »Der verwitwete Rasmussen ein Mörder? Nie im Leben!«

Bevor Britta etwas entgegnen konnte, war Linn auch schon über die Straße gelaufen, auf eine Schneewehe geklettert und schlug mehrmals gegen eine Fensterscheibe: »Rasmussen, Rasmussen!«

Der gefährliche Mann erschien am Fenster. Versuchte es zu öffnen, doch es gelang ihm nicht. Dann blieb er für eine Weile verschwunden, ehe er schließlich ohne Jacke durch die Pforte kam. Er blieb stehen und schaute Linn fragend an, die auf Britta zeigte.

»Deine Friseurin will dich sprechen.«

Als er lächelnd auf Britta zuging, begann sie zu zittern, denn nun sah sie, dass es sich wirklich um ihren ehemaligen Kunden handelte. Linn sagte zu ihr: »Da haben Sie Kåre Rasmussen, Major der Heilsarmee.«

Im selben Augenblick verließ eine kleine Gruppe, bestehend aus vier Frauen und vier Männern, die kleine Kapelle, die sich neben dem Kreiskrankenhaus von Trondheim befand. Bei den Frauen handelte es sich um Daisy Malme, die Tante der Toten aus Stavanger, die Verlagslektorin Aina Bistrup aus Oslo sowie zwei Repräsentantinnen der Schriftstellervereinigung Trøndelag, Ingeborg Eliassen und Tale Næss. Die Männer waren Literaturstipendiat Aslak Fuglevåg, Unternehmer Oddvar Skaug, Journalist William Schrøder sowie Kommissar Arne Kolbjørnsen.

Der Mörder hatte sich jedenfalls nicht unter die Trauergäste gemischt, dachte William. Da die Zeremonie auch nicht angekündigt worden war, hatten sich, sofern er von Oddvar und sich selbst absah, auch keine Neugierigen gezeigt. Die beiden Autorinnen räumten ein, die Verstorbene nur oberflächlich gekannt zu haben. Obwohl Miriam Malme nie Mitglied der Schriftstellervereinigung gewesen war, hielt es deren neu gewählte Präsidentin Ingeborg Eliassen für geboten, der angesehenen Kollegin die letzte Ehre zu erweisen.

Im Grunde gab es nur zwei Menschen, die sich als Angehörige bezeichnen ließen – die Tante aus Stavanger und ihr Freund aus Larvik. Daisy Malme, die freundliche Frau mittleren Alters, die bei der Fluggesellschaft *Braathens* arbeitete, schlug vor, eine Tasse Kaffee miteinander zu trinken. Fuglevåg, blass, aber gefasst, bemerkte, er würde eine gemütlichere Gegend bevorzugen als diese Baustelle, auf der ein neuer gigantischer Klinikkomplex entstand. Er schlug einen Pub nahe der Volkshochschule vor, und so machten sich alle, ausgenommen Oddvar und der Kommissar, zu Fuß auf den Weg. William wusste, dass auch er in diesem Kreis eigentlich nichts zu suchen hatte, doch niemand protestierte, als er sich ihnen anschloss. Kolbjørnsen hatte ihm aufmunternd zugenickt, als solle er die Möglichkeit nutzen, weitere Informationen über Miriam Malme einzuholen.

Die Möglichkeit wäre zwar vorhanden gewesen, doch hinterher konnte William feststellen, nicht sehr viel klüger geworden zu sein. Die Zusammenkunft war ein stilles Gedenken gewesen, bei dem eine Mischung aus Unverständnis, Mitleid und Rachegelüsten zum Ausdruck gekommen war.

Daisy Malme: »Ich zog nach Stavanger, bevor sie geboren wurde und habe sie in ihrer Kindheit nur zwei-, dreimal gesehen. Nach dem Unglück habe ich ihr angeboten, bei mir zu wohnen, doch sie lehnte das mit Entschiedenheit ab.«

Aina Bistrup: »Miriam war ein Engel. Jetzt, da ich weiß, wie sehr sie gelitten hat und wie groß ihre Selbstvorwürfe waren, verstehe ich auch, wie schwer es ihr gefallen sein muss, so zu schreiben, wie sie es getan hat.«

Ingeborg Eliassen: »Ich kann mich nicht erinnern, je etwas so Einsichtsvolles über Schuldgefühle gelesen zu haben.«

Tale Næss: »Was mich am meisten erschreckt, ist die Vorstellung, dass jemand einen Menschen wie sie gehasst haben könnte.«

Aslak Fuglevåg, beherzter denn je: »Ich glaube, der Tat liegt etwas anderes zugrunde: ein primitiver Vorgang, dessen Barbarei außerhalb unseres Fassungsvermögens liegt. Wenn ich den Typ erwische, schlage ich ihn windelweich.«

William zweifelte, dass die schmächtige Person dazu in der Lage wäre.

In seinem Corolla, auf dem Rückweg von Heimdal, hörte er die Nachrichten auf P1. Es ging um zwei vollkommen verschiedene Themen, die nichtsdestotrotz miteinander zusammenhingen: die Flutkatastrophe in Mosambik und der Streit zwischen norwegischer Regierung und Arbeiterpartei über den Bau von Gaskraftwerken. Erst gestern hatte ihm die gut informierte Solveig erklärt, dass der gewaltige Zyklon über Afrika womöglich vom Menschen verursacht sei und die Erwärmung des Indischen Ozeans mit wachsenden Kohlendioxidemissionen in Zusammenhang stehen könne.

Doch vor allem beschäftigte ihn eine Aussage, die Kolbjørnsen in der Kapelle gemacht hatte: »Wir hegen eine gewisse Hoffnung, ihn bereits eingekreist zu haben.« Nicht mehr und nicht weniger. Eine vage Informationen, die dennoch verriet, dass etwas im Busch war. Warum hatte er, ein einfacher Journalist, das Gefühl, die Polizei tue Unrecht daran, ihm etwas vorzuenthalten? Weil er sich von Anfang an als Mitspieler empfunden und gespürt hatte, dass er wertvolle Informationen besaß. Doch würde er ihnen auf den Grund gehen können, ehe alle Karten aufgedeckt waren?

Irgendeine Aussage, die jemand gemacht hatte.

Gestern? Vor ein paar Tagen? Vor einer Woche? Einem Monat? Vor noch längerer Zeit?

Wer? Was? Wo?

Leider kannte er den Suchweg nicht, der ihn zur richtigen Computerdatei führte, und leider war er auch nicht Theseus, den der Faden der Ariadne aus dem Labyrinth geleitet hatte. Doch er ahnte die Konturen eines Schlüssels. Diese spezifische Wahrnehmung, die unmittelbar unter seiner Haut pulsierte und in diesem Fall von einem eingebildeten Tier zwischen den Bäumen hervorgerufen worden war, hatte ihm schon früher geholfen, sich an Dinge zu erinnern, die er vergessen zu haben glaubte, wenngleich es sich um banalere Dinge und weniger wichtige Episoden gehandelt hatte. Warum, Herrgott, gelang es ihm nicht, die richtigen Assoziationen zu ein paar Wörtern in Gang zu setzen?

Wörter!

Daran erinnerte er sich in jedem Fall. Er hatte eine Namensliste erstellen wollen, war aber durch alltägliche Aufgaben davon abgehalten worden. Doch jetzt war es so weit. Sobald er in sein Büro kam, wollte er sich ein Blatt Papier nehmen und es mit Personen bevölkern.

Noch bevor Arne Kolbjørnsen vor dem Polizeipräsidium in der Kongens gate aus dem Wagen steigen konnte, piepte sein Handy. Wenn er sofort zur Biskop Darres gate fahre, sagte Storm, könne er Britta Olsen sowie den Mann treffen, von dem sie den Fünfhundertkronenschein bekommen habe. Dieser habe gerade angerufen: Er sei Major bei der Heilsarmee und heiße Kåre Rasmussen.

»Biskop Darres gate, wo ist die denn?«

»In Svartlamoen, du kannst über den Strandveien fahren. Willst du, dass ich mitkomme?«

»Nicht nötig. Ein Mann des Herrn bringt doch Leute nicht mit einem Messer um.«

Aus Storms Auflachen schloss Kolbjørnsen, dass dieser erleichtert war, um den Ausflug herumzukommen. Im Gegensatz zu seinem Namen hatte sich Storm immer mehr zum Herrscher über die Büros und Konferenzräume entwickelt, der nur noch selbst ins Feld zog, wenn dieses direkt um die Ecke lag. Ein Mann, der es stets vorzog, Aufgaben zu delegieren und mit Martin Kubben sowie anderen Kollegen ausgiebig zu Mittag zu essen.

Die Fahrt dauerte kaum zehn Minuten. Die alten Holzhäuser machten zwar nicht gerade den besten Eindruck auf ihn, doch schien ihm die Gegend für Verbrechen auch nicht mehr prädestiniert zu sein als andere, eher im Gegenteil. Die Straße begann an der Hausgabelung, die vor ein paar Jahren von den Künstlern Håkon Bleken und Håkon Gullvåg so spektakulär bemalt worden war, dass die Trondheimer Bevölkerung erst dadurch auf das Viertel aufmerksam geworden war und begonnen hatte, sich über dessen Zukunft Gedanken zu machen.

Er fand die richtige Adresse, parkte vor dem Haus und ging durch das Tor. Gelangte auf einen engen Hof, auf dessen Rückseite sich ein Toilettenhäuschen sowie ein windschiefer Schuppen befanden, in dem Brennholz gelagert wurde. Zwei vom Schnee befreite Pfade deuteten darauf hin, dass beides benutzt wurde. Dort, wo sich einst eine Klingel befunden hatte, klebte eine Visitenkarte. Kolbjørnsen klopfte an die abgenutzte Tür, die sofort von einem lächelnden Mann in den Fünfzigern geöffnet wurde. Beide Männer waren ungefähr gleich groß.

»Herr Rasmussen?«

»Ja, das bin ich.«

Nordländischer Dialekt, stellte Kolbjørnsen fest, aber ziemlich weit entfernt von den Phantombildern, die nach Angaben der Friseurin erstellt worden waren. Er stellte sich vor und gab dem Mann die Hand.

»Ich dachte, bei der Polizei trägt man Uniform.«

»Das tue ich nur bei besonderen Anlässen.«

»Ich trage meine immer, wenn ich im Dienst bin. Da ich samstags arbeite, habe ich am Dienstag frei. Habe mir einen Spaziergang nach Lade gegönnt, der sich wirklich gelohnt hat. Hätte ich gewusst, dass ich gesucht werde, wäre ich natürlich sofort zur Polizei gegangen. Aber kommen Sie doch herein.«

Der Major führte ihn in das schlicht möblierte Wohnzimmer, dessen Einrichtung einen sehr viel jüngeren Bewohner vermuten ließ. Britta Olsen sprang auf, als sie Kolbjørnsen wiedererkannte, und begrüßte ihn.

»Dank dieser ungewöhnlich aufmerksamen Dame kann ich vielleicht etwas zur Aufklärung des scheußlichen Mordes beitragen.«

»Ausgezeichnet«, sagte Kolbjørnsen, worauf die aufmerksame Dame im Beisein beider Männer errötete. »Sie können sich also erinnern, wo Sie den Schein bekommen haben?«

»Und ob ich das kann. Schließlich war er so glatt und schön, dass ich ihn nur ungern wieder hergegeben habe, obwohl ich dem Mammon eigentlich nicht zuneige.« Bevor Rasmussen weitersprach, füllte er drei Kaffeetassen. Dann erklärte er, warum er sich Svartlamoen als Wohnsitz ausgesucht habe: »Kurz nach Neujahr bin ich hierher gezogen. Vorher war ich in Oslo stationiert. Meine liebe Frau ist im Herbst verstorben, und eine Weile war ich so niedergeschlagen, dass ich dachte, ein wenig Luftveränderung würde mir gut tun. Darum habe ich auch nicht gezögert, als Gott mich hierher berief. Mein Vorgänger ist in Rente gegangen, hat aber natürlich weiterhin das Recht, in seiner Wohnung zu wohnen. Glücklicherweise erfuhr der Musiker Kristian Vedi, dass ich eine Wohnung suchte. Er hat einige Monate hier in der Stadt gearbeitet und wollte ohnehin gerade nach Oslo umziehen, um in einer neu gegründeten Rockband anzufangen. So haben wir uns darauf geeinigt, bis auf weiteres unsere Wohnungen zu tauschen. Ich hatte schon viel Negatives über diese Gegend gehört, finde das Milieu aber geradezu vorbildlich. Selbst ein abgehalfterter Kerl wie ich wird hier mit der größten Liebenswürdigkeit behandelt. Und was für eine Hilfsbereitschaft! Wenn ich bei Linn und Bjørn auf der anderen Straßenseite mal als Babysitter einspringe, bringen sie mir am nächsten Tag garantiert selbst gebackenen Kuchen vorbei. Von solch einer Nachbarschaft war in Oslo leider nur wenig zu spüren.«

Rasmussen nahm einen Schluck Kaffee, was Kolbjørnsen dazu nutzte, sich einzuschalten: »Wie schön zu hören, aber ich wollte eigentlich über den Geldschein …«

»Ach, Entschuldigung. Anfang Februar gab Vedis Waschmaschine leider ihren Geist auf. Ich verstehe nur wenig von so technischen Sachen, und nicht mal Bjørn schaffte es, das Ding wieder zum Laufen zu bringen. Die Maschine ist schon ziemlich alt, und niemand scheint sich für solche Modelle noch zuständig zu fühlen. Mithilfe der Gelben Seiten bin ich dann auf eine Servicefirma namens *Rapid* gestoßen. Ich habe dort angerufen, und Sie werden es nicht glauben, aber schon am nächsten Tag stand hier so ein cremefarbener Lieferwagen vor der Haustür. Ein Mann in blauem Overall kam mit seinem Werkzeugkasten herein und brauchte nur zehn Minuten, bis er den Fehler behoben hatte. Ein Plastikteilchen hatte sich im Inneren verfangen. Die Rechnung belief sich auf … tja, wie viel war das noch gleich? Einen Moment bitte.«

Rasmussen stand auf und verschwand in der Küche.

»Ist er nicht nett?«, flüsterte Britta Olsen. »Er hat sich sogar dafür entschuldigt, dass er in meinem Salon so schweigsam war. Aber genau an diesem Tag hätte er ständig an seine verstorbene Frau denken müssen.«

Der Major kam wieder herein und gab Kolbjørnsen ein zerknittertes Stück Papier. Es war eine gewöhnliche Quittung ohne Firmenaufdruck, doch war der Text des Stempels am oberen Rand gut zu lesen: *Rapid Service.* Darunter war handschriftlich notiert: *Reparatur inkl. Anfahrt kr 480,– / Betrag erhalten 8. 2. 2000.* Darunter eine Unterschrift, die schwer zu entziffern war. Der Vorname schien Geir zu sein.

»Ich hatte nur noch einen Tausendkronenschein, und so kam es, dass ich den Schein zurückbekam, mit dem ich später bei Frau Olsen bezahlt habe.«

Der Kommissar hörte nur mit einem Ohr zu und konzentrierte sich auf die Unterschrift. »Haben Sie seinen Namen verstanden?«

»Geir Jerven.«

»Ach ja, jetzt kann ich's lesen.« Nickend zog er eine Plastikhülle aus der Tasche. Während er die Quittung vorsichtig darin verschwinden ließ, fügte er hinzu: »Sie verstehen sicherlich, dass ich die für meine Unterlagen benötige.«

»Aber natürlich. Im Telefonbuch ist als Firmenadresse Nedre Møllenberg angegeben, wo auch immer das sein mag.«

»Das ist nicht weit von hier«, bemerkte die Friseurin.

Kolbjørnsen zuckte zusammen und spürte, dass sich sein Puls beschleunigte. Denn hier ließ sich endlich einmal eine neue Information mit den bisherigen Erkenntnissen in Einklang bringen. »Können Sie den Handwerker beschreiben, Herr Rasmussen?«

»Tja … ich weiß nicht recht. Aber ich würde ihn sicher wiedererkennen. Kurze, dunkle Haare hat er gehabt. Graue Augen … ja, da bin ich ganz sicher.«

»Körpergröße?«

»Ungefähr so wie ich.«

»Also zirka eins achtzig.«

»So in etwa.«

Kolbjørnsen schrieb mit. »Sah er gut aus?«

»Absolut. Man könnte sogar von attraktiv sprechen.«

»Alter?«

»Zwischen dreißig und vierzig.«

»Dick? Dünn?«

»Weder noch. Kräftig gebaut.«

»Trug er eine Brille?«

»Nein.«

»Und der blaue Overall? Irgendwelche besonderen Kennzeichen?«

»Was sollte das sein?«

»Zum Beispiel der Schriftzug der Firma.«

»Das glaube ich nicht. Aber auf dem Transporter stand *Rapid*.«

»Sprach er Dialekt? Kam er aus dieser Gegend?«

»Ja, hat sich für meine Ohren so angehört. Aber er sprach etwas anders, als die Leute in der Stadt.«

»Als käme er vom Land?«

»Schon möglich. Ich habe nicht alles verstanden, was er gesagt hat.«

»Ist Ihnen sonst etwas aufgefallen? Ein Bart?«

»Nein.«

»War er Ihnen sympathisch? Hat er gelächelt, war er gesprächig?«

»Ging so. Also *so* sympathisch war er nun auch wieder nicht.«

»Hat er geraucht?«

»Nein … ach, doch. Bevor er ging, hat er sich noch eine Zigarette gedreht. Er hatte so eine blaue Packung …«

»Petterøes.«

»Genau.«

»Haben Sie gesehen, ob er noch weitere Fünfhunderterscheine hatte?«

»Nein, aber ich glaube, er hatte das Geld in der Brusttasche stecken.«

Kolbjørnsen beendete seine Notizen, doch sein Herz schlug immer noch etwas schneller als üblich. Es ging um Erkenntnisse, die er noch nicht an Schrøder weitergeleitet hatte, unter anderem deshalb, weil er keinen Wert darauf legte, dass der *Trondheimer Anzeiger* seine Mitarbeiter zu Privatdetektiven umfunktionierte. Das infrage kommende Gebiet zeichnete sich langsam ab: Møllenberg – Lademoen. Acht der gesuchten Scheine waren an verschiedenen Orten in Trondheim aufgetaucht, sechs davon im östlichen Teil der Stadt. Einer im Schnellimbiss, zwei bei einer Hydro-Texaco-Tankstelle am Innherredsveien, drei weitere im REMA-Supermarkt in der Rosenborg gate. Die Rosenborg gate wiederum kreuzte die Nedre Møllenberg gate, wo sich die Reparaturfirma befand, für die Geir Jerven arbeitete. Waren sie dank vier aufmerksamer Personen – einer Polizeibeamtin, einem Fastfood-Verkäufer, einer Friseurin und einem Major der Heilsarmee – endlich ans Ziel gelangt?

Weder im Supermarkt noch an der Tankstelle konnte man sich daran erinnern, woher die Scheine gekommen waren; erst eine Prüfung der Kassenbestände zeigte eine Übereinstimmung der gesuchten Ziffern. Doch wenn man den Angestellten ein Foto von Geir Jerven vorlegte und sie an einen cremefarbenen Transporter erinnerte, würden sie sich vielleicht erinnern.

Vielleicht …

Major Rasmussen riss ihn aus seinen Gedanken. »Ich sollte wohl noch hinzufügen, dass die Waschmaschine seitdem ausgezeichnet funktioniert.«

»Wie … äh … ach, schön zu hören.«

»Ich meine, die Polizei wird doch nicht automatisch davon ausgehen, dass Herr Jerven der Täter ist.«

»Natürlich nicht.« Genauso wenig, wie wir Sie verdächtigt haben, dachte Kolbjørnsen beschämt.

Britta Olsen hatte dieselben Empfindungen. Erinnerte sich an ihren Besuch auf dem Präsidium, wo sie versucht hatte, das Aussehen eines Mordverdächtigen so genau wie möglich zu beschreiben. Tröstete sich schließlich damit, dass sie die Polizei auf der Jagd nach dem Schuldigen dennoch einen Schritt vorangebracht hatte. Deutete sie den Gesichtsausdruck des netten rothaarigen Kommissars richtig, handelte es sich um einen entscheidenden Schritt. Kolbjørnsen steckte seinen Notizblock in die Tasche, ließ den Rest des Kaffees stehen und erhob sich. Wollte sicher gleich nach Nedre Møllenberg, um den Waschmaschinenreparateur zu verhaften.

»Haben Sie vielen Dank für Ihre Hilfe. Ohne Menschen wie Sie könnten wir nur wenig ausrichten.«

»Bei der Heilsarmee ist es nicht anders«, entgegnete Rasmussen lächelnd. »Wir sind völlig vom freiwilligen Engagement der Leute abhängig.«

Britta rechnete damit, dass Kolbjørnsen ihm ein paar Kronen geben würde, aber das geschah nicht. Doch entging ihr nicht, dass Rasmussen ihm ein Exemplar des *Kriegsruf* in die Hand drückte, während er ihn zur Tür begleitete. Als er wieder ins Wohnzimmer kam, warf sie einen Blick auf ihre Armbanduhr und rief beinahe erschrocken aus: »Herrgott, jetzt sitze ich hier während meiner Arbeitszeit bei einem wildfremden Mann und trinke Kaffee!«

»Die Wege des Herrn sind unergründlich«, sagte Rasmussen lächelnd. »Manchmal greift Gott ein und steuert unsere Bewegungen, mitsamt allen Fehlern, zu denen wir in der Lage sind.«

»Glauben Sie das wirklich?«

»Ja, natürlich. Im Moment habe ich ein schlechtes Gewissen, weil ich vielleicht dazu beitrage, dass ein verzweifelter Mensch im Gefängnis landet.«

»Aber wenn Gott will …«

»Eben. Manchmal geraten wir Menschen in ein Dilemma.«

»Vielleicht hätten wir beide unser Wissen für uns behalten sollen. Oder uns etwas ausdenken sollen, hihi …«

Da lächelte er freundlich zurück, und wieder empfand sie, dass eine Wärme von ihm ausging, die ihr persönlich galt. Langsam stand sie auf, bedankte sich für den Kaffee und ging zögernd zur Tür. Auch sie bekam diskret ein Exemplar des *Kriegsruf* in die Hand gedrückt. Als sie es bezahlen wollte, schüttelte er ablehnend den Kopf.

»Wir sehen uns bestimmt wieder«, sagte er sanft.

»Bestimmt. Wenn Sie das nächste Mal in meinen Salon kommen, kriegen Sie Rabatt«, entgegnete sie keck.

Auf dem Rückweg zu James Dean fiel ihr ein, dass dies an einem Schalttag geschehen war. Ein Wink von oben? Sie hatte beinahe das Gefühl, sie hätte um ihn geworben und sei erhört worden. Dann erinnerte sie sich an die Regeln, die für Offiziere der Heilsarmee galten. Sie durften ohne Genehmigung ihrer Vorgesetzten nicht heiraten. Würde es ihr etwas nützen, wenn sie gläubig würde und sich ebenfalls bei der Heilsarmee anmeldete?

Als Britta Olsen zum zweiten Mal an diesem Tag unerlaubterweise die Bahnschienen überquerte, lächelte sie vor sich hin. Ein Samenkorn war ausgesät.

Auf dem Weg nach Møllenberg dachte Arne Kolbjørnsen an die Worte des Majors. Die Behauptung vieler Rechtsanwälte, die Polizei neige im Bestreben, den Schuldigen rasch zu finden, zu voreiligen Schlüssen, war nicht von der Hand zu weisen. Er selbst hatte lange Zeit das Gefühl gehabt, die Friseurin sei die Person, nach der sie suchten. Sollte es ihm beim nächsten Verdächtigen genauso ergehen? Es war absolut möglich, dass auch dieser Jerven nur ein Glied in der Kette war. Vielleicht hatte auch er den Schein auf ehrliche Weise, als Entgelt für eine Reparatur, erhalten. Durch wie viele Hände musste eine neue Banknote gehen, bevor sie abgenutzt aussah? War das schon einmal erforscht worden?

Im Übrigen: Warum sollte ein ganz normaler Klempner die weibliche Angestellte einer Autofirma ermorden, einen Monat später nach Hommelvik fahren und eine unbekannte, mittellose Schriftstellerin auf dieselbe Weise töten? Die fehlende Plausibilität solch eines Verhaltensmusters ließ ihn ermatten und spüren, dass er einen Teil seines Engagements für diesen Fall bereits eingebüßt hatte. Angenommen, Schrøder hatte den richtigen Riecher, und es handelte sich um einen Menschen mit ganz besonderen Eigenschaften – einer erschreckenden Mischung aus Intelligenz und Wahnsinn –, der in einer bestimmten Gesellschaftsschicht zu finden war?

Doch was das Schlimmste war: Während die Zeit verstrich und der Mann, auf den sie es abgesehen hatten, bereits finanziellen Nutzen aus seinem ersten Mord zog, plante er vielleicht, zum dritten Mal zuzuschlagen.

Langsam fuhr er die Nedre Møllenberg gate hinunter, die zu beiden Seiten von zweigeschossigen Häuserblocks gesäumt war, in denen früher Funktionäre und Arbeiter gewohnt hatten, doch waren sie größtenteils so gründlich renoviert worden, dass die zentrumsnahe Gegend eine neue Attraktivität gewonnen hatte. Frisch gestrichene Fassaden und Isolierglas für die Fenster zeugten von einem ganz anderen Standard als in Svartlamoen, wenngleich man für diesen natürlich bezahlen musste.

Der *Rapid Service* war im Souterrain eines renovierungsbedürftigen Hauses untergebracht, das an die Rosenborg gate grenzte. An der nächsten Straßenecke befand sich ein REMA-Supermarkt. Wiederum spürte er, wie sein Puls sich beschleunigte – das Anzeichen einer intakten Intuition? Sein Vorgänger, Christian Rønnes, hatte ihm von diesem sonderbaren Gefühl erzählt, das ihn manchmal beschlich und nur selten trog.

Er fand eine Lücke zwischen den schräg parkenden Autos und stieg aus. Ging die glatten Stufe hinunter und erreichte den Grund des Lichtschachts. Hinter einer staubigen Scheibe befand sich ein dunkler Raum, in dem er eine Werkzeugbank und einige Metallschränke ausmachen konnte. Die Tür war verschlossen. Er stieg die Stufen wieder nach oben. Kein Lieferwagen war zu sehen. Er vermutete, dass der Inhaber gerade im Einsatz war. Vielleicht hatte Jerven keine Angestellten, vielleicht betrieb er die Firma ganz alleine. Die Wartezeit ließ sich verkürzen, wenn man sich etwas umhörte. Er öffnete die Pforte, die in den Bretterzaun zwischen den Häusern eingelassen war, und entdeckte eine Treppe, eine Tür und eine Klingel, neben der *P. Hansen* zu lesen war.

Die Dame mittleren Alters, die ihm öffnete, trug eine weiße Schürze. Der verführerische Duft nach gebratenem Hering und Zwiebeln, der aus der Wohnung drang, machte ihn sofort hungrig. Nachdem er sich vorgestellt hatte, sagte sie ohne das geringste Zeichen von Nervosität: »Sie möchten sicher mit meinem Mann sprechen. Er kommt aber erst frühestens in einer halben Stunde nach Hause.«

»Ich kann genauso gut Sie fragen. Es geht um die Servicefirma im Souterrain …«

»Der Inhaber heißt Geir Jerven.«

»Aha, er scheint gerade außer Haus zu sein.«

»Außer Haus? Da können Sie sicher sein.« Ihre Züge verhärteten sich. »Wir haben ihn seit Tagen nicht gesehen. Mit der Miete ist er auch im Rückstand. Hat er was ausgefressen?«

»Aber nein, ich möchte nur mit ihm sprechen.«

»Würde mich nicht wundern, wenn er was Illegales getan hätte. Ich hab's gleich zu meinem Mann gesagt, als er den Kellerraum vor einem Jahr vermietet hat: Diesem Kerl traue ich nicht über den Weg. Sie brauchen ihm nur in die Augen …« Dann hielt sie plötzlich inne und biss sich auf die Lippen, als sehe sie ein, dass sie zu weit gegangen war.

»Sie kennen nicht zufällig seine Privatadresse?«

»Zurzeit hat er eine Wohnung in der Gyldenløves gate. An die Hausnummer kann ich mich nicht erinnern, aber das Haus liegt gleich da unten um die Ecke.« Sie zeigte in die entgegengesetzte Richtung der Rosenborg gate und fügte hinzu: »Ein gelbes Haus mit braunen Fenstern.«

»Danke für die Hilfe. Ich wäre Ihnen sehr verbunden, wenn Sie mich anrufen würden, sobald er wieder auftaucht. Aber sagen Sie ihm bitte nicht, dass ich hier gewesen bin.« Er reichte ihr seine Visitenkarte, die sie in der Tasche ihrer Schürze verschwinden ließ, ohne sie anzusehen.

»Eine Geheimoperation?«

»Reine Routine.« Kolbjørnsen versuchte ihr einen beruhigenden Blick zuzuwerfen. Danach verabschiedete er sich und begab sich auf den Bürgersteig.

Auch vor dem besagten Haus in der Gyldenløves gate parkte kein cremefarbener Transporter. Diesmal wurde die Tür von einem älteren Herrn mit Brille und spärlichem weißem Haar geöffnet, der dem Namensschild zufolge Viktor Våge hieß.

»Ich kaufe nichts!«, teilte er unumwunden mit.

»Ich habe auch nichts zu verkaufen. Mein Name ist Arne Kolbjørnsen. Gehe ich recht in der Annahme, dass hier ein Herr Geir Jerven wohnt?«

»Was?« Der Mann hob die Hand und wandte ihm sein rechtes Ohr zu.

»GEIR JERVEN. Ist er zu Hause?«

»Nein, er hat seine Sachen gepackt und ist Dienstagmorgen verschwunden.«

»Wissen Sie, wo ich ihn erreichen kann?«

»Lauter!«

»WISSEN SIE, WO ER IST?«

»Nein, er ist einfach abgehauen. Hat seit zwei Monaten keine Miete bezahlt.«

»WO IST ER HIN?«

»Keine Ahnung. Aber er hatte es sehr eilig.«

»Wissen Sie, ob er verheiratet ist? Ob er Familie hat?«

»Vanille?«

»FAMILIE!« Kolbjørnsen bildete sich ein, dass ein Paar zusammenzuckte, das gerade vorüberging.

»Der Lump hat jedenfalls nie Besuch gehabt.«

Als er etwas später zum Präsidium zurückfuhr, hatte seine Laune sich spürbar gebessert. *Er hatte es sehr eilig*. Ein Mann, der in einem Lieferwagen durch die Gegend fuhr, müsste doch zu finden sein. Weil Viktor Våge aus verschiedenen Gründen nicht allzu begeistert über seinen Untermieter war, hatte er freundlicherweise sowohl die Automarke als auch das Kennzeichen notiert.

Da Ivar die Friseurin in Lademoen vor drei Wochen interviewt hatte, erkannte er sofort ihre Stimme wieder, als sie ihn anrief.

»Sie haben Neuigkeiten für mich?«

»Ja, es hat sich gerade erst zugetragen, und da der freundliche Kommissar mich nicht ausdrücklich um Verschwiegenheit gebeten hat, dachte ich …«

Die Telefonstimme Britta Olsens überschlug sich beinahe vor Eilfertigkeit. Ivar schaltete den Lautsprecher ein. So kam es, dass nur eine knappe halbe Stunde, nachdem Kåre Rasmussen der Polizei den Namen einer Servicefirma sowie eines Klempners genannt hatte, auch Laurel und Hardy Bescheid wussten.

Nachdem Ivar ihr versichert hatte, dass sie im Laufe des Nachmittags Besuch von einem Journalisten bekommen würde – »aber natürlich, ein Fotograf wird auch dabei sein!« –, legte er auf und schielte zu William hinüber, der schon eine ganze Weile über einem Blatt Papier brütete, auf dem mehrere Namen standen.

»Mister X scheint endlich aufgetaucht zu sein«, sagte er. »Jedenfalls solltest du den Namen Geir Jerven hinzufügen.«

»Schon geschehen.«

»Ich kann die Tour übernehmen.«

»In Ordnung. Aber wir sollten der Polizei den Gefallen tun, den Namen für uns zu behalten, vielleicht auch den des Heilsarmeetypen. Kolbjørnsen hat offenbar vergessen, Frau Olsen zur Verschwiegenheit anzuhalten.«

»Was bedeuten kann, dass er nahe an der Sache dran ist.«

»Schau dir erst mal die Firma in Møllenberg an. Dieser Rasmussen und vor allem unsere neue Korrespondentin in der Østersundsgata können warten.«

Ivar enthielt sich wie üblich eines überflüssigen Kommentars, nickte bloß und verschwand. William ließ seinen Blick über das Blatt wandern, auf dem folgende Namen standen:

VIBEKE ORDAL †
HARALD TRANØY – Exmann
GORM ORDAL – Sohn
MONICA HOLM – Freundin des Sohnes
PREBEN HENRIKSEN – Zeuge

MIRIAM MALME †
DAISY MALME – Tante
ASLAK FUGLEVÅG – Freund
ODDVAR SKAUG – Zeuge

JOMAR BENGTSEN
SOLVEIG
HEIDI
JOAKIM

BRITTA OLSEN
KÅRE RASMUSSEN
GEIR JERVEN

Die Liste schien in der Tat wenig herzugeben. Wo gab es Verbindungen, die nicht freundschaftlicher oder verwandtschaftlicher Natur waren? Sollte er nicht vielmehr das sinnlose Grübeln sein lassen, das nur auf dem vagen Gefühl beruhte, dass jemand etwas geäußert habe, dem er zu wenig Beachtung geschenkt hatte? Dass er sich eingebildet hatte, jemand aus seinem engsten Familienkreis – Solveig, Heidi, sein Vater – könne ihm weiterhelfen, zeigte am besten, auf welchen Abwegen er sich befand. Selbst Ivar, der ihn in seinem Bestreben, eigene Wege zu gehen, stets unterstützte, hielt seine Bemühungen in diesem Fall für aussichtslos. So, wie die Dinge lagen, konnte er bis auf den letzten Namen eigentlich alle streichen.

Als das Telefon klingelte, schob William ärgerlich das Blatt beiseite, bevor er den Hörer abnahm.

»Herr Schrøder? Hier ist Brit Glein von der Mox-Næss-Buchhandlung. Es tut mir Leid, dass Ihre Bücherbestellung so lang gedauert hat. Das erste Buch von Miriam Malme ist bis auf weiteres vergriffen, aber von *Herzkammermusik* hat der Verlag noch ein paar Restexemplare hervorzaubern können. Sind Sie immer noch interessiert daran?«

»Aber natürlich. Vielen Dank. Ich werde heute Nachmittag …« Er brach ab, als hätte er einen elektrischen Schlag bekommen. Das Wort *hervorzaubern* schien ihn selbst verzaubert zu haben, und plötzlich schlug er in ihn ein wie ein Blitz – der Satz, den sie vor anderthalb Wochen gesagt hatte.

»Hallo?«, kam es aus der Leitung.

»Entschuldigung. Mir ist gerade etwas eingefallen. Als ich letztes Mal bei Ihnen war, sagten Sie etwas davon, dass Sie die letzten beiden Exemplare eines englischen Lexikons über Serienmörder noch hätten hervorzaubern können. Erinnern Sie sich?«

»Ja, ich erinnere mich. Wahrscheinlich, weil es sich um einen, nun ja, ungewöhnlichen Titel handelte.«

»Ist es nicht so, dass jedes verkaufte Exemplar bei Ihnen elektronisch erfasst wird?«

»Ja, das geschieht automatisch beim Scannen des Strichcodes.«

»Sie können somit auch ermitteln, wann Sie das erste Exemplar verkauft haben?«

»Ja, wenn Sie den genauen Titel noch wissen?«

»*The New Encyclopedia of Serial Killers*.«

»Einen Moment. Ich sitze gerade vor dem Monitor.«

Während er wartete, trommelte er mit den Fingern auf die Tischplatte und bekam Lust auf eine Zigarette. Brit Glein stand gar nicht auf der Liste der Personen, die etwas Entscheidendes hätten sagen können. Gab es noch andere Namen, die er vergessen hatte?

»Sie haben das letzte Exemplar am 18. Februar gekauft.«

»Das ist richtig.«

»Und das erste, einen Moment bitte ... haben wir am 19. Januar verkauft.«

»Sie haben keine Angaben über den Käufer?«

»Nein, so was wird nicht registriert«, antwortete sie lachend. »Spielt das eine Rolle, Herr Schrøder?«

»Worauf Sie sich verlassen können.«

»Ich werde mich einmal bei meinen Kollegen umhören. Vielleicht erinnert sich ja noch jemand. Obwohl wir solche Auskünfte eigentlich gar nicht geben dürfen.« Den letzten Satz schien sie mehr vor sich hin zu sagen.

William nahm sich vor, ihre Zweifel zu zerstreuen. Er schlug die Mappe auf, in der er alle Informationen über den Fall gesammelt hatte. Vibeke Ordal war am Donnerstag, dem 13. Januar, ermordet worden. Erst neun Tage später war der erste Brief abgeschickt worden, drei Tage nach Verkauf des ersten Exemplars des Lexikons.

Während es für eine Weile vollkommen still in der Leitung war, spürte er, wie sich ein taubes Gefühl in seinem Körper ausbreitete, obwohl es für die Hypothese, der Käufer sei mit dem Mörder identisch, natürlich keine Gewissheit gab.

Doch *falls* er Recht hatte, *falls* es sich so verhielt, untermauerte dies die Vermutung, dass sie es mit einem bewusst handelnden Menschen zu tun hatten, mit einer buchstäblich lebensgefährlichen Persönlichkeit, die ihre Ziele klar definierte, nicht mit einem Wahnsinnigen. Mit einem Menschen, der durch seine perversen Taten Aufmerksamkeit erlangen wollte, der es genoss, im Rampenlicht zu stehen und die Polizei herauszufordern, überzeugt davon, am Ende siegreich zu bleiben. Während er selbst das Buch gekauft hatte, um die Handlungsmuster des Täters besser verstehen zu können, hatte sich dieser von der Lektüre anregen lassen, sein Vorhaben in die Tat umzusetzen. Dieselbe Handlung; zwei vollkommen verschiedene Motive. Nach dem zweiten Mord hatte es nur drei, vier Tage gedauert, bis der nächste Brief abgeschickt worden war – vielleicht die Zeitspanne, die der Täter benötigt hatte, um sich zu vergewissern, dass er auch diesmal erfolgreich gewesen war. Es war sogar möglich, dass er den zweiten Mord erst plante, nachdem er sich davon überzeugt hatte, wie reibungslos der erste verlaufen war. Vielleicht hatte ihm der Kauf des Lexikons den entscheidenden Anstoß zur Wiederholung der Tat gegeben.

William musste sich einen Ruck geben, um sich einzugestehen, dass dies, gelinde gesagt, eine waghalsige Theorie war, doch nur wenige Minuten später fuhr er mit dem Auto ins Zentrum, um der Buchhandlung einen weiteren Besuch abzustatten. Die Zigarette in seiner rechten Hand zitterte.

Die Chance,

auf die er gehofft hatte, war wie der berühmte Blitz aus heiterem Himmel gekommen. Nachdem er mögliche Gefahren erwogen und für nahezu inexistent befunden hatte, hatte er die Möglichkeit beim Schopf gepackt und zugeschlagen. Nun war seine Rache weitgehend vollbracht und das auf so grandiose Weise, dass ein im Süden des Landes beheimatetes Revolverblatt behauptete, ganz Trondheim sei vor Schreck wie gelähmt. Nicht zuletzt seine Briefe hatten dazu beigetragen, die Atmosphäre des Schreckens zu verbreiten, die er angestrebt hatte. Der Triumph erfüllte ihn mit einer solchen Euphorie, dass ihn beinahe schwindelte.

Auch eine Fortsetzung wäre kein Problem; er konnte seinen eisernen Griff problemlos verstärken. Schon als er in der Zeitung vom Tod des ersten Opfers las und begriff, dass sich die Ermittlungen in einer Sackgasse befanden beziehungsweise in völlig falsche Richtungen liefen, ging ihm durch den Kopf, wie einfach es sein würde, eine weitere Hinrichtung folgen zu lassen. Vibeke Ordal war eine Art Versuchskaninchen gewesen. Der Mord an einer weiteren Frau wäre für die Behörden ein Albtraum. Und er hatte Recht behalten. Der Tod Miriam Malmes erzeugte genau die Angst, die sich auf die Ermittlungen der Polizei lähmend auswirkte.

Ein dritter Mord würde vollkommene Panik auslösen. Das Risiko war so unbedeutend, dass er es nur als zusätzliches Stimulans betrachtete. Doch seine Hauptmotivation hatte andere Ursachen.

Sein ganzes Erwachsenenleben hindurch hatte er die Unterordnung der Frau als etwas Selbstverständliches betrachtet. Dass Beate plötzlich nicht mehr wollte, war ein Schock für ihn gewesen. Zunächst hatte er eine starke Irritation empfunden, die der altbekannten Raserei gewichen war, die erst dann ein Ende fand, wenn er selbst für Kompensation sorgen und das beklemmende Gefühl verdrängen konnte, wieder der *Stoffel* von früher zu sein. Konnte Beate bemerkt haben, dass etwas faul war? Fürchtete sie, einen Mann zu lieben, der getötet hatte? Hatte er vielleicht im Schlaf gesprochen? Nein, es war doch nur verständlich, dass auch sie über den abscheulichen Mörder sprach, der alleinstehende Frauen in Angst und Schrecken versetzte. Warum dann dieser unerklärliche und endgültige Bruch? Errötend hatte sie gesagt, sie sollten sich in aller Freundschaft trennen, denn als Sexpartner hatte sie gegen ihn nichts einzuwenden. Das sei nicht der Grund, warum sie ihn verlasse.

In aller Freundschaft? In dem Streit, den er danach provozierte, stellte sich heraus, dass sie eine latente Furcht vor ihm hatte. »Sex allein ist auf die Dauer nicht genug«, war ihre Erklärung. Als hätte er nichts anderes zu bieten! Ihre unverzeihliche Frechheit hatte darin bestanden, dass sie sich einen neuen Kerl geangelt hatte; einen, der noch besser zu ihr passte; der sie heiraten wollte; mit dem sie Kinder haben konnte; der in ihrem Alter war.

Das war das Schlimmste. Er hätte noch darüber hinwegsehen können, hätte sie ein, zwei Seitensprünge gebeichtet, doch frank und frei zu erklären, es gäbe einen Mann, der *besser* sei als er – das war ein Schlag ins Gesicht, den er nicht verwinden konnte. Er war doch kein impotenter, alter Kerl, im Gegenteil. Seine Anziehungskraft auf das andere Geschlecht war kein Zufall, sondern entsprang seiner natürlichen Virilität, die niemand, der seine fünf Sinne beisammen hatte, entgehen konnte. Und ausgerechnet Beate, die faszinierendste Frau, die er je kennen gelernt hatte, Miriam ausgenommen. Doch Miriam war ein vergebliches Intermezzo gewesen. Sie hatte ihn nie an sich herangelassen. (Erst jetzt, nachdem er die Zeitungsartikel gelesen hatte, dämmerte ihm, warum.) Beate hingegen hatte sich ihm sofort hemmungslos hingegeben und ihm eine physische Befriedigung verschafft, von der er nicht zu träumen gewagt hätte. Fast drei Jahre lang hatten sie sich heimlich geliebt und die Wochenenden in der Hütte ihrer Eltern, in Hotels oder gemieteten Campingwagen verbracht. Die gegenseitige sexuelle Abhängigkeit war in eine Besessenheit ausgeartet, von der er geglaubt hatte, sie sei auch für sie unverzichtbar.

Doch er hatte sich getäuscht. Unverfroren hatte sie ihm gesagt, dass sie Schluss mache. Schluss! Hatten sie einander nicht ewige Treue geschworen? Feste Zweierbeziehungen waren von der Natur so eingerichtet, um den Frieden in der Welt zu gewährleisten. Doch plötzlich war sie aus der Reihe getanzt und hatte ihren wunderbaren Körper einem Mann zur Verfügung gestellt, der sich jede Einmischung verbitten würde. So wie er selbst. Und im Augenblick gab es keinen Ersatz, niemand, der sie im Handumdrehen ersetzen könnte. Vielleicht würde auch niemand mehr kommen. Vielleicht war Beate die Letzte gewesen. Vielleicht war seine Zeit vorbei.

Seine Kiefer schmerzten so sehr, dass er nur noch einen Ausweg sah; einen, der sich zum Glück mit seinem Drang zur Machtdemonstration in Einklang bringen ließ. Ein Anschlag auf ihren neuen Partner war unmöglich. Sie würde sofort begreifen, wer dahinter stand. Nein, sie selbst, die Hexe, sollte dafür bezahlen. Nie im Leben würde er eine weitere Demütigung ertragen können.

Nie im Leben!

in solchen Mengen, dass William an einen Thriller denken musste, den er vor Jahren gelesen hatte: *Inferno in Weiß*. Obwohl er eigentlich gern Auto fuhr, hielt sich seine Begeisterung in Grenzen, als er am Mittwoch, dem 8. März, der E6 in Richtung Süden folgte. Nachdem er Støren passiert hatte, war der Schneefall so dicht geworden, dass die Sicht gegen null ging. Der Corolla hatte gute Winterreifen ohne Spikes, die beste Ausstattung bei solch einem Untergrund, aber was half das schon, wenn Straße, Fahrbahnrand und Himmel ineinander übergingen. Manchmal musste er die Geschwindigkeit drastisch reduzieren und sogar die Augen zusammenkneifen. Eine Weile ärgerte er sich, überhaupt losgefahren zu sein, denn im Grunde versprach er sich nur wenig von dem Besuch des Elternpaars in Oppdal.

Genau eine Woche war vergangen, seit die Polizei auf den 32-jährigen Geir Jerven aufmerksam gemacht worden war. Doch noch immer waren sowohl er als auch sein Lieferwagen spurlos verschwunden, und eine Durchsuchung von Werkstatt und Wohnung hatte auch keine Aufschlüsse über seinen möglichen Verbleib erbracht. Eventuelle Freunde waren untergetaucht. Niemand schien etwas über ihn zu wissen. Das einzig ersichtliche Motiv für den Mord an Vibeke Ordal waren seine ruinösen Finanzen. Außerdem war er kein unbeschriebenes Blatt. Ein Sozialarbeiter wusste zu berichten, dass Jerven – womöglich durch den Einfluss seiner alkoholkranken Eltern – früh auf die schiefe Bahn geraten war, einen Job nach dem anderen geschmissen und sich in der Stadt nie zurechtgefunden hatte. Er war in Oppdal zur Welt gekommen und aufgewachsen, aber nach Trondheim gezogen, nachdem er beim Militär ausgemustert worden war. Das Arbeitsamt hatte ihm eine technische Weiterbildung ermöglicht, woraufhin er eine Stelle bei einer angesehenen Servicefirma bekam. Doch es dauerte nicht lange, ehe er wegen Unterschlagung einer bedeutenden Summe entlassen wurde. Später hatte er sich mit wechselndem Erfolg als Türsteher, Nachtwächter und Verkäufer versucht, doch seine Spielsucht führte immer wieder zu finanziellen Problemen, die er mit Diebstahl und Betrug zu lösen versuchte. Die Firma *Rapid Service* hatte er von einem früh pensionierten Ingenieur fast zum Nulltarif übernommen, doch dauerte es nicht lange, ehe die Gläubiger auf der Matte standen. Es zeigte sich, dass ihm ein Zertifikat fehlte, um Markenartikel von Küchenherstellern reparieren zu dürfen. Außerdem bestand seine Buchhaltung aus einem Heftchen mit Blankoquittungen sowie einer Reihe unbezahlter Rechnungen – ein jämmerlicher Versuch zu belegen, er habe Ordnung in seinen Papieren. Ein schwacher Charakter, meinte der Sozialarbeiter, der Jerven ein paarmal getroffen und versucht hatte, ihn auf den richtigen Weg zu bringen. Doch bezweifelte er nachdrücklich, Jerven könne jemand ermordet haben.

Erneut beschlich William das Gefühl, er sei in eine Sackgasse geraten. Er hörte es Kolbjørnsens Stimme an, als er versuchte, ihn auszuhorchen. Die Kooperationsbereitschaft der Polizei hatte nicht gerade zugenommen, nachdem Britta Olsen sich der Zeitung anvertraut hatte. Vielleicht verfügte der Kommissar über neue Informationen, doch sein Mund blieb verschlossen. Storm hatte seinen Leuten offenbar einen Maulkorb verpasst. Selbst Ivar, der mit Håkon Balke einen trinken gegangen war, kam nicht weiter. Die Polizei war es leid, dass ihr die Zeitung ständig zuvorkam.

Auch bei seinen eigenen Recherchen war er gegen eine Wand gelaufen. Er empfand es als beträchtlichen Rückschlag, dass sich in der Buchhandlung niemand daran erinnern konnte, wer das erste Exemplar des Lexikons gekauft hatte, und auch die Lektüre von *Herzkammermusik* machte ihn nicht klüger. Das Buch langweilte ihn ganz einfach, obwohl er mit ein wenig Fantasie Solveigs Hinweis, es gebe einen Zusammenhang zwischen dem Leben der Autorin und der weiblichen Hauptperson des Buches, nachvollziehen konnte. Falls sie mit Miriam Malme identisch war, konnte man begreifen, warum sich diese verkroch und eine »Musik« spielte, die für Menschen mit einer subtileren Wahrnehmung geschaffen war. Die Hauptperson lebte in einer Welt, in der äußere Dinge wichtiger waren als innere Eigenschaften. Hatte die Autorin es stets so empfunden, oder hing diese Empfindung mit ihrem persönlichen Unglück zusammen? Doch William meinte auch Sätze entdeckt zu haben, die verrieten, dass sie sich nach anderen menschlichen Qualitäten als den seelischen sehnte. In erster Linie handelte der Roman aber von Schuld und Sühne und ließ keinen Zweifel aufkommen, dass sich die Autorin sowohl für den Tod ihrer Eltern als auch für ihr eigenes Leiden verantwortlich fühlte. Und weiter? Nichts deutete darauf hin, dass sie Feinde gehabt hatte, die ihr den Tod wünschten.

In diesem Fall wäre der Mord kein Racheakt gewesen. Es gab keinerlei Hinweis, dass Geir Jerven, falls er auch Miriam Malme getötet hatte, Kontakte zu literarischen Kreisen unterhielt. Und warum ihr das Leben nehmen, wenn er es nur auf ihr Handy und ein bisschen Kleingeld abgesehen hatte? Nach welchen Kriterien wählte der Mörder seine Opfer aus dem Kreis alleinstehender Frauen aus? Wie wurde er auf sie aufmerksam? Vielleicht existierte ein Muster, das es der Polizei ermöglichte, das nächste Opfer vorherzusagen. Vibeke Ordal waren 30000 Kronen gestohlen worden, möglicherweise ein ausreichendes Motiv für den verschuldeten Klempner. Doch war es auch möglich, dass der Täter Jerven gezielt eine Banknote untergeschoben hatte, um den Verdacht von sich abzulenken.

Als William sein Ziel erreichte, war er froh darüber, die Autofahrt hinter sich gebracht zu haben. Er entdeckte sogleich das alte, windschiefe Blockhaus am Stadtrand, leicht erkennbar an den grauen Eternitplatten an den Giebeln, die Anton Jerven ihm am Telefon beschrieben hatte. Ein regelrechter Schandfleck in einer Gegend, die für die Produktion naturechter Schieferplatten berühmt war.

Es schneite immer noch. Weiße Punkte tanzten auf seiner Netzhaut, als er aus dem Wagen stieg und an die Tür klopfte. Eine Minute später saß er in der engen Stube, in der ein schwarzer gusseiserner Ofen brannte. Wäre nicht alles so ungepflegt gewesen, hätte es regelrecht gemütlich sein können. William war eigentlich nicht penibel, fand überdies, dass ihn Solveig unnötig oft zum Staubsaugen und Waschen anhielt, doch dieses Haus benötigte zweifellos eine Generalüberholung. Die Fensterscheiben, auf denen sich innen Zigarettenrauch, außen Schmutz abgelagert hatte, waren graugelb getönt. Das Ehepaar, das von einer Versehrtenrente lebte, hatte etwas Verkommenes, und er konnte sich denken, dass die Kaffeetasse, die man ihm in die Hand gedrückt hatte, nicht gerade frisch abgewaschen war. Er selbst hatte einen Hefezopf mitgebracht, den er unterwegs bei einem Bäcker in Soknedal gekauft hatte.

»Hätte nicht gedacht, dass Sie bei solch einem Sauwetter kommen«, sagte Jerven nach einer Weile, nun wortkarger als am Telefon, als die Erwähnung des *Trondheimer Anzeigers* ausgereicht hatte, um seine Neugier zu wecken.

Seine Frau Gudrun stimmte ihm zu. Sie schien, falls dies überhaupt möglich war, noch reservierter als er selbst. Wie er, mochte sie Anfang sechzig sein. Der Alkohol hatte beide Gesichter gezeichnet. »Ich weiß nicht, wie wir Ihnen helfen sollen.«

William bemühte sich um ein Lächeln. »Jetzt bin ich erst einmal da. Im Gegensatz zur Polizei bin ich mir gar nicht sicher, dass Geir etwas mit den Messermorden zu tun hat.«

Es erschreckte ihn, wie wenig Eindruck seine Worte machten. Als sei ihnen fast gleichgültig, was ihr Sohn in der Stadt trieb. Keiner von beiden versuchte die Hand zu ergreifen, die er ihnen entgegenstreckte; keiner von beiden kommentierte seine Aussage; keiner von beiden verteidigte Geir. Stattdessen zuckte der Mann die Schultern, während sich seine Frau mit einer sinnvollen Apparatur, die William nie zuvor gesehen hatte, eine Zigarette drehte. Keiner von ihnen rührte den Hefezopf an. Vielleicht fürchteten sie, er sei vergiftet.

»Was glauben Sie?« Indem er seinen Block hervorholte, versuchte er einen Vertrauen erweckenden Eindruck zu machen. Das Paar wusste zweifellos, dass die

Boulevardpresse den Namen ihres Sohnes bereits veröffentlicht hatte.

»Was sollen wir schon glauben«, murmelte Anton Jerven.

»Er war so ein nettes Kind«, sagte sie.

»Ja, ein guter Junge.«

»Bis zum Bürgermeister hätte der's bringen können.«

»Oder irgendwas beim Radio ...«

»Aber dann ging's den Bach runter ...«

Danach schwiegen sie, als hätten sie sich wortlos darauf verständigt.

»Wie meinen Sie das?«

Sie schauten einander an. Der Vater öffnete den Mund zuerst. »Er wurde plötzlich so merkwürdig. Ich glaube, die in der Schule hatten ihn auf'm Kieker. Die Lehrer haben gesagt, dass er selbst Schuld hat. So ein Quatsch! Geir war ein kluges Kerlchen. Aber die Klassenkameraden haben ihn kleingekriegt.«

»Kameraden?«, schaltete sich die Mutter ein. »Die haben ihn getriezt und gejagt und auf die schiefe Bahn gebracht.«

»Ich glaub', dem fehlt so ein, so ein ...«

»Fehlt was?«, fragte William.

»Da haben die gestern im Fernsehen drüber gesprochen. Wie hieß das noch gleich, Gudrun?«

»Ein Gen.«

»Genau, ein Gen. Geir ist fehlkonstruiert. Und das ist ja wohl nicht unsere Schuld.«

»Hat das jemand behauptet?«

»Nee, aber die Leute sagen, wir hätten ihn nicht richtig erzogen. Dass wir uns nicht genug Zeit genommen und dass wir ihn falsch bestraft haben.«

»Wie ... haben Sie ihn denn bestraft?«

»Wir haben ihm den Hosenboden versohlt, wie er's verdient hatte. Aber so beschimpft und geärgert wie die Nachbarn haben wir ihn nie. Wir war'n doch froh über unsern Geir, aber die haben überhaupt nicht gemerkt, wie's ihm ging.«

»Kann ich das schreiben?«

»Ja, schreiben Sie nur, wie sie uns das Leben hier zur Hölle gemacht haben, uns in all den Jahren zum Gespött gemacht haben, den Jungen, Gudrun und mich.«

»Es ist nicht leicht gewesen«, sagte sie. Sie hatte sich eine Zigarette angezündet und wagte jetzt sogar, dem fremden Journalisten in die Augen zu sehen.

Während William sich Notizen machte, ging ihm auf, wie sehr diese Menschen dem Ehepaar Danielsen aus Trondheim glichen. Die Danielsens waren zwar nur halb so alt wie die Jervens, doch in dreißig Jahren würden sie sich vermutlich in derselben Situation befinden wie diese – vom Alkohol gezeichnet und vollkommen desillusioniert. Keine Schläge oder Fußtritte mehr, in stummer Gemeinschaft, stillschweigend versöhnt, bar jeder Hoffnung, umgeben von Spirituosen. Zu diesen Menschen hatte er keinen Zugang, vielleicht wäre Halldis Nergård für diese Aufgabe die Richtige gewesen, eine Journalistin, die die Fähigkeit gehabt hätte, hinter die brüchigen Kulissen dieser Familie zu schauen – und sie zu verstehen. Der Sohn, der zweier Morde verdächtigt wurde, war seinen Eltern ein Rätsel geworden. Vielleicht wurden sie wirklich nicht mehr mit ihm fertig. Vielleicht hatten die äußeren Umstände, sowohl zu Hause als auch in der Stadt, seine negativen Anlagen zum Vorschein gebracht.

Hatten die Eltern womöglich Recht? Lag es an den Genen? Jomar Bengtsen hatte einen amerikanischen Forscher erwähnt, der herausgefunden hatte, dass das

Gehirn eines Mörders in dem Teil, der für die Regulierung negativer Impulse verantwortlich war, eine geringere Aktivität aufwies. Wenn das stimmte, reichte es nicht aus, auf eine unglückliche Kindheit und schlechten Umgang zu verweisen.

»Hat er früher schon Tendenzen zu aggressivem Verhalten gezeigt?«

Jervens Kinnlade fiel herunter. »Aggre… wie?«

»Ich meine, ist Geir als Kind gewalttätig gewesen?«

»Auch nicht mehr als andere.«

Plötzlich begriff er, dass ihn solche Fragen nicht weiterbrachten. Solveig hatte ihm prophezeit, dass er die üblichen Antworten erhalten würde, dass sie die Schuld bei allen anderen, nur nicht bei sich selbst suchen würden. Das Einzige, was sie nicht vorhergesehen hatte, war ihre scheinbare Gleichgültigkeit. Wie er hatte sie damit gerechnet, dass die Eltern ihren Sohn mit Zähnen und Klauen verteidigen würden. Offenbar waren die Jervens so sehr von Hilflosigkeit und Apathie erfasst worden, dass sie niemand mehr verteidigen mochten. Ihre Tragödie war offensichtlich – und unwiderruflich.

Sein Blick richtete sich auf das einzige, halb gefüllte Buchregal des Raumes. »Er hat sich also nicht mit Ihnen in Verbindung gesetzt?«

»Nicht mal frohe Weihnachten hat er uns gewünscht, nicht wahr, Gudrun?«

»Und auch kein schönes neues Jahr«, fügte sie hinzu.

»Und Sie haben keine Ahnung, wo er sich befindet?«

»Nein, das hat uns die Polizei auch schon gefragt. Vielleicht wollen Sie einen Schnaps, Herr Schrøder?«

»Nein, danke. Ich muss noch fahren.« Sein Blick war am Regal hängen geblieben, weil er einen Buchrücken entdeckt hatte, der ihm bekannt vorkam.

»Wir nehmen doch ein Glas, Gudrun?«

Obwohl dies nicht wie eine Aufforderung klang, erhob sie sich mühsam von ihrem Stuhl und schlurfte auf müden Beinen in die Küche.

William fixierte einen metallgrauen Buchrücken mit roter Schrift. Er versuchte die Versalien zu entziffern, doch auf diese Entfernung gelang es ihm nicht. Er kniff die Augen zusammen. Konnte es wirklich wahr sein, dass sich eines von Miriam Malmes Büchern hier, in diesem Haus in Oppdal befand? Er nahm die Brille ab, putzte sie sorgsam mit dem Taschentuch und setzte sie wieder auf. Legte den Kopf nutzlos zur Seite. Dann nahm seine Neugier überhand; er stand auf und trat näher. Als er den Titel las, begriff er, dass er sich geirrt hatte. Auf dem Buchrücken stand: SILBERKREUZE. Das Buch war ihm dennoch bekannt, weil es zu Hause in seinem eigenen Wohnzimmer stand. Es handelte von den Kriegserlebnissen eines Norwegers, aufgezeichnet von Fartein Sivle. Warum hatte ihn der Anblick des Buches mehr in Anspruch genommen als das Ehepaar, dem er ein paar Informationen entlocken wollte?

Er kannte die Antwort nur zu gut: Weil er vor Jahren das Angebot abgelehnt hatte, das Buch selbst zu schreiben. Diese Entscheidung ärgerte ihn immer noch, obwohl Sivle für das Buch herbe Kritik hatte einstecken müssen. Er schüttelte den Kopf, wandte sich vom Buchregal ab und sah Gudrun Jerven mit einer Flasche und zwei Gläsern aus der Küche kommen.

»Wenn hier jemand gewalttätig ist, dann diese verdammten Afghanen«, sagte sie.

Er hörte nicht richtig zu.

»Vor denen ist man nirgends sicher. So was hat's hier früher nie gegeben.«

»Niemals«, stimmte ihr Mann zu.

William hatte von den Kämpfen zweier rivalisierender Flüchtlingsgruppen gehört. Menschen, die dem totalitären Regime ihres Heimtlandes entkommen waren, wurden von Anhängern der Mudschaheddin verfolgt. Im Folgenden war es zu Auseinandersetzungen mit der Gemeinde gekommen, die in Erwägung zog, eine der Flüchtlingsgruppen an einem anderen Ort unterzubringen.

»Hat Geir irgendwelche Verbindungen zu diesen Leuten?«

»Nein, Geir war schon weg, als sie gekommen sind.«

Woher kam diese Abneigung, fragte sich William, woher die Angst vor dem Fremden, vor allem, was anders war? Vermutlich vergaßen die Einwohner ihre internen Streitigkeiten, weil sie nun ein gemeinsames Feindbild hatten. In erster Linie handelte es sich nicht um die tragische Kollision zweier Kulturen, sondern um die Bewahrung des Althergebrachten und Vertrauten. Ein Kampf, der zu allen Zeiten überall in der Welt geführt worden war, in der Stadt ebenso wie auf dem Land. Wurde nicht auch jemand wie Geir Jerven als Abweichler betrachtet, als aus der Art geschlagenes Exemplar, das von der »gesunden« Mehrheit eliminiert werden musste? Aus sicherer Distanz war es leicht, inhumane Gesinnungen zu kritisieren, doch William wusste auch, wie schwer es war, diese zu überwinden, wenn man sich inmitten der Auseinandersetzung befand.

Doch er war nicht hierher gekommen, um über die Probleme der Lokalbevölkerung zu berichten. Er hatte Aufschlüsse über die Persönlichkeit eines Mordverdächtigen erhalten wollen. Vielleicht war ihm dies gelungen, wenngleich das Bild, das sich ihm bot, weder besonders originell noch überraschend war. Den Lesern gab es nur wenig Neues mitzuteilen.

Aus reiner Höflichkeit nahm er wieder am unerfreulichen Couchtisch Platz, der von Kaffeeflecken und Weinglasringen übersät war. Die überfüllten Aschenbecher erinnerten an Brandstätten. Gudrun Jerven zeigte ihm ein Album mit Fotos aus Geirs Kindheit. Auf einem stand er vor einer Hobelbank, während er ein Stück Holz bearbeitete.

»Wie Michel aus Lönneberga. Er hätte wirklich Tischler werden sollen; mit Messern konnte er schon immer gut umgehen.«

Mit Messern.

William zuckte zusammen, sagte jedoch kein Wort. Umstandslos überließen sie ihm ein Foto des siebenjährigen Geir, der einen Feldweg entlangradelte, der von Frühlingsblumen gesäumt war. Das stolze Lächeln hätte jedem Kind gehören können, das einer glücklichen Zukunft entgegensah.

»Ich sollte zusehen, dass ich in die Stadt zurückkomme. Vielen Dank für den Kaffee.«

Niemand stand auf, als er sich erhob, doch der Mann, der sich zu guter Letzt doch ein Stück Hefezopf genommen hatte, sagte: »Sie gehen bestimmt zum Fußball heute Abend.«

»Das stimmt, ich wollte wirklich ins Stadion.«

»Können die bei so viel Schnee überhaupt spielen?«

»In der Stadt liegt wesentlich weniger als hier draußen.«

»Na, dann viel Glück.«

»Rosenborg wird's schon packen«, fügte sie hinzu.

Das war doch immerhin etwas. In klaren Augenblicken waren Gudrun und Anton Jerven immer noch in der Lage, am Leben, das sich außerhalb ihres alkoholgeschwängerten Blockhauses abspielte, teilzunehmen. Ihr Sohn hingegen war zu ewiger Verdammnis verurteilt. Sollte er jemals zurückkehren, erwartete ihn kein herzliches Willkommen, nur Unverständnis. Schaudernd musste William an Anders denken und sich glücklich preisen, einen Sohn zu haben, der pflichtschuldig einmal in der Woche anrief, um Solveig zu versichern, wie gut es ihm in Bergen ginge.

Am Kiosk kaufte er sich eine Schachtel Barclays. Richtung Norden klarte das Wetter langsam auf. Das Fußballmatch am Abend würde sicherlich stattfinden, doch seine Gedanken kreisten immer noch um den Anblick des Buchregals. Der Besuch an sich war völlig nutzlos gewesen, doch ein weiteres Mal hatte ihm ein Buch die Augen geöffnet. Der Zusammenhang war so einleuchtend, dass er sich Vorwürfe machte, nicht früher darauf gekommen zu sein. Insofern hatte sich sein Ausflug nach Oppdal doch gelohnt, vielleicht sogar den Durchbruch gebracht. Das Tier im Wald war zu einer konkreten Erinnerung geworden – der Erinnerung an einen Hirsch.

Sein Puls raste, während er sich in höchster Erregung seine Privatversion von *Night And Day* pfeifen hörte. Fürchterlich schief und dennoch euphorisch.

Stig Ove von der Poststelle des *Trondheimer Anzeigers* war sehr sportinteressiert. Der neugierige junge Mann hatte sich mit allen Abteilungen des Hauses gründlich bekannt gemacht, doch hielt er sich in der Sportredaktion (die er öfter besuchte als unbedingt nötig) meist besonders lange auf, lauschte den Gesprächen der Journalisten und schnappte begierig neue Nachrichten auf. Seine Ohren waren wie Saugventile, und sein Gehirn bewahrte Gerüchte, Ergebnisse und Tabellen mit größter Zuverlässigkeit.

Dieser Tag war besonders ereignisreich. Am gestrigen Abend war Ole Gunnar Solskjær von Manchester United gegen Ende der zweiten Halbzeit eingewechselt worden und hatte nach nur 25 Sekunden auf dem Feld den Siegtreffer gegen Bordeaux erzielt. Reine Magie, meinte der Sportmoderator. *Reine Magie*, dachte Stig Ove. Diese Formulierung wollte er sich merken. Er beabsichtigte, später einmal Reporter bei TV 3 zu werden. Und am heutigen Abend bot sich Rosenborg Trondheim im Lerkendal Stadion die allerletzte Chance, sich für die nächste Runde der Champions League zu qualifizieren. Mit einem Sieg gegen Dynamo Kiew wäre das Rennen wieder offen.

»Mini Jakobsen raus, Morton Knudsen rein«, stellte er fest, bevor er die Redaktion verließ.

Als er eine letzte Runde drehte, um die Briefe einzusammeln, die heute noch versandt werden sollten, schien niemand an der Trondheimer Mannschaftsaufstellung interessiert zu sein. Diskutiert wurde vor allem über eine Putzfrau aus Ghana, die Gunnar Flikke zufolge von der Polizei dafür entschädigt werden sollte, dass man sie im Herbst zu Unrecht, noch dazu mit brutaler Gewalt festgenommen hatte.

Danach suchte er das Büro von Laurel und Hardy auf. Wenn William Schrøder Zeit hatte, war er einer der wenigen, mit dem sich über Fußball reden ließ, während Ivar Damgård mit Sport überhaupt nichts am Hut hatte.

Ivar befand sich glücklicherweise gerade bei einer Recherche vor Ort, während William von seinem Ausflug zurückgekehrt war. Er rollte mit dem Stuhl vom PC weg und wandte sich Stig Ove freundlich zu, offensichtlich vorbereitet auf das, was kommen sollte.

»Hast du gestern Ole Gunnar im Fernsehen gesehen?«

»Ja, was für ein Schuss!«

»Reine Magie.«

»Dein Tipp für heute Abend?«

»Sie müssen ja schließlich gewinnen. Aber dieser Carew denkt doch nur an seine fette Prämie. Wenn ich das Sagen hätte, würde ich Bernt Inge stürmen lassen.«

»Leider hast du nicht das Sagen.«

»Nein, sonst würde ich Mini auch rausnehmen. Der ist einfach zu alt geworden, hat keine Power mehr.«

Eine Weile blieben sie bei diesem unerhört wichtigen Thema hängen, bis William signalisierte, sich wieder auf seine Arbeit konzentrieren zu wollen.

»Gibt's was Neues vom Messermörder?«

»Nein, aber hattest du nicht einen bestimmten Patienten in Østmarka im Auge?«

»Meinen Vetter dritten Grades, aber das war nur so dahingesagt.«

»Hat der nicht als Söldner in irgendeinem Krieg ...«

»Im Biafra-Krieg. Behauptet jedenfalls meine Mutter. Vergiss es.«

Doch William vergaß es nicht. Er hatte vor allem gefragt, um sich selbst daran zu erinnern, dass er dringend etwas zu erledigen hatte, wenn er nach Hause kam. Nachdem Stig Ove 3:1 für Rosenborg getippt und sich verabschiedet hatte, stürmte Ivar in die Redaktion.

»Ich glaub', ich spinne!«, rief er erregt, während er sich auf seinen Stuhl fallen ließ. »Der Staatsanwalt und die SEFO, die sich mit der Prüfung von Anzeigen gegen die Polizei beschäftigen, haben die Vorgehensweise des Polizeibeamten, der die Putzfrau festnahm, zwar in mehreren Punkten beanstandet, das Verfahren aber trotzdem eingestellt.«

William nickte. Der Vorfall schlug wirklich hohe Wellen. Auch Halldis hatte aus ihrer Empörung keinen Hehl gemacht, als er nach Heimdal zurückgekehrt war: »Wenn du einen Polizisten Drecksack nennst, ziehen sie dich zur Rechenschaft, aber wenn ein Polizist eine Farbige als dreckige Niggerin bezeichnet und grundlos einbuchtet, wird er freigesprochen.«

»Außerdem«, schaltete Ivar sich ein, während er mit beiden Händen durch seinen Vollbart fuhr, »will uns die Polizei für einen Leitartikel im Herbst verklagen.«

»Etwa für den, der von rassistischen Gesinnungen bei der Polizei berichtet?«

»Genau, die sind dort nämlich genauso verbreitet wie in allen anderen Teilen der Gesellschaft auch.«

»Zum Beispiel in Oppdal.«

»Bitte?«

»Das Ehepaar Jerven hat auch kein Blatt vor den Mund genommen, als wir über die Flüchtlinge aus Afghanistan sprachen.«

»Wusste gar nicht, dass es dort überhaupt Flüchtlinge gibt«, entgegnete Ivar. »Und sonst?«

»Ihr Sohn scheint auch auf der Flucht zu sein.«

Ivar ließ die Aussage auf sich beruhen, und für eine Weile hörte man nur das Klacken der Tastaturen – ein rasendes Maschinengewehrfeuer von Ivar, ein gemächliches Tippen von William. Beide wurden gleichzeitig fertig und lasen bei ihren Texten gegenseitig Korrektur. William fragte sich, wie Kolbjørnsen auf ihre Kritik an den Polizeimethoden reagieren würde. Würde er sich von der Gewalt in den eigenen Reihen distanzieren oder sich, so wie die meisten, mit seinen Kollegen solidarisieren?

»Also wirklich, so kannst du das doch nicht schreiben!«, rief Ivar plötzlich aus.

»Hast du mal wieder was an der Grammatik oder der Rechtschreibung auszusetzen?«

»Weder noch. Aber so, wie du die Verhältnisse vor Ort und Jervens Familie beschreibst, bekommt jeder den Eindruck, dass er der Täter sein muss.«

William sah sich verärgert Ivars Unterstreichungen an, sah jedoch rasch ein, dass er für den Hinweis dankbar sein sollte. Dieses eine Mal hatte er seine journalistische Sorgfalt außer Acht gelassen und war über das Ziel hinausgeschossen. Zumindest so weit, dass man seine Charakterisierung Jervens als Vorverurteilung deuten konnte. Ein klarer Bruch der Regel, die Beteiligten vor ihren eigenen Aussagen zu schützen. Noch dazu hatte er den Eltern versichert, dass er ihren Sohn für unschuldig hielt!

Beschämt musste er Ivar Recht geben. Der grinste. »Jerven ist wirklich der Täter, wenn du mich fragst, aber wir sollten noch damit warten, ihn ans Kreuz zu schlagen.«

»Stimmt schon, hab wohl etwas zu viel Energie in den Artikel gesteckt.«

»Zu viel Fantasie«, korrigierte Ivar.

Nachdem er den Artikel noch einmal gründlich redigiert hatte, verließ er Heimdal früher als üblich. Er hatte Solveig versprochen, etwas Leckeres zum Abendessen zuzubereiten.

Im Einkaufszentrum von Nardo wanderte sein Blick über die reichhaltige Fleischtheke und blieb beim Entrecote hängen. Seiner Meinung nach war das Zwischenrippenstück das schmackhafteste vom gesamten Rind. Seit ihrer schönen Romreise im letzten Jahr hatte William ein Faible für die italienische Küche – von Ossobuco bis Spaghetti alla carbonara – entwickelt, konnte es aber in dieser Hinsicht nicht mit Solveig aufnehmen. Wusste genau, dass sie die bessere Köchin war. Doch zwei Steaks würde er wohl noch hinbekommen. Er legte junge Kartoffeln sowie eine tiefgekühlte Gemüsemischung in den Korb und versorgte sich an der Kasse mit einem Strauß Tulpen und einer Konfektschachtel.

Heidi war schon aus der Schule gekommen und sah ihn misstrauisch an, als er ihr Zimmer durchquerte und sie herzlich umarmte.

»Herzlichen Glückwunsch!«, rief er und versuchte dabei die Musik zu übertönen.

»Warum?«

»Heute ist doch der achtzehnte März, der internationale Frauentag.«

»Ach so.«

»Du und Mama nehmt doch sicher am Umzug teil, der heute Nachmittag stattfindet.«

»Ich hab' Handballtraining.«

»Ich weiß. Hab' nur Spaß gemacht.«

William betrachtete seine Tochter mehr und mehr als Frau, begriff jedoch, dass die große Revolutionszeit vorüber war. Als Solveig im gleichen Alter war, hatte sie sich stets *ihrer* Mutter angeschlossen und auch später immer wieder für die Gleichberechtigung der Frau eingesetzt. »Wenn wir aufhören zu kämpfen, werden wir einen Rückfall in alte Zeiten erleben«, pflegte sie zu sagen, doch Heidi interessierte das nicht. Sie nahm den gegenwärtigen Zustand als Selbstverständlichkeit hin, als sei es immer so gewesen und ein Rückfall ausgeschlossen.

Bevor er mit der Zubereitung des Essens begann, ging er ins Wohnzimmer und nahm *Silberkreuze* aus dem Buchregal. Der Titel bezog sich auf den amerikanischen Kriegsorden *Silver Cross*, der für außerordentliche Verdienste im Kampf verliehen wurde. Auf der Rückseite des Schutzumschlags stand:

Als der norwegische Vietnamveteran Jon 1968 der »grünen Hölle« entkam, glaubte er, diesen Abschnitt seines Lebens für immer hinter sich gelassen zu haben. Nach drei Jahren als Söldner kehrte er nach Norwegen zurück. Doch wie so viele Soldaten zuvor, wurde Jon von seiner Vergangenheit eingeholt. Seine Erlebnisse des Dschungelkriegs, die Unsicherheit und der namenlose Schrecken kehrten zurück. Sein Psychiater riet ihm zur Aufarbeitung seiner Erlebnisse. Nur wenn er sie nicht verdränge, könne er sie bewältigen. Hier ist sein aufrüttelnder Bericht, wie er ihn Fartein Sivle geschildert hat. Er ist der Aufschrei eines Menschen in höchster Not, ein flammender Protest gegen den Wahnsinn des Krieges, ein Bericht, der einmal mehr belegt, dass Krieg die schlechteste Art ist, Konflikte zu lösen.

Der Autor hätte eigentlich William Schrøder heißen sollen, doch hatte er die Gelegenheit ungenutzt verstreichen lassen, als ihn Oddvar vor fast fünfzehn Jahren dazu überredet hatte, in der Nähe von Trondheim auf Rentierjagd zu gehen. Frierend hatte er auf dem Boden gelegen und neben Jon, Oddvar und einem dritten Kerl ausgeharrt, dessen Name ihm im Moment entfallen war. Es war ein Fiasko gewesen, doch schon am nächsten Abend hatte Jon im Dunkeln den Bock erlegt, auf den er es abgesehen hatte (was in Anbetracht seines militärischen Ordens, der ihn als Präzisionsschützen auswies, freilich auch nicht verwunderte). Und das alles, während William zu Hause geblieben war, um seinen Geburtstag zu feiern.

Ein Jahr später erschien der erfahrene Romankonstrukteur Fartein Sivle auf der Bildfläche, und 1987 wurde sein Buch publiziert. Jon hatte in Vietnam nur dank seiner ausgeprägten Instinkte überlebt. Er hatte so viele Feinde erschossen, dass er von deren Anzahl keine Vorstellung besaß. Von seinen Kameraden wurde er »Messer« genannt, weil er in der Lage war, Menschen bei völliger Dunkelheit lautlos zu liquidieren. Monatelang war William neidisch auf den Verkaufserfolg gewesen, zumal er davon überzeugt war, er selbst hätte ein viel besseres Buch schreiben können, da Sivles Stil seiner Meinung nach holprig und dilettantisch war. Unter anderem hatte der Autor unkritisch jede Information übernommen und es versäumt, militärische Details, mit denen es Jon nicht so genau nahm oder an die er sich nach fast zwanzig Jahren sicher nicht mehr exakt erinnern konnte, zu überprüfen. Später sagte Jon: »Ich hatte mehr als genug damit zu tun, meinen Arsch zu retten. Eine Situation war wie die andere. Wenn sich in der Erinnerung erst mal alle Eindrücke vermischt haben, ist es schwer, sie wieder voneinander zu trennen.«

Um Neujahr 1988 herum kam jedoch heraus, dass Jon niemals am Vietnamkrieg teilgenommen hatte. Den amerikanischen Streitkräften zufolge war er bereits 1965, nach nur fünf Monaten, aus dem Heer ausgeschieden. Der Grund? Eine zunehmende mentale Instabilität. Da er aus unerklärlichen Gründen nichts dafür tat, das Gegenteil zu beweisen, mussten auch norwegische Experten seine Geschichte als reine Fiktion bezeichnen, eine Geschichte, die er sich ausgedacht hatte, um die Frustration über seine Ausmusterung zu kompensieren oder um daraus Kapital zu schlagen. Jon konnte seine Anonymität wahren, da der Nachname Vensjø der Allgemeinheit unbekannt blieb, und sein Schweigen machte es dem Autor unmöglich, den Gegenbeweis anzutreten. Er musste es hinnehmen, dass eine Osloer Zeitung die Publikation als den größten Buchskandal der Achtzigerjahre bezeichnete.

William empfand immer noch ein wenig Mitleid mit dem gutgläubigen Sivle und erinnerte sich, wie sich sein Neid in Erleichterung verwandelte, weil er Oddvars Angebot, das Buch zu schreiben, ausgeschlagen hatte. Außerdem enthielt das Buch so viele Beschreibungen nahezu arachaischer Grausamkeiten, dass er sich fragte, ob er Jons Bericht psychisch gewachsen gewesen wäre.

Doch was noch wichtiger war: Zur Zeit der Rentierjagd 1985 hatten Jon und seine Frau auf einem kleinen, stillgelegten Bauernhof inmitten eines Wohngebiets mit Blick über Hommelvik gelebt. Falls sie dort immer noch wohnten und ihn weiterhin unerfüllte Sehnsüchte plagten, war es denkbar, dass er der Versuchung nicht widerstanden hatte, abermals sein Messer zu benutzen. William hatte den Bauernhof nie zu Gesicht bekommen, doch konnte er nicht weit von Miriam Malmes Haus entfernt liegen, das er anlässlich der Pressekonferenz nach dem Mord von außen gesehen hatte. In *Silberkreuze* war beschrieben, wie Jon viele Vietcong-Soldaten mithilfe lautloser Waffen exekutiert hatte. Klaviersaiten zum Beispiel, die eigentlich nicht zur Ausrüstung amerikanischer Soldaten gehörten, waren ein ausgezeichnetes Werkzeug zur Erdrosselung gewesen. Doch am wichtigsten war das Messer. Mit ihm hatte er zahlreiche Kehlen durchschnitten und sogar das heisere, gurgelnde Röcheln beschrieben, das darauf folgte:

»Ein ekelhafter, zischender Laut, als entwiche Luft aus einem Ballon. Ein lang gezogener Ton, bevor alles still wurde.«

Es war eine abstoßende Lektüre gewesen, erinnerte sich William. Realistisch, manchmal am Rande des Voyeurismus. Erzählt von jemand, der wusste, wovon er sprach. Jemand, der sein tödliches Handwerk jederzeit wieder aufnehmen konnte.

Falsch! Der Mann hatte schließlich nicht gewusst, wovon er sprach. Die Amerikaner hatten Jon als Hochstapler entlarvt, als jemand, der nie in Vietnam gewesen war, zumindest nicht als Soldat. Es war also extrem unwahrscheinlich, dass ein Mensch, der nur in seiner Fantasie getötet hatte, plötzlich unmotiviert beginnen sollte, unschuldige norwegische Frauen umzubringen.

William wusste sich keinen Rat. War sich im Klaren darüber, dass er Gefahr lief, sich von seiner Fantasie fortreißen zu lassen, weil er sich nichts sehnlicher wünschte, als die Morde aufzuklären. Ein Besuch in der Psychiatrischen Klinik, die hingeworfene Replik von Stig Ove sowie der Anblick eines Buches bei fremden Leuten in Oppdal hatten ihn zu einer so waghalsigen These veranlasst, dass er sie am besten in die nächste Mülltonne befördern sollte. In seinen versponnensten Augenblicken hatte ihn diese Möglichkeit so euphorisiert, dass sein Herzschlag sich beschleunigte. Würde er Kolbjørnsen von seiner Theorie erzählen, würde der Polizist mit den roten Haaren bestenfalls seiner Verblüffung Ausdruck geben, um sie sodann als Hirngespinst abzutun. Selbst Ivar, so glaubte er, würde negativ reagieren. Er merkte, dass sein Kollege, der normalerweise engagiert über ungeklärte Fälle diskutierte, Tag für Tag weniger Interesse an der Sache zeigte.

Er stellte das Buch ins Regal zurück und schlurfte in die Küche. Spürte, dass sein inneres Feuer nur noch glimmte.

Dafür legte er die drei Steaks vorschriftsmäßig in das heiße Fett, wartete ein wenig und reduzierte dann die Hitze. Als auf der Oberseite der Steaks etwas Blut austrat, wurde ein Tagtraum in Gang gesetzt. Bilder von Leid und Tod flimmerten über seine Netzhaut – die Schläfenwunde von Frau Danielsen, zwei leblose Frauen auf rostfarbenem Küchenboden, vietnamesische Freiheitskämpfer mit durchschnittener Kehle. Ein Film von atavistischer Gewalt hinter geschlossenen Vorhängen bis zu legalisierten Ungeheuerlichkeiten in großem Maßstab. Gleichzeitig erinnerte er sich an die Information, die Ivar von Balke erhalten hatte: Als Vibeke Ordal ihren Sohn und dessen Freundin zum Essen eingeladen hatte, um ihren Lottogewinn zu feiern, hatte sie ihnen ebenfalls Entrecote servieren wollen. Das hatte er also mit der Toten gemeinsam.

Das Essen war fast fertig, als Solveig nach Hause kam und die Blumen erblickte, die für sie bestimmt waren.

»Wir planen unorthodoxe Aktionen«, sagte sie und warf einen skeptischen Blick auf die Tulpen.

»Um ein paar Kronen mehr zu verdienen?«

»Um *deutlich* mehr zu verdienen. Wenn die Schule nicht gestärkt wird, werden die Kinder darunter leiden.«

»Meinst du wirklich, dass ein höheres Gehalt bessere Lehrer bedeutet?«

»Garantiert. Würde es dich nicht motivieren, wenn du fünfzigtausend extra bekämst?«

»Schon möglich. Aber wenn du mich fragst, sollte man sich vor allem um die Situation in den Familien kümmern.«

Sie gab einen zischenden Laut von sich, der dem Brutzeln der Steaks in der Pfanne Konkurrenz machte.

»Du hast doch selbst gesagt, das Elend beginne in den Familien und ihr könntet nichts anderes tun, als die gröbsten Fehler der Eltern ein wenig zu mindern und die Symptome zu überdecken.«

»Ich hab einen Riesenkohldampf!«, versuchte Heidi abzulenken. »Hast *du* etwa die Pralinen mitgebracht, Papa?«

»Die gibt's zum Kaffee. Meine aufrichtige Huldigung an das schwache Geschlecht.«

»Und Blumen? Hier ist doch was faul!«

»Fußball«, stellte Solveig fest. »Während ich mich also mit einem Transparent durch die Stadt quäle, das Gerechtigkeit für die farbige Putzfrau fordert, wollen Papa, Oddvar und Joakim den Tag auf ihre eigene Weise begehen.«

»Wir fahren erst gegen acht zum Stadion. Wenn du willst, begleite ich dich auf der Demo.«

»Meinst du das im Ernst?«

»Aber natürlich.« Er lächelte charmant, während er den widerspenstigen Korken aus der Rotweinflasche zog und darauf hoffte, dass schon noch etwas dazwischenkommen würde.

Im allerletzten Moment ging seine Hoffnung in Erfüllung. Nach Kaffee und Konfekt, als sich alle schon zum Abmarsch bereitmachten, klingelte es an der Haustür. Heidi, mit der Trainingstasche in der Hand, öffnete die Tür und erblickte einen hageren Mann in einem altmodischen Popelinemantel.

»Mein Name ist Aslak Fuglevåg. Ist Ihr Vater zu Hause?«

»Einen Moment, bitte. Papa!«

William eilte herbei. »Wir wollten eigentlich gerade aus dem Haus.«

»Dann … äh … vielleicht ein anderes Mal.« Der Doktorand schlug enttäuscht die Augen nieder. Er war offenbar mit dem Bus gekommen.

»Worum handelt es sich denn?«, fragte William.

»Ich habe am Samstag einen Anruf von Daisy Malme bekommen.«

»Aha.«

»Sie hat einige Tage in Hvitsten verbracht und Miriams Hinterlassenschaft durchgesehen. Auf dem Boden eines Wandschranks fand sie ein Buch, das die Polizei offenbar übersehen hat. Sie hat es mir mit der Post geschickt. Meinte, bei mir sei es in den richtigen Händen. War das nicht sehr freundlich von ihr?«

»Doch, absolut.«

»Ich habe es mitgebracht.« Fuglevåg deute auf die abgewetzte, schwarze Aktentasche, die er in der anderen Hand hielt. »In Miriams Tagebuch stehen Dinge, die für Sie von Interesse sein könnten.«

»Für mich?«

»Zu diesem Kolbjørnsen habe ich kein Vertrauen. Vielleicht schauen Sie sich die Aufzeichnungen zuerst einmal an, dann können wir beide entscheiden, inwieweit die Behörden informiert werden sollten.«

Vertrauen, dachte William erstaunt. Entweder war ihm Kolbjørnsen wirklich unsympathisch, oder er zweifelte daran, dass die Ermittlungen der Polizei zu etwas führen würden. Noch mehr verwunderte ihn allerdings, welche Rolle *Bücher* in diesem Fall spielten. Allein am heutigen Tag war er binnen weniger Stunden mit zwei literarischen Erzeugnissen konfrontiert worden, die jedes für sich – oder zusammen? – ein neues Licht auf die mysteriösen Morde werfen konnten. Gegen seinen Willen spürte er, wie sich sein Puls wieder beschleunigte.

Solveig, die bis jetzt als passive Zuhörerin im Hintergrund geblieben war, musste ahnen, wie wichtig dies sein konnte. Sie schob William zur Seite und streckte dem schmächtigen Gast ihre Hand entgegen: »Ich finde, Sie sollten hereinkommen, Herr Fuglevåg.«

»Vielen Dank, aber …«

»Mein Mann wird aus diesem Tagebuch sicher einen weitaus größeren Nutzen ziehen als aus der gemeinsamen Demonstration mit betagten Frauenrechtlerinnen. Nicht wahr, William? Gib mir den Autoschlüssel, dann fahre ich Heidi erst zum Training.«

Er gehorchte, dankbar und erleichtert, bat Fuglevåg herein und zog sich die Jacke wieder aus. Solveig und Heidi machten sich schweigend auf den Weg.

»Ich wollte Sie wirklich nicht …«, begann Fuglevåg.

William schüttelte nur den Kopf, half ihm aus dem Mantel und führte ihn ins Wohnzimmer. Fuglevåg nahm gern den Rest Kaffee, der sich noch in der Thermoskanne befand, und William war inzwischen so gespannt, dass er sich die zweite Zigarette des Tages anzündete. Gar nicht übel für einen Mann, dachte er, der am Ende des letzten Jahrhunderts noch zwanzig am Tag geraucht hatte. Nachdem er ein paar Höflichkeitsfloskeln von sich gegeben hatte, die dem Gast offenbar gefielen, sagte William: »Wissen Sie, was Daisy Malme mit den beiden Häusern im Sinn hat?«

»Verkaufen. Mit dem Geld will sie einen Gedenkfonds gründen, der talentierten Autoren zugute kommen soll. Hört sich doch gut an, oder?«

William gab ihm Recht. Die meisten erbberechtigten Tanten hätten die Gelegenheit genutzt, ihre eigenen Schäfchen ins Trockene zu bringen, anstatt das Geld jungen Schreibern in den Rachen zu werfen, die der Welt nichts anderes zu bieten hatten als ihre klugen, doch meist unlesbaren Ergüsse.

Fuglevåg öffnete seine Aktentasche und zog ein geblümtes Album hervor, das eigentlich für Fotos gedacht zu sein schien. »Ich habe die Passagen markiert, die sie lesen sollten.«

William schlug behutsam die erste Seite auf, die mit einem gelben Klebezettel markiert war.

»Warum hat sie das Tagebuch nur in Hvitsten zurückgelassen?«

»Vermutlich wollte sie es nicht mehr fortsetzen. Das geht aus ihrem letzten Eintrag hervor.«

Ihre regelmäßige, enge, hellblaue Schrift kippte nach rechts und erinnerte William an die Schrift seiner Mutter Randi. Der erste Eintrag war ziemlich kurz und wenige Monate nach dem Autounfall vorgenommen worden:

Hvitsten, 27. Juni 1992
Samstag. Ferien. Habe die Jahresprüfung mehr schlecht als recht hinter mich gebracht. Es ist mir unendlich schwer gefallen. Wie sonderbar, hier zu wohnen, das erste Mal ohne Mama und Papa. Ich heiße immer noch Miriam, aber ich bin nicht mehr dieselbe. Ich bin völlig allein und habe keinen Körper mehr. Dort unten liegt das Meer. Hier bin ich.

Er spürte sofort, dass ihn diese Worte weitaus mehr berührten, als es ihr Roman *Herzkammermusik* getan hatte. Weil sie ihm Einblick in einen intimen Bereich verschafften, der niemals für fremde Augen bestimmt gewesen war. Ein Vertrauensbeweis von Fuglevåg, obwohl natürlich weder ihre Tante noch William Schrøder autorisiert waren, so weit ins Privatleben einer verstorbenen jungen Frau vorzudringen. Er glaubte, er hätte ein besseres Gewissen gehabt, wäre sie noch am Leben gewesen. Trotz alledem empfand er einen Zauber, einen Sog, der ihn jedes einzelne Wort verschlingen ließ, als wären die gelben Zettel nur ein Hindernis, das es zu überwinden galt. Er *musste* alles wissen. Nach und nach vergaß er Zeit und Raum. Wusste, dass ihr Freund sich im selben Zimmer befand und ihn beobachtete, doch nahm er alles so begierig in sich auf wie in Kindertagen, als er das Universum der Literatur entdeckt hatte. War hingerissen und bewegt, voller Mitleid und schuldbewusst, alles auf einmal. Erst jetzt wurde ihm wirklich klar, was Miriam Malme durchgemacht hatte; wie schwer es ihr gefallen sein musste, durchzuhalten und sich an ein Leben zu klammern, das ihr im Grunde verhasst war.

Hvitsten, 14. August 1992
Bald beginnt das vorletzte Schuljahr. Ich muss nach Trøndelag zurückkehren. Gestern, am späten Abend, bin ich auf den Fjord hinausgerudert und habe mir ein weiteres heimliches Bad im dunklen Wasser erlaubt. Wenn der Himmel blau ist, sitze ich meist drinnen, schaue aus dem Fenster, betrachte die halb nackten Körper unten am Wasser und stelle mir vor, ich sei das Mädchen im roten Badeanzug. Dann sehe ich auch Mama vor mir, wie sie, Feldblumen in der Hand, die Sonne im Gesicht, den Pfad heraufkommt. Wie schön wir es miteinander hatten! Wenn Papa Kaffeewasser aufsetzte und der Duft Brasiliens sich bis unter die Deckenbalken ausbreitete. Guter, lieber Papa, der mich abwechselnd böse und glücklich machte. Ich selbst trinke immer noch keinen Kaffee, doch manchmal setze ich Kaffeewasser auf, öffne die blaue Box und schnuppere an dem braunen Pulver, bevor ich es ins Wasser streue und aufkochen lasse. Derselbe wunderbare Duft wie früher, und plötzlich sind sie wieder bei mir, Mama und Papa. Vollendete Minuten, während die Zeit stehen bleibt und uns nichts Böses widerfahren wird, wie es in der Bibel heißt. Nur gen Himmel zu blicken, wage ich nicht, denn dort kreist ein Adler, Symbol des Todes.

Hvitsten, 15. August 1992
Heute ist Samstag. Habe gerade gelesen, was ich gestern geschrieben habe. Reife Menschen nennen das Selbstbetrug. Aber das ist nicht dasselbe wie Selbstpeinigung, denn ich genieße nicht den Schmerz, sondern die Vergangenheit. Ich freue mich schon auf den nächsten Sommer. Meine Nachbarin C war hier und hat mich für heute Abend zum Grillfest

eingeladen. Ich habe zugesagt. C ist 42 und war Mamas beste Sommerfreundin. Sie ist immer sehr nett zu mir, aber natürlich sehe ich ihrem Blick an, wie Leid ich ihr tue, beide Eltern verloren zu haben. Nur versteht sie nicht ganz, wie tief der Schmerz reicht. Sie glaubt, ich sei schon ein wenig darüber hinweggekommen. Offenbar spiele ich glaubhaft meine Genesung.

William las weiter. Er folgte Miriam auf dem Heimweg, auf der Zugfahrt über Dovre bis zum dreißig Kilometer östlich von Trondheim gelegenen Haus, bis zu ihrer Wohnung am Stadtrand von Hommelvik, die sich gegenüber der alten Hauptstraße nach Stjørdal an einem Hang befindet. Fast täglich – zumindest an den Tagen, die sie schriftlich festgehalten hatte – begleitete er sie in die Stadt, in die Schule und wieder zurück. Er las, wie ihr verständnisvoller Arzt dafür sorgte, dass sie vom Sportunterricht befreit wurde, wie sie mit den Einschränkungen in ihrem Leben zurechtkam, wie sie ihre eingebildeten Niederlagen damit kompensierte, dass sie sich ganz in die Welt der Bücher und Filme flüchtete:

Solbakken, 4. September 1992
Wir haben eine neue Norwegischlehrerin bekommen. Sie ist großartig und will, dass wir so viele gute Romane lesen wie nur irgend möglich. Denn Falkberget, Hamsun und Hemingway haben eines gemeinsam, sagte sie heute, sie haben viel gelesen. Niemand werde Schriftsteller, der nicht selbst viel lese. Ein guter Rat von ihr, denn schließlich will ich selbst Schriftstellerin werden. Dann kann ich ganz für mich sein und brauche nicht ständig zudringlichen Fragen auszuweichen. Zum Beispiel der, warum ich nicht am Sportunterricht teilnehme. Ich sage, ich habe eine Muskelschwäche.

Solbakken, 15. September 1992
Heute bin ich erneut ins Haukeland-Krankenhaus bestellt worden. Ich halte das bald nicht mehr aus. Sie sagten, es würde nicht sehr wehtun. Aber das tat es. Jedes Mal, wenn sie meine Haut berühren, durchlebe ich den Unfall aufs Neue. Der Gedanke verstärkt die Schmerzen. Doch vor allem sind die Eingriffe völlig nutzlos. Ein Blick in den Spiegel reicht aus, um zu erkennen, dass ich nie – niemals! – wieder einen Körper haben werde, dessen Anblick jemand ertragen könnte. Ich ertrage ihn selbst nicht. Aber ich habe meiner Mutter versprochen, etwas aus meinem Leben zu machen, und ich werde sie nicht enttäuschen. Gestern im schwedischen Fernsehen »Mein Leben als Hund« gesehen: Es hätte schlimmer kommen können. Man denke nur an Laika, den Raumfahrthund. Sie haben ihn in eine Kapsel gesteckt und in den Weltraum geschossen. Um seinen Zustand zu kontrollieren, hatte man sein Herz und sein Hirn verkabelt. Fünf Monate sauste er durch das All, bis keine Verpflegung mehr für ihn da war. Ja, es gibt immer jemand, dem es noch schlechter geht. Und manche geben den Kampf nie auf. Morgen werde ich einen Brief ans Krankenhaus schreiben und verlangen, dass sie eine Behandlungspause machen. Mein Körper hat ohnehin kaum noch gesunde Haut, die man transplantieren könnte.

Im Sommer darauf:

Hvitsten, 4. August 1993
Heute Nacht war es so dunkel, dass ich zu den Schären hinausgerudert bin. Ich habe mich ausgezogen und bin ein Stück geschwommen. Plötzlich, während ich auf dem Rücken trieb und die bleichen Sterne betrachtete, kam ich auf die Idee, mich einfach sinken zu lassen, mit offenem Mund, ordentlich Wasser zu schlucken und dem Meeresboden Ge-

sellschaft zu leisten, dort, wo auch die kleine Meerjungfrau zu Hause war. Denn wenn sie sich auf der Erde bewegte, zu tanzen versuchte, war es ihr, als schnitten tausend Messer in ihre Füße. Warum nicht lieber zu Meeresschaum werden? Ich habe es wirklich versucht, aber es ging nicht. Und als ich wieder an die Wasseroberfläche stieg, dachte ich nicht an den Adler, sondern an Laika. Nein, wenn ich mir das Leben nehme, dann in einem Auto. Einfach Vollgas geben und gen Himmel blicken. Niemand überlebt zweimal.

Ein knappes Jahr später:

Solbakken, 1. Juli 1994
Tante Daisy möchte, dass ich zu ihr nach Stavanger ziehe. Sie meinte, mit meinem guten Abitur würde ich jederzeit einen Job bekommen. Aber ich will lieber für mich allein bleiben. Ein Wunder, wie ich all die Abschlussfeste durchgestanden habe. So viele Jungs, die mich ins Bett kriegen wollten. Mit S war es kurz davor. Ich hatte selbst solche Lust, dass ich mich nur mit größter Mühe beherrschen konnte. Ich werde nie seinen geschockten Blick vergessen, als er einen Ausschnitt meiner Brust sah, deren Narben an Mondkrater erinnern. Ich werde im Sommer auch nicht mehr nach Hvitsten fahren. Ich werde hier bleiben und mit dem Schreiben anfangen. E sagte auf der Abiturfeier zu mir, ich besäße alle Voraussetzungen, das Schreiben zu meinem Beruf zu machen. Diese Worte machen mir Mut, und Gott sei Dank habe ich noch so viel Geld von Mama und Papa übrig, dass ich eine Weile davon leben kann. Ich habe mir einen gebrauchten PC zugelegt. Morgen fange ich an!

Selbst die vorwiegend literarisch geprägten Betrachtungen, die immer zahlreicher und länger wurden, studierte William mit größter Aufmerksamkeit. Atemlos begleitete er sie auf ihrem Weg, ihr Schwanken zwischen Zweifel und Hoffnung, ihre allgegenwärtigen Schuldgefühle, ihre fest verwurzelte Angst, sich vor zudringlichen jungen Männern zu entblößen, was sie als gerechte Strafe dafür empfand, ihren Vater während der Autofahrt abgelenkt zu haben.

Zwei Jahre später jedoch, nachdem sie eine Zeit lang Beruhigungstabletten genommen hatte, ein Ausbruch der Freude:

Solbakken, 4. Mai 1996
Am Nachmittag nahm mein Leben eine neue Richtung. Als ich im Briefkasten einen unscheinbaren Umschlag des Verlags entdeckte, beschloss ich, alle Tabletten auf einmal zu schlucken, sollte es sich um eine Absage handeln. Aber es war keine Absage. Sie haben JA gesagt!!! »Es war uns eine große Freude, Ihren Roman zu lesen, den wir gern publizieren möchten.« Liebe Mama, lieber Papa, danke, dass ihr mich gezeugt habt. Falls ihr mir vergeben könnt, will ich alles wieder gutmachen!

Fast drei Jahre später erwähnte sie zum letzten Mal einen Mann, dem sie einige Wochen zuvor anlässlich einer ihrer Lesungen in Trondheim begegnet war und der offensichtlich einen unauslöschlichen Eindruck auf sie gemacht hatte:

Solbakken, 22. Februar 1999
Ich weiß nicht, ob ich ein Leben ohne J aushalte, doch jetzt bleibt mir keine Wahl. Nie zuvor habe ich einen so aufregenden Mann kennen gelernt, obwohl er sehr viel älter ist als ich. Oder ist das der Grund? Ich weiß fast nichts von ihm, doch letzte Woche habe ich eine Verletzlichkeit in seinem

Blick gesehen, etwas Gepeinigtes, vielleicht ist er als Kind viel gehänselt worden. Gestern Abend hat er mich zum dritten und letzten Mal besucht. Da war es wieder, sein warmherziges Lächeln, und schließlich begann er laut (und poetisch) von meinem Körper zu fantasieren. Ich war gezwungen, ihm zu sagen, dass unsere Beziehung keinen Sinn mehr habe und ich nach Stavanger ziehen würde. J wurde kreidebleich, der Arme, und ich war drauf und dran, mir die Bluse vom Leib zu reißen, um ihm zu demonstrieren, wie vergeblich seine Bemühungen waren. Plötzlich muss er begriffen haben, dass kein Mann mich je erobern würde, und verließ mich ohne ein Wort. Ich blieb mit dem Gefühl zurück, ihm Gewalt angetan zu haben. Jetzt versuche ich mir einzureden, dass ich ihn nicht vermisse. Ist doch alles kaum der Rede wert. Es gibt schlimmere Dinge, siehe Laika.

An mehreren Stellen war von J die Rede.

Eine gute Stunde war vergangen. William las die letzten Bemerkungen mit einem gewissen Unbehagen. Nicht, weil sie ihn erschütterten – vieles deutete darauf hin, dass sie zu dieser Zeit eine ihrer glücklichsten Perioden erlebt hatte –, sondern weil Aslak Fuglevåg, dem sie liebevoll zugewandt war, neben ihm saß und ihn beobachtete. Der letzte Eintrag war relativ kurz und lautete folgendermaßen:

Hvitsten, 11. Februar 2000
Gestern habe ich ein Buch von A bekommen, einen Roman von Vikram Seth. Nichts hätte besser passen können, denn in Kürze werde ich meinen ersten Roman beenden. Geliebter A, nachdem du am Vormittag angerufen hast, zähle ich die Stunden, bis wir uns wiedersehen. Wenn du hältst, was ich mir von dir verspreche, bist du das Schönste, was mir je im

Leben passiert ist! Warum sich also noch länger einem Tagebuch anvertrauen, das einem niemals Antwort gibt?

Eine Weile rührte er sich nicht von der Stelle. Draußen war es dunkel geworden. Er schloss das Album, bedankte sich förmlich bei Fuglevåg für seine Geduld und fragte mit gespielter Beiläufigkeit, ob er neuen Kaffee machen solle.

»Sehr gern.«

»Ich bin froh, dass Sie mir das Tagebuch gezeigt haben.«

»Was halten Sie davon?«

William zögerte. Dann entschloss er sich, ehrlich zu sein: »Es ist mehr als bewegend. Glauben Sie mir, ich bin wirklich tief ergriffen. Mir ist lange nicht mehr so bewusst geworden, dass es, selbst wenn wir unser Leid klagen, immer jemand gibt, dem es noch schlechter geht als uns.« Er warf die Hände in die Luft. Es gab nichts mehr zu sagen.

»Ein schwacher Trost, wenn Sie mich fragen. Ich werde nie den Augenblick vergessen, in dem ich in meiner Naivität versuchte … äh … Miriam zu verführen.« Fuglevåg hielt abrupt inne und musste zum Taschentuch greifen. Dann sagte er leise: »Sie muss eine unglaubliche Stärke gehabt haben. Ich selbst hätte das nie fertig gebracht.«

»Ich bin vollkommen Ihrer Meinung. Aber trotzdem frage ich mich, warum sie ihren Verehrern nie eine Chance gegeben hat. Warum hat sie diesem J oder Ihnen nicht erzählt, dass sie sich ihrer Brandverletzungen schämte?«

»Weil eine Frau, insbesondere durch den Körperkult unserer Zeit, dazu erzogen wird, eventuelle Mängel zu verbergen. Wer attraktiv sein will, muss nach äußerer Perfektion streben. Kleine Mängel werden mit Schminke überdeckt. Ein ganzer Körper hingegen …«

»Gilt das für uns Männer nicht genauso?«

»Schon, aber wir greifen doch selten zu Schminke.«

William war ihm dankbar für seine Erklärung. Fuglevåg selbst hätte einiges für sein Äußeres tun können, legte aber offensichtlich keinen Wert darauf, sein wahres Ich zu verbergen. Eine bewundernswerte Haltung, auch wenn ihm niemand übertriebene Eitelkeit hätte vorwerfen können, würde er sich ein bisschen sorgfältiger kleiden. William stand auf und sagte: »Sie ist nicht zu ihrer Tante gefahren?«

»Nein, aber sie hat an verschiedenen Orten als Referendarin gearbeitet.«

»Ja, auf Frøya und in Steinkjer. Vielleicht wollte sie diesem J aus dem Weg gehen. Vielleicht ist er es gewesen, der sie an Neujahr besucht hat.«

»Miriam sagte, er habe sie angerufen. Natürlich kann es dieser J gewesen sein.«

»Ist es denkbar, dass sie ihm bei dieser Gelegenheit von ihrem neuen Handy erzählt hat?«

Fuglevåg zuckte zusammen. »Sie meinen, dass …«

William, der auf dem Weg in die Küche war, drehte sich in der Türöffnung um. »Ich weiß nicht. Aber ich habe das Gefühl, dass ihr Mörder sie gekannt hat.«

»Wie heißt er noch gleich, dieser Mann, den Sie suchen … Geir Jerven!«

William nickte. Dieser Gedanke war ihm auch schon gekommen. Er ging in die Küche und füllte den Wasserkocher. Als er den Stecker in die Dose über der Arbeitsplatte steckte, fiel sein Blick auf den obersten der drei benutzten Teller, die er noch nicht in die Spülmaschine gestellt hatte. Ein Streifen rotbraunen, getrockneten Bluts zog sich an der Kante entlang. Erneut wurde er von dieser eigentümlichen Unruhe gepackt, die ihn hin und wieder überfiel und ihm vage signalisierte, dass er nahe daran war, den Gordischen Knoten zu durchschlagen.

Wieder musste er sich darüber wundern, wie ihn reine Zufälle – keine logischen Schlussfolgerungen seinerseits – mehrere Schritte weitergebracht hatten. Dank einer redseligen Friseurin hatte er eine lange Autofahrt auf sich genommen, um auf ein Buch aufmerksam zu werden, das auch in seinem eigenen Regal stand. Alles schien auf Jerven hinzudeuten. Doch gab es noch eine andere Möglichkeit. Unheimlich, aber nicht von der Hand zu weisen: J für Jon.

Etwas später, nachdem Fuglevåg gegangen war und sein Vater ihn und Oddvar auf ein Bier vor dem Match eingeladen hatte, rief er in der Redaktion an und bat darum, den Artikel über das Ehepaar Jerven vorerst noch zurückzuhalten.

von der Schreinerei nach Hause kam, merkte sie sofort, wie beschwingt er war. Selbst der melancholische Schimmer in seinen Augen, von dem ihre Freundinnen stets hingerissen waren, schien verschwunden. Jetzt leuchteten seine Augen unter den dichten, langen Wimpern mit einer Intensität, die sie seit Jahren nicht mehr gesehen hatte, so als hätte er heimlich getrunken. Doch er roch nicht nach Alkohol; der Glanz schien einer freudigen Erwartung zu entspringen oder als habe er etwas Schönes erlebt, auf dessen Fortsetzung er sich freute. Der Frauentag hatte ihn nie interessiert – sie eigentlich auch nicht –, doch sowohl dieser als auch seine gute Laune ließen sich als Vorwand für ein vertrauliches Gespräch nutzen, konnten ihm helfen, wieder der Alte zu werden.

»Ich dachte, ich koche uns was Leckeres zu essen heute Abend«, sagte sie sanft.

»Ach nein, wie schade. Ich muss noch mal in die Stadt.«

Doch sein Ton klang nicht abweisend, eher entschuldigend, und das war etwas Neues.

»Willst du etwa zum Fußball?«

Er schüttelte energisch den Kopf, als sollte sie ihn besser kennen. Sport hatte ihn nie interessiert.

»Na, sag schon.«

Erneut spürte sie seinen alten Unwillen, wenn es darum ging, sie in seine Vorhaben einzuweihen, doch dann entspannte sich sein Gesichtsausdruck zu einem versöhnlichen Lächeln: »Ich habe heute Morgen einen

Anruf bekommen von jemand, der gern mal wieder über die alten Zeiten quatschen wollte.«

»Ein Schulkamerad?«

»Nein ...« Er zögerte.

»Eine alte Flamme?«

Da lachte er laut auf und nahm sie überraschend in den Arm. »Ja, im Grunde hatte ich für Terry immer viel übrig.«

»Welcher Terry?«

»Terry Donovan. Habe dreißig Jahre lang nichts von ihm gehört. Dachte, er wäre auf den Hund gekommen oder hätte schließlich doch ins Gras gebissen.«

Plötzlich verstand sie, was er meinte. »Ihr wart zusammen in ...?«

»Nicht nur zusammen. Wir waren wie eine Person. Ich habe sein Leben gerettet und er meines. Same shit!«

»Und jetzt ist er in Trondheim?«

»Yes, baby.« Wieder dieses strahlende Lächeln und das Benutzen englischer Phrasen, wenn er erregt war. Diesmal zweifellos im positiven Sinn, als hätte er einen unverhofften Gewinn gemacht. »Er nimmt an einer Ölkonferenz teil und hat meine Adresse herausbekommen. Will die Gelegenheit unbedingt nutzen, um mich zu treffen.«

Sie freute sich aufrichtig für ihn. Ein Gespräch mit diesem Mann würde mehr zu seiner psychischen Stabilisierung beitragen, als es ihr jemals möglich gewesen wäre. Auch Artie hatte diesen Einfluss auf ihn gehabt, bevor er in einer Gewitternacht bei Moskenes ums Leben gekommen war. Arthur Smith war als Sanitäter im Krieg gewesen, hatte das Leben in den USA später nicht mehr ausgehalten und sich ausgerechnet nach Norwegen geflüchtet, wo er sich einen Fischkutter kaufte und als Fischer auf den Lofoten versuchte. Jon war ihm in Vietnam niemals begegnet, doch als das Buch herauskam, hatte Artie den Autor angerufen, um ihm seine Anerkennung auszusprechen, und Sivle hatte nicht gezögert, den Kontakt zwischen beiden herzustellen. Der Amerikaner hatte Jon auch zur Seite gestanden, als um das Buch heftige Diskussionen entbrannten und berechtigte Zweifel an seinem Wahrheitsgehalt angemeldet wurden. Doch war Artie in ganz anderen Teilen Vietnams stationiert gewesen und konnte zu den umstrittenen Details wenig sagen. Als Jon vor mehreren Jahren von Arties Tod erfuhr, war er wochenlang vollkommen niedergeschlagen gewesen.

Für den Rest des Nachmittags ließ sie ihn nicht aus den Augen, während er unruhig durch das Haus tigerte und unaufhörlich *The Wind Cries Mary* pfiff. Sie war auch ein wenig in Sorge, denn sie hatte schon früher seine Signale missverstanden. Sicherheitshalber sagte sie: »Du scheinst dich ja wirklich sehr zu freuen.«

»Worauf du dich verlassen kannst. Und Terry erst. Same shit!«

Die Stimme seines alten Weggefährten hatte offensichtlich ausgereicht, ihn in euphorische Stimmung zu versetzen. Sie selbst hatte das Buch nur ein einziges Mal gelesen, was ihr auch gereicht hatte. Ihr schauderte bei dem Gedanken, was Jon alles mitgemacht hatte. In manchen Nächten, wenn er sie liebkoste, wie nur er es konnte, musste sie daran denken, dass diese Hände auch getötet hatten, und wurde daraufhin von Angst und Unwillen ergriffen. Auch wenn sie seine Probleme zu verstehen versuchte, wünschte sie sich manchmal, dass er seine Kriegserlebnisse nur erfunden hätte und seine Hände reiner seien als seine Seele.

Als sie sich 1970 kennen lernten, war er gerade aus den USA zurückgekehrt und sie seinem natürlichen Charme sofort erlegen. Er hatte ihr keinen Augenblick verheimlicht, dass er in Vietnam gewesen war, jedoch versichert, dass die Kriegserinnerungen sich zunehmend verflüchtigten. Lange hatten sie beide daran geglaubt, ehe ihn die Vergangenheit wirklich einholte. Schließlich wurde er so oft von Albträumen gequält, dass sie ihn bat, sich an einen Psychiater zu wenden, von dem sie gehört hatte. Jon begann eine Therapie, doch der Rat des Arztes war das Gegenteil von dem, womit sie gerechnet hatten: Jon sollte versuchen, sich an möglichst viele Details zu erinnern. Nur wenn er den Schrecken der Vergangenheit ins Gesicht sah, hätte er die Chance, diese zu verarbeiten. Eine Weile sah es so aus, als wäre Sivles Buch die Rettung für ihn.

»Wo wollt ihr euch treffen?«

»In der Pianobar des Britannia, nachdem das gemeinsame Abendessen der Konferenzteilnehmer vorüber ist.«

»Hat er dort ein Zimmer?«

»Ich nehme es an.«

Jon kümmerte sich wenig um sein Äußeres. Aufgrund seiner phänomenalen Anziehungskraft auf das weibliche Geschlecht war das vielleicht auch nicht nötig. Kurz darauf, als er geduscht und rasiert auf dem Flur stand, sorgte sie trotzdem dafür, dass er den schönen Pullover anzog, den sie ihm zu Weihnachten geschenkt hatte, den er allerdings bisher kaum getragen hatte. Sie begleitete ihn zum Auto, gab ihm einen Kuss auf die Wange und sagte: »Wenn ihr euch einen hinter die Binde gießt, du und Terry, kannst du dir ja auch ein

Hotel in der Stadt zum Übernachten suchen. Ruf mich einfach an und sag mir Bescheid.«

»Wir werden sehen.« Da war er wieder, aller Freude zum Trotz, dieser verschlossene, skeptische Blick. Dann klopfte er sich auf die Taschen, als wollte er ihr signalisieren, dass er für alle Eventualitäten gewappnet war. »Er hat meine Handynummer, sollte er sich verspäten. If necessary, I'll give you a sitrep, baby!«

Sie stand am Fenster und folgte dem Wagen mit den Augen, bis die Rücklichter in der Kurve unterhalb des Hauses verschwanden. Zum ersten Mal seit langer Zeit wusste sie, was er vorhatte. Das allein reichte aus, um sie glücklich zu machen.

erreichte Beate wie ein Orkan, als sie auf dem Holtermanns veg, an der Kreuzung zum Strindvegen, vor der roten Ampel hielt. Sie warf einen Blick nach rechts und erblickte das Flutlicht über dem Lerkendalstadion. Konnte nicht wissen, dass Ørjan Berg soeben in der 38. Minute das Ausgleichstor gegen Dynamo Kiew erzielt hatte, doch war es nicht schwer zu erraten, welcher Mannschaft die Massen gerade so begeistert zujubelten. Sie lächelte vor sich hin. Wäre Svein in der Stadt gewesen, hätte auch er auf der Tribüne gesessen und seine Arme jubelnd nach oben gerissen. Aber er war in dieser Woche verreist. Vielleicht saß er gerade in einem Hotelzimmer in Deutschland und verfolgte das Spiel im Fernsehen. Der Gedanke allein ließ ihr warm ums Herz werden.

Die Farbe der Ampel wechselte von Rot auf Grün, sie ließ die Kupplung kommen und den Wagen in Richtung Zentrum rollen. Die Uhr am Armaturenbrett zeigte 21:24. Sie hatte noch sechs Minuten, genug, um die verabredete Zeit einzuhalten. Eigentlich hatte sie ihn nicht mehr treffen wollen, war am Telefon jedoch leicht zu überreden gewesen. »Ich habe mich damit abgefunden, dass Schluss ist, Beate. Gerade deshalb will ich dich noch mal sehen und dir dann alles Gute für deinen weiteren Lebensweg wünschen. Du hast einen richtigen Abschied verdient.«

Wie erleichtert war sie gewesen, als sie diese Worte vernahm!

Dieses Treffen würde sich von allen vorhergehenden unterscheiden; das hatte nicht zuletzt er deutlich gemacht. »Und weißt du was? Ich selbst bin auch ziemlich erleichtert. Keine Heimlichkeiten, kein Versteckspiel mehr. Im Grunde muss ich dir sehr dankbar sein!«

Seine Worte waren für sie eine große Erleichterung. Ihre geheime Beziehung war unglaublich spannend gewesen, solange sie währte. Die Verschwiegenheit war ein wichtiger Bestandteil ihres wunderbaren Spiels gewesen. Wenn andere sie zusammen sahen, gehörte ein enormes Einfühlungsvermögen dazu, sich vorzustellen, dass sie voneinander genauso abhängig waren wie zwei siamesische Zwillinge. Eine selbstverständliche Symbiose, in der keiner ohne den anderen existieren konnte. Von Anfang an hatten sie sich gegenseitig versprochen, ihr Verhältnis geheim zu halten – er, weil er verheiratet war, und sie? Zum einen, weil sie seinen Familienfrieden respektierte und die Fassade, die er mühsam aufrechterhielt, nicht einreißen wollte. »Ich schätze niemand mehr als meine Frau«, hatte er gesagt, »doch ist sie leider, um es deutlich zu sagen, eine Niete im Bett.« Zum anderen, weil sie niemand in ihren unstillbaren Hunger nach Sex einweihen wollte. In jüngeren Jahren, während sie noch in Oslo wohnte, hatte sie mit diesem Hunger nicht hinterm Berg gehalten, bis eine nahe Freundin sie rundheraus fragte, ob sie eine Nymphomanin sei. Damals hatte sie im Lexikon nachschlagen müssen, was das Wort bedeutete: krankhafter weiblicher Sexualtrieb! Dabei fühlte sie sich nicht im geringsten krank, wusste bloß, dass sie mit jedem attraktiven Mann ins Bett gehen musste, der ihr über den Weg lief. Selbst wenn sie sich entschloss, ein wenig enthaltsamer zu sein, meldete sich die Lust so stark, dass sie ihr nachgab. Ein krankhafter Zug? Jedenfalls war es unglaublich befriedigend, zu berühren und berührt zu werden, und sie begriff (oder bildete sich ein), dass ein Orgasmus ihr weitaus mehr bedeutete als den meisten anderen Frauen. Ein Händedruck reichte aus, ein Blick, eine zufällige Berührung. Sie erinnerte sich deutlich an einen Cafébesuch in Oslo vor mehreren Jahren, als ein Mann vis-à-vis sie ins Visier genommen hatte. Aus reiner Geilheit hatte sie sich mit einer Hand zwischen die Beine gegriffen. Ein paar Bewegungen, und schon war sie gekommen. Sie glaubte nicht, dass er verstanden hatte, was gerade passiert war, doch sie erinnerte sich, dass er gefragt hatte, warum sie zur Decke geblickt und für Sekunden vollkommen abwesend gewirkt hatte.

Krankhaft? Vielleicht. Und wenn schon!

Vielleicht sollte sie sich deswegen schämen, doch welche Rolle spielten ihre Neigungen, solange sie bei *Comdot*, der Computerfirma, bei der sie angestellt war, ausgezeichnete Arbeit leistete?

Fast drei Jahre waren vergangen, seit sie ihm das erste Mal begegnet war, und er schien ihre Bedürfnisse von Anfang an erkannt zu haben. Nur vor ungefähr einem Jahr schien sein Interesse an ihr vorübergehend abgenommen zu haben. Damals hatte sie befürchtet, er könne sich einer anderen zuwenden. Aber diese Periode hatte nur einen Monat gedauert, dann war es bei ihnen wieder voll zur Sache gegangen.

Jetzt war sie es also, die aussteigen wollte. Sie war ihn nicht richtig leid, doch als sie Ende Januar einen neuen Kunden namens Svein Rudberg kennen gelernt hatte, war mit ihr eine Veränderung vorgegangen, die sie ihre Lebenssituation neu überdenken ließ. Sie hatte gerade die dreißig hinter sich gelassen, und wollte sie in diesem Leben noch ein Kind, sollte sie sich beizeiten nach einem Partner umsehen, der mehr als nur Sex zu bieten hatte. Auch hatte sie sich seit einiger Zeit nach anderen Dingen gesehnt, nach anderen Werten, einer Familie und einem Partner, zu dem sie sich bekennen durfte. Sveins Existenz hatte dies möglich gemacht. In aller Öffentlichkeit mit ihm auszugehen, ins Kino oder zum Tanzen, vermittelte ihr ein Gefühl der Freiheit, das sie allzu lange unterdrückt, beinahe begraben hatte. Außerdem war Svein in ihrem Alter und noch viriler als ihr fester Sexpartner, der in den letzten Monaten auch nicht mehr ganz so vital gewesen war wie am Anfang.

Doch am wichtigsten war ihre Liebe zu Svein, die sich nicht allein auf seinen Körper bezog, sondern allumfassend war. Zwar strahlte er nicht den natürlichen Charme seines Kontrahenten aus, doch wurde dies durch eine Reihe anderer Eigenschaften aufgewogen. Wann hatte ihr je ein Mann so viel Komplimente für ihre Arbeit gemacht? Wann hatte je ein Kunde zum Ausdruck gebracht, ihrem Einsatz sei es zu verdanken, dass sich die Zusammenarbeit für ihn mehr als ausgezahlt habe? Niemand, soweit sie sich erinnern konnte. Niemand, bis Svein Rudberg sie unerwartet zum Essen eingeladen hatte. Natürlich betrachtete er sie als Frau, aber auch als Mensch. Vielleicht war ihm selbst nicht klar, dass er ihren begonnenen Erkenntnisprozess beschleunigte; dass sie sich in einem Gefängnis befand, aus dem sie schnellstmöglich ausbrechen musste.

Und jetzt sollte es geschehen, in wenigen Minuten, während Svein weit entfernt war und niemals Grund zur Eifersucht haben würde. Kein zweifelhaftes Finale, kein Abschiedsorgasmus. Diese letzte Begegnung sollte in aller Offenheit vor sich gehen, ein anständiges Lebewohl bei einem alkoholfreien Drink an einer Bar in der Stadt. Eine solche Verabredung hatten sie nie zuvor gehabt. Er selbst hatte sie vorgeschlagen. Er wollte keinen Versuch unternehmen, sie unter den Tisch zu trinken oder umzustimmen. Das letzte gemeinsame Glas sollte der freundschaftlichen Versöhnung zweier erwachsener Menschen dienen, einem Dank, verbunden mit guten Wünschen für die Zukunft, ohne die gereizte Atmosphäre der vorigen Abschiedsszene, als sie ihm ohne jede Vorwarnung den Laufpass gegeben und Angst gehabt hatte, er könne ihr in seiner Verzweiflung etwas antun. Die Wut in seinen Augen – der Verlust des Eigentumsrechts? – hatte sie das Schlimmste befürchten lassen, doch er rührte sie nicht an. Es war ein Fehler von ihr gewesen, so unversöhnlich aufzutreten, das war ihr im Nachhinein klar geworden.

Gott sei Dank war er nach Wochen des Nachdenkens ebenfalls zu der Entscheidung gelangt, dass es das Beste war, sie gingen als Freunde auseinander. *Shake hands* hatte er gesagt. Als versöhnlicher Abschluss zweier Partner am Ende einer Ära. Sie rechnete auch damit, ein paar Tränen zu vergießen, denn es ließ sich nicht leugnen, dass sie eine schöne Zeit miteinander verbracht hatten.

Plötzlich bemerkte Beate, dass sie bereits mitten in der Stadt war und die Munkegata hinunterfuhr. Sie dachte gerade noch daran, den Blinker zu betätigen, bevor sie scharf nach rechts in die Dronningens gate abbog. Die Uhr am Armaturenbrett zeigte 21:29, als sie sich in gemächlichem Tempo dem Britannia Hotel näherte, das Kellerlokal namens Jonathan sowie den Queens Pub erblickte. Weder zur Rechten noch zur Linken gab es einen freien Parkplatz, und sie hoffte, dass er pünktlich da sein würde, damit sie den Verkehr nicht aufhielt. Sie passierte den Baldachin vor dem Haupteingang.

Ihr Herz machte einen Sprung, als sie ihn erblickte. Er kam gerade aus der Glastür, die sich an einer Ecke des Gebäudes befand, war barhäuptig, trug eine dunkle Winterjacke und hielt in der rechten Hand einen Aktenkoffer. Als sie anhielt, stieg er ohne zu zögern ein.

»Bin ich spät dran?«, fragte er sanft.

»Nein, wie verabredet.«

»Weißt du, ich war vor einer halben Stunde unten in der Pianobar verabredet. Ich habe lange gewartet, aber er ist nicht gekommen.«

»Ein Geschäftspartner?«

»Eher ein alter Freund. Vermutlich hat seine Frau was dagegen gehabt. So ist das Leben. Aber jetzt geht's um uns. Danke, dass du gekommen bist.«

»Danke gleichfalls.«

Wie merkwürdig, dachte sie. Wir gehen wie Fremde miteinander um. Wir waren fast drei Jahre lang ein Paar, und plötzlich ist alle Vertrautheit verschwunden.

Er schien dasselbe zu empfinden. Er räusperte sich und warf einen Blick zurück; vermutlich wollte er sich vergewissern, dass sie den Verkehr nicht behinderten. Er legte den Aktenkoffer auf den Rücksitz und wandte ihr sein Gesicht zu.

»Das Problem«, sagte er, »ist dieses dämliche Fußballspiel.«

»Wie meinst du das?«

»Sämtliche Lokale sind voll gestopft mit Leuten, die keine Eintrittskarten mehr bekommen haben. Überall stehen Großbildschirme. Was für ein Spektakel. Aber ich glaube, ich habe eine Idee, Beate.«

»Doch nicht etwa den Palmengarten?«

Er lächelte. »Ich weiß, es ist gegen die Abmachung, aber meinst du nicht, wir sollten in aller Ruhe irgendwo eine Cola oder einen Cappuccino trinken? Außerdem gibt's hier so gut wie keine Parkplätze. Ich habe eine Ewigkeit gebraucht, bis ich einen in der Søndre gate gefunden habe.«

»Lass hören.«

»Ich dachte an die Bar beim Scenario im Olavsviertel.«

Sie nickte. »Das hört sich gut an.« Sie schaute in den Spiegel und legte den ersten Gang ein.

Als sie die Kjøpmannsgata entlangfuhren, begannen vereinzelte Schneeflocken durch die Luft zu tanzen.

»Hier ist auch alles zugeparkt«, sagte sie.

»Ach, was soll's. Dann nehmen wir eben die Parkgarage unter dem Hotel. Von dort aus geht ein Lift nach oben. So holen wir uns jedenfalls keine nassen Füße.«

Beate war noch nie in dieser Parkgarage gewesen, doch sein Vorschlag hörte sich vernünftig an. Sie bog in die Fjordgata, und als er nach links zeigte, betätigte sie den Blinker und ließ den Wagen in die schmale Passage gleiten, die einst das Ende der Krambugata gewesen war. Die Fahrbahn senkte sich nach unten, und als sie sich dem grauen Metallgitter näherten, fuhr dieses automatisch nach oben. Eine weitere Linkskurve, dann tauchten sie in das gleißende Neonlicht, das die Autos aufleuchten ließ. Sie hielt an einem Automaten und las, der Parkschein solle gut sichtbar hinter der Frontscheibe liegen, doch er schüttelte den Kopf: »Das mache ich hinterher, wenn wir einen Parkplatz gefunden haben.«

Sie sah nirgends eine Parklücke, doch er dirigierte sie weiter und sagte, ganz im Inneren des weißen Labyrinths seien fast immer noch Plätze zu finden. Er behielt Recht. Als sie einen Lift passierten und in den innersten Raum kamen, zeigte sich, dass auf der rechten Seite noch einige freie Felder waren, und so deutete er sofort auf einen unbenutzten Stellplatz neben einer Säule. Behutsam manövrierte sie den Wagen hinein. Als sie den Motor abstellte, hatte er schon seinen Gurt gelöst und mit einer Hand nach hinten gegriffen.

»Warte einen Augenblick. Ich habe eine kleine Überraschung für dich. Ach, verdammt!«

Sie begriff, dass er seinen Aktenkoffer nicht zu fassen bekam, offenbar war er vom Sitz gerutscht. Er stieg rasch aus, öffnete die Hintertür und krabbelte auf den Rücksitz.

»Dreh dich nicht um, Liebes.«

Gott, wie sehr sie seine sonore Stimme immer noch liebte!

Sie gehorchte, versuchte nicht einmal, heimlich in den Spiegel zu schauen. Sie hörte die Verschlüsse des Koffers aufspringen. Dann ein Rascheln. Vielleicht ein Abschiedsgeschenk, dachte sie. Mit Geschenken hatte er nie gegeizt. Dann spürte sie, wie er sich vorbeugte. Über ihrer Schulter erblickte sie seinen wohlbekannten, stark behaarten Unterarm. Sie schaute an ihm hinab und hätte beinahe lachen müssen; es sah so komisch aus, wie er den Pulloverärmel bis über den Ellbogen nach oben geschoben hatte, dabei jedoch immer noch Handschuhe trug. (Warum aber in aller Welt hatte er sich seine Jacke ausgezogen?) Seine andere Hand sah sie nicht, doch mithilfe beider Hände löste er ihr

Tuch, das sie um den Hals trug. Eine Kette? Ja, das musste es sein. Sicher hatte er eine hübsche Kette für sie gekauft, und jetzt wollte er sie ihr umlegen und den Verschluss hinter ihrem Nacken zuhaken.

Nachdem er ihr das Tuch abgenommen hatte, legte sich seine linke Hand auf ihre Stirn und zog ihren Kopf nach hinten, sodass er gegen die Nackenstütze gedrückt wurde.

Die Heftigkeit dieser Bewegung machte ihr deutlich, dass sie die Situation völlig falsch eingeschätzt hatte. Im Nu wurde sie von panischer Angst gepackt. Die wohlbegründet war, denn als er wieder zu sprechen begann, hatte seine Stimme alle Wärme verloren. Sie klang heiser, von aufgestautem Hass verzerrt: »Hör gut zu, verdammte Schlampe, ich werde mich nicht damit abfinden, wie du mich behandelt hast!«

Vom Schock wie gelähmt, konnte Beate seine Augen im Spiegel sehen, und plötzlich erkannte sie denselben Ausdruck wie beim letzten Mal, als sie ihm gesagt hatte, das alles vorbei sei. Nur dass die Wut in seinen Augen jetzt zehnfach verstärkt wirkte. Sie hob beide Hände und versuchte die behandschuhte Hand zu lösen, die ihre Stirn im Griff hatte. Im selben Augenblick wurde die andere Hand neben ihrem rechten Ellbogen sichtbar; im eiskalten Licht sah sie einen schimmernden Reflex.

»Niemand – niemand! – darf mich ungestraft so behandeln!«

Als sie den Schnitt in ihrem Hals spürte, begriff sie, wer er eigentlich war und was er mit zwei anderen Frauen getan hatte, doch ihre Gedanken und der stechende Schmerz vergingen, als die Dunkelheit sich ihrer erbarmte.

Das gurgelnde Geräusch signalisierte ihm, dass der Schnitt geglückt war. Um die Berührung mit einem Blutstrom zu verhindern, zog er rasch seine Hände zurück und legte sein Werkzeug wieder in den Koffer. Er hasste nichts mehr, als wenn seine gepflegten Finger von Blut besudelt wurden. Er rollte die Ärmel seines Pullovers nach unten, drehte sich um, horchte und warf einen Blick aus der Heckscheibe, bevor er die Tür öffnete. Statt seiner gefütterten Jacke zog er einen dünnen, grauen, knöchellangen Regenmantel an, der sich gemeinsam mit dem Messer im Koffer befunden hatte. Er umwickelte seine Füße mit Plastiktüten, die er mit Klebeband befestigte. Das Blut würde sowohl die Vordersitze als auch seinen Mantel beflecken, aber das spielte keine Rolle, solange seine übrigen Kleider sauber blieben und er keine Fußabdrücke hinterließ.

Seine Montur ließ ihn an die Obduktionsräume des Kreiskrankenhauses denken, die er vor ein paar Jahren besucht hatte. Ein alter Klassenkamerad, der Pathologe geworden war, hatte ihn durch die nach Desinfektionsmittel riechenden Räume geführt und ihn die hellgrünen Kittel samt Fuß- und Kopfbedeckung anprobieren lassen. Das Einzige, was damals gefehlt hatte, waren tote Körper auf den sterilen Tischen gewesen, doch schließlich gab es Grenzen, was man neugierigen Besuchern zumuten durfte.

Jetzt hatte er sogar eine Leiche.

Sollten irgendwelche Personen auftauchen, brauchte er nur hinter dem Wagen in die Hocke zu gehen. Nach seiner Erfahrung verbrachten die Leute nur selten mehr Zeit als nötig in nach Abgasen stinkenden Parkgaragen. Noch wichtiger war, dass die Parkfelder auf dieser Seite des Raumes von keiner Videokamera überwacht wurden, das hatte er vorher überprüft. Falls irgendjemand wider Erwarten einen Blick auf die Monitore warf, konnte er nicht erkennen, was in diesem Bereich vor sich ging.

Er hatte mit dem Gedanken gespielt, sie an Ort und Stelle zurückzulassen, doch in diesem Fall würde sie sicher rasch entdeckt werden. Er konnte diesen Zeitpunkt hinauszögern, indem er sie in den Kofferraum verfrachtete, doch würde dabei vermutlich so viel Blut auf den Boden tropfen, dass jemand Verdacht schöpfen könnte. Nein, es war das Beste, sich an den Plan zu halten und mit der Leiche als Passagier den Tatort möglichst schnell zu verlassen.

Er öffnete die rechte Vordertür und sah, dass sie nicht mal mehr ihren Gurt hatte lösen können. Wie sehr hatte sie den abrupten Stimmungswandel, von intensiver Freude zu panischer Angst, verdient gehabt! Schade nur, dass er so kurz gewährt hatte. Dafür hatte sie mit dem Leben bezahlt. Niemals mehr würden sich die lüsternen Finger fremder Männer an ihrem schönen Körper vergreifen. Er gehörte ihm allein.

Ein Großteil des Bluts war bereits aus der Wunde geflossen, doch immer noch sickerte ein schmales Rinnsal aus dem tiefen Schnitt oberhalb des Schlüsselbeins. Ihr Kopf war auf die Brust gesunken, ihr Mantel blutdurchtränkt, sogar auf dem Lenkrad befanden sich ein paar Spritzer. Er löste ihren Gurt und hievte sie auf den Beifahrersitz. Ein Knie blieb am Schaltknüppel hängen, doch schließlich gelang es ihm, sie hinüberzuziehen. Dann stellte er die Rückenlehne ganz zurück, sodass sie beinahe horizontal lag und von außen nicht gesehen werden konnte, es sei denn, jemand schaute direkt durch die Scheibe. Anschließend ging er um den

Wagen herum und nahm auf dem Vordersitz Platz. Kümmerte sich nicht um etwaige Blutflecken auf Polster und Fußmatte; wenn alles vorbei war, würde er den Regenmantel, die Plastiktüten und Handschuhe verbrennen. Der Polizei würde es sicherlich gelingen, den Tatverlauf im Wagen zu rekonstruieren, doch war dies bedeutungslos, solange sie keine Ahnung hatten, wer der Täter war. Sie sollten nur herausbekommen, dass sie gelitten hatte und einem Meister seines Fachs, der schon zahlreiche Kehlen durchschnitten hatte, zum Opfer gefallen war.

Als er den Motor anlassen wollte, bemerkte er, dass der Schlüssel nicht im Zündschloss steckte. Den hatte sie also noch abziehen können. Ein Anflug von Furcht überkam ihn und verstärkte sich deutlich, als er das unverkennbare Geräusch von Schritten wahrnahm.

Verdammt! Falls der Unbekannte aus dem Lift gestiegen und auf dem Weg zum benachbarten Wagen auf der rechten Seite war, konnte es leicht geschehen, dass er die ausgestreckte Gestalt neben sich bemerkte. Er senkte den Kopf über ihren Schoß, und während er sich anstrengte festzustellen, ob die Schritte sich näherten oder entfernten, durchwühlte seine Hand ihre Manteltasche. Kein Autoschlüssel.

Klapp, klapp, klapp.

Ein Mensch auf hohen Absätzen. Vermutlich eine Frau. Die Schritte kamen näher.

Er hielt den Atem an und tastete mit der linken Hand die Matte zwischen ihren Füßen ab, bis er etwas Weiches fühlte. Er zog den Gegenstand an sich und sah, dass es sich um ihre Handtasche handelte. Er fand den Schlüssel, musste jedoch eine Weile fummeln, bis es ihm gelang, ihn ins Zündschloss zu stecken.

Die Schritte verstummten ganz in seiner Nähe. Nichts geschah. Er holte tief Luft und hielt den Atem an. Hörte eine Autotür schlagen, hob vorsichtig den Kopf und spähte durch die Fensterscheiben des eigenen Wagens. Erneute Pause, dann startete ein Motor. Scheinwerfer flammten auf, und das übernächste Auto setzte rückwärts aus der Parklücke. Er ließ die Luft entweichen. Die Erleichterung bereitete ihm fast Übelkeit.

Eine halbe Minute später war das Auto verschwunden. Er drehte den Zündschlüssel und fuhr seinerseits aus der Parklücke. Als er der Ausfahrt entgegenrollte, spürte er, wie seine Handschuhe am blutigen Lenkrad klebten. Das helle Neonlicht ließ die Flüssigkeit, die in den Stoff des Mantels eingedrungen war, rot aufleuchten. Am helllichten Tag wäre er das Risiko dieser letzten, notwendigen Fahrt niemals eingegangen.

Dort war die Ausfahrt!

Das Metallgitter ratterte nach oben. Er gab Gas. Einen Parkschein hatte er nicht kaufen müssen. Abgesehen davon, dass eine Videokamera seinen Wagen sowie dessen Nummernschild beim Ein- und Ausfahren registriert haben musste, hatte er keine Spuren hinterlassen. Er wusste, dass die Bänder nach vierundzwanzig Stunden automatisch gelöscht wurden, und binnen dieser Frist würde niemand ahnen, dass eine tote Frau aus der Parkgarage gefahren worden war. Hatte er etwas vergessen? Nein, alle Gegenstände befanden sich im Wagen. Das hatte er überprüft, ehe er eingestiegen war. Dann befand er sich wieder an der Oberfläche, in der Fjordgata. Um den schweren, süßlichen Blutgeruch zu vertreiben, ließ er das Frischluftgebläse mit voller Kraft laufen, doch achtete er sorgsam darauf, nicht zu schnell zu fahren. Als er Ravnkloa erreichte, war das Auto nur mehr ein anonymes Fahrzeug in der Schlange, die auf grünes Licht wartete. Er warf einen Blick auf das Armaturenbrett. Die Digitaluhr zeigte 21:45. Erst eine Viertelstunde war vergangen, seit er zu Beate ins Auto gestiegen war. In diesem Moment pfiff der Schiedsrichter im Lerkendalstadion vermutlich gerade die zweite Halbzeit an. Ein Vorgang, der ihm eigentlich vollkommen gleichgültig war. Er hatte nicht einmal Lust, sich die Reportage im Radio anzuhören. Doch orientierte sich sein Zeitplan unablässig an diesem Spiel. Bevor es vorbei war, wollte er seine Arbeit erledigt haben.

Das Triumphgefühl stellte sich erst ein, als er den Byåsveien bergauf fuhr und die Stadt ihm zu Füßen lag. Vielleicht lag es am Schneefall, der wieder eingesetzt hatte und sich der Wetterprognose zufolge weiter verstärken würde. Ein gutes Vorzeichen. Er fühlte sich vom Schneefall in gewisser Weise gereinigt. Außerdem verwischte er seine Spuren. *The survival of the fittest*. Die Natur war der wichtigste Verbündete.

Es sprudelte förmlich in ihm, so wie beim letzten Mal. Wieder hatte er gewonnen, wieder eine Frau bezwungen, die seine Hand ausgeschlagen hatte, wieder gezeigt, wer der Stärkere war. Aus Gründen, die ihm ein Rätsel waren, hatte sie sein Vertrauen missbraucht. Am Telefon hatte er gesagt: *»Ich habe mich damit abgefunden, dass Schluss ist, Beate. Im Grunde muss ich dir sehr dankbar sein!«* Diese Lüge hatte ihm wehgetan, war jedoch notwendig gewesen, um sie zu einem letzten Treffen zu bewegen. Und jetzt war es vorbei. Bei Miriam war es anders gewesen. Zuerst dieselbe Befriedigung wie jetzt auch, doch später, als er die Zeitungsartikel über ihre starken Verbrennungen nach dem

Autounfall las, war er von bohrenden Zweifeln ergriffen worden. Wenn er gewusst hätte, dass sie deswegen nicht nur ihn, sondern auch andere Männer nie an sich herangelassen hatte, wäre er vielleicht bereit gewesen, sie am Leben zu lassen. Andererseits ließ sich nicht leugnen, dass er letztlich eine gute Tat vollbracht hatte. Allein der Gedanke an ihren von Narben entstellten Körper bereitete ihm physisches Unbehagen. Ein so unvollkommenes Leben hatte keine Berechtigung. Das war ein tröstlicher Gedanke.

Was Beate anging, hegte er nicht den leisesten Zweifel und amüsierte sich schon jetzt über die Panik, welche die Nachricht von einem dritten Mord bei der Öffentlichkeit auslösen würde. Verübt nach exakt derselben Methode vom Meister seines Fachs, der mit der Polizei weiterhin Katz und Maus spielte. Und das ausgerechnet am internationalen Frauentag!

Nicht zuletzt würde der Eindringling – Svein Rudberg – einen Schock bekommen, den er Zeit seines Lebens nicht verwinden würde.

Die Fahrt vom Olavsviertel bis zum Parkplatz dauerte keine zwanzig Minuten. Hier oben war der Schneefall noch dichter, die große Fläche glich einer weißen Wüste. Er suchte sich einen Platz aus, an dem erst drei Autos standen. Der Schneemenge auf den Dächern nach zu urteilen, mussten zwei von ihnen bereits seit Tagen hier stehen. Niemand schien sich darum zu kümmern. Er parkte neben dem dritten Wagen, der nur von der dünnen Schneeschicht dieses Abends bedeckt war. Das konnte er bedenkenlos tun, denn der Wagen gehörte ihm.

Fünf Minuten später war er wieder auf dem Weg nach unten, in seinem eigenen Auto. Es könnte nicht lange dauern, dann würde die Natur selbst seine Spuren getarnt haben. Er war genauso gut gekleidet wie vorhin, als er Beate getroffen hatte. Alle blutbefleckten Kleider und Plastiktüten hatte er zusammengerollt und im Aktenkoffer verstaut. Auch dieser sollte ein Raub der Flammen werden. Danach wollte er eine desinfizierende Dusche nehmen.

Die Uhr zeigte 22:13, und Sergej Rebrow hatte soeben den Siegtreffer für Dynamo Kiew erzielt.

trauerte seinem Beruf nicht nach. Seitdem auch Randi in Pension gegangen war, konnte er ihr, der Frau seines Lebens, mehr Zeit widmen. Vor allem während des Kalten Krieges hatte er viele Überstunden gemacht, auch nachts, und so hatten ihre Dienstzeiten – sie als Physiotherapeutin am Kreiskrankenhaus, er auf zweifelhaften Einsätzen für den Geheimdienst – oft kollidiert.

Im Nachhinein, mit mehrjährigem versöhnlichem Abstand zu den Begebenheiten, war ihm klar geworden, wie sinnlos sein Einsatz gewesen war. Millionen und Abermillionen Kronen waren dazu verwendet worden, einen imaginären Feind zu bekämpfen. Zwar war die Bedrohung durch die Sowjets nicht auf die leichte Schulter zu nehmen, doch das Gerede mancher heimischer Politiker, es gäbe hunderte norwegischer Spione, hatte sich als reine Demagogie erwiesen. Abgesehen von Gunvor Galtung Haavik und Arne Treholt waren ihnen nur kleine Fische ins Netz gegangen. Um den aufgeblähten Überwachungsapparat aufrechtzuerhalten und potenziellen Verrätern auf die Schliche zu kommen, musste man sich des alten Feindbilds bedienen. Warum in aller Welt konzentrierte sich der Nachrichtendienst nicht auf die Bekämpfung von Neonazis und Industriespionage? Ganz zu schweigen davon, wie effektiv man mit einem solchen Etat der Drogenmafia hätte zu Leibe rücken können!

An diesem Morgen, Freitag, dem 10. März, sendete das Radio den Kommentar eines Staatsanwalts, der

Joakim so in Rage brachte, dass er mit der Faust auf den Frühstückstisch schlug, worauf es Kaffeetropfen auf die Spiegeleier regnete.

»Joakim!«, beschwerte sich Randi.

»Hier verschwendet man Gelder für sinnlose Nachgefechte, anstatt die Polizei mit den notwendigen Mitteln auszustatten, um die Tageskriminalität zu bekämpfen.«

»Glaubst du wirklich, das würde helfen?«

»Definitiv. Vor allem, wenn man es in die Prävention steckt. Ich bin ganz Solveigs Meinung. Wären alle Eltern und Lehrer wie sie, wäre es um die Jugend besser bestellt. Denk nur an all das Geld, das die Gesellschaft sparen könnte, wenn wir uns endlich darauf konzentrierten, den Missständen rechtzeitig zu begegnen.«

Randi nickte, denn auch sie hatte an der Schwiegertochter so gut wie nichts auszusetzen. »Was ist mit William?«

»Er tut, was er kann. Solveig hat ihm viel beigebracht. Wenn du mich fragst, haben wir das neue Konzept des *Anzeigers* ihr zu verdanken, nicht der Wertekommission.«

»Hinter jedem erfolgreichen Mann steht eben eine kluge Frau. Übrigens sind wir heute Nachmittag bei ihnen zum Kaffee eingeladen. Haben wir noch andere Pläne?«

Joakim Schrøder warf einen Blick aus dem Fenster, bevor er antwortete. Sie wohnten in Valentinlyst in der neunten Etage und hatten normalerweise einen großartigen Ausblick über das Meer. Doch inzwischen schneite es so heftig, dass er nur bis zum Zion Altenheim blicken konnte. Dort, dachte er, werde ich in zehn bis fünfzehn Jahren landen, wenn Randi zuerst die Segel streicht. Er schüttelte sich und zwang sich zu einem

Lächeln. »Wie wär's, wenn wir zum Reisebüro gingen, um eine Reise nach Rom zu buchen?«

»Ist das dein Ernst?«

»William meinte, es wäre ein ideales Reiseziel für uns, solange wir noch mobil sind. Aber zuerst könntest du meinem Rücken eine Spezialbehandlung angedeihen lassen.«

Sie versprach es. Niemand konnte seinem lädierten Rücken mehr Linderung verschaffen als ihre erfahrenen Hände. Beide standen auf, und als sie die schmutzigen Teller in die Geschirrspülmaschine stellte, klingelte es an der Tür. Joakim öffnete und erblickte den neuen Hausmeister, der in den Vierzigern war und einen sandfarbenen Vollbart trug.

»Tag, Herr Schrøder, ich habe da ein Problem.«

»Nur heraus damit.«

»Unten im siebten Stock wohnt eine Frau, die die Tür nicht aufmacht.«

»Vermutlich ist sie nicht da.«

»Das glaube ich auch, aber ihr Chef macht sich große Sorgen, dass ihr vielleicht was passiert ist, weil sie nicht bei der Arbeit war.«

»Hm.«

»Sie sind doch ... Polizist ...«

»Gewesen.«

»Ich frage mich nur, ob ich ihre Tür aufschließen darf, um nachzusehen, ob alles in Ordnung ist.«

»Tja, ich denke, ein kurzer Blick kann nicht schaden.«

Das Gesicht des Hausmeisters leuchtete auf. »Würden Sie ... vielleicht mitkommen?«

»Nun, wenn Sie Angst haben, allein in die Wohnung zu gehen ...«

»Angst? Ach was. Hab' niemals Angst gehabt. Aber ich muss an den Messermörder denken. Beate Stokke wohnt schließlich allein und ist im richtigen Alter.«

Richtiges Alter?, dachte Joakim. So weit er sich erinnerte, ist Vibeke Ordal 46 und Miriam Malme 26 gewesen. Kein Zweifel, dass die beiden Morde die Stadt in Unruhe versetzt hatten. Er drehte sich um und rief in die Wohnung: »Ich bin in fünf Minuten wieder da, Randi!« Ohne auf eine Antwort zu warten, trat er auf den Gang hinaus, während der Hausmeister die Tür zum Lift öffnete.

Der Gang, der sich zwei Etagen tiefer befand, sah genauso aus wie der im neunten Stock, und als Joakim einen Blick auf das Türschild mit dem Namen *Beate Stokke* warf, wurde ihm bewusst, dass er keine Ahnung hatte, wer diese Frau war. Sicher waren Randi und er ihr hin und wieder im Lift begegnet, doch so wie die meisten anderen Bewohner des Hochhauses kannten sie viele ihrer Nachbarn nicht und hatten keine Ahnung, um was für Leute es sich handelte. Der Hausmeister klirrte mit dem Schlüsselbund, doch ehe er einen Schlüssel ins Schloss steckte, klingelte er an der Tür.

»Vielleicht ist sie ja in der Zwischenzeit nach Hause gekommen«, sagte er entschuldigend.

Niemand öffnete. Dann steckte er mit demonstrativer Langsamkeit einen Schlüssel ins Schloss und drehte ihn herum. Die Tür glitt auf, und beide traten sich auf der Matte die Füße ab, obwohl sie keine Straßenschuhe trugen. Im Eingangsbereich, der genauso aussah wie der von Joakim und Randi, schlug ihnen Parfümgeruch entgegen.

»Vielleicht wollen Sie sich umsehen, Sie sind doch Polizist gewesen.«

Das tat er, rasch und effektiv. Das Wohnzimmer hatte bedeutend frischere Farben als ihr eigenes, doch auf der langen Fensterbank vor dem Balkon befanden sich sehr viel weniger Topfpflanzen, als er es gewohnt war. In dem entsprechenden kleinen Raum zur Linken, in dem er sich zu Hause mit seiner Modelleisenbahn beschäftigte und Randi ein bescheidenes Nähtischchen hatte, befanden sich ein Sofa sowie ein großer Schreibtisch mit zwei Computern und anderen technischen Geräten. Die Küche war aufgeräumt, und in dem winzigen Badezimmer, das noch stärker nach Parfüm roch als die übrige Wohnung, hingen gewaschene Slips und Strumpfhosen. Ein alter Berufsinstinkt ließ Joakim prüfen, ob sie trocken waren. Das waren sie. Er fühlte sich wie ein Dieb, als er auf den schmalen Flur schlich, der den Eingangsbereich mit dem Schlafzimmer verband. Die Tür war angelehnt, und er spürte den Blick des Hausmeisters hinter ihm, als er sie vorsichtig aufschob.

Ein ungemachtes Bett, auf dem einige Röcke und Hosen lagen, sowie offene Schranktüren, die weitere Kleider offenbarten, waren alles, was er auf die Schnelle registrierte. Hier gab es keine kranke oder tote Frau, weder im Bett noch auf dem Boden. Er stieß erleichtert die Luft aus und begriff, dass er sich kurzzeitig von der Angst des Hausmeisters hatte anstecken lassen. Dann drehte er sich kopfschüttelnd um, ehe sie gemeinsam den Raum verließen.

»Ich glaube, Sie können ihrem Chef mitteilen, dass sie nicht zu Hause ist.«

Der Hausmeister kratzte sich den Bart, nachdem er die Tür wieder abgeschlossen hatte. »Genau das hatte ich ja gleich vermutet.«

»Tja …«, sagte Joakim.

Eine Stunde später besuchten er und Randi ein Reisebüro und benötigten keine zehn Minuten, um die beiden letzten freien Plätze einer Charterreise nach Rom zu buchen, die Anfang Juni stattfinden sollte.

Es war Håkon Balke, der den Telefonanruf entgegennahm.

»Mein Name ist Gøran Livang«, sagte der Mann am anderen Ende. »Ich bin Geschäftsführer der Firma *Comdot*. Eine unserer Angestellten, Beate Stokke, ist gestern nicht bei der Arbeit erschienen. Nachdem sie auch heute ausblieb, hat unser Abteilungsleiter, Agnar Juvik, vergeblich versucht, sie telefonisch zu erreichen, und als auch der Hausmeister durch sein Klopfen nichts erreichte, hat er sich von Juvik zu etwas überreden lassen, wozu er wohl streng genommen nicht befugt ist.«

»Was war das?«

»Er hat sich mit dem Generalschlüssel Zugang zur Wohnung verschafft. Frau Stokke war nicht da.«

Balke streckte den Arm und schaltete das Tonbandgerät an. »Geben Sie mir bitte zuerst die Personalien.«

»Meine oder ihre?«

»Ihre. Ich weiß, dass Sie Gøran Livang heißen und Geschäftsführer von *Comdot* sind, einer der größten Computerfirmen in der Stadt. Ihre Firma befindet sich doch in einem der großen Gebäude direkt am Hafen, nicht wahr?«

»Richtig, Pier eins.«

»Und der Name Ihrer Angestellten lautet …«

»Beate Stokke.«

»Adresse?«

»Olav Magnussons veg 1, siebter Stock.«

»Ist notiert. Kennen Sie ihr Geburtsdatum?«

»4. Februar 1970.«

»Ehestand?«

»Ledig.«

»Beruf?«

»Informatikerin.«

»Ist das nicht eine Männerdomäne?«

»Frau Stokke ist eine unserer wertvollsten Angestellten.« Livangs Stimme klang indigniert. »Das kann ich mit Fug und Recht sagen, obwohl sie in einer Abteilung tätig ist, zu der ich keinen täglichen Kontakt habe.«

»Wann wurde sie eingestellt?«

»Vor drei Jahren. Sie zog damals aus Oslo hierher. Hören Sie, ist es nicht wichtiger, Sie zu finden, als sich mit solchen Details aufzuhalten?«

»Es gibt da gewisse Prozeduren …«

»Und wir sind in großer Sorge um sie!«

»Das verstehe ich. Gibt es einen Partner, der uns Auskunft geben könnte?«

»Ich glaube nicht. Sie hat seit kurzem einen neuen Freund namens Svein Rudberg, aber der befindet sich diese Woche in München.«

»Woher wissen Sie das?«

»Er ist einer unserer Kunden und arbeitet für die Investmentgesellschaft *AS Patricia*. Juvik hat schon dort angerufen.«

»Könnte sie ihm nachgereist sein, ich meine, nach München?«

»Dann hätte sie uns in jedem Fall vorher um Erlaubnis gebeten. Sie ist absolut zuverlässig.«

»Wir müssen das trotzdem überprüfen. Außerdem werden wir im Kreiskrankenhaus nachfragen, ob sie möglicherweise dort eingeliefert wurde.«

»Das habe ich bereits getan. Die Antwort war negativ.«

»Hm.« Balke drehte den Kugelschreiber in der Hand. »Sie hat doch bestimmt ein paar Freundinnen.«

»Sicher. Einige Kolleginnen in der Firma können Ihnen sicher mehr zu ihren Lebensumständen sagen als ich.«

»Können wir zwei Beamte zu Ihnen schicken?«

»Aber natürlich. Wir werden alles tun, um ihnen zu helfen.«

»Wissen Sie, ob Frau Stokke ein Auto besitzt?«

»Gut, dass Sie das erwähnen. Der Hausmeister sagte, ihr Auto stände nicht auf dem Parkplatz vor der Wohnanlage.«

»Um was für eine Marke handelt es sich?«

»Ich glaube, er sprach von einem roten Escort.«

Nachdem Balke aufgelegt hatte, stellte er das Tonbandgerät ab und betrachtete seine Notizen. Er unterstrich einige Wörter und dachte, dass sie nicht viel ausrichten konnten, jedenfalls nicht zu diesem Zeitpunkt. Storm musste entscheiden, ob sie eine offizielle Suchaktion einleiten sollten. Dieser Livang, der offenbar ein verständiger Konzernchef war, hatte ihnen die ersten Routinearbeiten bereits abgenommen. Er selbst hatte es versäumt, sich nach Familienangehörigen der Frau zu erkundigen, die einem vielleicht wertvolle Hinweise geben konnten. Das musste er nachholen, falls man ihn beauftragte, zu Pier eins zu fahren.

Er stand auf und schlenderte mit seinen Notizen zu einem der benachbarten Büros, auf dessen Namensschild ARNE KOLBJØRNSEN stand. Er klopfte an, meinte ein leises »Herein« zu hören und öffnete die Tür.

Der Kommissar blickte nicht auf. Er saß hinter dem Schreibtisch und stützte seinen Kopf in die Hände. Balke fand, er sehe nicht ganz gesund aus.

»Geht's dir nicht gut?«

»Doch, doch, alles in Ordnung.«

»Trauerst du etwa der alten Regierung hinterher?«

»Fällt mir nicht im Traum ein, mir über die arbeitslosen Lackaffen Gedanken zu machen.«

»Was ist es dann?«

»Komm her und sieh dir das an!«

Er ging um den Schreibtisch herum und stellte sich neben ihn. Beugte den Oberkörper vor und las den Text auf dem roten Briefbogen:

SIE WAR DIE DRITTE

Balke, der glaubte, niemals vergessen zu können, wie es war, die Leiche Miriam Malmes zu finden, verstand sofort, worum es sich handelte. Er hoffte inniglich, von einer weiteren toten Frau verschont zu bleiben.

»Der Brief kam vor fünf Minuten mit der Post.«

»Aber ...«

»Genau.«

Balke ging zurück und ließ sich wieder auf den Gästestuhl fallen. »Bisher keine Meldung über ...«

»Nein, diesmal ist der Kerl uns zuvorgekommen und genießt bestimmt unsere Unwissenheit. Der ist sicher gespannt, wie lange wir brauchen, um sie zu finden.«

»Dreckskerl!«

Kolbjørnsen hob den Kopf. »Der Umschlag trägt den Poststempel von gestern, 9. März. Irgendwo in unserem Zuständigkeitsbereich muss sich eine getötete Frau befinden. Vermutlich ist der Mord schon länger als 24 Stunden her.«

»Beim *Anzeiger* haben sie bestimmt wieder dasselbe Schreiben bekommen.«

»Ich warte schon auf Damgårds Anruf.«

»Dann wird hier bald die Hölle los sein. Leute werden beieinander Wache halten. Wir werden von den Anrufen hysterischer Frauen bombardiert werden und …«

»Brauchst du mir nicht zu erzählen.«

»Entschuldigung. Aber vielleicht können wir die Sache jedenfalls vorantreiben, bevor der morgige *Anzeiger* erscheint.«

»Wie stellst du dir das vor?«

»Ich glaube, ich weiß, wer das Opfer ist.«

Er versuchte den Stolz in seiner Stimme zu unterdrücken, doch sein Kollege schien diese Mitteilung so sensationell zu finden, dass er die Augen aufriss. »Wer?«

»Sie heißt Beate Stokke.« Balke blickte auf seine Notizen und erklärte.

Fünf Minuten später berief Hauptkommissar Storm eine spontane Konferenz ein. Alle Mitarbeiter der Ermittlungsabteilungen, Sektion eins und zwei, die sich im Haus befanden, hatten sich auf der Stelle einzufinden. Der Kriminaldirektor befand sich in Kristiansund, aber der Polizeipräsident war kein schlechter Ersatz. Zum ersten Mal fiel Balke die ehrenvolle Aufgabe zu, eine ganze Kollegengruppe, in der sich zahlreiche Vorgesetzte befanden, mit wichtigen Informationen zu versorgen, und er gab den Verlauf des Telefongesprächs mit dem Geschäftsführer von *Comdot* ohne Fehl und Tadel wieder.

Die Frage war nur, wo sie mit der Suche beginnen sollten.

Der Journalist Rolf Rolfsen stellte William sofort ein Büro zur Verfügung, als er darum gebeten wurde. Als Leiter der Stadtredaktion war er es gewohnt, Besuch von Kollegen aus Heimdal zu bekommen, wenn diese einen Auftrag in der Stadt zu erledigen hatten, und viele von ihnen meinten, alle Redaktionen sollten in der Stadtmitte beheimatet sein. Hier war man im Zentrum der Ereignisse. Heimdal dagegen war reine Provinz.

Fartein Sivle hatte ihn eigentlich im *Erichsen* treffen wollen, das er täglich besuchte, erklärte sich dann aber mit einem Gespräch in den Redaktionsräumen einverstanden. William war daran gelegen, ein Gespräch unter vier Augen zu führen. Während er auf den Autor wartete – sie hatten sich für halb elf verabredet –, rief er Oddvar an.

»Hast du ein paar Minuten Zeit?«

»Natürlich.« Für ein Gespräch mit Freunden nahm sich Oddvar immer Zeit.

Darin lag möglicherweise auch die Erklärung, warum *Omega* nicht so viel Gewinn abwarf wie die meisten anderen Unternehmen der Computerbranche.

»Kannst du dich noch erinnern, wie du mich damals auf die Rentierjagd eingeladen hast?«

»Aber klar. Du sagtest damals, du wärst fast erfroren. Wann war das noch? Herbst 86 oder 87?«

»85. Hast du immer noch Kontakt zu Jon Vensjø?«

»Nein, den habe ich schon lange nicht mehr gesehen. Ich hab' mein Gewehr vor zehn Jahren endgültig aus der Hand gelegt.«

»Und Jon?«

»Keine Ahnung. Muss jetzt ungefähr Mitte fünfzig sein. Vielleicht hat er das Jagen ebenfalls aufgegeben. Abgesehen davon finde ich immer noch, dass du das Buch damals hättest schreiben sollen.«

»Vielleicht habe ich inzwischen ein anderes Thema gefunden.«

»Hat das wieder mit Jon zu tun?«

William zögerte. »Ich verlasse mich darauf, dass du die Sache für dich behältst. Aber wenn ich dir sagen würde – ich meine, rein hypothetisch betrachtet, sagen würde –, dass der Mann, den sie *Messer* nannten, mit den beiden Frauenmorden zu tun hat, was würdest du mir dann antworten?«

Lange Zeit blieb es still am anderen Ende der Leitung. »Dann würde ich dir antworten, dass du nicht alle Tassen im Schrank hast«, antwortete er endlich. »Jon hat Vietnam als überzeugter Pazifist verlassen. Der kann keiner Fliege was zu Leide tun. Konnte nicht mal das Ausweiden der Tiere mit ansehen.«

»Vielleicht hat er geblufft.«

»Nie im Leben. Anna hat erzählt, dass er leichenblass wurde, als er sich einmal versehentlich in den Finger schnitt.«

»Anna?«

»Seine Frau.«

William erinnerte sich vage an eine blonde, attraktive Frau, die er nach dem missglückten Jagdausflug kennen gelernt hatte. »Und wenn er den Drang immer noch in sich hat? Wenn er das, was er im Dschungel erlebte, wieder und wieder erleben möchte?«

»Verschone mich mit solchen Hirngespinsten! Du kannst es ja mal bei Bjåland probieren.«

»Wer ist das?«

»Jørgen Bjåland, unser dritter Mann beim Jagdausflug. Jons bester Freund, seit ich denken kann. Weißt du nicht mehr, wie großartig er Tierlaute imitieren konnte?«

»Ach ja! Er tat so, als wäre er eine Eule. Wir haben nachher bei ihm Kaffee getrunken. Wohnt er immer noch in Hommelvik?«

»Ich nehme es an«, sagte Oddvar. »Vor ein paar Jahren hat er mir übrigens erzählt, dass Jon nur noch halbtags arbeitet. Der Arme hat wohl immer noch psychische Probleme. Und vergiss nicht, dass die meisten Militärexperten glauben, dass Jon nie am Vietnamkrieg teilgenommen hat. Vielleicht kann er gar nicht richtig mit einem Messer umgehen.«

»Gib zu, dass du selbst ganz anderer Meinung bist.«

»Schon, aber das heißt noch lange nicht …«

In diesem Augenblick klopfte es an der angelehnten Tür, worauf er sein Gespräch mit dem Freund sofort beendete.

Fartein Sivle kam herein. Er war ein groß gewachsener Mann in den Sechzigern mit Vollbart und grauen Haaren, ein versierter Romanautor, der sich nach seiner Erfahrung mit *Silberkreuze* nie mehr auf so etwas Riskantes wie eine dokumentarische Schilderung einlassen wollte. William hatte für seine Romane viel übrig, während Solveig der Meinung war, sie gingen über routinierte Unterhaltung nicht hinaus.

Nachdem sie einander begrüßt hatten, setzte sich Sivle auf den freien Stuhl und begann sofort, sich eine Zigarette zu drehen. Was im Büro eigentlich nicht gestattet war, doch William wollte sich das Entgegenkommen des Mannes nicht verscherzen. Er leerte einen Plastikbehälter, in dem sich Büroklammern befanden, und schob ihn zu seinem Gast hinüber. Hatte selbst Lust zu rauchen, beherrschte sich aber und begann stattdessen seine Brille zu putzen.

»Wie ich am Telefon bereits erwähnte«, begann er, »habe ich nur ein paar Fragen zu Jon Vensjø.«

»Ich habe schon ewig nicht mehr mit ihm gesprochen.«

»Aber Sie nehmen ihm seine Geschichte immer noch ab.«

»Das muss ich doch wohl. Ich bin meinen Quellen genauso zur Loyalität verpflichtet wie ihr Journalisten.« Sivle lächelte vielsagend.

»Eine ambivalente Angelegenheit, finden Sie nicht?«

»Absolut. Ich hoffe sehr, dass eines Tages die ganze Wahrheit ans Licht kommen wird, doch bin ich sicher, dass Jon ein Grauen erlebt hat, das er nicht verarbeiten kann. Mein großes Problem ist, dass ich nichts beweisen kann, und was sollte ein unbedeutender Autor aus Trondheim schon dem Pentagon entgegensetzen, das behauptet, der Mann sei 1965 wegen mentaler Probleme aus der US Army ausgeschieden?«

»Das bestätigen doch auch seine Entlassungspapiere, oder?«

»Ja, ich habe sie selbst gesehen. *In Ehren* entlassen heißt es dort. Was für ein Schwachsinn!«

Sivles Gesicht war plötzlich rot angelaufen. William versuchte die Ruhe zu bewahren. Er setzte seine Brille wieder auf und fragte eindringlich: »Was glauben Sie wirklich?«

»Ich weiß nicht, was ich glauben soll. Aber ich habe mit mehreren Veteranen gesprochen, und die haben mir ganz andere Dinge erzählt. Wie der CIA dort drüben seinen eigenen Krieg führte und eine barbarische Infiltration in Gang setzte, die in keinen Geschichtsbüchern auftaucht. Wie er methodisch alle Aufzeichnungen über seine abscheuliche Tätigkeit vernichtet hat. Und Jon will oder kann sich gegen diese Leute nicht wehren.«

»Wir doch auch nicht.«

»Stimmt. Während unserer Zusammenarbeit bin ich aus ihm nie richtig schlau geworden. Ich gebe zu, dass ein gewisses Misstrauen gegenüber seinen Angaben nie verschwunden ist. Nur eines glaube ich ganz bestimmt: dass er etwas zu verbergen hat.«

»Was sollte das sein?«

»Ich weiß es nicht. Er hat mir Dinge geschildert, deren Bestialität über meine Vorstellungskraft hinausgingen. Wir haben dann beschlossen, sie wegzulassen. Und vermutlich sind da noch Dinge vorgefallen, deren Beschreibung ihm nach wie vor unmöglich ist. Das meinte auch sein Psychiater.«

»Wer ist sein Psychiater?«

»Jomar Bengtsen, Chefarzt in Østmarka.«

»Wie klein die Welt ist!«, rief William unwillkürlich aus.

»Dieser Kerl hat mir damals den Floh mit dem Buch ins Ohr gesetzt.«

»Sie scheinen ja nicht gut auf ihn zu sprechen zu sein.«

»Ich wusste nicht, worauf ich mich einließ. Habe Jon alles blind geglaubt, weil Bengtsen mich davon überzeugt hatte, dass es sich um einen … wie drückte er sich aus? … einen signifikanten und eklatanten Fall von PTSD handelte.«

»Post-traumatic stress disorder.«

»Ich rede lieber vom Veteranensyndrom.«

»So oder so ist ein großartiges Antikriegsbuch daraus geworden«, schmeichelte ihm William.

»Ja, bis das amerikanische Verteidigungsministerium sich persönlich einschaltete und ein Kollege von Ihnen mir empfahl, dem Verlag mein gesamtes Honorar zurückzuzahlen. Wollte plötzlich nichts mehr davon wissen, dass er Jon ebenfalls alles abgekauft hatte, als ihm dieser, vor Erscheinen des Buches, als Einzigem ein Interview gewährt hat. Glauben Sie mir, es war kein Vergnügen, von allen Seiten angegriffen zu werden, ohne die Möglichkeit zu haben, die Vorwürfe zu entkräften.«

Sivle schwieg. Dann raffte er sich zu einem befreienden Lächeln auf, als wolle er demonstrieren, dass er mit der Sache längst abgeschlossen habe.

Plötzlich klingelte das Telefon. William hob ab.

»Ivar hier.«

»Ich habe Besuch. Kannst du's kurz machen?«

»Kein Problem. Sie war die Dritte!«

»Das darf doch nicht …«

»Wir haben ein weiteres blutrotes Schreiben bekommen.«

»Verdammt!«

»Mit Kopie an die Bullen. Poststempel von gestern. Nur ist bis jetzt noch keine Leiche aufgetaucht.«

William war nicht einmal schockiert. Dachte nur daran, dass der Mörder, falls er sich an seinen Zeitplan hielt und erneut am Dreizehnten zuschlagen würde, noch drei Tage Zeit hatte. »Und wenn das dritte Opfer noch gar nicht getötet wurde?«

»So dreist kann man doch nicht sein.«

»Meinst du, wir sollten was unternehmen?«

»Nein«, seufzte Ivar. »Ich hab nicht die leiseste Ahnung, was das sein sollte. Wollte dich nur informieren. Im Moment ist es völlig unmöglich, jemand vom Präsidium an die Strippe zu kriegen. Die sind sicher alle in heller Aufregung.«

Währenddessen war Sivle mit seinem Zigarettenstummel zum Waschbecken gegangen, anstatt den Plastikbehälter zu verschmoren. Als er zurück zu seinem Stuhl ging, fragte er: »Das nächste Opfer? Hat der Verrückte wieder zugeschlagen?«

»Sieht so aus.«

»Ach so ...« Plötzlich wurde sein Gesichtsausdruck sehr nachdenklich. Er unterließ es, sich wieder hinzusetzen. »Ich dachte, Sie wollten mit mir sprechen, weil Sie etwas Neues über Jon herausgefunden hätten. Sie meinen doch wohl nicht im Ernst, er könnte ...«

»Dieses Gespräch ist streng vertraulich.«

»Sie denken an Miriam Malme?«

»Kannten Sie sie?«

»Nein, aber meine junge, begabte Kollegin wohnte ja ganz in der Nähe von Jon.«

»Eben.«

Es bestand kein Zweifel, dass Fartein Sivle Williams Gedankengang nachvollziehen konnte, doch schließlich schüttelte er den Kopf und rief erregt: »Wie zum Teufel sollte er nur auf solch eine Idee kommen?«

»Ich hoffte, dass Sie mir das sagen können.«

»Ich bin kein Psychologe. Habe nie richtig verstanden, was in ihm vorging. Sie sollten lieber mit Bengtsen darüber reden.«

Das hatte William sich bereits vorgenommen. Sobald der Schriftsteller aus der Tür war und vermutlich zu *Erichsen* gehen würde, wählte er die Nummer der Psychiatrischen Klinik. Während es klingelte, fragte er sich, ob Sivle bereits ein neues, sensationelles Buch über Jon im Sinn hatte, und während er darauf wartete, mit dem Chefarzt verbunden zu werden, dachte er an die Nachricht von Ivar, die unterstrich, dass es sich um einen Serienmörder handelte. Ein weiteres Mal musste er sich zur Ruhe zwingen, durfte keine voreiligen Schlüsse ziehen und sich von seiner Fantasie nicht auf Abwege bringen lassen. Morgen konnte Sivle verlauten lassen, dass es Journalisten gäbe, die aberwitzige Theorien über die Identität des Messermörders aufstellten. Vielleicht war es ein Fehler gewesen, mit ihm zu sprechen.

»Jomar Bengtsen.«

»Hier ist William Schrøder vom *Trondheimer Anzeiger*.«

»Herr Schrøder, ich wollte schon bei Ihnen nachfragen, was los ist. Ich hatte Ihnen eine volle halbe Stunde eingeräumt, aber das Interview ist nie veröffentlicht worden.«

Die Beanstandung des Chefarztes kam für William so überraschend, dass er eine Ausrede benutzte: »Tut mir Leid, aber in unserer Branche kommt es häufiger vor, dass geplante Artikel wieder rausgeschmissen werden.«

»Was?«

Selbst ein hochgebildeter Psychiater schien auf kindische Weise beleidigt, wenn er sich übergangen fühlte. William sah dessen tief liegende Augen hinter den Brillengläsern, die abstehenden Haare und die bunte Jacke vor sich. Vielleicht hatte Ivar ja Recht, wenn er behauptete, Menschen, die sich beruflich mit den psychischen Problemen anderer Leute herumschlügen, seien oft selbst ziemlich absonderlich. Znächst musste er Bengtsens Vertrauen zurückgewinnen: »Ihre Ausführungen waren für uns von großem Wert, und es ist gut möglich, dass wir sie bald in Zusammenhang mit einem großen und wichtigen Thema veröffentlichen.«

»Was für ein Thema?«

»Wenn ich mich recht erinnere, sagten Sie, ein Psychopath könne seinen egoistischen Instinkten nicht widerstehen.«

»Ich sprach von *angeborenen* egoistischen Instinkten!«

»Richtig, das taten Sie.«

»Großer Gott! Das ist eine ungeheuer wichtige Differenzierung, auch wenn es hin und wieder Psychosen gibt, die weder physiologisch noch genetisch bedingt sind. Die Theorien hierüber sind Legion.«

»Das glaube ich gern. Ich erinnere mich auch, dass Sie von einem Mann sprachen, dessen Psyche gestört war, nachdem er getötet hatte.«

»Tat ich das?«

»Handelt es sich bei diesem Patienten zufällig um Jon Vensjø, den Exsoldaten, über den auch ein Buch geschrieben wurde?«

»Ja, das kann schon sein.«

»Befindet er sich immer noch in Therapie bei Ihnen?«

»Er bestimmt selbst, wann er kommt. Ein paarmal im Jahr. Warum fragen Sie?«

»Ganz offen gefragt: Halten Sie es für möglich, dass er wieder mordet?«

In der Pause, die entstand, trommelte William mit den Fingern auf die Tischplatte. Bengtsen hatte sicher vorher gewusst, worauf er hinauswollte, und William erschrak, als dessen Antwort kam: »Darüber zu spekulieren, liegt sowohl außerhalb meiner Befugnis als auch meiner Kompetenz! Außerdem unterliege ich einer absoluten Schweigepflicht. Das müsste Ihnen doch klar sein?«

»Natürlich. Nichtsdestotrotz …«

»Sagen Sie, kennen Sie Vensjø persönlich?«

»Kennen ist übertrieben.« Er fühlte sich jetzt wie ein Schüler, der seinem Lehrer Rede und Antwort stehen musste.

»Haben Sie in den letzten Monaten mit ihm gesprochen?«

»Um ehrlich zu sein, habe ich seit Jahren nicht mit ihm gesprochen.«

»Wie kommen Sie dann dazu, mir eine solche Frage zu stellen? Ich finde es unerhört, dass sich die Presse mit haltlosen Spekulationen beschäftigt.«

»Hm.«

»Hätte ich auch nur den mindesten – verstehen Sie, den *mindesten* – Verdacht in dieser Richtung, hätte ich längst dafür gesorgt, dass Vensjø auf eine geschlossene Abteilung kommt!«

Natürlich, dachte William. Er lauschte noch eine Weile mit gesenktem Kopf, als erwarte er weitere Ohrfeigen. Aber die kamen nicht. Bengtsen hatte aufgelegt. Von dieser Seite konnte er sich keine Hilfe erwarten. Die Stellungnahmen waren eindeutig, von Oddvar, vom Autor von *Silberkreuze* und vom renommierten Chefarzt. Niemand konnte sich Jon heutzutage als Mörder vorstellen. Auf wen konnte sich der Buchstabe J noch beziehen, wenn nicht auf Geir Jerven?

Dann fiel ihm ein, dass er gerade selbst mit jemand gesprochen hatte, dessen Vorname mit J begann. War Jomar Bengtsen womöglich von Sinnen? Hatte er im Laufe vieler Behandlungsstunden von Jon gelernt, wie man rasch und effektiv eine Halsschlagader durchtrennte? War es ein Psychiater gewesen, der das erste Exemplar der *New Encyclopedia of Serial Killers* gekauft hatte? Entsprang seine ungehaltene Reaktion der Angst, ein neugieriger Journalist könne ihm auf die Schliche kommen? Fest stand, dass Henriksen beobachtet hatte, wie ein Mann im Laufschritt in Richtung Psychiatrische Klinik geflüchtet war.

Im nächsten Augenblick begriff er das Ungeheuerliche seiner Gedankenspiele.

Aus irgendeinem Grund hatte er begonnen zu glauben, dass die Person J aus Miriam Malmes Tagebuch identisch mit dem Mörder war. Eine vollkommen unbegründete Annahme, hatte dieser J doch nichts anderes getan, als Miriam anzurufen und ihr ein gutes neues Jahr zu wünschen. Falls es überhaupt er war, der angerufen hatte. Es war höchste Zeit, dass er sich zusammennahm, seinen jugendlichen Übereifer bremste und seine eigene Waffe schärfte – seinen Sinnesapparat, auf den er so stolz war. Er stand auf und trat ans Fenster. Blickte auf die Fußgängerzone hinunter, an einem normalen Freitagvormittag in Trondheim. Es wimmelte nur so von Leuten, die durcheinander liefen oder in kleinen Grüppchen beieinander standen und sich unterhielten – noch unwissend, dass der unbekannte Mörder vermutlich eine dritte Frau getötet hatte. Gestern war der Ministerpräsident Kjell Magne Bondevik zurückgetreten. Das sollte er auch tun, sich unters Volk mischen und seine hochfliegenden Ambitionen vergessen.

Dann piepte sein Handy. Es war sein Vater.

»Wollte nur fragen, ob es bei heute Nachmittag bleibt.«

»Aber natürlich.« Ihr habt nicht genug zu tun, dachte er. Solveigs Eltern ging es genauso. Etwas zu viele Familientreffen, zu viele Wiederholungen, etwas zu viel leeres Geschwätz.

»Ich dachte, du könntest uns noch ein paar praktische Tipps für Italien geben.«

»Ihr fahrt wirklich?«

»Ja, Anfang Juni. Außerdem habe ich eine diskrete Anfrage an meinen alten Kollegen, Kommissar Frengen, gerichtet. Vielleicht interessiert es dich zu hören, dass die Polizei Himmel und Hölle in Bewegung gesetzt hat, um Beate Stokke zu finden.«

»Wer ist Beate Stokke?«

»Eine Frau, die zwei Stockwerke unter uns wohnt. Das Präsidium befürchtet, sie könnte das nächste Opfer sein.«

Zum zweiten Mal musste sich William an diesem Tag sagen, wie klein doch die Welt war. Zumindest in Trondheim. Jemand kannte jemand, der jemand kannte … Vermisste Frauen gab es nur selten, und nach Ivars Information über die Existenz eines dritten Briefs schien es mehr als wahrscheinlich, dass Beate Stokke mit dem Leben hatte bezahlen müssen. Normalerweise ließ er seinen Vater bei Recherchen aus dem Spiel, doch wenn dieser aus eigenem Antrieb zu ihm kam, nahm er die Hilfe natürlich an. Der gute, alte *Jochen* – vor ein paar Jahren hatte Frengen unerwartet seinen Rufnamen verraten – war und blieb Polizist bis ans Ende seiner Tage. So oder so würden Ivar und er in den nächsten Tagen mehr als genug zu schreiben haben.

Als er die Stadtredaktion verließ, nickte er Rolfsen dankbar zu, weil dieser ihm das Büro zur Verfügung gestellt hatte. Draußen schneite es dicht. Bald würde es Frühling werden. Hoffte er.

Obwohl die Polizei

eine allgemeine Panik befürchtet hatte, war von dieser am nächsten Tag nur wenig zu spüren. Die Bevölkerung schien vielmehr zu glauben, die Polizei sei dem Täter dicht auf den Fersen. Viele hielten die Augen offen und beteiligten sich an der Jagd. Denn die Veröffentlichung von Brief Nummer drei im *Anzeiger*, kombiniert mit der Suchaktion nach Beate Stokke, machte einen so konkreten und entschlossenen Eindruck, dass sie die Bevölkerung anspornte, das Ungeheuer zu schnappen und an seinen rechtmäßigen Platz zu befördern, nämlich hinter Schloss und Riegel. Doch unter der Oberfläche schwelte die Angst, nicht zuletzt bei alleinstehenden Frauen. Was war sicherer, sich zu Hause hinter verschlossenen Türen aufzuhalten oder Orte aufzusuchen, an denen man nicht alleine war? Vermutlich Letzteres.

Niemand hatte Beate zu Gesicht bekommen, seitdem sie *Comdot* am Nachmittag vor drei Tagen verlassen hatte, und keine ihrer nahen Freundinnen, die von der Polizei bereits informiert worden waren, wusste über abgesagte Verabredungen oder Ähnliches zu berichten. Während sie selbst unter Schock standen, blieb ihnen nichts anderes übrig, als den Eltern der Vermissten – die in Oslo wohnten und noch nichts von der heutigen Veröffentlichung des Briefs im *Anzeiger* wussten, jedoch diskret von der Möglichkeit in Kenntnis gesetzt worden waren, ihre Tochter sei möglicherweise einem Gewaltverbrechen zum Opfer gefallen – ihr Mitgefühl auszusprechen. Auch ihr neuer Freund, Svein Rudberg, war informiert worden und befand sich bereits auf einem Direktflug von München nach Oslo.

Das war der Samstag, an dem der vierzigjährige Harri Kirvesniemi sein erstes Langlaufrennen am Holmenkollen gewann; der Samstag, an dem die nördlichen Landesteile endgültig im Schnee versanken; an dem Soldaten im Versammlungshaus von Bardufoss verzweifelt gegen die Tür anrannten, nachdem das Dach unter der Schneelast zusammengebrochen war. Zur selben Zeit versuchte Jens Stoltenberg eine neue Regierung zu bilden.

In Trondheim schneite es ebenfalls. Sie hatten sich offenbar zu früh gefreut.

Dachte William lakonisch, der in seinem Corolla auf der E6 Richtung Hommelvik fuhr. Er hatte Solveig, die im Alltag weitaus seltener fuhr als er, das Steuer überlassen. An den Samstagen machten sie oft einen Bummel durch die Stadt, und am heutigen Tag hatte sie sich nur widerwillig zu einer Programmänderung überreden lassen, weil es ihr unangenehm war, »sich fremden Menschen aufzudrängen«. Da Jørgen Bjåland nicht im Telefonbuch stand, hatte er sicherheitshalber Oddvar angerufen, um dessen Adresse zu erfahren. Fünfzehn Jahre waren vergangen, seit er ihn an einem dunklen Abend das letzte Mal besucht hatte, und er wusste aus schmerzlicher Erfahrung, wie wenig er sich auf sein Gedächtnis verlassen konnte. Sollte niemand zu Hause sein, wollten sie in das Gasthaus in Stav einkehren. William wollte Bjåland nicht etwa wegen des ersten Buchstabens seines Vornamens sprechen – ganz und gar nicht, wie er sich selbst versicherte –, sondern weil er, Jons bester Freund, derjenige war, der seine aberwitzigen Theorien ein für alle Mal entkräften konnte.

»Was macht Heidi eigentlich heute?«, erinnerte er sich Solveig zu fragen, als sie den Wagen aus dem letzten Tunnel über die Brücke von Homla lenkte.

»Sie hat heute und morgen ein Handballturnier, hast du das etwa vergessen?«

Beschämt musste er gestehen, dass das der Fall war. In den ersten Jahren hatte er seine Tochter gern hierhin und dorthin begleitet – meinte jedenfalls selbst, dies getan zu haben –, hatte sich jedoch stärker für Anders' Sportaktivitäten interessiert. Weil es einfach mehr Spaß macht, beim Fußball zuzuschauen, sagte er sich. (Oder weil Anders mehr Talent gehabt hatte?)

»Ich mache mir ein wenig Sorgen um sie.«

»Wieder mal?«

»Sie hat Gewichtsprobleme.«

»Weniger Chips und Cola wären eine geeignete Maßnahme.«

Solveig warf ihm einen kurzen Blick zu. »Ich glaube, du verstehst das nicht richtig. Die Fresserei ist nur ein Symptom.«

»Wofür?«

»Möchte ich auch gern wissen.«

»Das ist halt die Pubertät.«

»Ich fürchte, der Fehler liegt bei mir. Ich stelle zu hohe Anforderungen an sie. Behandele sie wie eine Erwachsene. Bin viel zu pädagogisch und doziere andauernd über die Übel dieser Welt, anstatt sie ihre eigenen Erfahrungen machen zu lassen. Vergesse völlig, wie ich mich mit vierzehn gefühlt habe.«

»Und dann all diese unerreichbaren Frauenideale.«

»Ja, sie will sich so gerne beweisen, zeigen, dass sie etwas taugt. Vielleicht hat sie Angst, uns zu enttäuschen.«

»Aber ein eigenes Handy muss sie unbedingt haben!«, sagte William vorwurfsvoll.

»Fast alle in ihrer Klasse haben schon eins.«

»Diesen Blödsinn sollte niemand vor dem achtzehnten Lebensjahr haben, wenn überhaupt!«

»Da siehst du's. Wir bevormunden sie.«

»Das muss manchmal … da vorn rechts ab. Wir wollen nicht nach Stjørdal.«

Solveig gehorchte. Kurz vor der Mautstelle fuhr sie von der Hauptstraße ab, und William hoffte, dass damit auch das Thema begraben war. Fühlte sich unsicher und ausgegrenzt, wenn sie begann, über das Gefühlsleben eines Teenagers zu sprechen, in das er sich einfach nicht hineinversetzen konnte. Wusste, dass ausgerechnet er, der in letzter Zeit so große Reden über die Bedeutung der Familie geschwungen hatte (Ivar: »Du klingst wie ein echter Bondevik-Anhänger!«), mehr Verständnis aufbringen sollte. Doch schließlich lagen Welten zwischen den betrogenen Kindern, die er im Sinn hatte, und den kleinen, schwer zu definierenden Problemen, mit denen sich Heidi herumschlug.

»Sie sagt, dass ungefähr jede dritte ihrer Freundinnen schon mal gekifft hat«, sagte Solveig. So schnell verlor sie Heidis Alltag nicht aus dem Blick.

»Hört sich nicht gut an … da vorn rechts am Hang liegt das Haus von Miriam Malme.«

»Sie kann jederzeit die Nächste sein, William!«

»Okay, ich habe verstanden.«

Schließlich gab sie das Thema auf, schwenkte in eine Nebenstraße, passierte einen Holzhandel und fuhr an den Eisenbahnschienen entlang. Die voluminösen Wolken über ihnen hatten sich offenbar darauf verständigt, eine Schneepause einzulegen, während die steilen, teils bewaldeten Hänge, die den Ort von allen Seiten, abgesehen vom Meer her, umgaben, William an die alte Redewendung von den armen Schluckern erinnerten, die in Hommelvik wohnten und eine Hütte in Støren besaßen – für viele Trønder der Inbegriff einer düsteren und beklemmenden Existenz. Kein Wunder, dass sich der junge Johan Nygaardsvold und viel später Jon Vensjø von der Weite Amerikas hatten faszinieren lassen, dachte er.

Sie fuhren am Bahnhofsgebäude vorbei und bogen nach links in Richtung Selbu ab. »Hier irgendwo muss es sein«, sagte Solveig.

»Ja, aber ich glaube, wir müssen ein Stück zurück.«

In der Nähe des Bahnhofsgeländes entdeckten sie den Fagratunvegen, an dem Bjåland wohnte. Zunächst erkannte William ihn nicht wieder, doch als er ein Stück weiter oben die auffällige Garage erblickte, erinnerte er sich sowohl an sie als auch an das Haus. Die Front eines grünen Pick-ups schaute aus der Garageneinfahrt. Als sie aus dem Wagen stiegen, erblickten sie auf der Rückseite des Hauses einen Mann, der mit heftigen Bewegungen Schnee schaufelte.

»Herr Bjåland?«

Der Mann drehte sich um und schaute sie fragend an. Er war breitschultrig, um die fünfzig. Das dichte, grau melierte Borstenhaar über der geröteten, schwitzigen Stirn konnte an Bill Clinton erinnern. Dann zeichnete sich ein joviales, erkennendes Lächeln ab: »Ist das nicht … Schrøder, der Journalist?«

Wenige Minuten später saßen sie im Wohnzimmer, und die Bewirtung Frau Bjålands, Vorname Peggy, schien keine Grenzen zu kennen.

»Kaffee und Gebäck sind mehr als genug«, versuchte es William. »Wir wollten nur kurz mal vorbeischauen.«

»Wie beim letzten Mal«, sagte sie. »Schade, dass du am nächsten Abend nicht mehr dabei warst, als Jon den Rentierbock erwischt hat. Das Andenken hängt da drüben.«

Die Gäste drehten sich um und bewunderten das schöne Geweih über dem Kamin.

»Jon hat sich nie was aus den Trophäen gemacht«, fügte Jørgen hinzu.

William hatte sich vorgenommen, die erstbeste Gelegenheit zu nutzen, um die Fragen zu stellen, die ihm auf den Nägeln brannten, doch es verging eine Dreiviertelstunde mit Smalltalk, ehe es so weit war. Das zuvorkommende Ehepaar war aus anderem Holz geschnitzt als dasjenige aus Oppdal, und Peggy gab den Ton an. Sie war Lehrerin, wie sich zu allem Überfluss zeigte, und verstand sich mit Solveig auf Anhieb. Solveig, die sich eine Zeit lang geweigert hatte, den Ausflug zu unternehmen, dozierte über Sonderschulpädagogik, sobald Peggy eine kleine Pause machte. Deren Mann sandte William einen vielsagenden, aber wohlwollenden Blick zu.

Als er aufstand, um seine Pfeife zu holen, folgte William ihm nach, worauf sich die beiden Männer im Nebenzimmer niederließen, einem Raum, der gleichzeitig als Büro und Esszimmer fungierte.

»Hast du immer noch im Wald zu tun?«

»Ja, Gott sei Dank besitze ich ziemlich große Waldgebiete in Mostadmarka, wo wir früher Rehe und Hirsche gejagt haben. Manchmal liefere ich Holz. Ansonsten tue ich nicht viel«, konstatierte er zufrieden. »Finde, ich hab das auch verdient, nachdem die Kinder aus dem Haus sind.«

»Gehst du immer noch mit Jon auf die Jagd?«

»Nein, schon seit ein paar Jahren nicht mehr. Ohne Oddvar hat es irgendwie keinen Spaß mehr gemacht. Aber wir sehen uns ja schließlich regelmäßig. Drei Tage die Woche arbeitet er im Sägewerk.«

»Wie geht's ihm denn eigentlich?«

Jørgen Bjåland zögerte. Er stopfte bedächtig und sorgfältig seine Pfeife, als handele es sich um ein Ritual, das größte Aufmerksamkeit erforderte. William vermutete, der Tierstimmenimitator überlegte sich genau, wie viel er einem neugierigen Journalisten aus der Stadt anvertrauen konnte.

»Ich bin kein Arzt«, sagte er schließlich, »aber das ist auch nicht notwendig, um zu sehen, dass er immer noch psychische Probleme hat. Physisch ist er unglaublich robust, doch in seinem Kopf herrscht wohl ein größeres Chaos denn je. Er ist auch ziemlich vergesslich geworden, und Jomar Bengtsen sagt, das sei typisch für eine Person, die so viel durchgemacht hat wie er. Introvertierter ist er auch geworden.«

»Du unterstützt ihn immer noch?«

»Ist doch wohl selbstverständlich, wir kennen uns schließlich aus der Jugend, noch bevor er in die USA zog.«

»Und … glaubst du ihm die Geschichten, die von dort und aus Vietnam?«

Jørgen, der seine Pfeife angesteckt hatte, sah ihm direkt in die Augen, als er antwortete: »Manchmal habe ich schon meine Zweifel gehabt, habe ihm Widersprüche und kleine Lügen nachgewiesen, aber ich bin immer noch der festen Überzeugung, dass allein die drei Jahre in Nam ausgereicht haben, um ihn irreparabel zu schädigen.«

»Militärexperten sind der Meinung, dass seine Angaben gar nicht stimmen *können*.«

»Experten? Das sind doch reine Bürohengste, die keine zehn Minuten im Dschungel zugebracht haben. Artie hat ihm hundertprozentig Recht gegeben.«

»Welcher Artie?«

»Ein verstorbener Veteran.« Er sah aus dem Fenster und warf einen Blick auf den *Solbakken* genannten Hang, an dem Jon wohnte, als wollte er ihre beinahe telepathische Verbindung demonstrieren. »Willst du wissen, warum ich ihm, allen fachlichen Einwänden zum Trotz, glaube?«

»Natürlich.«

»Weil ich ihn in Aktion gesehen habe.«

Er sagte dies mit solchem Nachdruck, dass William sicher war, Jørgen würde noch etwas hinzufügen.

»Ich habe ihn unzählige Male in freier Natur beobachtet. Frag mich nicht, woher er diese Fähigkeit besitzt, sich jederzeit optimal den Gegebenheiten anzupassen. Jon sieht, hört und empfindet Details, die wir anderen gar nicht wahrnehmen. Es ist wie ein tierischer Instinkt, ganz gleich, ob er sich in einem Sumpfgebiet oder auf freiem Feld befindet. Ein abgerissenes Blatt, ein welker Zweig am falschen Ort. Wir haben keinen Blick für solche Signale, doch in einer Situation, in der man tötet oder getötet wird, sind sie von entscheidender Bedeutung. Oddvar wird dir dasselbe sagen.«

Plötzlich erinnerte sich William an eine Szene seines einzigen Jagdausflugs, während er frierend auf der Erde lag. Jon hatte die Taschenlampe angeknipst, um ihm, dem Amateur, ein paar Grashalme zu zeigen, die sich gerade wieder aufrichteten und somit von einer bestimmten Anzahl Tiere zeugten, die soeben vorübergelaufen waren. Er selbst hatte nicht einen Laut gehört.

»Am helllichten Tag konnte er vor unseren Augen plötzlich verschwinden, um kurz darauf hinter unserem Rücken wieder aufzutauchen und uns freundschaftlich auf die Schulter zu klopfen. Ich glaube, solche Dinge haben ihm einen kindischen Spaß gemacht, aber, Herrgott, was für einen Schreck hat er uns manchmal eingejagt! Hat einfach geschossen und getroffen, während Oddvar und ich gar nicht wussten, was los war. Hat das nicht etwas Geniales? Deshalb weigere ich mich zu glauben …« Der Mann mit dem dichten, grau melierten Haar hatte bemerkt, dass seine Pfeife erloschen war, und suchte nach einem Streichholz.

»Weigerst dich, was zu glauben?«

»Dass die US Army, die Tausende zu Tode geängstigte, verstörte junge Burschen nach Nam geschickt hat, auf ein Phänomen wie Jon freiwillig verzichtet haben soll. Als er mit siebzehn Jahren aus reiner Abenteuerlust über den großen Teich flog, hat Hommelvik einen seiner besten Jungs verloren. Er war der Mann, den sie *Messer* nannten!«

William fragte sich, ob Jørgen auf die Fähigkeit anspielte, die er selbst im Sinn hatte, aber das schien nicht der Fall zu sein. »Hatte er damals keine mentalen Probleme?«

»Überhaupt nicht. Aber als er in die Welt zurückkehrte – ja ein Ausdruck, den die amerikanischen Soldaten nach ihrer Heimkehr benutzten –, hatte er einen Knacks, obwohl er es selbst nicht wusste. Als er im Frühjahr 1970 hierher zog, war ihm nichts anzumerken. Er hat damals kein Wort über seine Vergangenheit verloren, nicht einmal mir gegenüber. Es war Anna, die mir auf der Hochzeit anvertraut hat, dass er am Vietnamkrieg teilgenommen hatte. Später begannen dann …«

Er hielt abrupt inne, als bereute er mit einem Mal, überhaupt etwas gesagt zu haben.

»Die Albträume«, ergänzte William.

»Komisch, dass du dich gerade jetzt nach Jon erkundigst.«

»Warum?«

»Warum bist du eigentlich gekommen? Nur um über meinen Freund zu reden?« Sein Tonfall war schärfer geworden.

»Ja, vor allem deshalb.«

»Du bist doch Journalist für Kriminalfälle. Willst du über ihn berichten?«

»Nein ... äh ... ich ...« William war unwohl zumute. Der Waldbesitzer hatte ihn weitgehend von Jons Qualitäten überzeugt.

Neues Streichholz, lange Pause.

»Sein Problem ist, dass man ihm nicht glaubt.«

»Er hat für seine Glaubwürdigkeit wohl auch nicht viel getan.«

»Stimmt schon«, räumte Jørgen ein. »Ein Schicksal, das er mit vielen Veteranen teilt. Dem CIA ist am liebsten, wenn die Jungs nachher die Schnauze halten. Das, was Jon erlebte, hat es offiziell nie gegeben.« Er schaute William an. Die grauen Augen unter den buschigen Brauen musterten den Gast. Dann fuhr er leise fort: »Als ich ihn das letzte Mal sah, gestern, in der Hobelwerkstatt, hockte er weinend auf der Toilette.«

William versuchte sich vorzustellen, wie der erfahrene Soldat die Tränen laufen ließ.

»Er wirkte fast ... wie sagt man ... suizidal. Als ich ihn fragte, was los sei, murmelte er eine Reihe amerikanischer Phrasen, wie er es immer tut, wenn er erregt oder deprimiert ist. Dann riss er sich zusammen und gab mir Zeichen, dass ich verschwinden sollte. Danach bin ich zu Anna zur Mautstelle gefahren.«

»Arbeitet sie dort?«

»Ja, ab und zu. Sie sagte, dass er am vorigen Tag, einem Mittwoch, ungewöhnlich guter Laune gewesen sei. Er wollte am Abend in die Stadt, um sich mit einem alten Kriegskameraden zu treffen, der sich überraschend gemeldet hatte. Ein gewisser Terry Donovan, der an der großen Ölkonferenz teilnahm. Als Jon gegen Mitternacht nach Hause kam, habe er sich aufgeführt, als habe er einen Bruder verloren. Trat gegen die Wände und brüllte. War völlig außer sich. Anna macht sich große Sorgen um ihn.«

»Ist etwas Besonderes vorgefallen?«

»Terry, von dem auch Sivle in seinem Buch berichtet, war nicht, wie verabredet, in der Bar erschienen.«

»Wie merkwürdig … hat sich Jon vielleicht alles nur ausgedacht?«

»Das habe ich mich auch gefragt. Darum habe ich das *Britannia* in Trondheim angerufen. Auf der Teilnehmerliste war kein Terry Donovan verzeichnet.«

»Ach …«

»Fest steht, dass er seit dem Mord an Miriam Malme unruhiger und unzugänglicher ist als je zuvor. Anna denkt, dass er immer noch ein Geheimnis aus der Vietnamzeit mit sich herumschleppt. Sie bat ihn, Bengtsen aufzusuchen, aber Jon will davon nichts wissen. Leugnet, dass er überhaupt Probleme hat, und was können wir schon tun, wenn er weder auf Anna noch auf mich hören will?«

William traute sich nicht, mit seiner Theorie herauszurücken, doch nachdem Jørgen Bjåland den Mord selbst erwähnt hatte, rechnete er damit, dass auch dieser nicht völlig die Möglichkeit ausschloss, dass Jon Vensjø schlimmstenfalls in einer Welt lebte, in der Feinde bekämpft werden mussten, und dass er einen ernsten Rückfall erlitten hatte, der eine ärztliche Behandlung notwendig machte.

Doch er irrte sich. Als Solveig im Türrahmen erschien und andeutete, dass sie sich vielleicht verabschieden sollten, sagte Jørgen, der mit dem Rücken zu ihr saß: »Die Polizei hat am Solbakken Stiefelabdrücke entdeckt. War sogar dreist genug, bei Jon und Anna zu klingeln und nach ihren Schuhen zu fragen.«

»Ich kann Bengtsen anrufen und ihm die Situation erklären«, sagte William und stand auf.

»Das habe ich schon getan. Er wirkte nicht sonderlich interessiert.«

Als sie vor dem Haus standen, um sich endgültig voneinander zu verabschieden, sagte der Mann, der Tierstimmen imitieren konnte: »Ich verstehe, dass du gern mit Jon reden würdest, aber ich glaube, im Moment ist das keine gute Idee. Außerdem scheut er Journalisten wie die Pest … aus gutem Grund.«

William verstand. Insbesondere auf einen geschätzten Mitarbeiter des *Trondheimer Anzeigers,* der es plötzlich vorzog, amerikanischen Behörden zu vertrauen, war er sicher schlecht zu sprechen.

Bevor sie wieder auf die E6 abbogen, sahen sie sich die Gegend um Solbakken an. Am oberen Teil des Hangs zeigte William auf ein altes, braun gestrichenes Haus inmitten eines schneebedeckten, mit Apfelbäumen bewachsenen Grundstücks, das von einem morschen Zaun umsäumt wurde. Rote und weiße Plastikbänder waren vor dem Eingang gespannt.

»Hier wohnte sie seit acht Jahren mutterseelenallein.«

»Fuglevåg ist nie hier gewesen?«

»Er sagt, nein.«

»Was für ein Schicksal. Stell dir vor, Heidi würde dasselbe passieren; sie würde uns verlieren, wenn sie sechzehn ist.« Solveig legte die Hand auf ihren Arm.

»Das wird sie nicht. Sie hat ein unbeschwertes Dasein, verglichen mit dem von Miriam Malme.« *Es gibt immer jemand, dem es noch schlechter geht …* »Im Tagebuch hat sie sich als kleine Meerjungfrau bezeichnet. Ein Leben im Schmerz.«

»Das wird doch wohl nicht publiziert werden?«

»Wer weiß. Ich habe gestern mit ihrer Lektorin, Aina Bistrup, gesprochen. Sie hält das letzte Romanmanuskript Malmes für großartig, glaubt aber nicht, dass es irgendwelche Aufschlüsse über ihre Ermordung enthält.«

Solveig schüttelte sich. »Auf dem Foto in der Zeitung sieht sie wunderschön aus. Wie eine dieser vietnamesischen Schönheiten, von denen Jon sicher viele gesehen hat.«

»Im Grunde war es *sein* Haus, das ich mir einmal ansehen wollte.« Er löste die Handbremse und fuhr langsam den Hügel hinauf.

Bjålands Beschreibung stimmte. Hinter der zweiten Kurve, eingeklemmt zwischen weitaus neueren Gebäuden, lag das ehemalige Gehöft, von dem nur noch das Wohnhaus und die Reste der Scheune erhalten waren, die zu einer Garage umgebaut worden war. William konnte erkennen, dass darin ein schwarz lackierter Lieferwagen älteren Baujahrs stand. Der Polizei zufolge war der Toyota Hi-Ace des verschwundenen Geir Jerven cremefarben, dachte er. Außerdem handelte es sich bei diesem Auto um einen Volkswagen-

Transporter. Er vermied es, stehen zu bleiben. Wollte nicht, dass Jon, falls er am Fenster stand, neugierige Autotouristen oder schlimmstenfalls einen Journalisten erkannte, mit dem er einst auf der Jagd gewesen war. Erneut hatte er das unangenehme Gefühl, ein Voyeur zu sein, jemand, der keinerlei Berechtigung hatte, einem Unschuldigen nachzuspionieren.

Trotzdem hätte er gerne mit Jon gesprochen. Auch wenn der Mann das Messer seit dem Krieg nicht mehr benutzt hatte, wurde William das Gefühl nicht los, dass der Exsoldat etwas über die Morde wusste, das von entscheidender Bedeutung sein konnte. In jedem Fall sollte er ihm helfen, psychiatrische Unterstützung zu bekommen. Solveig schwieg, obwohl sie ahnte, was William beschäftigte. Sie war von seinen Recherchen nicht gerade begeistert.

Der Weg endete zwischen einigen Häusern auf dem höchsten Punkt des Hügels in einer Sackgasse. Mit Mühe gelang es ihm, zwischen zwei Schneehaufen zu wenden. Während sie wieder bergab fuhren, waren beide vom fantastischen Ausblick über Hommelvik beeindruckt. William fand, dass es weitaus unattraktivere Wohnorte gab. Als es erneut zu schneien begann, freute sich William bereits auf das Fußballspiel im Fernsehen, das ihn sicher auf andere Gedanken bringen würde.

eigentlich nicht ausstehen, doch seit den Morden war nichts mehr so wie früher. Außerdem hatte er William gegenüber, der weitaus engagierter war als er, ein schlechtes Gewissen. Vielleicht etwas zu engagiert, dachte er manchmal. Ihr Spitzname verpflichtete sie eigentlich nicht dazu, der Polizei Konkurrenz zu machen.

Um ein Uhr hatte er die Gelegenheit ergriffen, die Sonntagsruhe von Laila und Gøran Livang zu stören, die in einer zentral gelegenen herrschaftlichen Villa wohnten. Der Geschäftsführer von *Comdot* war ein liebenswürdiger und zuvorkommender Mann in seinem eigenen Alter, hatte jedoch keine Anstalten gemacht, Ivar hereinzubitten.

»Ich glaube, ich habe der Polizei bereits alle notwendigen Informationen gegeben«, sagte er auf der Außentreppe. »Außerdem hatten wir erst gestern Besuch von einem Journalisten des *Dagbladet*. Lailas Nervenkostüm ist ohnehin nicht das Beste. Sie ist ganz außer sich und macht sich wegen des Verschwindens von Frau Stokke wohl größere Sorgen als ich.«

»Sie zweifeln daran, dass ihr etwas zugestoßen ist?«

»Ja, solange sich die Presse nur in Mutmaßungen und Fantasien ergeht. Ich bin so weit Optimist, dass ich mich nicht gleich nach einem Sarg umsehe, nur weil ich den Duft von Blumen wahrnehme.«

Falls Livang in seinem Beruf genauso schlagfertig war, dachte William, wunderte es ihn nicht, dass er den am Hafen beheimateten Computerriesen leitete. »Aber Sie waren es, der zuerst nach ihr gesucht hat?«

»Das ist doch selbstverständlich. Es handelt sich schließlich um eine unserer Angestellten. Nachdem sie zwei Tage nicht bei der Arbeit erschienen war und allein in Valentinlyst lebt, haben wir etwas unternommen. Laut Juvik, dem Abteilungsleiter, hat sie noch nie unentschuldigt gefehlt. Das heißt aber noch lange nicht, dass wir davon ausgehen, dass sie ein Opfer dieses Serienmörders geworden ist.«

»Woher wissen Sie, dass sie allein lebt?«

»Natürlich weiß ich dies nicht mit Sicherheit, da ich ihr Privatleben nicht kenne. Doch vertraue ich auf das, was mir ihre Freundinnen erzählt haben. Einige arbeiten in unserer Firma.«

»Können Sie mir ihre Namen nennen?«

»In einer so ernsten Angelegenheit möchte ich nicht dazu beitragen, Gerüchte zu kolportieren.«

»Und wir vom *Trondheimer Anzeiger* möchten dazu beitragen, dass der Mörder gefasst wird. Die Polizei hat nicht immer die besten Verbindungen.«

»Da mögen Sie Recht haben.« Er lächelte entgegenkommend. »Wenn Sie mir Ihren Block geben, schreibe ich Ihnen zwei Namen auf. Die Adressen habe ich nicht im Kopf, aber ich glaube, beide wohnen im Zentrum.«

Hinterher, nachdem Ivar sich bedankt und verabschiedet hatte, wünschte ihm Livang viel Glück.

Im Auto warf er einen Blick auf die Namen, die der Geschäftsführer in Blockbuchstaben notiert hatte:

HJØRDIS HVEEM
EVA GUNN TRANØY

Er stutzte. Waren sie dem zweiten Nachnamen nicht schon in Verbindung mit dem Mord an Vibeke Ordal begegnet? Doch, ganz sicher. Ihr geschiedener Mann hieß Tranøy. Rechtsanwalt Harald Tranøy. William hatte ihn auf der Beerdigung kennen gelernt. Er wohnte in Oslo, war jedoch zum Tatzeitpunkt in London gewesen. Es brauchte nicht zwangsläufig ein Zusammenhang zu bestehen, aber warum nicht mit dieser Frau anfangen?

Er fand ihre Nummer im Telefonbuch und entschied sich. Hatte eigentlich erst nach Bakklandet fahren wollen, wo Svein Rudberg wohnte, doch eine Fahrt zum Klæbuveien war kein großer Umweg.

So wie viele ältere Mietshäuser in Trondheim war auch dieses Steinhaus sorgfältig renoviert. Als ihm eine Frau, die Anfang dreißig sein mochte, im ersten Stock die Tür öffnete, schlug ihm sogleich das Geschrei lärmender Kinder entgegen. Ivar entschied sich sicherheitshalber, auch diesmal draußen vor der Tür zu bleiben, um nicht Gefahr zu laufen, dass ihm zudringliche Gören auf den Schoß hüpften. Seine eigenen waren fast erwachsen geworden, und so wie die meisten Väter (vermutete er) sehnte auch er sich nicht unbedingt nach der Zeit zurück, als er gemeinsam mit den Kleinen über den Boden krabbelte oder ihnen etwas zu essen in die trotzig zusammengepressten Münder zwingen wollte.

»Mein Name ist Ivar Damgård. Ich komme vom *Trondheimer Anzeiger*.«

»Mitten am Sonntag?«, fragte Eva Gunn Tranøy. Ihre blauen Augen leuchteten.

»Tut mir Leid, aber es geht um Beate Stokke.«

»Ja, natürlich.« Sie lächelte traurig und trat zur Seite.

»Nein, danke. Ich habe nur ein paar Fragen.«

»Sie ist also nicht wieder aufgetaucht? Gott, wie schrecklich …«

»Ich bin ganz Ihrer Meinung. Ich wollte mich eigentlich danach erkundigen, ob Sie …«

Er wurde unterbrochen, als ein weißer Tornado auf ihn zustürmte und sich an seine Beine klammerte. Bei näherem Hinsehen erwies sich der Wirbelwind als schreiendes Kind, dem der Schnodder aus der Nase hing, ein Anblick, der ihm Übelkeit verursachte.

»Uähhh!«

»Petter, scher dich in dein Zimmer!«

Der Kleine weigerte sich natürlich, also musste sie ihn mit Gewalt von Ivar losreißen.

»Uähhh!«

»Leider habe ich keine Hilfe, ich bin alleinerziehend«, erklärte sie.

Er lächelte verständnisvoll und hoffte, dass sie ihn nicht als potenziellen Partner betrachtete. Wusste, dass er einen guten Eindruck machte und Frauen rasch Vertrauen zu ihm fassten. Manchmal sah er sich genötigt, ein Wort über seine gute Ehe fallen zu lassen. Liebe war das Thema, zu dem er auch sie befragen wollte: »Ich gehe davon aus, dass die Polizei Sie schon dasselbe gefragt hat, aber mich würde sehr interessieren, ob Beate Stokke irgendwelche Männerbekanntschaften hatte.«

»U… äh.« Jetzt ein wenig leiser.

»Svein Rudberg«, sagte sie. »Sie haben sich vor ein paar Wochen Hals über Kopf ineinander verliebt.«

»Ich dachte eher an frühere Bekanntschaften.«

Sie schaute ihn verwirrt an, während sie gleichzeitig ihr Kind über den Kopf hielt und es vor Freude zum Jauchzen brachte. »Frühere Bekanntschaften? Ich glaube, das muss eine Ewigkeit her sein.«

»Na, den einen oder anderen Freund wird sie doch wohl gehabt haben.«

»Nicht, seit sie bei uns angefangen hat. Hjørdis und ich fanden es auch merkwürdig, dass es so gar keinen Mann in ihrem Leben geben sollte, doch Beate sagte, sie käme sehr gut allein zurecht ... im Gegensatz zu mir. Hjørdis meint, dass sie lügt und schon lange irgendeinen Typ hätte, den sie verschweigt. Aber wir haben sie niemals mit jemand zusammen gesehen. Nicht, bevor Svein auftauchte.«

»Sie meinen, es gab da keinen eifersüchtigen Ex mit Rachegedanken?«

Sie schüttelte den Kopf. »Eigentlich komisch, denn es kam, ich meine, es *kommt* schon manchmal vor, dass sie Männern nachschaut.«

»Ich habe gehört, dass sie eine geschätzte Mitarbeiterin ist.«

»Ja, absolut. Juvik wünscht sich bestimmt, alle hätten ihre Arbeitsauffassung.«

»Kommen die Angestellten mit Juvik gut aus?«

»Ja, der ist schwer in Ordnung. Und charmant noch dazu. Genau wie Livang, der Geschäftsführer.«

Das Schimmern ihrer blauen Augen konnte bedeuten, dass sie es im Moment auf jemand abgesehen hatte, der ihr bedeutend näher war, und obwohl er sich geschmeichelt fühlte, trat er erschrocken einen Schritt zurück. Vielleicht hatte die alleinerziehende Eva Gunn vollkommen vergessen, warum er gekommen war.

»Eines noch, bevor ich gehe. Sind Sie mit dem Rechtsanwalt Harald Tranøy verwandt?«

»Ja, das ist mein Vetter. Ein Dreckskerl, wenn Sie mich fragen. Hat Vibeke betrogen und hinter ihrem Rücken seine Mandantinnen flachgelegt. Bei mir hat er's auch probiert, während ich noch verheiratet ... Entschuldigung, arme Vibeke ... arme Beate ...«

Der Junge nahm Anlauf und schien es auf Ivar abgesehen zu haben. Worauf dieser ihr rasch die Hand drückte, auf dem Absatz kehrtmachte und die Treppe hinunterlief.

Als er ein paar Minuten später den Vollabakken hinunterfuhr, wollte er am liebsten nach Hause. Die beiden Besuche hatten ihn nicht viel klüger gemacht. Vielleicht hätte William eine andere Schlussfolgerung gezogen.

In Bakklandet wimmelte es trotz des leichten Schneetreibens von Leuten. Der Stadtteil machte einen nahezu folkloristischen Eindruck. Leute, die sich wie Ivar und seine Frau nichts aus Skifahren machten, kamen an den Sonntagen gern hierher, besuchten eines der vielen Cafés und kauften frische Backwaren oder einen Steinbeißer zum Abendessen. Andere meinten, Bakklandet sei ein rausgeputztes Touristenghetto, in dem Einheimische nicht mehr in Ruhe wohnen könnten. Sollte er einen Espresso trinken, bevor er Rudberg besuchte? Nein, er wollte lieber gleich nachsehen, ob dieser zu Hause war. Vielleicht konnte er den Mann auf einen Kaffee oder ein Bier einladen – er musste schließlich völlig außer sich vor Angst um seine neue Freundin sein.

Bei Bybrua entdeckte er eine Parklücke und fand bald die richtige Adresse. Es handelte sich um ein großes, rot gestrichenes Haus am Brubakken. Svein Rudberg war zu Hause, empfing ihn skeptisch und war offenbar weder geneigt, aus dem Haus zu gehen noch Ivar einen Kaffee anzubieten. Es war ein typischer Junggesellenhaushalt, dessen Unordnung Ivar dem Mangel weiblicher Hände zuschrieb. Falls Beate Stokke nicht bald ein Lebenszeichen von sich gab, würde sich daran so bald wohl auch nichts ändern. Rudberg schien nur wenig Hoffnung zu haben. Den Optimismus eines Gøran Livang suchte man bei ihm vergeblich. Er wirkte sehr deprimiert, die dunklen Ringe unter den Augen zeugten von durchwachten Nächten. Wenn er sprach, verströmte er ein leichtes Cognacaroma, doch Ivar sah sich außerstande, ihn dafür zu verurteilen, dass er in dieser angespannten Situation zur Flasche griff.

»Wenn ich nur wüsste, wo ich suchen soll.«

»Sie müssen der Arbeit der Polizei vertrauen.«

»Heute Nacht habe ich geträumt, dass Beate mit mir in München war.«

»Sie haben dort an einer Konferenz teilgenommen?«

»Es hat sich eher um einzelne Gespräche gehandelt. *Patricia* investiert vor allem im Ausland, und wir beraten mehrere deutsche Kunden hinsichtlich eines Projekts in Brasilien.« Er sprach mit tonloser Stimme, als sei ihm die Tätigkeit des Investmentunternehmens vollkommen gleichgültig.

»Wo haben Sie Beate kennen gelernt?«

»Bei der Arbeit, ganz einfach. Letzten Monat haben wir *Comdot* um EDV-Beratung gebeten. Juvik hat sie geschickt, und damit war's geschehen.«

»Es war Liebe auf den ersten Blick?«

»Ja, wir …«

Ivar glaubte zu verstehen. Runbergs Minenspiel deutete an, dass sie sehr schnell miteinander ins Bett gegangen waren. Nach jahrelanger Abstinenz musste ihr Verlangen grenzenlos gewesen sein. »Sie wissen nichts von einem eifersüchtigen Exfreund?«

Der Mann ballte die Hände. »Davon kann überhaupt keine Rede sein. Ich weiß gar nicht, wie sie zu einer solchen Annahme kommen, während da draußen ein geisteskranker Killer sein Unwesen treibt!«

»Genau wie die Polizei wollen auch wir keine voreiligen Schlüsse ziehen. Sie sind doch sicher auch bei ihr zu Hause in Valentinlyst gewesen.«

»Ja, mehrere Male.«

»Keine Spuren früherer Freunde?«

»Wenn Sie jetzt nicht mir Ihren Unterstellungen aufhören, schmeiße ich Sie raus.«

»Ich möchte nur helfen.«

»Und ich verstehe nicht, was ihr Journalisten überhaupt ausrichten könnt.«

Ivar schwieg, denn im Grunde gab er ihm Recht. Williams Enthusiasmus hat mich offenbar angesteckt, dachte er.

Nach einer langen Pause begann Svein Rudberg trotzdem zu erzählen, und nach und nach begriff Ivar, dass der niedergeschlagene Mann doch etwas über Beate wusste, das für die Entschlüsselung ihres Falls von entscheidender Bedeutung sein konnte.

Im Umland von Trondheim schneite es ebenfalls, und niemand freute sich mehr darüber als die Krankenschwester Tonje Indrehus. Nichts war für sie so schön wie ein Sonntag in freier Natur. Als sie nach einer langen Skitour gemeinsam mit ihrem Hund nach Granåsen zurückkehrte, war es bereits nach vierzehn Uhr. Erst als sie oberhalb des großen Parkplatzes ihre Skier abschnallte, bemerkte sie, dass sie voreilig gehandelt und ihr Auto mindestens hundert Meter entfernt geparkt hatte. Mit geschulterten Skiern und Stöcken stapfte Tonje ihrem Wagen entgegen, während ihr Hund, erschöpft und durstig nach mehreren Ausflügen in den

Tiefschnee, neben ihr her trottete. Dann hob er plötzlich die Schnauze und sprang auf das nächste eingeschneite Auto zu.

»Akilles, komm her!«

Der junge Setter war normalerweise ein gehorsames Exemplar seiner Rasse, doch in diesem Moment siegte die Natur über die Erziehung. Er begann zu winseln, sprang an der rechten Fahrzeugseite empor und löste damit eine Schneelawine über seinem Kopf aus. Erschreckt ließ er vom Wagen ab, um im nächsten Moment an der Kofferraumklappe hochzuspringen.

»Akilles, Platz!«

So ungehorsam hatte Tonje ihren Hund noch nie erlebt. Seufzend legte sie Skier und Stöcke in den Schnee und ging zu dem Auto hinüber, um ihn wieder einzufangen. Der Hund hatte inzwischen so viel Schnee abgekratzt, dass sie *Escort* auf dem roten Lack lesen konnte. Langsam – sehr viel langsamer als die Reaktionsgeschwindigkeit des Tieres – kam ihr zu Bewusstsein, dass sie erst gestern gehört hatte, ein roter Pkw desselben Fabrikats werde vermisst. War das nicht in Verbindung mit der verschwundenen Frau gewesen, die möglicherweise ermordet worden war? Sie stapfte zu der Stelle, an der Akilles zuerst gekratzt hatte, bürstete den losen Schnee vom Seitenfenster und blickte in das Innere des Wagens. Es war menschenleer, doch die Rückenlehne des Beifahrersitzes war ganz zurückgelegt. Das Auffälligste waren jedoch die vielen rotbraunen Flecken, die sich auf dem Boden und den Polstern befanden. Als Krankenschwester verstand sie sofort, was sie zu bedeuten hatten.

Sie wich zurück, befestigte die Leine am Halsband und schaffte es, den Hund ein paar Meter weiter zu ziehen. Während die Leine sich spannte, rief sie nach ein paar jungen Männern, die gerade damit beschäftigt waren, ihre Skier auf dem Autodach zu befestigen.

»Entschuldigung, hat jemand von Ihnen ein Handy dabei?«

»Ja, ich«, sagte einer von ihnen und näherte sich bereitwillig.

»Die Nummer der Polizei ist doch 112, oder?«

»Ich glaub' schon. Ist Ihnen etwas gestohlen worden?«

Tonje Indrehus schüttelte den Kopf. »Der Wagen gehört nicht mir, aber ich glaube, der Hund hat eine Blutspur gewittert.«

In seiner Wohnung in Bakklandet taute Svein Rudberg, aus Ivar nicht ganz verständlichen Gründen, langsam auf. Anfangs hatte er nur über Beates fachliche Kompetenz gesprochen, war jedoch mehr und mehr dazu übergegangen, auch ihre menschlichen Qualitäten zu rühmen. Und schließlich, nach vielen melancholischen Kommentaren zu einer Frau, deren Tod er befürchtete, wurde er wirklich privat und verriet Ivar, wie hingerissen er auf ihre körperliche Hingabe reagiert hatte.

Ivar war sich nicht sicher, ob die intimen Geständnisse eine Folge des mit der Zeit doch erheblichen Alkoholkonsums Rudbergs waren, ob es für diesen etwas Tröstliches hatte, anderen davon zu erzählen, wie wunderbar ihre kurze Beziehung gewesen war, oder ob seine eigene Art Rudberg dazu verleitet hatte, ein offenes Männergespräch zu führen und kein Blatt vor den Mund zu nehmen. Jedenfalls begann Ivar die Situation als peinlich zu empfinden, als Rudberg ihm anvertraute: »Ich wusste ehrlich gesagt gar nicht, dass es solche Frauen gibt. Ich brauchte sie gar nicht erst rumzukriegen, wenn Sie verstehen, was ich meine. Im Gegenteil, es war alles so einfach. Und der Sex mit ihr ist einfach himmlisch. Sie kann mehrmals nacheinander kommen und lässt sich im Handumdrehen wieder erregen. Sie liebt es, sich vor mir auszuziehen, für mich zu tanzen und mich zu verführen. Sie genießt Sex absolut und hat mir die größte Lust bereitet, immer und immer wieder!«

Das Letzte klang beinahe triumphierend, und Ivar fragte sich, ob er nicht doch Grund zum Neid hatte. »Dann wollen wir hoffen, dass …« Er hielt inne, weil ihm kein passender Kommentar einfiel.

Ohne sich dessen bewusst zu sein, hatte Rudberg einen Frauentyp geschildert, mit dem Ivar nie persönliche Erfahrungen gemacht hatte. Nymphomaninnen waren sicher der Wunschtraum vieler junger Männer, doch in Wirklichkeit gab es sie sehr selten. Auf lange Sicht musste das auch ziemlich anstrengend sein, sagte er sich. Aber die wichtigste Schlussfolgerung, die er ziehen zu können glaubte, auch wenn Rudberg davon nichts wissen wollte, war die, dass eine Frau wie Beate Stokke niemals jahrelang hätte enthaltsam sein können. Eva Gunn Tranøy: *»Es kommt schon manchmal vor, dass sie Männern nachschaut.«* Vielleicht hatte sie doch ein heimliches Verhältnis mit einem Verehrer, der es nicht verkraftete, als sie ihm den Laufpass gab. In diesem Fall war es denkbar – vorausgesetzt der Täter hatte seine dritte Drohung in die Tat umgesetzt –, dass er nicht zu dem Typus gehörte, den William im Sinn hatte: jemand, der bei Gelegenheit wildfremde Frauen tötete. Der Serienkiller, mit dem sie es zu tun hatten, kannte seine Opfer möglicherweise, ein Psychopath, der es nicht verkraften konnte, wenn ihm andere Männer das abspenstig machten, was er als sein Eigentum betrachtete. Falls dies so war, hatten auch Vibeke Ordal und Miriam Malme ein Verhältnis mit ihm gehabt, wenngleich Letztere nie mit ihm geschlafen hatte. Vielleicht sollte er Arne Kolbjørnsen den Tipp geben, die Polizei solle sich auf die heimlichen Geliebten der Opfer konzentrieren.

Er sah, dass Rudberg ihn plötzlich stumm und mit zusammengepressten Lippen betrachtete, als habe er begriffen, dass er mit der Beschreibung der sexuellen Vorlieben seiner Freundin zu weit gegangen war.

»Wie dem auch sei«, sagte Ivar, der den besorgten Mann an seinen Gedanken nicht teilhaben ließ. »Wir wollen hoffen, dass ihr nichts geschehen ist.«

Eine Hoffnung, die sich nicht erfüllte. Während er aufstand, piepte sein Handy. Es war der Journalist und Naturschützer Karl H. Brox von der Nachrichtenredaktion in Heimdal. Er wusste zu berichten, er sei gerade ins Büro gekommen und hätte sich kaum hingesetzt, als er einen Telefonhinweis von einem jungen Mann bekommen habe, der sich auf dem großen Parkplatz in Granåsen befinde.

»Bist du klar zum Einsatz, Ivar?«

Brox schien es spannend machen zu wollen, was Ivar in diesem Fall maßlos irritierte. »Natürlich. Worum geht's denn?«

»Die Polizei ist schon vor Ort. Sie haben vor zehn Minuten den Kofferraum eines roten Escort geöffnet, in dem sich eine tote Frau befand. Der Informant konnte einen Blick auf die Leiche werfen, bevor man ihn aufforderte, sich zu entfernen, und er ist sicher, dass es sich um die Frau handelt, deren Foto gestern in der Zeitung war.«

»Teufel noch mal.«

»Ich werde einen Fotografen besorgen.«

»Okay. Hast du William schon benachrichtigt?«

»Den wollte ich diesmal eigentlich außen vor lassen, wenn das für dich in Ordnung ist«, sagte Brox. »Ich weiß, dass er sich gleich ein Handballfinale in der Nidarøhalle ansehen wollte, bei dem seine Tochter mitspielt.«

»Kein Problem.« Normalerweise hätte Ivar protestiert, doch seine Gedanken kreisten schon ganz darum, wie er es dem Mann, bei dem er zu Besuch war, sagen – oder nicht sagen? – sollte. »Bin schon unterwegs, Kalle!«

Während er das Handy in die Tasche steckte, drehte er sich langsam zu Svein Rudberg um, der offenbar nicht verstanden hatte, dass etwas Außergewöhnliches geschehen war. Obwohl er nicht ahnen konnte, wie schwer es Arne Kolbjørnsen gefallen war, Aslak Fuglevåg von Angesicht zu Angesicht vom Tod seiner Freundin in Kenntnis zu setzen, empfand er dasselbe Dilemma. Es gab nur zwei Möglichkeiten:

1. Da noch nicht hundertprozentig feststand, dass es sich bei der Toten um Beate Stokke handelte, sollte er aus moralischen Gründen die Klappe halten und sich verabschieden.

2. Da Rudberg schon mal in der Nähe war, konnte er ihn auch gleich nach Granåsen mitnehmen. Mit Beates Freund als Begleiter, der die Leiche sofort würde identifizieren können, hätte er einen unmittelbaren Zugang zu den Geschehnissen.

Ivar Damgård war Journalist durch und durch, vom Kopf bis zu den Fingerspitzen. Daher entschied er sich für das Zweite.

war es der *Trondheimer Anzeiger*, der die Öffentlichkeit zuerst mit Neuigkeiten über den Serienkiller versorgte und darüber hinaus weitaus korrekter und detaillierter über den letzten Mord berichten konnte, als es anderen Zeitungen sowie dem norwegischen Fernsehen möglich war. Laurel und Hardy wurden auf der morgendlichen Konferenz von Gunnar Flikke ausgiebig gelobt. Alles stand also zum Besten. Doch der Mann, nach dem die Polizei fahndete – schwer zu glauben, es könnte sich um einen weiblichen Täter handeln –, hatte auch diesmal keine verwertbaren Spuren hinterlassen. Geronnenes Blut war das Einzige, das an jedem Tatort mehr als genug vorhanden war, doch in allen drei Fällen handelte es sich um das Blut der Opfer. Obwohl die zentrale Polizeibehörde des Landes gemeinsam mit Storms besten Leuten seit über acht Wochen an der Sache dran war, schien die Lösung des Falls ferner denn je. Musste man auf die Hilfe der Bevölkerung setzen? Der Geschäftsführer von *Comdot* tat dies offenbar, denn er hatte 100000 Kronen für Hinweise ausgesetzt, die zur Ergreifung des Serientäters führten. Gegenüber dem *Trondheimer Anzeiger* äußerte er sich folgendermaßen: »Falls dies eine Frage des Geldes ist, bin ich gewillt, bedeutende Mittel bereitzustellen, damit der Mörder unserer geschätzten Mitarbeiterin gefasst wird.«

Die Polizei hatte alle Hände voll damit zu tun, die mehr oder minder wertvollen Hinweise von Nachbarn und möglichen Zeugen auszuwerten, die großteils negativen Befunde des Gerichtsmedizinischen Instituts zu lesen und lange Listen zu erstellen, die darüber Auskunft gaben, welche Personen zu welcher Zeit an welchem Ort waren – ohne dass dies zu nennenswerten Ergebnissen führte. In den letzten Wochen war kaum eine Stunde vergangen, in der nicht erregte Frauen (zuweilen auch Männer) anriefen, um auf dubiose Personen aufmerksam zu machen, die sich angeblich in unmittelbarer Nähe ihrer Häuser herumtrieben. Zwei Kerlen war eine Geldbuße aufgebrummt worden, weil sie hinter Privathäusern uriniert hatten, und der unerschrockenere Teil der Bevölkerung amüsierte sich offenkundig darüber, dass man einen jungen Mann vor dem Kinocenter in der Prinsens gate festgenommen hatte, weil er eine Steinschleuder bei sich trug. Die Episode war durch einen Leserbrief an den *Anzeiger* bekannt geworden, der den absurden Umstand zur Sprache brachte, dass in Norwegen das Tragen von Steinschleudern strengstens verboten sei, während man jedoch eine Pistole bei sich haben dürfe, solange sich die Patronen in einer anderen Tasche befanden. Und wie könne es sein, dass eine Volkstanzgruppe, deren männliche Tänzer allesamt ein Messer bei sich trugen, zu dem nervtötenden Gefiedel einer Geige auf dem Marktplatz ihre Tänze aufführe? In der Tat mischte sich in die wachsende Angst vor dem Serienmörder – wer würde die Nächste sein? – viel unfreiwillige Komik, und vielleicht war es dem besonnenen Temperament der Trønder zuzuschreiben, dass sich in Stadt und Umgebung keine unkontrollierte Hysterie breit machte. In den Reihen der Polizei gab es Stimmen, die meinten, das Aussetzen einer Belohnung durch Geschäftsführer Livang würde nur zu noch mehr

Papierarbeit führen, aber der Polizeipräsident hatte nicht protestiert.

Der gesuchte Geir Jerven blieb nach wie vor wie vom Erdboden verschluckt, und sowohl bei der Polizei als auch in Heimdal fragten sich viele, ob der Offizier der Heilsarmee, Kåre Rasmussen, die Ermittler nicht in die Irre geführt hatte, als er ihre Aufmerksamkeit auf einen ungelernten Klempner lenkte, der vielleicht völlig ahnungslos hinsichtlich seiner Rolle als Hauptverdächtiger war. Am Freitag hatte das Präsidium die Öffentlichkeit wissen lassen, dass drei weitere Fünfhundertkronenscheine aufgetaucht waren, einer in Byåsen, ein anderer in Stjørdal, der dritte in Bodø. Könnte doch sein, dass der liebenswürdige Rasmussen der Täter ist, schlug Stig Ove bei einem seiner vielen Besuche in der Sportredaktion vor. So etwas kam oft in den Krimis vor, die er las. Doch niemand hörte ihm zu, weil alle mit einem anderen Ereignis fast religiöser Dimension beschäftigt waren: den drei Toren, die Steffen Iversen in einem einzigen Spiel für Tottenham erzielt hatte und die ihm möglicherweise den Status eines Helden verliehen.

In einem Doppelbüro in den hinteren Regionen des Pressehauses saß William und las einen Artikel von Ivar in der Tagesausgabe.

Es ist dem Irish Setter der Krankenschwester Tonje Indrehus zu verdanken, dass die Leiche der vermissten Beate Stokke (30) gestern gefunden wurde. Indrehus hatte vom Parkplatz in Granåsen aus einen Skiausflug unternommen. Als sie gegen vierzehn Uhr zu diesem zurückkehrte, zeigte ihr Hund ein auffallendes Interesse an einem der eingeschneiten Fahrzeuge, das sich als Beate Stokkes Ford Escort herausstellte, der seit Samstag verschwunden war. Ein junger Mann, der zufällig in der Nähe war, verständigte daraufhin die Polizei. Damit hat sich wieder einmal gezeigt, wie wertvoll die Witterung eines Hundes sein kann.

Dem Polizeibeamten, der den Kofferraum öffnete, bot sich ein schrecklicher Anblick. Die vollständig bekleidete Frau lag mit angezogenen Knien auf der Seite. Ihre Kleider waren blutdurchtränkt. Das Blut stammt zweifellos von dem tiefen Schnitt auf der rechten Seite ihres Halses, und vieles deutet darauf hin, dass sie getötet wurde, während sie auf einem der Vordersitze, möglicherweise hinter dem Steuer, saß.

Dies wurde auf der gestrigen Pressekonferenz bestätigt. Hauptkommissar Nils Storm schließt jedoch nicht aus, dass die Tat auch an einem anderen Ort verübt worden sein könnte. Die Tote wurde möglicherweise auf dem Vordersitz, dessen Rückenlehne sich in fast horizontaler Lage befand, zum Parkplatz transportiert. Eine Tatwaffe wurde nicht gefunden, doch vieles spricht dafür, dass es sich um denselben Täter handelt, der bereits zwei andere Leben auf dem Gewissen hat.

Bekanntermaßen war Beate Stokke vermisst worden, seit sie am Nachmittag des 8. März die an Pier 1 gelegene AS Comdot verlassen hatte, für die sie als EDV-Expertin arbeitete. Da der Trondheimer Anzeiger sowie das Polizeipräsidium einen Bekennerbrief erhielten, der den Poststempel vom 9. März trägt, geht die Polizei davon aus, dass die Tat innerhalb der ersten 24 Stunden nach ihrem Verschwinden verübt wurde. Vorerst ist unklar, wie es dem Täter gelingen konnte, sich Zugang zum Auto der Toten zu verschaffen. Hauptkommissar Storm brachte auf der Pressekonferenz das starke Interesse der Polizei zum Ausdruck, mit Personen in Kontakt zu kommen, die etwas Verdächtiges beobachtet haben. Er fügte hinzu, die Schwere des Falls mache es erforderlich, auch den kleinsten Hinweisen nachzugehen …

William unterbrach seine Lektüre und blickte auf, als Ivar mit zwei Kaffeebechern in der Hand den Raum betrat. Einen stellte er vor ihm auf den Tisch und fragte: »Bist du klüger geworden?«

»Hm, es geht hier um eine Passage …« Er legte den Zeigefinger auf eine Textstelle und begann mit gespielter Nachsichtigkeit: »Dass du *denselben* wieder mal getrennt schreibst, ist eine Sache. Viel wichtiger jedoch …«

»Warum hast du das nicht gleich gesagt?«

William glaubte, dieselbe Irritation wahrzunehmen, die er empfand, wenn Ivar ihn korrigierte, und genoss den Augenblick. »Weil ich nicht so pedantisch bin wie du.«

»Pedantisch? Ich glaub', ich spinne! Wenn es um Sprache geht, können wir es nicht genau genug nehmen. Wenn du irgendeinen Fehler findest, solltest du sofort damit herausrücken!«

Es schien ihm ernst zu sein. Seine Verärgerung bezog sich nicht auf die Kritik, sondern entsprang der Überzeugung, dass solche Fehler das sprachliche Niveau der Zeitung beeinträchtigten – eine Einstellung, die sich auch William, er wusste es selbst, möglichst rasch zu Eigen machen sollte.

»Na, sag schon, worauf du hinauswillst«, sagte er versöhnlich.

»Du schreibst, die Polizei rätsele noch, wie der Täter sich Zugang zum Wagen verschafft hat. Offensichtlich wird also davon ausgegangen, dass der Täter ihr unbekannt war. Vielleicht hat sie ihn per Anhalter mitgenommen, oder er hat den Wagen aufgebrochen und dort auf sie gewartet.«

»Richtig.«

»Es könnte doch sein, dass sie ihn gekannt hat. Dass sie ihm die Tür öffnete, weil es sich um einen guten Freund handelte.«

Ivar nickte. »Diese Idee ist mir auch schon gekommen, vor allem, nachdem ich gestern mit Svein Rudberg gesprochen habe.« Er erklärte ausführlich, was er meinte, und verwendete einige Zeit darauf, Parallelen zu den ersten beiden Morden aufzuzeigen. »Du kannst darauf wetten, dass Kolbjørnsen dasselbe durch den Kopf geht, dass er diesen Gedanken aber lieber für sich behält.«

»Vielleicht weiß er nicht, dass sie eine Nymphomanin war.«

»Das weiß ich auch nicht mit Sicherheit, aber ich denke, dass Mister X nicht zwangsläufig zu einem der Serientätertypen gehören muss, über die du dir so viel Wissen angelesen hast. Es kann sich genauso gut um einen eifersüchtigen Psychopathen handeln, einen Mann, der unberechenbar wird, wenn ihm jemand wegzunehmen droht, was er als sein Eigentum betrachtet.«

Es ärgerte William, dass seine Kompetenz in Sachen Serienmörder infrage gestellt wurde, darum fuhr er fort: »Jemand, der das Recht auf seiner Seite glaubt, doch klug genug ist, seine Spuren zu verwischen. Jemand, der das englische Lexikon studiert hat, um uns bewusst in die Irre führen zu können.«

Ivar lachte nicht. Er spendete Beifall. Klopfte ihm sogar auf die Schulter, bevor er sich in seinen Bürostuhl fallen ließ.

»Als ich das erste Mal mit Bengtsen gesprochen habe«, sagte William, der sich gern revanchieren wollte, »hat dieser genau den Typus beschrieben, von dem du sprichst. Ein Psychopath, sagte er, ist mitnichten geisteskrank. Er schlägt zu, wenn ihm etwas gegen den Strich geht. Solange für ihn alles nach Plan läuft, kann er der reizendste Mensch der Welt sein. Aber er vergisst nie, und er ist unheilbar.«

»Hat Fuglevåg das Tagebuch von Miriam Malme Kolbjørnsen gezeigt?«

»Jedenfalls habe ich ihn inständig darum gebeten.«

»Dann wird sich vielleicht auch die Polizei fragen, wer dieser J ist. Aber auch nur vielleicht.« Ivar hob lächelnd seinen Kaffeebecher zum Mund.

»Wie meinst du das?«

»Vor kurzem fand ich deine Theorie noch ziemlich aus der Luft gegriffen. Doch nachdem ich gestern mit Svein Rudberg und Eva Gunn Tranøy gesprochen habe, bin ich anderer Meinung. Auch Hjørdis Hveem, mit der ich heute Morgen telefoniert habe, ist sicher, dass Beate einen heimlichen Geliebten hatte. Ich finde, du solltest deine Spur weiterverfolgen und Jon Vensjø irgendwie zum Reden bringen.«

»Ich könnte ja den Umweg über seine Frau nehmen.«

»Vielleicht hast du sogar schon mit dem Mörder gesprochen.«

»Ich steh gerade auf der Leitung«, räumte William ein.

»Jomar Bengtsen oder Jørgen Bjåland.«

»Der Arzt? Bist du verrückt? Und Bjåland ist Jons bester Freund. Nachdem ich mit ihm gesprochen habe, weigere ich mich, so etwas zu denken.«

»Er könnte doch einiges von Jon gelernt haben. Aber ich gebe dir Recht. Es fällt schwer, daran zu glauben. Auch wenn ein Psychopath immer zwei Gesichter hat, kann ich mir nicht vorstellen, das eine der Führungskräfte bei *Comdot* … Okay, Juvik, ihren nächsten Vorgesetzten, konnte ich gestern nicht mehr aufsuchen.«

»Au weia, noch ein J.«

»Stimmt. Wenn meine Frau und ich mit dem Auto unterwegs sind, finden wir nie einen Rastplatz, der uns gefällt, bis wir schließlich so hungrig sind, dass wir bei strömendem Regen auf irgendeiner öden Kiesfläche halten. Und garantiert liegt das, wonach wir die ganze Zeit gesucht haben, dann direkt um die Ecke.«

»Und von da an wimmelt es nur so von idyllischen Rastplätzen, natürlich!«

»Trotzdem ist das vielleicht die richtige Vorgehensweise.«

»Okay, du knöpfst dir diesen Juvik vor, und ich werde mich Jon widmen.« Für einen Moment sah William den Dschungelsoldaten vor sich, der mit größter Selbstverständlichkeit durch die Wildnis streifte, sich lautlos an seine Feinde heranschlich und diese buchstäblich zur Ader ließ. Auch das Blut stellte er sich vor, die warme Flüssigkeit, die ihre lebensspendende Kraft sofort einbüßte, wenn sie aus der Beute herausgepumpt wurde, gerann und stockte. Er spürte plötzlich, dass er fror, als hätte jemand ein Fenster geöffnet.

»Etwas nicht in Ordnung, William?«

»Doch, doch, alles okay.«

»Wenn du Angst hast, mit Jon zu sprechen, kann ich dich begleiten.«

»Ist nicht nötig. Schließlich haben wir es mit einem überzeugten Pazifisten zu tun.«

»Schade, dass dein Vater nicht mehr arbeitet. Dann hätte er einen Vorwand, sich die Wohnung von Beate Stokke noch mal anzusehen. Könnte uns ein paar Informationen weitergeben, an die wir sonst nicht herankommen.«

»Ich habe ihn gestern gefragt, ob ihm in der Wohnung etwas Besonderes aufgefallen wäre.«

»Und, was hat er gesagt?«

»Dass er sich auf einmal wieder jung gefühlt habe. Dass es verführerisch nach exotischem Parfüm duftete.«

Danach erlaubte William sich den Hinweis, dass auch der Vorname seines Vaters mit J begänne, worauf sein Kollege in schallendes Gelächter ausbrach, gefolgt von einem: »Da siehst du's!« Doch William hütete sich davor, seinen Spitznamen preiszugeben, sonst hätte Ivar ihrer gemeinsamen Liste verdächtiger Personen einen weiteren Namen hinzugefügt.

Was die beiden Journalisten sowie alle anderen nicht ahnten, war, dass an diesem Montag ein Schlussstrich gezogen wurde. Im Nachhinein betrachtet ein symbolisches Datum, denn es war der 13. März. Genau zwei Monate waren vergangen, seit Vibeke Ordal im Lotto 153 270 Kronen gewonnen und danach mit dem Leben bezahlt hatte. Vor Ende des Tages sollte eine vierte Frau die scharfe Klinge an ihrer Kehle spüren.

Es war derselbe Montag,

an dem das Amtsgericht die Verhandlung in der so genannten Meløy-Sache eröffnete. Ein Mann war angeklagt, seine Exgeliebte mit einem Messer getötet zu haben. Geschehen in der Sjøgata 1 in Bodø.

Ganz in der Nähe erwachte Geir Jerven mit dem Gefühl, dass es höchste Zeit war zu verschwinden. Herrgott, was für ein Morgen! Jederzeit konnte einer von Olufs zwielichtigen Kameraden ihn verraten; widerstrebend hatte er eingesehen, dass ihm keine Wahl blieb. Er selbst wollte auch fort von hier. Die Frage war nur, *wohin*. »Hau endlich ab«, hatte Oluf mehrmals gesagt. »Hier können wir dich jedenfalls nicht länger gebrauchen.« Obwohl er es gewesen war, der ihn hierher, in den freien, hohen Norden eingeladen hatte!

Geir zog sich an, fand eine halb gerauchte Zigarette im Aschenbecher, zündete sie an und ging zum Fenster. Erst in diesem Moment kam er ganz zu sich und erinnerte sich daran, dass es heute geschehen sollte. Keine Aufschübe mehr. Um Punkt halb elf würden sie ihn abholen, würden ihn für vogelfrei erklären und sich vergewissern, dass er die Stadt verließ.

Die Landschaft war dieselbe, die er siebzehn Tage lang gesehen hatte. Hier, östlich des Flughafens, am Stadtrand von Bodø, hatte er im engen Zimmer einer brachliegenden Holzbaracke gehaust, die seinerzeit sicher von den Deutschen zusammengezimmert worden war. Oluf hatte ihm versprochen, etwas Besseres für ihn zu finden, aber das galt jetzt nicht mehr. Überhaupt hatte sich vieles anders entwickelt, als Geir sich das vorgestellt hatte. Ihm war ein Job als Türsteher in einem neuen Restaurant mit angeschlossenem Pub für Leute über achtzehn in Aussicht gestellt worden, doch da die Schankbewilligung immer noch auf sich warten ließ, hatte man nach wie vor keine Verwendung für ihn. So wie die Situation sich entwickelt hatte, wäre ohnehin nichts daraus geworden. Nach einer Woche in der Stadt hatte er von Oluf erfahren, dass die Polizeibehörden in Trondheim nach ihm suchten. Sein Freund wusste zwar nicht, warum, riet Geir aber, sich tagsüber im Haus aufzuhalten und sich selbst nach Einbruch der Dunkelheit nicht allzu vielen Menschen zu zeigen. Am besten wäre es, er würde so schnell wie möglich verschwinden. Oluf, der Schiffsjunge und Koch gewesen war, ging verschiedenen Geschäften nach, die nicht für die Öffentlichkeit bestimmt waren. Falls die Bullen auf Geir aufmerksam wurden, konnte dies auch für ihn zum Problem werden.

Obwohl Oluf nicht wusste, warum Geir gesucht wurde – Geir wusste es selbst nicht –, hatte er ihm ein paar Tage Aufschub gewährt. Geir war es immerhin gewesen, der Oluf vor ein paar Jahren die entscheidenden Tipps für die Trabrennbahn gegeben hatte, und das hatte der Einwohner aus Bodø nicht vergessen. Doch jetzt war die Frist unwiderruflich abgelaufen.

Er erschrak, als eine Staffel von Jagdflugzeugen im Tiefflug über die weiße Landschaft schoss, und entfernte sich vom Fenster. Drückte die Zigarette aus, öffnete die Tür des kleinen Kühlschranks und versorgte sich mit Brot, Aufschnitt und fettarmer Milch. Was er am meisten benötigte, war natürlich ein Schuss, und Heroin war Olufs wirksamstes Druckmittel. Wenn er sich heute noch aus dem Staub machte, würde er im

Handschuhfach seines Transporters eine Packung finden, die für mehrere Schuss reichte. Sowie eine Adresse in Schweden, die ihm helfen würde, neue Kontakte zu knüpfen.

Nachdem er gegessen hatte, pinkelte er und packte dann seine Tasche. Natürlich konnte er sich etwas anderes und besseres vorstellen als das hier. Der Barackenraum war wie ein Gefängnis. Der alte Fernseher zeigte nur das norwegische Staatsfernsehen, und wenn er einmal Besuch bekam, dann nur von Olufs zweifelhaften Kumpanen. Gegen das Bier, das sie mitbrachten, hatte er nichts einzuwenden, doch die Drohung des einen hing immer noch in der Luft. Geir war es gewohnt, zwischen allen Stühlen zu sitzen, doch sein isoliertes Dasein, verbunden mit der angstvollen Frage, warum die Polizei nach ihm fahndete, ließ ihn hoffen, dass ein neuerlicher Umzug zu etwas gut sein würde. Und als der Chevy draußen vor der Tür hupte, fühlte er sich erleichtert und freute sich darauf, hinter dem Steuer zu sitzen und sich wieder frei zu fühlen.

Oluf war allein und wirkte nervös, als er ihn auf dem geräumigen Rücksitz Platz nehmen ließ und den Wagen schweigend in Bewegung setzte. Sie folgten der alten Reichsstraße stadteinwärts, und nachdem sie den Rensåspark hinter sich gelassen hatten, fuhren sie eine Straße entlang, die parallel zu Sjøgata lag, wo die Gerichtsverhandlung begonnen hatte. Die Garage lag Wand an Wand mit dem Gartenlokal, an dem Oluf in gewisser Weise beteiligt war, das jedoch noch nicht geöffnet hatte. Aus alter Verbundenheit tat er das Seine, um Geir zu ermöglichen, sicher aus der Stadt zu kommen. In der Garage wartete schon dessen zwölf Jahre alter Transporter. Oluf hatte cremefarbenen Originallack benutzt, um die Stellen zu überspritzen, an denen *Rapid Service* gestanden hatte. Danach hatte er zwei ältere schwedische Nummernschilder angeschraubt, die er noch aus der Zeit aufbewahrte, als er ausländische Fahrzeuge von allem befreite, was nicht niet- und nagelfest war. Niemand, glaubte er, würde heute noch nach ihnen suchen.

Als sie neben dem Transporter im Halbdunkel standen, sagte er: »Hör zu! Wenn du nach Fauske kommst, fährst du auf die E6 Richtung Süden, und dann am besten weiter auf dem Graddisveien. Dann bist du aus dem Schneider.«

»Danke.«

»Hier bist du nie gewesen.«

»Nie«, schwor Geir.

»Du hast nie mit mir gesprochen.«

»Nie.«

Das war's. Oluf öffnete das Garagentor, und Geir fuhr hinaus. Er hob eine Hand zum Gruß und bog dann nach rechts, in Richtung auf die E80, ab.

Der Freund hatte Wort gehalten. Der Tank war voll, und im Handschuhfach lag ein kleines Päckchen. Geir konnte es kaum erwarten, sich einen Schuss zu setzen, doch erst mal musste er aus Bodø verschwinden. Die niedrig stehende Sonne strahlte an einem fast wolkenlosen Himmel, und die schneebedeckten Berge im Osten glitzerten verheißungsvoll. Ihr Glanz ließ ihn an einen Haufen frisch geprägter, blanker Münzen denken. Ja, sie leuchteten so stark, wie es nur ein Märchenschloss konnte, und ebenso vielversprechend wie die prall gefüllten Geldsäcke Onkel Dagoberts aus seiner Kindheit. Er selbst hatte es nie zum Millionär gebracht. Hin und wieder hatte er einen netten Gewinn auf der

Trabrennbahn eingestrichen, der jedoch in keinem Verhältnis zum Einsatz stand, der von Woche zu Woche gestiegen war. Und alles war nur noch schlimmer geworden, als seine Spielleidenschaft sich mit etwas weitaus Gefährlicherem verband und sein Geldbedarf zunehmend mit seiner Gier nach neuem Stoff zusammenhing.

Die Abhängigkeit hatte sich vor anderthalb Jahren bemerkbar gemacht, in dem Moment, als er sich hoch und heilig versprochen hatte, ein neues und besseres Leben zu beginnen. Denn ohne einen Finger krumm machen oder auch nur eine Øre investieren zu müssen, hatte ihm ein älterer Freund – eine seiner wenigen Bekanntschaften – sein gesamtes Werkzeug sowie einen Firmennamen abgetreten, der es ihm ermöglichte, eine Kellerwerkstatt in Møllenberg anzumieten. Geir hatte früher schon einmal mit Küchenmaschinen zu tun gehabt und stürzte sich voller Selbstvertrauen in die Arbeit. Die Begebenheit feierte er bei einem gleichaltrigen Kumpel – wieder eine seiner wenigen Bekanntschaften –, der meinte, der besoffenen Hauptperson als Gratulation einen ordentlichen Schuss verpassen zu müssen. Damit hatten sie ihn am Wickel, und während seines ersten Flashs fantasierte er von den grenzenlosen Möglichkeiten, die sich einem tüchtigen Geschäftsmann böten.

Doch die Aufträge hielten sich in Grenzen, und auch die Beschwerden unzufriedener Kunden ließen nicht lange auf sich warten. Überdies konnte er schon bald seine Rechnungen nicht mehr bezahlen, weil das Heroin immer größere Summen verschlang. Er wusste, dass seine fatale Abhängigkeit dafür sorgte, dass er schlampige Arbeit ablieferte, und begriff, dass er in einen Teufelskreis geraten war. Er ahnte sogar, nicht die psychische Stärke zu besitzen, die erforderlich war, um diesen zu durchbrechen.

Seine Eltern in Oppdal um Hilfe anzuflehen, würde die Rückkehr in eine andere Hölle bedeuten, aus der es ebenfalls kein Entrinnen gab. Er hatte es ein einziges Mal versucht, das genügte ihm. Damals erst hatte er bemerkt, wie abwesend seine Eltern wirkten. Auch sie befanden sich auf der Flucht, obwohl sie ihre ärmlichen vier Wände fast nie verließen. Die starren, blanken Augen sprachen eine deutliche Sprache.

Empfand er sich deshalb manchmal als Erfindung, als jemand, der nur in seiner Fantasie existierte? In solchen Augenblicken konnte er sich selbst von außen betrachten, als Zuschauer seiner Handlungen.

Um Neujahr herum hatten ihn drückende Spielschulden geplagt, woraufhin er im verzweifelten Versuch, sich neuen Stoff zu beschaffen, seinen alten Transporter verkaufen wollte. Doch so weit kam es nie, obwohl er sich an einem milden Januartag zu einer Autofirma in Lade aufgemacht hatte, die Neu- und Gebrauchtwagen der Marke Toyota verkaufte. Das Wort BANK, das er aus dem Augenwinkel heraus gelesen hatte, war genug gewesen, um ihn abbiegen und auf ein Einkaufscenter zugehen zu lassen. Denn er hatte sich in diesem Moment an Olufs Worte erinnert, als dieser ihn kürzlich auf der Durchreise von Oslo nach Bodø in seiner Wohnung in der Gyldenløves gate besucht hatte. Oluf hatte ihm einen Job als Türsteher bei einem neu eröffneten Jugendtreff seiner Heimatstadt angeboten und gesagt, diese Tätigkeit lasse sich vortrefflich mit anderen einträglichen Unternehmungen wie zum Beispiel dem nächtlichen Fleischschmuggel aus Schweden kombinieren. Seinen Transporter könnten sie dazu gut gebrauchen. Die Sache mit dem Restaurant war umso vielversprechender gewesen, weil Oluf für das Catering verantwortlich sein sollte. Doch wenn Geir dieses Angebot annehmen, ja, überhaupt gen Norden gelangen wollte, dann brauchte er unbedingt den Wagen. Das setzte allerdings voraus, dass er sich irgendwo Geld für Benzin, Essen und Zigaretten besorgte. Wenn er erst mal in Bodø war, würde Oluf schon für den Stoff sorgen.

BANK.

In einem Augenblick der Verzweiflung hatte ihm schon ein rascher Bankraub kurz vor Geschäftsschluss vorgeschwebt. Draußen war es bereits dunkel, und wenn er erst mal die Kassenbestände eingesackt hätte, würde er sich ohne weiteres aus dem Staub machen können. Er konnte sich immer noch daran erinnern, wie sehr sein Körper zitterte, als er die Bankfiliale betrat. Doch rasch, nachdem er den Schalterraum betreten hatte, sah er ein, dass er dazu nicht in der Lage sein würde. Er hatte so etwas noch nie getan. Ein Bankraub musste gründlich geplant werden; außerdem fehlten ihm so grundlegende Dinge wie eine Waffe und eine Maske.

Stattdessen hatte er dem Schalter den Rücken zugewandt und war an einem Tresen stehen geblieben, auf dem zahlreiche Broschüren auslagen, die darüber informierten, wie einfach es war, sein Erspartes in Papieren anzulegen, die das Kreditinstitut empfahl.

Geir zuckte zusammen, als ihm in der nächsten Kurve ein Fahrzeug entgegenkam. Das war zwar nichts Ungewöhnliches, doch dieses Auto befand sich viel zu weit auf seiner Spur. Herrgott, was für ein Vollidiot! Er riss das Steuer zur Seite und konnte um Haaresbreite eine Kollision vermeiden, rutschte daraufhin jedoch mit seinem Transporter quer über die vereiste Fahrbahn. Eine Weile schlingerte er hin und her, bevor es ihm gelang, den Wagen wieder unter Kontrolle zu bringen. Bei der erstbesten Bushaltestelle fuhr er rechts ran und beschloss mit flimmerndem Herzen, sich endlich die dringend benötigte Spritze zu setzen.

William befand sich wieder in Hommelvik, doch an diesem Vormittag schneite es nicht. Die Mautgesellschaft hatte ihn wissen lassen, dass Anna Vensjø an der Kontrollstelle vor dem Hell-Tunnel arbeitete. Dort angekommen, parkte er am rechten Fahrbahnrand, überquerte die Straße und klopfte an die Tür des Kassenhäuschens. Sie wurde umgehend von einer Frau geöffnet, die ein paar Jahre älter sein musste als er. Er erkannte sie sofort wieder, während sie ihn fragend ansah.

»Ja?«

»Sie wissen sicher nicht mehr, wer ich bin. Ich heiße William Schrøder und bin Journalist beim *Trondheimer Anzeiger*.«

Auch diese Auskunft schien ihrer Erinnerung nicht auf die Sprünge zu helfen. Sie schüttelte nur den Kopf. Das ernste Gesicht mit den hohen Wangenknochen unter den rotblonden Haaren ließ ihn an den Film *Ein Schrei in der Dunkelheit* denken, den er vor Jahren gesehen hatte. Doch er konnte sich an den Namen der weiblichen Hauptdarstellerin, die ihr ähnelte, nicht erinnern.

»Vor vielen Jahren haben wir uns einmal bei Bjålands am Fagratunvegen kennen gelernt. Oddvar Skaug und ich hatten Jørgen und Ihren Mann auf der Jagd begleitet.«

»Ja, natürlich!« Jetzt lächelte sie befreit. »Jon war sauer, weil er danebengeschossen hatte.«

»Doch am nächsten Tag hat er die Scharte ausgewetzt, nicht wahr?«

Anna nickte. Sie begriff offenbar, dass es kalt sein musste, draußen im Wind zu stehen, und bat ihn herein. Er setzte sich auf einen Hocker, während sie ihren festen Platz am Ende des Häuschens einnahm, von wo aus sie in drei Richtungen blicken konnte.

»Viel zu tun?«

»Ach, nein, die meisten haben Kleingeld.«

Er nickte. Im Laufe ihres Gesprächs hörte er in gleichmäßigen Abständen das Geräusch von Münzen, die in die Körbe geworfen wurden, die sich zu beiden Seiten des Häuschens befanden. Sie schenkte Kaffee aus einer Thermoskanne in einen Becher, den sie William reichte, und wären nicht die gesamte technische Ausstattung des Raumes sowie die auf beiden Seiten vorbeifahrenden Autos gewesen, hätte er geglaubt, sich in einer gemütlichen Waldhütte zu befinden. Das einzige Problem bestand darin, dass er nicht wusste, wie er das Thema zur Sprache bringen sollte.

»Eigentlich sollte ich direkt mit Jon darüber sprechen«, begann er, »aber ich weiß nicht, ob ich mich traue.«

»Er beißt nicht.« Sie hatte ihm die Seite zugewandt.

»Ich habe mit Jørgen Bjåland gesprochen. Er meint, dass dein Mann dringend psychologische Hilfe braucht.«

»Da besteht kein Zweifel. Aber ich verstehe nicht, dass du …«

»Im Grunde weiß ich es selbst nicht. Ich möchte betonen, dass ich nicht aus beruflichem Interesse hier bin.« Da sie nichts entgegnete, fuhr er fort: »Aber ich bin sehr besorgt, jemand könnte herausfinden, dass Jon …«

Nein, so ging das nicht.

Es war schlichtweg unmöglich, hier zu sitzen und Anna Vensjø anzulügen. Ihr zu verheimlichen, dass er selbst dieser *Jemand* war. Warum zum Teufel hatte er sich nicht an Kolbjørnsen gewandt und dem Kommissar seine Bedenken mitgeteilt? Selbstverständlich hätte er das tun sollen, anstatt Jons Frau auszuhorchen, die Bjåland zufolge zutiefst besorgt um ihren Mann war. Er versuchte sich vorzustellen, wie Solveig reagieren würde, wenn ein nahezu fremder Mann sie in der Schule aufsuchen würde, um anzudeuten, ihr Ehemann sei in einen Mord verstrickt. Eine Ohrfeige wäre das Mindeste; außerdem würde sie ihm nach allen Regeln der Kunst die Leviten lesen. Er rutschte unruhig auf seinem Koffer hin und her und war froh, als ein Auto, dessen Fahrer kein Kleingeld hatte, auf der linken Fahrbahn anhielt. Anna schob das Fenster zur Seite und nahm einen Hundertkronenschein entgegen. Nachdem der Kunde bedient worden war, versuchte er es mit einer vorsichtigeren Variante.

»Was ich meine, ist, dass er große Probleme bekommen kann, wenn er nicht die Hilfe eines Experten sucht.«

»Vollkommen deiner Meinung, aber im Moment ist es unmöglich, ihn davon zu überzeugen.«

»Eben darum.«

»Ich habe erst heute Morgen mit seinem Arzt gesprochen. Ohne Jons Wissen habe ich einen Termin am Mittwoch vereinbart.«

»Bei Bengtsen?«

»Ja.« Sie reagierte kaum darauf, dass William den Namen des Arztes wusste. »Früher hat er sich für Jon immer viel Zeit genommen, aber das scheint vorbei. Ich wollte ihn zu einem Hausbesuch überreden, doch Bengtsen sagte, er tue das nur, wenn Jon einwilligt.«

»Dann stimmt irgendwas am System nicht«, sagte William erregt. »Ich dachte, für solche Fälle gäbe es einen funktionierenden Apparat.«

»Dieser Apparat bevorzugt junge Menschen, und auch die können nicht flächendeckend versorgt werden. Wenn Jon weiterhin ärztliche Aufmerksamkeit zuteil wird, dann nur, weil er ein interessanter Fall ist.«

Sie sagte dies ohne jeden Anflug von Selbstmitleid, als hätte sie sich damit abgefunden, dass sich Jon weit hinten in der Patientenschlange anstellen musste. Gleichzeitig schien sie aber ein Bedürfnis zu haben, sich auszusprechen. Zu Williams Überraschung ging sie noch einen Schritt weiter und kam ihm mit einem Geständnis entgegen, das sich mit den Gedanken deckte, die er nicht auszusprechen gewagt hatte.

»Jon ist im Moment in einem fürchterlichen Zustand. Ich habe Angst, dass ihm der Mord an Miriam Malme so zugesetzt hat, dass er etwas Verzweifeltes, etwas … *Unkontrolliertes* unternimmt.«

Sie schwieg einen Augenblick, rang die Hände und blickte auf die Straße. Dann sagte sie kaum hörbar: »Ich habe noch nie im Leben solch eine Angst gehabt.«

Nur ein verzweifelter Mensch würde sich einem Außenstehenden so anvertrauen, dachte er mitfühlend. Er musste versuchen, ihre Notsignale zu empfangen und richtig zu deuten. »Angst, er könnte dir etwas antun?«

»Nein, nein, aber vielleicht könnte er … anderen etwas antun.«

Plötzlich funkten sie auf derselben Wellenlänge, und als sie ihm erneut einen Blick zuwarf, erinnerte er sich an etwas, das in diesem Zusammenhang vollkommen gleichgültig war, nämlich den Namen der Schauspielerin in *Ein Schrei in der Dunkelheit*: Meryl Streep.

»Wie kommst du darauf?«

»Sein Benehmen … Er gibt es nicht zu, aber ich bin mir sicher, er hatte ein Auge auf Miriam Malme geworfen, solange sie lebte. Sie wohnte ja in unmittelbarer Nachbarschaft.«

»Du meinst, er hatte sich in sie verguckt?«

»Ich weiß es nicht genau. Sie war eine sehr hübsche Frau, doch vor allem sah sie etwas vietnamesisch aus.«

William zuckte zusammen. Erst am Samstag hatte Solveig etwas Ähnliches geäußert. Und wenn es sich umgekehrt verhielt? Wenn Jon Frauen hasste, die aus diesem Land kamen? Wenn die junge Schriftstellerin durch ihr Aussehen alte Wunden aufgerissen hatte? Der Vietcong hatte zwischen Männern und Frauen keinen Unterschied gemacht.

»Er ist abends oft außer Haus. Schaut bei Bjålands vorbei, treibt sich in der Gegend herum oder geht im Wald spazieren. Er sagt, er braucht das, um auf andere Gedanken zu kommen und den Kopf freizukriegen.«

»Warum erzählst du mir das?«

»Am betreffenden Sonntagabend war er ebenfalls nicht zu Hause.«

»An welchem Sonntagabend?«

»An dem Miriam Malme nach Hause kam und getötet wurde.«

Mit einem Mal sah er die Verzweiflung in ihren Augen, die sehr viel feuchter waren als noch vor ein paar Minuten. Er wusste nicht, was er entgegnen sollte. Doch Meryl Streep fuhr auch ohne Regieanweisung fort: »Die Polizei war zweimal bei uns, um zu fragen, ob uns an diesem Abend etwas Besonderes aufgefallen wäre. Beide Male hat Jon verschwiegen, dass er zwischen zweiundzwanzig Uhr und Mitternacht nicht zu Hause war.«

»Vielleicht hat er es nur vergessen.«

»Ja, vielleicht. Seine Erinnerung lässt ihn in letzter Zeit häufig im Stich, und schließlich ist er ja sehr oft unterwegs. Aber die Stiefel kann er einfach nicht vergessen haben.«

»Jetzt verstehe ich nicht.«

»Er hat ein Paar Jagdstiefel in der Garage stehen, die er immer anzieht, wenn er auf Tour geht. Während des zweiten Besuchs sagten die Polizisten, sie hätten Fußabdrücke mit einem Kreuzmuster in Miriam Malmes Garten entdeckt. Als sie darum baten, unsere Schuhe zu sehen, sagte er nichts über seine Stiefel in der Garage.«

William schluckte. Als Zuschauer sah er, wie sie einem Journalisten aus Trondheim ihre Hände entgegenstreckte, der sie in seine eigenen nahm. In einem Film spielten sie zwei Schiffbrüchige, die sich auf einem treibenden Floß begegnet waren. Ein fürchterliches Geheimnis verband sie, das einem Dritten, sobald sie Land erreichten, zum Verhängnis werden konnte. Kommissar Kolbjørnsen, dachte er, weiß mehr, als es den Anschein hat. Natürlich hatte auch er *Silberkreuze* gelesen. Auch er musste in Betracht ziehen, dass die Tat in Hommelvik möglicherweise von einem professionellen Killer aus der Nachbarschaft verübt worden war. Oder durfte die Polizei so nicht denken?

»Die Stiefel«, wiederholte er, »stehen sie immer noch in der Garage?«

»Heute Morgen waren sie jedenfalls noch da. Du meinst, er hätte sie verschwinden lassen, wenn …«

»Ja, natürlich.«

»Aber dann wüsste er auch, dass ich ihn durchschaut hätte.«

Das stimmte. Wen war es wichtiger, hinters Licht zu führen? Die Polizei oder Anna? Das Paar konnte über dieses Thema unmöglich offen geredet haben. Er, weil er von Natur aus verschlossen war; sie, weil sie das Schlimmste befürchtete.

Sie ließ seine Hände los, blickte ihn jedoch unverwandt an. Mit ihren gesprenkelten Pupillen schaute sie ihn immer noch so an, als seien sie zwei unzertrennliche Verbündete; als sei er ihre einzige Hoffnung; als könne er sie davon überzeugen, dass ihre Zweifel an Jon sowohl unangebracht als auch überflüssig waren. Darüber hinaus lieferte sie ihm ein weiteres Argument, das er, der fremde Tröster, mit aller Zurückhaltung zur Kenntnis nahm: »Am meisten Angst macht mir das Messer.«

»Welches Messer?«

»Das Armeemesser mit dem grünen Griff. In all den Jahren hat es in einer Schachtel gelegen, zusammen mit anderen Erinnerungsstücken aus dem Krieg. Doch jetzt ist es verschwunden. Ich habe es nicht mehr gesehen seit … seit …«

Plötzlich stand sie auf, kam noch näher, brachte jedoch kein Wort mehr heraus. Und im nächsten Augenblick hatte sie – nicht Meryl Streep, sondern Anna

Vensjø – die Arme um seinen Hals geschlungen und drückte sich an ihn. Die wochen-, vielleicht monatelang angestaute Angst, die sie mit niemandem hatte teilen können, löste sich in einem Schwall von Tränen. Nur war William in diesem Moment noch nicht klar geworden, dass sein improvisierter Besuch seine waghalsige Theorie gestärkt hatte.

Tock! Tock! Tock!

Er wusste nicht, wie lange sie an seinem Hals gehangen hatte, begriff jedoch, dass das Geräusch nicht von einem Sprecht stammte, der zu ihnen herein wollte. Sie befanden sich in einem Kassenhäuschen der staatlichen Mautgesellschaft, und Autofahrer, die weder über ein Abonnement noch Kleingeld verfügten, waren nur zu berechtigt, sie zu stören.

Tock! Tock! Tock!

Jetzt fordernder, geradezu wütend.

Er löste behutsam ihre Hände, schlängelte sich an ihr vorbei, schob die Scheibe zur Seite und schaute in ein zorniges Männergesicht einen halben Meter unter ihm: »Sind Sie taub, oder was?«

»Entschuldigung, ich musste ans Telefon.«

William nahm den Schein entgegen, wechselte, gab Münzen zurück und ließ die letzte in den Korb fallen. Er musste alles richtig gemacht haben, denn eine halbe Sekunde später sprang die rote Ampel auf grün um. Der Autofahrer bedachte ihn mit einem Abschiedsgruß: »Telefon? Das darf doch nicht wahr sein, du Penner!«

Geir begegnete keiner Mautstation. Stattdessen sollte er eingeholt werden, aber das wusste er in diesem Moment noch nicht. Irgendjemand, dem sein Gesicht nicht passte, hatte geplaudert.

Der Motor brummte gleichmäßig. Nach zwanzig, dreißig Kilometern verwandelte sich die Eis- in eine Schneedecke, und er konnte mehr Gas geben. Er fuhr in östliche Richtung, den Skjerstadfjord entlang. Als er Fauske erreichte, wollte er erst mal ordentlich essen, ehe er es mit den Bergen aufnahm. Eier und Speck oder zwei Frikadellen mit Erbsen, zur Not eine Pizza oder ein Döner; für ausländische Gerichte hatte er sich nie sonderlich begeistern können.

Schwedische Landesgrenze!

Mit einer dunklen Sonnenbrille, längeren Haaren und neuen Kleidern würde ihn niemand erkennen.

Vielleicht hätte er Trondheim nie Hals über Kopf verlassen sollen, nur weil ihn Olufs Angebot verlockt hatte. Vielleicht waren es nur unzufriedene Kunden, die sich an die Polizei gewandt hatten, oder sein alter Vermieter forderte die Miete ein. Doch im Grunde wusste er ganz genau, dass mehr passieren musste, damit nach einem gefahndet wurde. Viel mehr.

Dafür hatte ihn die Spritze so weit aufgerichtet, dass er neue Hoffnung fasste.

Du lieber Himmel, in was für einem erbärmlichen Zustand er an jenem dunklen Januarnachmittag in Lade gewesen war! Und wie rasch sich dieser Zustand in vollkommenes Glück verwandelt hatte! In der Bankfiliale, nur wenige Meter von ihm entfernt, hatte es sich am Rand seines Blickfelds in Form nagelneuer Banknoten offenbart, die von der Angestellten hinter dem Schalter schließlich über die Theke geschoben wurden. Selbst heute noch, nach so langer Zeit, konnte er sich genau an das Foto auf der Broschüre erinnern, die er in der Hand gehalten hatte. Es zeigte einen attraktiven jungen Mann mit blitzenden Augen, einen Mann voller

Selbstvertrauen, dem die Zukunft zu Füßen lag. Weil er so viel Kohle besaß, dass er das überschüssige Geld investieren konnte.

Hungrig und neidisch war er gewesen. Hungrig nach Erfolg, nach all den schmerzlichen Niederlagen. Neidisch, weil es Menschen gab, die nie zu Lüge und Betrug gezwungen waren, um zu überleben; bequeme Reiche, die als Belohnung für ihre lausige Arbeit Millionen scheffelten. Immer noch stand ihm die Situation, in der er sich dreißig Minuten und eine selbst gedrehte Zigarette später befunden hatte, klar vor Augen:

Er stand auf einem Eisbuckel und lehnte sich gegen die Wand des niedrigen Hauses, in dem die Frau verschwunden war. Dank einer Zwergkiefer und des geparkten Wagens im Vorgarten war er von der Straße aus nicht zu sehen. Das Namensschild an der Tür – *Vibeke Ordal* – ließ darauf schließen, dass sie allein lebte. Und als er durch das Küchenfenster spähte, hatte er sie am Tisch sitzen und die Scheine in einen Umschlag stecken sehen. Zehntausend? Zwanzigtausend? Mindestens. Für einen Augenblick erwog er, einfach zu klingeln, sich ins Haus zu drängen und das Geld an sich zu reißen. Doch in der Tür befand sich ein Spion. Die Chance, dass sie überhaupt öffnete, lag bei fünfzig Prozent, denn er glaubte, dass sie ihn bemerkt hatte, als er ihr von der Bank aus gefolgt war. Als er sich die Handschuhe auszog, um sich eine weitere Zigarette zu drehen, zitterten seine Finger so stark, dass er es beinahe aufgegeben hätte. Nicht die Kälte, sondern sein Fieber war schuld. Wenn er nicht bald einen Schuss bekam, war er am Ende. Hielt er das Ohr an die Holzwand, hörte er Musik. Irgendjemand sang auf Englisch und wurde von einer Bigband begleitet. Hinter der Wand befand sich eine Welt, die er nicht kannte und sich nur ausmalen konnte. Es begann zu schneien. Sollte er auf der Rückseite des Hauses ein Kellerfenster einschlagen und hindurchkriechen?

Er bezweifelte, dazu in der Lage zu sein. Wenn ihm nichts einfiel, ehe er die Zigarette aufgeraucht hatte, wollte er lieber gleich nach Hause gehen. Den Autoverkauf verschieben, denn die Firma hatte ohnehin schon Feierabend. Ein letztes Mal in die Nonnefata fahren, um zu sehen, ob Espen zu Hause war. Um eine Spritze gegen doppelte Bezahlung betteln; das Geld würde er am nächsten Tag vorbeibringen. Sein Unbehagen war so stark, dass seine Füße zu zittern begannen. Seine Kräfte verließen ihn.

Doch in dem Moment, als er seine zweite Zigarette wegwarf und die Handschuhe wieder anzog, geschah das Wunder. Die Haustür öffnete sich, die Frau erschien auf den Stufen, schaute aber nicht in seine Richtung. Stattdessen ging sie zur Gartenpforte. Als sie beim Briefkasten stehen blieb, ihren Rücken dem Haus zugekehrt, dachte er nicht länger nach. Weil die Tür offen stand und ihn förmlich einlud. Er huschte hinein und begegnete fremden Räumen, Farben und Musik. Wollte nur in die Küche. Dort erblickte er sofort die aufgeschlagene Zeitung auf dem Tisch, den Lottoschein, die Kaffeetasse und die Schüssel. Doch keinen Umschlag. *Kein Umschlag!* Sein Herzklopfen wurde zu einem Trommelfeuer, das in seinem gesamten Körper wütete. Am Rande seines Blickfelds ahnte er die Scheinwerfer eines Autos, das langsam vorüberfuhr. Die Frau konnte jederzeit zurückkehren, und er fand den verdammten Umschlag nicht! Sein Blick hastete in alle Richtungen, über die Arbeitsplatte, vom Herd zum Kühlschrank.

An der Wand über der Arbeitsplatte hing eine gut sortierte Auswahl scharfer Messer. Er würde sich zu verteidigen wissen, falls sie auftauchte. Noch besser: Er konnte eines benutzen, um ihr zu drohen, konnte sie zwingen, ihm zu sagen, wo sich der Umschlag befand. Er streckte die rechte Hand aus, sicherte sich das erstbeste Messer und hielt es hinter den Rücken, als er hörte, wie die Haustür geschlossen wurde. Im nächsten Augenblick, als sie in die Küche kam, drehte er sich um und entdeckte den dicken Umschlag auf dem Kühlschrank. Alles andere ging so schnell, dass er kaum wusste, was er tat, doch irgendwo in seinem Hinterkopf war ihm offenbar bewusst geworden, dass sie ihn wiedererkennen würde, selbst wenn es ihm gelang, mit dem Geld zu flüchten, und dann war er am Ende. Ohne zu zögern drehte er sie herum und hielt ihren Oberkörper in einem eisernen Griff. Jetzt gab es kein Zurück mehr. Die Angst vor dem Scheitern verlieh seinem Arm mehr als genug Kraft, um tief in ihren Hals zu schneiden. Verblüfft, wie leicht alles war, abgesehen davon, dass sie ihm eine kleine Kratzwunde im Gesicht zugefügt hatte, ließ er sie los und stieß sie weg. Sie sank zu Boden und blieb vor seinen Füßen auf dem Rücken liegen. Er ging zur Spüle und öffnete den Warmwasserhahn. Es dampfte aus der Leitung, während das Blut mit einem gurgelnden Laut im Abfluss verschwand, ähnlich dem Geräusch, das sie gerade von sich gegeben hatte. Er reinigte auch den Griff, bevor er das Messer wieder an die Wand hängte. Am Ende das Wichtigste: der Umschlag. Er steckte ihn in die Jackentasche und achtete darauf, nicht in die ekelhafte Blutlache zu treten. Ging aus der Küche und knallte im Gefühl des Triumphs die Haustür hinter sich zu.

Geir erinnerte sich nur vage daran, dass er die Straße hinuntergelaufen und erst wieder zu sich gekommen war, als er auf dem Eis ausrutschte und hinfiel. Außer Atem rappelte er sich wieder auf und bemerkte, dass er sich in einer anderen, breiteren Straße befand. Im Hintergrund leuchteten die Lichter des Krankenhausgeländes. Er fand die Allee, die die Straße kreuzte, und eilte zum Parkplatz vor dem Einkaufscenter. Wie er wohlbehalten nach Møllenberg zurückkehren sollte, lag noch in einer Art Nebel, aber er würde nie den Augenblick vergessen, als er hinter dem Steuer saß und den Umschlag aufriss. Danach musste er nur noch zu Espen fahren und sich das kaufen, wonach ihn am meisten verlangte. Espen fragte nie, woher das Geld kam.

Am nächsten Tag las und hörte er vom Tod am Victoria Bachkes vei und begriff rasch, was für ein unglaubliches Glück er gehabt hatte. Die meisten Morde wurden im Affekt begangen (hatte er in der Zeitung gelesen), und in den anderen Fällen führte oft mangelnde Planung dazu, dass die Mörder rasch gefasst wurden. Aber das sollte ihm nicht passieren. Vielleicht hatte er auch die nötige Cleverness besessen, die erforderlich war. Er fürchtete Schüttelfrost und nächtliche Albträume als Folge seiner Tat, doch auch die blieben aus. Er kam sich eher als unbeteiligter Zuschauer vor, so als hätte er ein weiteres Video der Sorte gesehen, die er sich manchmal auslieh, wenn er sich langweilte. Während Tage und Wochen verstrichen, ohne dass die Polizei der Lösung des Falls näher kam, begann er seine Handlung mehr und mehr als Heldentat zu betrachten. In seinem kleinen Bekanntenkreis gab es niemand, der glaubte oder ahnte, dass Geir Jerven der Schuldige war, und das geheime Machtgefühl, das er empfand, stärkte sein Selbstbewusstsein noch mehr. Er war wieder auf die Beine gekommen, hatte den Großteil seiner Spielschulden abbezahlt und konnte eine Zeit lang sorglos leben. Ja, er hatte sogar ein wenig in seiner Werkstatt gearbeitet, ein paar Kunden besucht und Küchenmaschinen gegen Cash repariert. Genau fünf Wochen nach dem Tod Vibeke Ordals fand die Polizei eine weitere Frau mit durchschnittener Kehle – diesmal in Hommelvik –, und plötzlich redeten alle von einem Serienmörder. Alle Aufmerksamkeit richtete sich mit einem Mal auf einen Abend, für den Geir ein wasserdichtes Alibi besaß, nach dem ihn allerdings niemand fragte. Er konnte sich bei einem unbekannten Mörder für ein Ablenkungsmanöver bedanken. Durch seine schriftlichen Mitteilungen an den *Anzeiger* hatte der Vollidiot sogar die Verantwortung für den ersten Mord auf sich genommen!

Aus reinem Übermut hatte er viel zu viel auf der Trabrennbahn verspielt und noch mehr beim Poker verloren. Sein Geldpaket war nicht nur zusammengeschrumpft, sondern hauchdünn geworden. Es war dieser Moment gewesen, an dem er wieder an seinen alten Kumpel Oluf dachte, der ihm das Blaue vom Himmel versprochen hatte. Ein paar Tage später fasste er den Entschluss, und am Donnerstag, dem 24. Februar, packte er seine Sachen und verstaute sie im Transporter. Der alte Våge stand schäumend vor Wut auf der Treppe, doch Geir dachte gar nicht daran, ihm seine letzten Scheine in die Hand zu drücken.

»Hättest mich vorher anrufen sollen, du Knallkopf«, sagte Oluf, als er in Bodø ankam. »Die Dinge haben sich nicht so entwickelt, wie ich gedacht habe.«

Doch jetzt, wieder in seinem vertrauten, rumpelnden Wagen, war er dabei, alle Sorgen hinter sich zu lassen. Er stellte das Radio an. Es war halb zwölf, und die Nachrichten des Staatlichen Norwegischen Rundfunks verstärkten sein Gefühl von Freiheit und Sicherheit:

»Die Polizei hat weiterhin Interesse, mit Personen in Kontakt zu kommen, die Hinweise zum Mord an der dreißigjährigen Beate Stokke geben können, die gestern Nachmittag in der Nähe des Langlaufzentrums in Granåsen im Kofferraum ihres eigenen Wagens tot aufgefunden worden war. Da auch ihr mit einem Messer die Kehle durchschnitten worden war, geht die Polizei davon aus, dass der Serienkiller ein weiteres Mal zugeschlagen hat. Bereits am Freitag, zwei Tage bevor die Leiche gefunden wurde, waren sowohl bei der Polizei als auch beim Trondheimer Anzeiger anonyme Briefe eingegangen, die den Mord angekündigt hatten. Es war der Hund einer Skiläuferin, der …«

Geir hörte aufmerksam zu und dankte im Stillen ein weiteres Mal dem Schwachkopf, der von ihm gelernt und die gesamte Verantwortung auf sich genommen hatte. Was für eine unglaubliche Frechheit – den Brief vorab zu schicken! Der Kerl musste sich wirklich unangreifbar fühlen. Doch andererseits hatte er selbst erfahren, wie einfach es war, zu töten und seine Spuren zu verwischen. Im Grunde war nicht viel Grips und Umsicht erforderlich, um eine Festnahme zu vermeiden. Nein, wenn er selbst gesucht wurde – falls Oluf überhaupt die Wahrheit gesagt hatte –, musste dies eine andere Ursache haben. Vielleicht hatten sie Espen eingebuchtet; vielleicht hatte er die Namen seiner Kunden verraten.

Nach Fauske konnte es nicht mehr weit sein. Noch eine Mahlzeit, eine Zigarette, neue Kräfte sammeln. Das sollte gelingen. Er spürte es.

Von hinten näherte sich ein Auto. Er sah es im Spiegel. Er sollte es einfach vorbeilassen und darauf verzichten zu demonstrieren, dass er mindestens genauso schnell fahren konnte. Die Tachonadel zeigte beinahe hundert. Erneuter Blick in den Spiegel.

Ein weißer Volvo mit roten und blauen Streifen. POLIZEI.

Er drosselte behutsam das Tempo, denn gerade hier war die Straße ein wenig glatt. Das Auto erschien rasch neben ihm – und fuhr vorbei. Doch anstatt weiterzufahren, bremste es ab. Eine Kelle wurde aus dem Fenster gehalten. *Er* war gemeint. Mit *ihm* wollten sie sprechen. Sie wollten, dass er anhielt! Er tat es. Sah sie zu beiden Seiten aus dem Wagen steigen, ein Mann und eine Frau in anthrazitfarbenen Uniformen mit weißen Streifen. Sie kamen auf ihn zu, Schulter an Schulter, und sahen nicht besonders freundlich aus. Sein Herz raste.

Dann ließ er die Kupplung los. Die Räder rotierten – und er gab Gas. Der männliche Beamte musste sich zur Seite werfen, um nicht überfahren zu werden. Vorbei am Volvo, und freie Sicht geradeaus. Das Letzte, womit er sich abfinden würde, war, von zwei beschränkten Landpolizisten festgenommen zu werden.

Ivar Damgård wurde aus Agnar Juvik nicht schlau. Zwar musste er berücksichtigen, dass nicht einmal zwanzig Stunden seit der Nachricht von Beate Stokkes Tod vergangen waren, doch machte der Mann einen sonderbar zerstreuten Eindruck. Das konnte an zwei Dingen liegen. Entweder war er von Natur aus so sehr mit beruflichen Dingen beschäftigt, dass selbst der Tod eine untergeordnete Rolle spielte, oder die Trauer war so überwältigend, dass er Schwierigkeiten hatte, sich zu artikulieren. Ivar setzte auf die zweite Möglichkeit, doch es irritierte ihn, dass Juvik auftrat, als sei nichts geschehen.

Sie saßen in der modern eingerichteten Firmenkantine, hoch über dem Wasserspiegel. Die Aussicht auf die Festungsinsel Munkholmen sowie die Berge auf der anderen Seite des Fjords war so beeindruckend, dass Ivar gern jeden Tag hier zu Mittag gegessen hätte. Im Gegensatz zu William hatte er keine Bedenken, eine Firma zu besuchen, deren eine Mitarbeiterin soeben ihr Leben verloren hatte. Schon beim Betreten der Kantine hatte er die gedrückte Stimmung wahrgenommen. Die überwiegend männlichen Mitarbeiter sprachen leise miteinander. An einigen Tischen saßen ausschließlich junge Männer. Zwanghaft schick gekleidet und selbstzufrieden, fand der voreingenommene Ivar, dem die Selbstüberschätzung der Computerbranche seit jeher gegen den Strich gegangen war. Eva Gunn Tranøy fühlte sich offensichtlich geschmeichelt und errötete, als er sie fragte, ob sie ihm Juvik zeigen könne, falls dieser anwesend sei. Das konnte sie und wirkte enttäuscht, als er sich bedankte und sie dann stehen ließ. Aus irgendeinem Grund saß der Mann allein. Ivar war geradewegs auf ihn zugegangen und hatte sich vorgestellt.

Er wurde zwar nicht direkt abgewiesen, hatte aber das Gefühl, dass Juvik ihn als Luft betrachtete.

Der Anzug und Krawatte tragende Abteilungsleiter war eine attraktive Erscheinung, auch wenn Ivar die Frisur seiner dunkelblonden Haare nicht gefiel. Sie waren so stramm nach hinten gekämmt, dass es aussah, als habe er mehrere Tage im Windkanal verbracht. Doch als er lächelte, wusste er, was Eva Gunn gemeint hatte, als sie seinen großen Charme erwähnte. »Der reine Filmstar« hatte Hjørdis Hveem heute Morgen am Telefon zugestimmt. Ivar konnte diese Meinung nicht recht teilen. Er fand Juvik etwas zu stromlinienförmig und perfekt.

»Der *Trondheimer Anzeiger* interessiert sich für diesen Fall aus mehreren Gründen. Wir versuchen uns ein Bild vom Verhaltensmuster des Täters zu machen und haben aus diesem Grund auch schon mit Angehörigen und Freunden von Vibeke Ordal und Miriam Malme gesprochen.«

»Das glaube ich gern.«

»Ich gehe davon aus, dass die Polizei Sie schon gefragt hat. Wissen Sie, ob Frau Stokke die beiden ersten Opfer persönlich kannte?«

»Warum hätte sie das sollen?«

»Es wäre doch immerhin möglich.«

»Darüber weiß ich nichts. Ich habe mich in erster Linie für ihre fachlichen Qualitäten interessiert.«

»Und die waren ausgezeichnet?«

Juvik nickte, doch seine braunen Augen schauten direkt durch Ivar hindurch.

»Welche Tatmotive könnten Sie sich vorstellen?«

»Motive? Bei blinder und rücksichtsloser Gewalt?«

»Blinde Gewalt gibt es nicht«, sagte Ivar, um Juvik zu einer klaren Stellungnahme herauszufordern.

»So?«

»Gewalt wird immer von jemand ausgeübt, der *sehen* kann beziehungsweise *gesehen* hat und mit seiner Tat etwas erreichen will.«

»Sehr interessant.« Doch in Juviks tiefer Stimme lag weder Verständnis noch Anteilnahme. Mehr als ein indifferentes Schulterzucken war ihm nicht zu entlocken.

»Die Person, die Beate Stokke ermordete, wusste, was sie tat. Es war eine zielgerichtete Handlung mit der klaren Absicht, zu töten.«

»Wenn Sie das so genau wissen, warum fragen Sie dann mich?«

Ivar ließ sich nicht aus der Fassung bringen. Bei Mordfällen dreht es sich nicht primär um Alibis, sondern um Motive. Was hatte Beate an sich gehabt, das sie zur Zielscheibe eines vermutlich perversen Serientäters werden ließ? Hatte sie Eigenschaften, die er als besonders anziehend oder abstoßend empfunden hatte?

Im abwesenden Blick des Abteilungsleiters wurde ein Anflug emotionaler Beteiligung sichtbar: »Beate war eine zauberhafte Frau. Man brauchte sie nicht näher zu kennen, um gewisse Qualitäten festzustellen. Aber ein verheirateter Mann wie ich darf sich auf solche Gedankenspiele natürlich gar nicht erst einlassen, verstehen Sie?«

»Ja, natürlich.«

»Ich habe mich sozusagen für Leichtbier entschieden. Wenn man das doppelt so schnell trinkt wie Vollbier, in tiefen Zügen, schmeckt es fast wie Pils. Und das genügt mir.«

Ivar konnte über diesen Vergleich nur staunen. Ganz offensichtlich sprach Juvik von seiner Frau. Dieser Kerl, dachte er, ist vielleicht wirklich ein Heiliger. Oder nur scheinheilig? Jedenfalls musste Juvik die Möglichkeiten geahnt haben, die Svein Rudberg zugute kamen, als Beate ihm willig ihren Körper zur Verfügung gestellt hatte. Dann erinnerte er sich an die Schlussfolgerungen, die William und er am Morgen gezogen hatten, und sagte laut: »Gewisse Umstände legen die

Vermutung nahe, dass Beate ihren Mörder kannte und ihn freiwillig zu sich ins Auto steigen ließ.«

Juviks Interesse war nun endgültig geweckt. »Sie meinen, jemand, mit dem sie ein Verhältnis hatte?«

»Und der am Mittwochabend nicht beim Fußball war«, fügte Ivar rasch hinzu. Falls es dem Mann auf ein Alibi ankam, war das Fußballspiel nicht der schlechteste Köder.

»Geht die Polizei davon aus, dass der Mord zu diesem Zeitpunkt geschah?«

Eine listige Frage, dachte Ivar. Und ein ausgezeichneter Schutz, abhängig davon, wie die Antwort ausfallen würde. War Beate Stokke zwischen 20 Uhr 30 und 22 Uhr 30 ermordet worden, konnte der Mörder behaupten, im Stadion gewesen zu sein, vor allem, wenn er sich eine Videoaufzeichnung des Spiels angesehen hatte. Das Stadion war nicht ausverkauft gewesen. »Ja«, log er.

»Dann stehe zumindest ich nicht unter Verdacht«, entgegnete Juvik lächelnd.

Während Ivar sich fragte, ob er das Thema beenden sollte, erblickte er einen Bekannten mit Aktenkoffer, der sich ihrem Tisch näherte; jemand, der sich etwas darauf einbildete, Frauen zu verstehen, Williams guter Freund Oddvar Skaug.

»Störe ich?«

»Ganz und gar nicht«, sagte Juvik, der erneut einen abwesenden Eindruck machte.

Skaug nickte Ivar freundlich zu, ehe er sich mit jovialem Lächeln dem Abteilungsleiter zuwandte: »Sie haben sicher vergessen, dass wir uns vor zehn Minuten in Ihrem Büro treffen wollten.«

»Um Himmels willen …«

»Ich verstehe gut, dass Sie im Moment andere Dinge im Kopf haben. Wir können den Termin gerne verschieben, wenn Sie das wollen.«

»Aber nein.« Juvik stand langsam auf und sah Ivar entschuldigend an. »Wenn Sie keine weiteren Fragen haben ...«

Der Journalist schüttelte den Kopf. Fragte sich, was die beiden Männer zu bereden hatten, bis er sich daran erinnerte, dass auch Oddvar Skaug in der Computerbranche arbeitete und eine kleine, aber renommierte Firma betrieb, die große Unternehmen mit Software belieferte. Vielleicht wollten sie über eine Fusion sprechen.

Als er sie zum Aufzug gehen sah, stand auch er auf. Während er dem Ausgang entgegenschritt, nahm er wahr, dass Eva Gunn Tranøy ihm ein Signal gab, doch er fürchtete, sie wolle ihn besser kennen lernen, und so tat er, als hätte er nichts bemerkt.

In dem kobaltblauen Mauthäuschen hatten sich beide eine Zigarette angezündet, obwohl Rauchen hier streng verboten war. »Ich übernehme die volle Verantwortung«, sagte er, »vorausgesetzt, du hast noch einen Schluck Kaffee übrig.«

Das hatte sie, doch saß sie inzwischen wieder an ihrem Platz. Binnen kurzer Zeit hatte Jons Schicksal eine Verbundenheit zwischen ihnen geschaffen, die William Annas immensem Bedürfnis zuschrieb, sich jemandem anzuvertrauen. Und noch immer hatte sie nicht alles erzählt.

Er: »Was das Messer betrifft, glaubst du wirklich, dass er am Vietnamkrieg teilgenommen hat?«

Sie: »Kommt ganz drauf an.«

Er: »Worauf?«

Sie: »Vor Erscheinen des Buches habe ich ihm blind vertraut. Er ist oft mitten in der Nacht aufgewacht und hat Wörter auf Englisch oder in einer Sprache geschrien, die ich noch nie gehört habe, die sich aber so anhört, als habe man Kaugummi im Mund. Manchmal war er in Schweiß gebadet, sprang aus dem Bett und warf sich mit einem imaginären Gewehr in den Händen auf den Boden. Mehrmals habe ich das Messer unter seinem Kopfkissen gefunden.«

Er: »Aber sein Zustand besserte sich?«

Sie: »Ja. Sivle muss etwas bewirkt haben, wozu Bengtsen nicht imstande war. Jon wurde ruhiger, ausgeglichener. Bis sich Gerüchte verbreiteten, er habe sich alles nur ausgedacht. Daraufhin hat er sich wieder völlig eingeigelt. Sagte nur, ziemlich resigniert, er sei nichts anderes gewohnt. Als die amerikanischen Kriegsveteranen in ihre Heimat zurückkehrten, hat man ihnen auch nicht geglaubt. Viele Amerikaner, die vom Krieg nichts mehr hören wollten, haben sich sogar über sie lustig gemacht und meinten, sie hätten wohl zu viele Western gesehen und wollten sich im Nachhinein zu Helden stilisieren. Doch manchmal habe ich auch an seinen Berichten gezweifelt, wenn er mir verschiedene Versionen ein und derselben Episode erzählte.«

Er: »Aber er hatte sein Leben einigermaßen im Griff?«

Sie: »Ja, bis der Herbst begann und die Albträume zurückkehrten. Als dann der Mord an Miriam Malme geschah, bekam er wieder diesen Tunnelblick.«

Er: »Sivle hat sich all seine Medaillen und Trophäen zeigen lassen.«

Sie: »Trophäen? Das Zeug gibt's da drüben auf jedem Straßenmarkt zu kaufen!«

Er: »Ich habe fast das Gefühl, du würdest dich freuen, wenn er gelogen hätte.«

Sie: »Ja, ich würde mich sicherer fühlen, wenn er dieses schreckliche Messer nie benutzt hätte.«

Er: »Telefoniert Jon noch manchmal mit anderen Veteranen?«

Sie: »Nicht mehr so oft wie früher. Viele von ihnen sind tot, sagt er. Selbstmord oder Krebs infolge der Entlaubungsmittel, die sie damals eingesetzt haben. Ich weiß nicht mehr, was ich glauben soll, aber ich selbst war manchmal am Telefon, wenn irgendwelche Englisch redenden Männer Jon sprechen wollten.«

Er: »Dieser Terry hat ihn neulich von der Arbeit aus angerufen?«

Sie: »Ja, er war bester Laune, als er nach Hause kam. Zum ersten Mal war ein anderer Veteran in der Stadt, der ihn sprechen wollte. Als er in den Wagen stieg, um ihn zu treffen, war er aufgeregt wie ein Schuljunge, der im Preisausschreiben gewonnen hat.«

Er: »Bjåland hat mir davon erzählt. Als er zurückkam, muss er völlig niedergeschlagen gewesen sein.«

Sie: »Und ob! Anderthalb Stunden hat er in der Pianobar auf ihn gewartet, ehe er es aufgab. Sagte, er hätte bei allen möglichen Hotels und dem Sekretariat der Konferenz angerufen, doch niemand hatte etwas von einem Terry Donovan gehört. Er heulte und führte sich auf, als sei die Welt für ihn zusammengebrochen.«

William wusste nicht, was er noch fragen sollte. Anna hatte sich ihm auf Gedeih und Verderb ausgeliefert, doch einer Erklärung war er immer noch nicht näher gekommen. Bjåland zufolge, der zu dem Holzhandel einen guten Kontakt hatte, verneinte das dortige Sekretariat, dass ein Amerikaner am Mittwoch nach Jon gefragt hätte, während Jon behauptete, auf seinem Handy angerufen worden zu sein. Doch niemand in der Hobelwerkstatt konnte sich daran erinnern.

Dessen ungeachtet stand fest, dass Jon an dem Abend, an dem Beate Stokke vermutlich ermordet wurde – wie auch immer er mit einer solchen Frau in Kontakt gekommen war –, für fast drei Stunden das Haus verlassen hatte. Hätte er sich keine glaubwürdigere Geschichte ausgedacht, falls es ihm darum gegangen wäre, sich ein wasserdichtes Alibi zu beschaffen? Die einzig denkbare Alternative war, dass er die Wahrheit sagte; dass der eigentliche Serienmörder ihn angerufen und sich als Terry Donovan ausgegeben hatte – mit dem Ziel, Jon ins Zentrum der Ermittlungen zu rücken, weil er wusste, dass auch die Polizei ihn bereits als Verdächtigen Nummer eins im Visier hatte.

Doch klang eine solche Erklärung bestenfalls konstruiert. Denn warum sollte sich der Täter die Mühe machen – oder das Risiko eingehen –, den Mord einem Mann in Hommelvik in die Schuhe zu schieben, da ihm selbst ohnehin niemand auf den Fersen war?

Als William sich von Anna Vensjø verabschiedete, konnte er nicht mehr tun, als sie zu umarmen und ihr zu versprechen, ein weiteres Mal mit Bengtsen zu reden und ihn zu bitten, bei nächster Gelegenheit, am besten noch heute Abend, nach Jon zu schauen. Auf dem Rückweg in die Stadt erinnerte er sich plötzlich daran, dass noch ein weiterer Verdächtiger namens Geir Jerven existierte. Wenn ein Mensch vollkommen untertauchte, musste er dann nicht wirklich Dreck am Stecken haben?

Sie können nichts beweisen!, sagte seine innere Stimme.

Doch gleichzeitig diese lähmende Angst, dass sie dennoch Bescheid wussten und mehr als genug gegen ihn in der Hand hatten, um ihn einzubuchten und so lange zu warten, bis ihn der Drang nach dem nächsten Schuss zum Geständnis verleitete.

Er musste Gas geben, durfte den Volvo, der das Blaulicht angeschaltet hatte, nicht an sich herankommen lassen, obwohl ihm klar war, dass er ihm nicht würde davonfahren können. Das andere Auto hatte nicht nur einen stärkeren Motor, sondern war auch leichter zu lenken. Die Straßenlage des Transporters, gerade auf solchem Untergrund, war nicht die beste. Seine einzige Chance bestand darin, den Wagen mitten auf der Straße zu halten. Früher oder später würde sich eine Situation ergeben, die er zu seinem Vorteil nutzen konnte. Zum Beispiel konnte den Polizisten irgendwann das Benzin ausgehen, während sein Tank nahezu voll war.

Seine Hände krallten sich um das Steuer. Bei jeder Linkskurve musste er unaufhörlich in den Rückspiegel schauen, um sich zu versichern, dass der Volvo kein Überholmanöver startete. Neue, lange Gerade, sehr breit sogar. Er trat das Gaspedal ganz durch und spürte das Auto unter sich über die Straße fliegen, ein alter Transporter mit über 140 km/h auf schneeglatter Fahrbahn. Nicht übel. Doch die Verfolger drosselten das Tempo nicht, sondern hingen ihm weiter an der Stoßstange. Was würde geschehen, wenn er jetzt eine Vollbremsung machte? Wäre der Volvo nicht gezwungen, in den Graben zu fahren, um eine Kollision zu vermeiden? Er setzte den Fuß auf das andere Pedal. Zögerte, weil ein jähes Abbremsen dazu führen konnte, dass er selbst die Kontrolle über sein Fahrzeug verlor. Von diesem Moment an registrierte er kaum noch die Landschaft, die ihn umgab, hatte einen Tunnelblick bekommen, ahnte jedoch, dass das Gelände hinter dem rechten Fahrbahnrand steil abfiel. Den Fuß wieder aufs Gaspedal. Er musste Schlangenlinie fahren, um zu verhindern, dass der hintere Wagen an ihm vorbeifuhr.

Die nächste Kurve raste ihm wie eine bedrohliche Lokomotive entgegen.

Bremsen, bremsen!

Er erschrak, als der Volvo plötzlich die Sirene anstellte. Nicht nur, um ihn zu erschrecken, sondern auch, um entgegenkommende Fahrzeuge zu warnen. Nein, da schoss ihm etwas entgegen. Der Fahrer musste den Verstand verloren haben.

Das war so ziemlich das Letzte, was Geir Jerven durch den Kopf ging. Sein Transporter fuhr nicht mehr geradeaus, sondern schlitterte seitwärts auf die Leitplanke zu. Die Geschwindigkeit war so hoch, dass er gegen die Metallschiene krachte und in hohem Bogen über die Kante flog, bevor er neben der Straße auf dem Abhang aufprallte. Vor seinen Augen explodierten Sonne und Schnee in einem hysterischen Blitzlichtgewitter, und die Welt verschwand in einem Feuerwerk von Lichtern.

Es war Abend geworden,

als der männliche Wachhabende an der Rezeption den Telefonanruf einer Frau entgegennahm, die 112 gewählt hatte und unbedingt eine weibliche Beamtin sprechen wollte. Maria wollte gerade mit ihrem ständigen Kollegen Richard auf Streife, als das Telefon klingelte. Sie hatte sich erhoben und hielt ihre Jacke in der Hand, als es geschah.

»Warum ausgerechnet ich?«

»Na, Sie haben doch immer einen guten Draht zu solchen Leuten. Ich glaube, es ist ernst.«

Sagte der Wachhabende und gab ihr den Hörer. Was zum Teufel sollte das heißen, *solche* Leute, dachte Maria und hoffte, die Anruferin sei nicht betrunken und wolle ihr ihre Leidensgeschichte erzählen.

»Hallo?«, sagte die Frau.

»Hallo, mit wem spreche ich?«

»Ich traue mich nicht, meinen Namen zu nennen, aber ich brauche einen Rat.«

Normalerweise ließ sich Maria Senje auf so etwas nicht ein, doch die Stimme der Frau klang so zittrig, leise und ängstlich, dass sie ihr ohne zu zögern entgegenkam.

»Einen Rat? Das kommt drauf an, worum es geht.«

»Es geht um meinen Mann.«

»Wie heißt Ihr Mann?«

»Bitte … ich brauche einen Rat.«

»In Ordnung, fangen Sie an. Ich höre Ihnen zu.«

»Ich glaube, er hat vor, mich umzubringen.«

Trotz dieser furchtbaren Vermutung behielt Maria die Ruhe. Es war bei weitem nicht das erste Mal, dass sich eine Frau von ihrem Mann ernsthaft bedroht fühlte.

»Rufen Sie von zu Hause an? Ist er anwesend?«

»Ich bin zu Hause. Er ist woanders.«

»Wo?«

»Das ... weiß ich nicht. Bei einer seiner Freundinnen, nehme ich an. Lange habe ich an seine Termine geglaubt, jetzt nicht mehr. Ich halte das nicht länger aus.«

»Ich möchte Ihnen gern helfen«, sagte Maria langsam und deutlich. »Aber dazu müssen Sie mir Ihren Namen verraten und mir sagen, wo Sie wohnen.«

»Nein, nein!«

Es klang wie ein erstickter Schrei. Maria drückte den *Record*-Knopf des Tonbandgeräts. Sie hatte eine gewisse Übung, von der Stimme unbekannter Frauen auf ihr Alter zu schließen, aber diesmal war es schwierig. Sie schätzte sie zwischen vierzig und fünfzig.

»Was wollen Sie von mir wissen?«

»Wie ich mich in Sicherheit bringen kann.«

»Denken Sie an das Krisenzentrum?«

»Um Himmels willen, nein, das ist nichts für mich.«

Auch noch versnobt, dachte Maria. »Dann kann ich Ihnen fürs Erste nur den Rat geben, zu uns aufs Präsidium zu kommen.«

»Das traue ich mich nicht. Sobald ich im Garten auftauche, laufe ich Gefahr, von einem seiner Leibwächter geschnappt zu werden.«

»Er hat Leibwächter?«

»Lakaien. Horchposten. Spione. Sie sind überall.«

Maria seufzte. Wieder hatte sie es mit einem Menschen zu tun, der in seinem depressiven Zustand für rationale Argumente nicht mehr zugänglich war. In der Regel brauchten diese Menschen psychiatrische

Hilfe, doch wie sollte man diese organisieren, wenn sie ihren Namen nicht nannten?

»Können Sie mir garantieren, dass Sie nüchtern sind und auch nicht von anderen Mitteln beeinflusst werden?«

»Schön wär's.« Danach, als habe jemand ihren sozialen Status infrage gestellt: »Wer sind Sie eigentlich, und woher nehmen Sie sich das Recht, meine Zurechnungsfähigkeit anzuzweifeln?«

»Mein Name ist Maria Senje. Wenn ich Ihnen helfen soll, müssen Sie mir zumindest sagen, wo Sie wohnen.«

Die Frau brach in Tränen aus. Ihr Dilemma lag auf der Hand. Sie war einerseits tief verzweifelt, versuchte andererseits aus natürlichen oder erzwungenen Gründen, ihre bürgerliche Fassade zu bewahren.

»Was ist mit Ihrem Mann nicht in Ordnung?«

»Alles.«

»Tut er Ihnen Gewalt an?«

»Nein, aber wenn er herausbekommt, dass …«

»Was herausbekommt?«

»Ich halte das nicht mehr aus! Mein ganzes Leben lang habe ich mich damit angefunden, die Nummer zwei zu sein, habe andere auf mir herumtrampeln lassen … Herrgott, sagen Sie mir doch, was ich tun soll.«

»Ist etwas Besonderes geschehen, das Sie dazu bewogen hat, uns in diesem Moment anzurufen?«

»Hier geschieht gar nichts. Seit Pål und Wenche gefahren sind, herrscht hier eine Friedhofsruhe. Das ist es … was so fürchterlich ist. Ich habe aufgehört zu existieren …«

»Pål und Wenche. Sind das Ihre Kinder?«

»Ja, aber Sie sind außer Gefahr. Ich kann gut verstehen, warum sie gefahren sind, warum sie es auch nicht länger ...«

»Wie alt sind Ihre Kinder?«

»Zweiundzwanzig und neunzehn. Zum Glück wissen sie nicht, was er mir angetan hat.«

»Was hat er getan, ganz konkret?«

»Das habe ich doch schon gesagt ... Er hat mich verstoßen, hat mich zu einer Null, einer Nicht-Person gemacht. Ich habe es wieder und wieder versucht ... habe mich erniedrigt, habe es mit ... solchen Dessous probiert, von denen ich dachte, er würde sie mögen ... nie mehr! Neulich, als ich den allerletzten Versuch gemacht habe, hat er mich nur verächtlich angeguckt und gesagt, dass ...«

»Ja?«

»Dass ich mir einen Vibrator anschaffen sollte, wenn ich so scharf darauf wäre.«

Maria war empört, versuchte jedoch logisch nachzudenken. Mehr oder minder unfreiwillig hatte die Frau zwei Namen genannt, hatte überdies verraten, dass sie in einem Haus mit Garten wohnte – etwas, das ihnen zumindest einen gewissen Anhaltspunkt gab. Auf der anderen Seite unterschied sich dieser Anruf auch nicht sehr von den vielen hysterischen Hilferufen, die sie im Laufe der Jahre bekommen hatte. Vielleicht hatte der Wachhabende wirklich Recht, vielleicht war sie *so* eine, nur ein kurzer Vermerk im Polizeijournal, der nicht weiter verfolgt wurde.

»Ich mache Ihnen einen Vorschlag. Wenn Sie nicht zu uns kommen möchten, können wir auch zu Ihnen kommen.«

»Um ... mich abzuholen?«

»Ja, aber dazu müssen Sie mir Ihren Namen und Ihre Adresse geben.«

»Ich weiß nicht …«

»Es ist allein Ihre Entscheidung.«

Es entstand eine Pause. Maria tippte darauf, dass die Frau den Hörer abgelegt hatte und ihre Tränen trocknete oder sich die Nase putzte. Dann war sie wieder da: »Dann sollte ich vielleicht auch eine Tasche …«

»Für Ihre Kleider? Ich denke, damit können Sie noch warten.«

»Nein, ich dachte an die Dinge, die ich gerade in seiner Schublade gefunden habe.«

»Was haben Sie gefunden?«

»Normalerweise ist die Schublade immer abgeschlossen; er muss es einfach vergessen haben.«

»Was war in der Schublade?«

»Verschiedene Dinge. Vor allem Bilder. Die Fotos der armen Frauen, die …«

»Welche Frauen?«

»O Gott, ich muss auflegen. Da kommt er!«

»Warten Sie! Warten Sie!«

Klick.

Maria Senje würde nie die hektischen Minuten vergessen, die folgten, und die völlige Hilflosigkeit, in die sie mündeten. Sie wusste, dass die Nummer jedes Anrufers, der 112 wählte, auf dem Display der Telefonzentrale erschien. Ein Rückruf schien verlorene Zeit; die verzweifelte Frau wäre sicher nicht in der Lage zu antworten. Hoffentlich hatte sie das Haus bereits verlassen. Doch ihre panische Stimme ließ vermuten, dass ihr Mann bereits in unmittelbarer Nähe gewesen war.

Maria ließ den Besitzer des Telefons sofort überprüfen. Falls die Frau wirklich von zu Hause angerufen hatte, mussten sie sich gleich mit Blaulicht und Sirene auf den Weg machen. Danach bat sie den Wachhabenden, Kolbjørnsen anzurufen und ihn von der Situation in Kenntnis zu setzen. Dann schnappte sie sich ihre Uniformjacke und lief zu Rikard hinüber.

»Hast ja lange auf dich …«

»Wir brauchen noch einen Mann«, unterbrach sie ihn. »Sofort!«

Rikard vergeudete keine Zeit mit unnötigen Fragen. Nur eine Minute später stiegen sie nebeneinander in den Wagen, begleitet von einem erfahrenen Kollegen, der auf dem Rücksitz Platz nahm. Maria erklärte, worum es ging. Rikard saß am Steuer und lenkte den Wagen zunächst bis zur Autobahnauffahrt an der Erling Skakkes gate. Die Frage war, wie schnell sie den Anrufer identifiziert haben würden, um sogleich in die richtige Richtung zu fahren. Sie brauchten nicht lange zu warten: »Es wurde von einem Handy aus angerufen, und jetzt habe ich Namen und Adresse.«

»Zuerst die Adresse«, sagte Maria.

»Solbakken, in Hommelvik.«

Rikard bremste leicht ab, als hätte es keinen Sinn mehr weiterzufahren. Dass er richtig geahnt hatte, begriff Maria, als der Kollege fortfuhr: »Die Besitzerin des Handys heißt Miriam Malme.«

wurde immer noch über die Zusammensetzung der neuen Regierung spekuliert, während Jens Stoltenberg weiterhin lächelnd versicherte, alles unter Kontrolle zu haben. Spätestens am nächsten Freitag würden die Mitglieder des neuen Kabinetts bekannt gegeben. Zur selben Zeit saßen die Serben im Kosovo hinter vorgezogenen Vorhängen und warteten darauf, dass die rachedürstenden, mit Heugabeln und Benzinkanistern bewaffneten Albaner ihre Häuser in Brand steckten. Weit im Norden, in Bodø, hatte das Amtsgericht die Verhandlung in der Meløy-Mordsache eröffnet. Die Tragödie hätte vermutlich verhindert werden können, hätte die Polizei die Drohungen des Mannes gegen seine Exfrau ernst genommen. Doch war es ein anderer Vorfall, der Williams besonderes Interesse weckte. Er packte Solveig am Arm, um ihr zu signalisieren, dass er die Nachricht auf keinen Fall versäumen wollte.

Schon vor ein paar Stunden hatte er davon gehört, dass ein Streifenwagen einen Transporter verfolgt hatte, dessen Fahrer daraufhin tödlich verunglückt war, doch erst jetzt begriff er, dass es sich bei dem Verunglückten um Geir Jerven handeln musste. Dies bestätigte sich, als er kurz darauf Arne Kolbjørnsen anrief.

»Ja, wir gehen davon aus, dass er es gewesen ist.«

»Lernen Sie denn nie was dazu?«

»Wovon reden Sie, zum Teufel?«

»Es muss doch möglich sein, rechtzeitig Straßensperren zu errichten, anstatt panische Menschen in den Tod zu hetzen.«

»Im Prinzip stimme ich Ihnen zu. Aber uns wäre das nicht passiert, nicht mehr.« Etwas verbindlicher fuhr er fort: »Trotzdem sollen Sie wissen, dass Geir Jerven höchstwahrscheinlich der Mörder von Vibeke Ordal war. Die DNA-Analyse wird uns darüber endgültigen Aufschluss geben.«

Der Kommissar wollte sich zu den übrigen Indizien nicht äußern, doch schon am nächsten Tag erfuhr William, dass die Polizei im völlig demolierten Transporter Beweise für Jervens Schuld entdeckt hatte. In seiner Brieftasche befanden sich drei nagelneue Fünfhunderterscheine mit den richtigen Nummern, und in einer Jackentasche hatte man eine Bankbroschüre gefunden, die den Stempel der Filiale in Lade trug.

»Als Serientäter kommt er allerdings nicht in Betracht«, fuhr Kolbjørnsen fort. »Ein alter Bekannter hat uns versichert, dass Jerven an dem Abend, als Miriam Malme ermordet wurde, an einer Pokerrunde bei ihm teilgenommen hatte, und am Tag des Todes von Beate Stokke war er mit größter Wahrscheinlichkeit in Bodø.«

»Jemand hat also den ersten Mord benutzt, um uns auf eine falsche Fährte zu locken?«

»Uns? Das haben Sie gesagt. Dieselbe Methode und nicht zuletzt die Briefe waren ein cleverer Einfall. Komisch, dass ihr Spürnasen beim *Anzeiger* nicht längst darauf gekommen seid.«

Der ironische Tonfall hätte William fast dazu verleitet, ihn nach Jon Vensjø und einem möglichen Zusammenhang mit den Ereignissen in Hommelvik auszuquetschen, doch er ließ es bleiben. War er eigentlich verpflichtet, Kolbjørnsen darauf aufmerksam zu machen, dass sich in einer Garage ein Paar Stiefel befand, das näher untersucht werden sollte? Würde er damit nicht voreilig eine Person an den Pranger stellen, die schon genug Probleme hatte?

William fragte sich angestrengt, ob er sich dem Thema nicht auch indirekt nähern konnte, als der Kommissar sagte: »Einen Moment, mein Handy piept.«

In den folgenden Sekunden hätte William sich gewünscht, über eine hochsensible Abhöranlage zu verfügen, doch Kolbjørnsen hatte den Hörer so abgelegt, dass er so gut wie nichts verstand. Dann war er wieder am Apparat: »Ich muss leider Schluss machen. Es ist etwa geschehen …«

»Ja?«

»Ich muss los. Tut mir Leid.«

Dann war die Verbindung unterbrochen. Er drehte sich zu Solveig um, die vor dem Fernseher saß und über die ihrer Meinung nach viel zu ausführliche Wettervorhersage des norwegischen Fernsehens herzog.

»Wir bekommen schönes Wetter in Østland«, zitierte sie. »Wir bekommen Regen und Schneeregen in Hordaland und Rogaland. Wir bekommen … Wer ist *wir*? Niemand kann an mehreren Orten gleichzeitig sein.«

»Es liegt was in der Luft«, unterbrach er sie.

»Das tut es immer.«

»Kolbjørnsen ist aufs Präsidium zitiert worden. Ich habe das Gefühl, dass etwas Entscheidendes passiert ist.«

Solveig versuchte erst gar nicht zu verbergen, dass ihr seine Detektivarbeit auf die Nerven ging. »Fahr doch hin und leg dich auf die Lauer.«

William schüttelte ärgerlich den Kopf. Ivar hatte dies einst in einer besonderen Angelegenheit getan, was eine heftige Auseinandersetzung mit der Polizei nach sich gezogen hatte. Er lief auf den Flur hinaus.

»Wo willst du hin?«

»Bin gleich zurück.«

Während er nach draußen zu seinem Wagen lief, um das Radio zu holen, das Polizeifunk empfangen konnte, erinnerte er sich daran, dass er Bengtsen anrufen wollte. Er hatte es schon zweimal versucht, sowohl im Krankenhaus als auch zu Hause, doch der Psychiater hatte sich in einer Besprechung befunden und war anschließend noch nicht nach Hause gekommen.

Als er zurückkehrte, hielt Solveig den Telefonhörer in der Hand und sagte, Oddvar wolle ihn sprechen. Er riss ihr förmlich den Hörer aus der Hand und sparte sich alle Phrasen: »Nein, ich habe nicht vergessen, dass wir ein Bier miteinander trinken wollten.«

»Ich auch nicht. Aber mir ist plötzlich was eingefallen. Ich habe nämlich heute Vormittag mit Juvik gesprochen.«

»Ivar hat mir schon erzählt, dass du in ihr Gespräch hereingeplatzt bist.«

»Musste Juvik daran erinnern, dass wir uns eigentlich in seinem Büro treffen wollten.«

»Ivar sagte, dass Juvik ziemlich zerstreut war.«

»Ist mir auch aufgefallen. Aber wenn man bedenkt, dass Beate Stokke eine seiner geschätztesten Mitarbeiterinnen war, ist das vielleicht auch kein Wunder. Jedenfalls hat er mehr oder minder freiwillig etwas ausgeplaudert, worüber ich mir schon lange Gedanken gemacht hatte. Du weißt doch, dass mich Miriam Malme damals sehr beeindruckt hat …«

»Komm zur Sache, Oddvar.«

»Okay. Wie konnte der Mörder wissen, welches Flugzeug sie nehmen würde?«

»Das kann er bei seinem Anruf herausbekommen haben.«

»Ja, aber angenommen, dass er es bereits wusste und nur Kontakt aufgenommen hat, um sich zu vergewissern, dass sie auf dem Weg war. Du weißt doch, dass die Fluggesellschaften nur in Ausnahmefällen die Namen ihrer Passagiere preisgeben.«

Die Finger von Williams freier Hand trommelten ungeduldig auf seinem Oberschenkel. »Das weiß ich. Fuglevåg hat auch erst im Nachhinein erfahren, dass sie die letzte Maschine genommen hatte.«

»›Weil wir gemeinsam an einem Kontrollprojekt arbeiten‹, hat Juvik in einem Nebensatz gesagt. *Comdot* ist gleichzeitig Provider für das Intranet der Fluggesellschaft. Das heißt, dass die Mitarbeiter von *Comdot* auch Zugang zu den Passagierlisten von *Braathens* haben.«

»Ist nicht wahr!«

»Hinterher hat er mich um Stillschweigen gebeten. Ein Wunsch, dem ich hiermit nicht nachkomme.«

»Ich danke dir«, sagte William. »In diesem Zusammenhang habe ich bisher nur an Daisy Malme gedacht. Sie arbeitet ja bei *Braathens*.«

»Schon, aber warum sollte eine so liebenswürdige Dame ihrer Nichte einen solchen Schrecken einjagen? Denn es besteht doch kein Zweifel, dass der Anrufer genau das beabsichtigte. Der Mörder wollte sein Opfer quälen, bevor er es tötete.«

William spürte, dass sich über seiner Nasenwurzel eine tiefe Falte gebildet hatte. Solveig hatte als Erste den Verdacht geäußert, der Mörder habe Miriam Malme vorsätzlich einen Schrecken einjagen wollen. Fuglevåg hingegen hatte gesagt: *Was soll es für einen Sinn haben, jemand, den man zu töten beabsichtigt, vorher zu erschrecken?*

»William, bist du noch dran?«

»Ja, natürlich.«

»Kannst du Solveig nicht mitnehmen? Dann komme ich mit Gøril.«

»Gerne.«

»Also bis später.«

Als er den Hörer auflegte, ahnte er bereits, dass er die Verabredung nicht würde einhalten können. Sein Gefühl, dass etwas Entscheidendes im Gang war – jetzt, an diesem Abend –, verstärkte sich. Es war die Angst, dass etwas Unabänderliches, Irreparables geschah, wenn er nicht eingriff, aber *wie* sollte er eingreifen? Eine ähnliche Empfindung hatte er das letzte Mal an einem Abend im Januar gehabt, als er und Solveig sich ängstigten, Heidi könne auf dem Heimweg von einer Party etwas zugestoßen sein. Die Sorge hatte sich Gott sei Dank als unbegründet erwiesen. Doch jetzt war es anders, obwohl er keinen konkreten Anhaltspunkt besaß – einen Ort, an den er fahren, eine Person, die er aufsuchen könnte; ein Vorgang, der die richtige Richtung anzeigte.

Der kleine Empfänger, den er vor Jahren in Schweden gekauft hatte, war immer auf Polizeifunk eingestellt. Der Lautsprecher summte nur schwach, und er wusste, was das bedeutete. Es herrschte im Moment kein Funkverkehr zwischen den Streifenwagen. Weil kein Kommunikationsbedarf bestand oder weil die Beamten angewiesen worden waren, ausschließlich ihre Handys zu benutzen?

Was war heute geschehen, das ihn in solche Unruhe versetzte? Er ließ den Tag rasch Revue passieren. Die morgendliche Redaktionskonferenz, dann das Gespräch mit Ivar über Beate Stokke. Seine Fahrt nach Hommelvik und Anna Vensjøs unerwartetes Eingeständnis, was Jons psychische Verfassung betraf. Das verschwundene Messer. Hatte Jon das geplante Treffen mit dem Vietnamveteranen nur erfunden? Ein Paar Stiefel in der Garage. Als er wieder zu Hause war: Ivars Bericht über sein Gespräch mit Juvik. Später die Nachricht, dass Geir Jerven nach einer Verfolgungsjagd mit der Polizei einen tödlichen Unfall gehabt hatte. Die Schlussfolgerung, dass der Serienkiller für den ersten Mord nicht verantwortlich sein konnte. Das abrupt beendete Telefonat mit Kolbjørnsen. Oddvars Hinweis, dass Juvik und seine Leute Zugang zu den Passagierlisten der Fluggesellschaft hatten. Und jetzt – völlige Funkstille bei der Polizei.

Solveig stand am Klavier und stemmte verwundert die Hände in die Hüften. »Weißt du, was du tun solltest, William?«

Er hob den Kopf und schaute sie fragend an.

»Du solltest ein Bier trinken gehen. Du siehst aus wie eine Wüstenpflanze, die nach Wasser lechzt.«

»So fühle ich mich auch«, entgegnete er resigniert. »Übrigens hat Oddvar gefragt, ob wir mit ihm und Gøril noch ein Bier trinken gehen.«

Sie riss die Augen auf. »Und das sagst du erst jetzt?«

»Er hat mich ja gerade erst gefragt.«

Während Solveig vergnügt im Bad verschwand, um sich frisch zu machen und danach etwas Hübsches anzuziehen, zog er erneut den Zettel mit Bengtsens Privatnummer aus der Tasche, tippte die Ziffern ein und hörte im nächsten Moment das Freizeichen.

»Bengtsen«, meldete sich eine Frauenstimme, die Oddvars besserer Hälfte gehören musste.

»Hier ist William Schrøder. Ist … Jomar zu Hause?« Er benutzte absichtlich den Vornamen. Womöglich missfiel es dem Chefarzt, in seiner Freizeit belästigt zu werden, doch wenn seine Frau den Eindruck hatte, es handele sich um einen guten Bekannten, würde sie ihn vielleicht ans Telefon holen.

»Er ist gerade spazieren. Kann ich ihm etwas ausrichten?«

»Nein, danke. Können Sie mir sagen, wann er zurückkommt?«

»Das kann man bei Jomar nie wissen!« Danach ein helles Auflachen.

Fast wie im Irrenhaus, dachte William hinterher. Er hielt immer noch den Hörer in der Hand. Wusste, dass er mit jemandem reden, seine Ungewissheit klären musste. Von Solveig abgesehen gab es nur einen Menschen, mit dem er frei von der Leber weg reden konnte und der mit dem Fall ebenso vertraut war wie er selbst – Ivar.

Doch der wollte heute Abend ins Posepilten Café, um sich eine Lesung von Fartein Sivle anzuhören. Zum Teufel mit allen Autoren dieser Welt!

Er legte auf und konzentrierte sich wieder auf das Radio, aus dessen Lautsprecher jetzt ein leises Rascheln kam. Hatten die cleveren Jungs die Frequenz gewechselt? Er drehte am Knöpfchen und lauschte. Dann erschrak er. Diesmal war es sein Handy.

»Ja, William.«

Seine Stimme musste schroff geklungen haben, denn die Frau am anderen Ende zögerte, ehe sie mit ungewöhnlich leiser Stimme sagte: »Störe ich?«

»Anna, bist du's?«

»Ja.«

»Steht es schlecht um Jon?« Dann fügte er rasch hinzu: »Ich habe mehrmals versucht, Bengtsen anzurufen, habe ihn aber nie erreicht.«

»Ich glaube, das ist jetzt … nicht so wichtig.«

Er erkannte sofort den besorgten Ton wieder, der, stärker noch als am Vormittag, in ihrer Stimme mitschwang. Sie sprach stoßweise, aber sie weinte nicht. Stattdessen nahm er eine Entschlossenheit wahr, die er zuvor nicht registriert hatte, besser gesagt: den Versuch, entschlossen zu wirken.

»Ich habe es zuerst bei Jørgen versucht, weil ich dich nicht belästigen wollte … aber bei Bjålands ging niemand an den Apparat.«

Auch Bengtsen nicht, dachte William. Selbst Ivar war nicht zu erreichen. *Warum zum Teufel muss ich herhalten, wenn alle anderen ausfallen? Weil ich vermessen genug war, mich in Dinge einzumischen, über die ich mir eigentlich kein Urteil erlauben kann!*

»Jon ist vor wenigen Minuten weggefahren … kurz nachdem die Fernsehnachrichten vorbei waren.«

»Ist das nicht ganz normal?«

»Er wirkte so entschlossen, so … unnahbar. Kurz zuvor hatten wir noch nebeneinander auf dem Sofa gesessen und ferngesehen, und plötzlich … sprang er auf und sagte, er halte das nicht länger aus … auf Englisch.«

»I can't stand it any longer?«

»Irgend so was. Dann ging er ins Schlafzimmer und … zog sich um.«

»Kannst du dich daran erinnern, was ihn so aufgeregt hat?«

»Ja, sie hatten eine Reportage aus dem Norden gezeigt, aus Bodø, glaub' ich.«

»Über den Mann, der tödlich mit dem Auto verunglückte?«

»Nein, das kam später. Es ging um eine Gerichtsverhandlung. Ein sechzehnjähriges Mädchen war letztes Jahr mit einem Messer getötet worden.«

»Die Meløy-Sache?«

»Ja, stimmt.«

Williams Miene verdüsterte sich, denn jetzt hörte er, wie sie mit den Zähnen klapperte. Wusste nicht, was er glauben sollte, doch war dies kaum der richtige Augenblick, um über die Motive eines früheren Söldners zu räsonieren. »Du sagtest, er hat sich umgezogen?«

»Er hat seinen Tarnanzug angezogen … den er seit Jahren nicht getragen hat.«

»Und dann?« Er wagte nicht, nach dem Messer zu fragen. Die Situation war so absurd geworden, dass er nur mit Mühe die Ruhe bewahren konnte.

»Dann ging er in die Garage und holte die Stiefel. Während er sie anzog, fragte er mich nach Kleingeld für die Mautstation.«

»Meinst du, er wollte nach Norden?«

»Nein, er fragte nach einem Zwanzigkronenstück.«

William verstand. Es kostete zehn Kronen, durch den Hell-Tunnel zu fahren. Zwanzig wurden an der Mautstation in Ranheim verlangt, wenn man in die entgegengesetzte Richtung, nach Trondheim, wollte. »Also wollte er in die Stadt«, sagte er laut.

»Das dachte ich auch, aber er verneinte.«

»Sagte er gar nicht, was er vorhatte?«

»Doch, er …« Den Rest flüsterte Anna Vensjø so leise, dass William nichts verstand. Vermutlich konnte sie die Tränen nicht länger zurückhalten.

»Anna, sprich etwas lauter. Bitte!«

»Er sagte, jetzt würde er ... Terry aufsuchen.«

William atmete tief ein. Es bestand kein Zweifel mehr. Aus gutem Grund fürchtete sie, ihr Mann habe vollständig die Kontrolle über sich verloren und könnte wer weiß was anstellen, wenn man ihn nicht aufhielt. Spontan fragte er: »Das Auto ist ein Volkswagen-Transporter, nicht wahr?«

»Ja ...«

»Gib mir das Kennzeichen.«

»Das Kennzeichen? O Gott, das habe ich nicht im Kopf. VE am Anfang, glaubc ich ...«

»Bitte, Anna, denk nach! Weißt du, wo die Wagenpapiere sind?«

Sie begann zu schluchzen. Er konnte sie gut verstehen, wusste, wie schlecht es ihr ging, wie verängstigt sie war. Aus dem Flur kam plötzlich Solveigs nichts ahnende Stimme. Sie hätte auch von einem anderen Planeten kommen können: »Willst du nicht auch was Schöneres anziehen, William?«

Dann Anna: »Jetzt erinnere ich mich. Jon wird in ein paar Wochen fünfundfünfzig, und das Nummernschild endet auch mit zwei Fünfen ...«

»Fünf, fünf? Das reicht!«

Zwei Minuten später saß er hinter dem Steuer seines Wagens – allein. Alles, was er angezogen hatte, war seine Jacke.

Anfangs hatte Solveig wie ein lebendes Fragezeichen ausgesehen. Doch kam sie nicht dazu, ihrer Enttäuschung Ausdruck zu geben, dass aus dem Kneipenbesuch nichts wurde, weil William sie sofort davon zu überzeugen vermochte, dass er keine Zeit zu verlieren hatte. Sobald Solveig dies eingesehen hatte, nahm sie eine pragmatische Haltung an und fragte ihn bloß, ob sie ihn begleiten solle.

»Bleib lieber in der Nähe des Telefons. Vielleicht wirst du anderweitig gebraucht. Ich nehme mein Handy mit.«

Er nahm sich nicht einmal Zeit, seine Brillengläser zu putzen, wie er es eigentlich immer tat, wenn er im Dunkeln fuhr. Nicht einmal an einen flüchtigen Abschiedskuss für Solveig dachte er.

»Fahr vorsichtig!«, rief sie ihm nach, doch er wusste, dass er sich beeilen musste.

Wie viel Zeit blieb ihm? Würde er ankommen, bevor Jon auftauchte? Besser gesagt, *falls* er auftauchte. Wenn man nach Trondheim wollte und die Mautstation in Ranheim passiert hatte, gab es keine Ausfahrt von der E6, bevor man nicht den kurzen Grilstadtunnel durchfahren hatte. Doch dahinter gab es gleich verschiedene Möglichkeiten, und wollte er überhaupt eine Chance haben, Jon anzuhalten, musste es an dieser Stelle geschehen, bevor er im Stadtzentrum verschwand. Der Transporter war schon seit einer Viertelstunde unterwegs. Jon hatte sicher nur wenige Minuten gebraucht, um von Solbakken auf die E6 zu gelangen, und von dort aus würde er bei einer Geschwindigkeit von 100 km/h in knapp zwanzig Minuten den Tunnel erreichen. Doch Theorie und Praxis waren zwei Paar Schuhe. Im Grunde war entscheidend, wie schnell er zu fahren wagte, ob die Fahrbahn vom Eis befreit worden war, ob die Autos im Schneckentempo oder zügig vorankamen.

Vom Thors veg gelangte er über den Utlervegen zum Verkehrskreuz bei Nardo, und sobald er die Umgehungsstraße erreicht hatte, die den Süden mit dem Nordosten verband, gab er Gas und legte den fünften

Gang ein. Auf der Steigung in Richtung Moholt schien es nicht besonders glatt zu sein, und über zu dichten Verkehr konnte er auch nicht klagen. Es wehte und schneite ein wenig, aber nicht so sehr, dass dies eine Rolle gespielt hätte. Vielleicht brauchte er nicht einmal unnötige Risiken einzugehen.

Nur ein einziges Mal zuckte er zusammen. Er hatte gerade einen Audi eingeholt, der das Tempolimit knapp überschritt, und fragte sich, ob er auf die linke Fahrspur wechseln und ihn sogleich überholen sollte. Da leuchteten plötzlich die Bremslichter auf, woraufhin er sofort vom Gas ging und seinerseits bremste. Der Wagen geriet kurz ins Schlingern, und er fluchte lauthals, als der Audi wieder das Tempo erhöhte. Hinter dessen Steuer saß anscheinend einer dieser lebensgefährlichen Fahrer, die sich einen Spaß daraus machten, Polizei zu spielen. Oder jemand, dachte er wohlwollender, der ihn an den Unfall erinnern wollte, der sich ganz woanders, aber mit katastrophalen Folgen ereignet hatte. Welche wirren Gedanken mussten Geir Jerven durch den Kopf geschossen sein, als der Streifenwagen ihn von hinten bedrängte, kurz bevor er gegen die Leitplanke geprallt war? *Dachte* ein Verzweifelter in den letzten Sekunden seines Lebens überhaupt etwas? Was hatte der Fahrer des Streifenwagens gedacht, als er sah, wie der Transporter in den Abgrund stürzte? Ihn schauderte. In einer Computerdatei in Heimdal, auf den verschlungenen Pfaden virtueller Realität, befand sich ein Zeitungsartikel, der immer noch nicht gedruckt worden war. Vielleicht würde er nie publiziert werden. Denn in einer heruntergekommenen Blockhütte in Oppdal saß ein verlottertes Ehepaar und versuchte zu verstehen, dass ein dreißigjähriger Mann, der einmal ihr Sohn gewesen war – der als Kind einen mit Blumen gesäumten Feldweg entlangradelte –, nicht mehr lebte. Was war die erste Pflicht eines Journalisten? Das Privatleben der Menschen zu schützen oder ihre Schicksale vor aller Öffentlichkeit breitzutreten, indem man vorgab, die Menschen vor Alkoholismus und verfehlter Kindererziehung warnen zu müssen?

Er wusste, dass er sich in diesem Moment nicht hier, wenige hundert Meter vor der Einfahrt in den Grilstadtunnel, befinden würde, hätte es nicht das spärlich gefüllte Buchregal der Jervens gegeben.

Zunächst musste er eine streng verbotene Wendung vornehmen. Wenn der Transporter kam, musste seine eigene Front in Richtung Stadt zeigen. Die Straße an sich war kein Problem – sie bot mindestens vier Autos nebeneinander Platz –, doch obwohl die Verkehrsdichte nicht besonders hoch war, kamen doch in ungleichmäßigen Abständen Fahrzeuge mit hoher Geschwindigkeit von beiden Seiten herangebraust. Er musste die erstbeste Gelegenheit nutzen und darauf pfeifen, dass die anderen Verkehrsteilnehmer ihn für einen Wahnsinnigen halten würden. Sein Blick huschte zwischen der Tunnelöffnung und dem linken Seitenspiegel hin und her. Es war wie verhext. Wenn eine Fahrbahn frei war, erschien ein Scheinwerfer auf der anderen Seite.

Jetzt – jetzt – JETZT!

Er ließ die Kupplung etwas zu schnell kommen, doch der Wagen reagiere sofort, zog nach rechts hinüber, während er das Steuer sicher im Griff hatte. Zum Glück befand sich kein Grasstreifen zwischen den Fahrbahnen. Er ließ das Lenkrad wieder kommen und hielt perfekt an der gegenüberliegenden Straßenkante. Der tiefe Seufzer, der folgte, stammte er von ihm oder vom Wagen?

Von nun an musste er nur noch den Seitenspiegel kontrollieren. Sobald ein schwarzer Transporter an ihm vorbeifahren würde, dessen Nummernschild mit 55 endete, wollte er die Verfolgung aufnehmen. Falls Anna sich richtig erinnerte. Falls der Wagen diese Stelle nicht schon passiert hatte.

Die Uhr auf dem Armaturenbrett sprang von 19:59 auf 20:00. Hatte Jon die E6 womöglich schon vor Ranheim verlassen und die Gebühr an einer anderen Mautstation entrichtet? Oder hatte er Anna bewusst getäuscht und wollte die Hälfte der zwanzig Kronen für den Rückweg benutzen? Dann konnte er genauso gut in umgekehrter Richtung nach Stjørdal und Værnes unterwegs sein. William spürte, dass seine Unsicherheit und sein Puls sich im Takt beschleunigten. Ohne den Spiegel aus den Augen zu lassen, streckte er seine Finger nach dem Handschuhfach aus, in das er vorhin eine halb volle Schachtel Zigaretten gelegt hatte. Warum hatte die Meløy-Sache Jon so erregt? Weil der Mörder ein Messer benutzt hatte? Doch viel wichtiger: Warum hatte er Anna gesagt, er wolle Terry treffen, einen Mann, der vielleicht nur in seiner Fantasie existierte?

Musste man nicht eher vom Kollaps eines psychisch gestörten Menschen ausgehen, der einen Punkt erreicht hatte, an dem alle Normen und Regeln hinfällig wurden? Dessen Logik und Rationalität nur noch dem einen Gedanken dienten, das Leben eines anderen Menschen in Gefahr zu bringen?

Ruhig, William!

Er zündete sich eine Zigarette an und versuchte nach Kräften, seinen eigenen Rat zu befolgen. Vielleicht verlor er völlig den Sinn für die Realität; vielleicht war sein Auftauchen vollkommen nutzlos. Warum bildete er sich nur ein, dass der Mann im Tarnanzug auch ein scharfes Armeemesser eingesteckt hatte, es sogar benutzen wollte, obwohl Oddvar ihm versicherte, Jon sei Pazifist geworden und könne den Anblick von Blut nicht ertragen? Angenommen, dass er nicht einmal in der Lage wäre, eine Katze zu töten, dass sich mögliche Gewalttaten ausschließlich in seiner Fantasie abspielten, so wie sich auch der Journalist Schrøder in seinen Hirngespinsten verfangen hatte. Angenommen …

Direkt hinter einem großen Lkw mit Anhänger brauste ein dunkler Transporter mit Nummernschild VE 89755 vorbei.

Fünf, fünf!

Es geschah so rasch und unerwartet, dass sich zwei weitere Fahrzeuge zwischen sie schoben, ehe er den Corolla auf die Fahrbahn lenken und Gas geben konnte. Doch vielleicht war es gut so, dass Jon ihn nicht direkt hinter sich hatte. Die Idee, ihn einfach anzuhalten, indem er die Hupe oder die Scheinwerfer betätigte, hatte er bereits aufgegeben. Besser war es, ihm vorsichtig auf den Fersen zu bleiben und mit Schlussfolgerungen zu warten, ehe er mehr über das Ziel der Fahrt erfahren hatte.

Während der Lkw der Umgehungsstraße folgte, bogen die drei Fahrzeuge dahinter in Richtung Zentrum ab. Sie fuhren jetzt langsamer, in der Sechzigerzone, und er wusste, dass ab der nächsten Kreuzung nur noch fünfzig Stundenkilometer erlaubt waren. Er fuhr an der Trabrennbahn und den Nidar-Fabriken vorbei, ohne dass etwas Besonderes geschah. Die Autos glitten gleichmäßig durch den Verkehr, und der Transporter machte keine Anstalten abzubiegen. Doch schon die dritte Ampel sprang vor ihm auf Rot, und die Autos hinter ihm begannen zornig zu hupen, als er das Gaspedal durchdrückte und über die Kreuzung raste. Zum Teufel mit den Verkehrsregeln. Vergiss die blöde Zigarette, vergiss alle Vorschriften. Konzentrier dich darauf, ihn nicht zu verlieren!

Die meisten Fahrzeuge folgten dem Innherredsveien, und noch immer hatte er zwei Autos zwischen sich und dem Transporter. Über die nächsten beiden Kreuzungen kam er ohne Probleme. Seit er von zu Hause weggefahren war, hatte er im Radio, das auf dem Beifahrersitz lag, ein paar Routinemeldungen gehört, doch es hatte nicht den Anschein, als befände sich die Polizei in Alarmbereitschaft. Vielleicht war Kolbjørnsen nur zum Briefing aufs Präsidium zitiert worden, weil weitere KRIPOS-Beamte aus Oslo angekommen waren.

Bei Voldsminde dachte er daran, wie gefährlich die Situation werden konnte. Andere hätten sich vielleicht eingeredet, es handele sich um einen harmlosen Stadtausflug, und Jon würde bald vorschriftsmäßig in einer Seitenstraße anhalten, um ein Café oder ein Kino anzusteuern. Oder er würde einen Schaufensterbummel machen und nach einem Geschenk für seine liebe Anna Ausschau halten.

Aber doch wohl nicht im Tarnanzug?

Die Frage war, ob er die Polizei oder Ivar verständigen sollte. Doch auf die Schnelle schienen beide Alternativen nicht praktikabel. Bekam er jemand vom Präsidium an den Apparat, reichte es nicht aus zu sagen, dass er gerade einen Autofahrer verfolge, der – *vielleicht!* – ein Verbrechen im Sinn habe. Er wäre gezwungen, weit auszuholen, müsste Jons Hintergrund verdeutlichen und die dürftigen Informationen offen legen, die seinen Verdacht begründeten. Selbst wenn er einen Polizisten spräche, den er persönlich kannte, würde es eine Weile dauern, diesen davon zu überzeugen, ihm zur Hilfe zu eilen. Und wenn es endlich so weit war, konnte es schon zu spät sein. Die Uhr zeigte 20:08. Was war mit Ivar, der in diesem Moment vermutlich im Posepilten saß und Fartein Sivle höflich zuhörte? (Er hatte offenbar die Absicht, den Autor hinterher unter vier Augen zu sprechen und ihn über den Fahrer des Transporters auszuquetschen.) War nicht anzunehmen, dass Ivar sein Handy ausgeschaltet hatte, wie dies zivilisierte Menschen taten, die einem Vortrag lauschten? Schon, doch schließlich war Ivar auch Journalist und stets im Dienst.

Im neuen Verkehrskreisel bei Nedre Elvehavn bog Jon nicht nach rechts ab, sondern blieb auf dem Innherredsveien. Jetzt lag nur noch ein Auto zwischen ihnen, und William beschloss, ein anderes vorzulassen, sollte der vor ihm fahrende Wagen im nächsten Verkehrskreisel eine andere Ausfahrt nehmen.

Doch das war nicht notwendig; beide fuhren über die Bakke Brücke, auf der man in der Regel irgendwo zum Stehen kam, wenn die Ampel, die sich unmittelbar dahinter befand, auf Rot umsprang. Lichter gab es im Übrigen überall, nicht zuletzt auf der rechten Seite, wo sich die Fassade des Royal Gardens im stillen Flusswasser spiegelte. Es hatte zu schneien aufgehört; alles war winterlich schön. Er tippte entschlossen Ivars Kurznummer und hoffte, dass Ivar sein Handy nicht ausgeschaltet hatte. Empfand sofort eine gewisse Erleichterung, wenngleich die Gäste des Posepilten über die Störung sicher nicht erfreut sein würden. Die Schlange vor ihm stand immer noch still. Ivar meldete sich genau in dem Moment, als die Ampel grünes Licht zeigte. Vielmehr bellte er ins Telefon: »Ja, Ivar!«

»William hier. Ich verstehe, dass du auf die Straße oder aufs Klo gerannt bist, aber sei so gut und unterbrich mich jetzt nicht!«

Der Kollege schaltete sofort und schwieg, doch William wusste, dass Ivar ihn wochenlang aufziehen würde, falls sich seine Aktion als Irrtum erwies.

»Hast du dein Auto in der Nähe?«

»Ja, in der Tordenskiolds gate.«

»Komm so schnell du kannst.«

»Dann sind hier noch acht Zuhörer.«

»Scheiß drauf! Jon Vensjø unternimmt einen Stadtausflug, und ich habe mich an ihn drangehängt. Ich habe keine Ahnung, was er vorhat, aber er hat seinen Tarnanzug angezogen und ...« Weitere Worte waren überflüssig, denn am Nachmittag hatte er Ivar erzählt, was Anna ihm in der Mautstation anvertraut hatte.

»Seinen Tarnanzug. Ich glaub', ich spinne. Welche Farbe, weiß oder grün?«

»Keine Ahnung, ich weiß nur, dass er ein paar Meter von mir entfernt in seinem schwarzen VW-Transporter sitzt. Wir sind auf der Bakke Brücke und biegen jetzt in die Olav Tryggvasons gate.«

»Bin schon unterwegs.«

Die Erleichterung war so groß, dass er erst jetzt spürte, wie feucht das Lenkrad vom Schweiß war. Etwas Ähnliches hatte er nie erlebt, und in einem Moment des Übermuts dachte er, dass Laurel und Hardy immer dann am wertvollsten waren, wenn sie als Team auftraten. Dann erinnerte er sich, dass Ivar gerade nach der Farbe des Tarnanzugs gefragt hatte. Eine gute Frage. Als er mit Anna sprach, hatte er automatisch an den Tarnanzug eines Dschungelsoldaten gedacht, doch wenn Jon zu dieser Jahreszeit nicht auffallen wollte, wäre ein weißer Anzug natürlich der richtige. Doch vielleicht wusste er selbst nicht, wo die Fahrt enden würde. Vielleicht war die Farbe der Kleidung bedeutungslos. Schlimmstenfalls hatte der Ausflug nichts mit einer gewissen Mordsache zu tun, und Ivar würde ihm nachher einen nicht gerade freundschaftlichen Klaps geben.

Die nächsten Ampeln verursachten kein Problem, und als der Transporter nach links abbog, folgte ihm der nächste Wagen wie selbstverständlich, als sei dies ein abgekartetes Spiel. Als William am Posepilten vorbeifuhr, dachte er kurz an Fartein Sivle. Wenn der Autor nur wüsste, dass sein zweifelhafter Held aus *Silberkreuze* vor wenigen Sekunden am Café vorbeigefahren war, möglicherweise mit dem Ziel, einen selbst ernannten Auftrag mit ungeahnten Konsequenzen auszuführen.

Vor dem Trøndelag-Theater zuckte William zusammen, weil sein Handy piepte. Er drückte rasch auf die grüne Taste.

»Ja?«

»Allzeit bereit«, sagte Ivar. »Ich bin direkt hinter dir.«

»Okay. Ich sehe dich im Spiegel.«

»Hast du immer noch keine Ahnung, was er vorhat?«

»Nein. Wenn ich das wüsste, hätte ich vielleicht zu Hause bleiben können.«

»In deinem Interesse hoffe ich, dass Jon etwas Spannenderes zu bieten hat als Sivle.«

William verkniff sich klugerweise einen Kommentar. Ihm war alles recht, solange sein Einsatz nicht völlig vergeblich war.

Als er die Elgeseter Brücke erreichte, rief er seinen Vater an, der sich sofort meldete.

»Joakim Schrøder.«

»Hier ist William. Ich stehe mit der Polizei nicht gerade auf gutem Fuß im Moment. Könntest du dir vorstellen, mal anzufragen, was bei denen gerade vor sich geht?«

»Jetzt, heute Abend? Was sollte das sein?«

»Genau das muss ich herausbekommen. Ich habe das Gefühl, dass etwas Entscheidendes passiert.«

»Ich bin pensioniert!«

»Ja, aber du genießt immer noch großes Vertrauen«, schmeichelte er. »Versuch es doch bei Frengen oder einem anderen deiner alten Kollegen. Es ist extrem wichtig, um es vorsichtig auszudrücken.«

»Hat es was mit dem Serienkiller zu tun?«

»Vielleicht. Ich rufe dich in zehn Minuten wieder an.«

Dann meldete er sich wieder bei Ivar und schlug vor, ständig in Handykontakt zu bleiben.

»Okay, geht auf Kosten des *Anzeigers*.«

Vor der Volkshochschule zeigte die Ampel rot. An der nächsten Kreuzung bog der Transporter nach rechts ab und verließ damit den Hauptverkehrsstrom. Das Kreiskrankenhaus!, schoss es William durch den Kopf. Dort gab es Abteilungen, die man auch am späteren Abend noch aufsuchen konnte, und es war noch nicht einmal halb neun. Das Auto vor ihm fuhr geradeaus, und William verlangsamte die Fahrt nach der nächsten

Kurve. Jon ahnte hoffentlich nicht, wer ihm folgte, doch wenn sein Blick noch annähernd so scharf war wie früher, sollte William den Abstand nicht zu klein werden lassen. Offensichtlich wollte Jon keinen Krankenbesuch machen. Nach dem nächsten Verkehrskreisel fuhr er die Mauritz Hansens gate entlang, gelangte in eine Dreißigerzone und reduzierte vorschriftsmäßig die Geschwindigkeit.

»Wo will der Kerl nur hin?«, kam es aus seinem Handy.

William warf einen raschen Blick in den Rückspiegel. Ivar fuhr noch langsamer als er selbst. »Wenn er auf der Kostergata bleibt, wird der Verkehr immer mehr abnehmen.«

»Umso größeren Abstand müssen wir halten.«

Das sollte sich als richtig erweisen. Zu so später Stunde fuhren nur noch sehr wenige Autos in ihre Richtung. Die meisten Fahrzeuge kamen ihnen von dem Teil der Halbinsel entgegen, der bei der Nidarøhalle endete. Dort machte der Fluss eine scharfe Biegung. Wollte man von hier aus weiter, musste man eine der beiden Fußgängerbrücken benutzen.

Doch so weit schien Jon gar nicht fahren zu wollen. Der Transporter hielt an einer Ecke, an der die alten Sandal-Höfe lagen und zwei Einheiten eines lang gestreckten Wohnblocks bildeten. William hielt in ungefähr hundert Meter Entfernung.

»Was macht er jetzt?«, fragte Ivar postwendend.

»Er steigt aus und sieht sich um.«

»Vielleicht kennt er sich hier nicht aus und sucht nach einer Adresse.«

»Sieht ganz so aus. Ich glaube, er hat eine Karte oder so was in der Hand. Jetzt schaut er sich die Straßenschilder an der Ecke an. Sein Anzug sieht dunkel aus.«

»Bist du sicher, dass es wirklich Jon ist?«

»Das wissen die Götter.« William meinte es ernst. Schließlich war er Jon nur einmal, vor fast fünfzehn Jahren begegnet. Aus dieser Entfernung war es unmöglich, die Identität des Mannes festzustellen.

Gleichzeitig erinnerte er sich daran, dass er vor gut drei Wochen, gemeinsam mit Oddvar, in einem der Steinhäuser gewesen war. Im hinteren Wohnblock, der am Flussufer lag, wohnte Aslak Fuglevåg. Kaum vorstellbar, dass Jon ausgerechnet ihm einen Besuch abstatten wollte. Die Wahrscheinlichkeit, dass der Mann, der in der Hobelwerkstatt in Hommelvik arbeitete, den Doktoranden kannte, war gleich null. Dennoch gab es eine Gemeinsamkeit. Beide hatten sie Miriam Malme gekannt.

Während er grübelte, was diese Gemeinsamkeit bedeuten konnte, sprang der Mann rasch in sein Auto. Bog er nach rechts ab, konnte kein Zweifel mehr über sein Ziel herrschen.

»Er fährt weiter die Klostergata entlang, aber sehr langsam.«

Vielleicht will er die nächste Ausfahrt nehmen. Einen Umweg machen, um dem Feind in den Rücken zu fallen. Doch dies war nicht der dampfende Dschungel in Vietnam, voller Blutegel und lebensgefährlicher *booby-traps*. Dies war Trondheim, an einem Winterabend im März. Was auch immer sich Jon in Bezug auf Fuglevåg vorgenommen hatte, er würde an der Tür klingeln müssen, um eingelassen zu werden. Eine mögliche Alternative war, dass Fuglevåg vor dem Haus wartete, um mitgenommen zu werden. Das konnte bedeuten … An die

Möglichkeit, die ihm durch den Kopf ging, hatte er vorher noch nie gedacht. Angenommen, die beiden arbeiteten zusammen! Mordeten abwechselnd, damit der andere stets ein Alibi hatte!

William betätigte behutsam die Kupplung und ließ den Corolla langsam anrollen, gewiss, dass Ivar ihm in angemessener Distanz folgte. Vor ihm fuhr der Transporter an den Hausfassaden entlang – und setzte seinen Weg fort.

Er atmete durch, empfand eine Mischung aus Enttäuschung und Erleichterung. Eine weitere großartige Idee von ihm landete dort, wo sie hingehörte, im nächsten Mülleimer. Auf der linken Seite der Klostergata befand sich ein großes Areal mit Einfamilienhäusern, Gärten und hohen Bäumen. Zur Rechten lag ein freies Feld, auf dem sich einst das Eisschnelllaufstadion der Stadt befunden hatte, in dem Hjallis vor gut fünfzig Jahren einen neuen Weltrekord über 5000 Meter aufstellte. Wo im Himmel wollte der Kerl nur hin?

Unterhalb des ehemaligen Stadions endete die Straße in einer großen Kurve, die auch einer Buslinie als Endhaltestelle diente. Anstatt bis zur Nidarøhalle weiterzufahren, hielt das Auto vor ihm am rechten Straßenrand. William teilte Ivar mit, er würde bis zur Halle weiterfahren, um Jons Misstrauen nicht zu wecken, woraufhin Ivar entgegnete, er übernehme bis auf weiteres die Überwachung. Vom Kiosk an der Stadionecke aus hatte er einen guten Überblick. Der Transporter konnte nicht wenden, ohne dass er es sah. Als William die Bushaltestelle erreichte, beschleunigte er ein wenig, als wollte er signalisieren, dass er überhaupt kein Interesse an dem parkenden Transporter hatte. Ein rascher Seitenblick verriet ihm, dass im Wagen kein Licht brannte, jedoch das Abblendlicht eingeschaltet war. Brauchte Jon Zeit, sich zu bedenken, oder plante er sorgsam den nächsten Schritt?

Als er seinen Blick auf die Nidarøhalle richtete, dachte er daran, wie klein Trondheim war und wie oft man an Orte gelangte, die man schon kannte. Vor ein paar Minuten war er durch das Viertel gefahren, in dem Aslak Fuglevåg wohnte, und nun befand er sich vor Mauern, die er erst gestern von innen betrachtet hatte. Zusammen mit Solveig hatte er zugesehen, wie Heidis Handballmannschaft das Finale verloren hatte. Heidi war nur drei Minuten zum Einsatz gekommen, und Solveig fand es ungerecht, dass der Trainer ausschließlich die vermeintlich besten Spielerinnen aufs Feld schickte (was ja auch wenig geholfen hatte). William verstand den Trainer, gab Solveig aber trotzdem Recht. Nidarøhalle war im Grunde die falsche Bezeichnung für das kombinierte Messe- und Sportareal. Eine dritte Halle entstand in enger räumlicher Nähe zu den beiden vorhandenen. Zusammen ergaben sie einen kolossalen Hallenkomplex in einem Gebiet, das der einheimischen Bevölkerung eigentlich als Grünanlage dienen sollte, eine gigantische städtebauliche Fehlleistung, die nicht mehr zu korrigieren war. William kannte die Argumente, hatte jedoch nie die Energie aufgebracht, sich in die Debatte einzuschalten. Warum sollte er auch, da den Bewohnern der Halbinsel ohnehin egal war, was zum Beispiel in Nardo geschah. Jeder war sich selbst der Nächste.

Die baulichen Gegebenheiten machten es erforderlich, dass er im Zickzack fuhr, um sich hinter den Hallen in Sicherheit zu bringen. Dort wendete er und parkte den Wagen so, dass er die Bushaltestelle im

Auge behielt. Die Beleuchtung des Areals ließ zu wünschen übrig. Er kurbelte die Scheibe herunter und putzte seine Brillengläser. Ließ den Motor wieder an und rollte mit ausgeschalteten Lichtern etwas näher heran. Blieb erneut stehen, teils geschützt von der roten Moelven-Baracke. Jon – falls es sich um ihn handelte – hatte den Transporter offenbar nicht verlassen, denn dieser hatte immer noch das Abblendlicht eingeschaltet. Doch wenn dies nur ein Bluff war, um ihn glauben zu lassen, er befinde sich noch im Wagen?

»Was ist los, William?«

»Nichts im Augenblick. Ich versuche zu Fuß näher an den Wagen heranzukommen.«

»Sei vorsichtig!«

Eine überflüssige Ermahnung von Ivar, dachte er, doch in jedem Fall zu beherzigen. Er stellte das Radio ab, löste das Handy aus der Verankerung und steckte es in die Jackentasche. Ließ sich lautlos vom Vordersitz gleiten, drückte vorsichtig die Tür zu und schloss ab. Ging dann um die Baracke herum und schlich hinter einem Erdhaufen entlang, bis er einen Bagger erreichte. Als er den Kopf hinter diesem hervorstreckte, befand er sich weniger als vierzig Meter vom Transporter entfernt. In diesem Augenblick sah er, dass die Scheinwerfer erloschen. Danach stieg ein Mann aus. So nah, im Licht der Straßenlaterne, erkannte er, dass der Anzug olivgrün war. Es musste sich um Jon handeln, der ohne zu zögern die Straße hinunterging, in Richtung Stadion. Bald würde er in Ivars Blickfeld geraten.

Dann näherten sich zwei Autos von der Nidarøhalle. Die Lichtkegel wanderten nacheinander über den Tarnanzug, doch Jon drehte sich nicht um, als sie ihn passierten. Stattdessen überquerte er die Fahrbahn und bog nach rechts in eine kleine Straße, in der sich ausschließlich Einfamilienhäuser befanden. Wäre sein Ansinnen vollkommen harmlos, würde er dann nicht mit dem Auto bis an sein Ziel fahren?

William näherte sich vorsichtig der Straßenecke, zog das Handy aus der Tasche und sagte: »Ich unterbreche die Verbindung für einen Moment, Ivar. Ich rufe meinen Vater an und frage ihn, ob er was rausgekriegt hat.«

Das tat er, ohne eine Antwort abzuwarten.

»Joakim Schrøder.«

»Hier ist William. Hast du was rausgefunden?«

»Frengen, der zufällig gerade Wache hat, sagte, vor einer knappen Stunde hätte eine Frau um sofortigen Beistand gebeten, weil sie sich von ihrem Mann bedroht fühlte. Aber sie wollte weder ihren Namen noch ihre Adresse verraten, daher kann ihr im Moment nicht geholfen werden. Man hat versucht, sie auf dem Handy zurückzurufen, doch sie hat nicht geantwortet.«

»Ist das alles?«

»Nein. Sonderbar ist, dass sie das Handy von Miriam Malme benutzte, das damals gestohlen wurde.«

William zuckte zusammen. Plötzlich verstand er, warum Kolbjørnsen es so eilig gehabt hatte. Es war auch nicht schwer vorstellbar, welch verzweifelte Ratlosigkeit auf dem Präsidium herrschte. Sie wollten so gern helfen, konnten jedoch nicht. Die Frau in Not musste mit dem Mörder verheiratet sein. Die meisten Menschen hinterließen heutzutage elektronische Spuren, doch was half das, wenn die Frau nicht übers Festnetz telefoniert und ihren Namen nicht genannt hatte?

Er ging bis zur Ecke und las das Straßenschild: Kronprins Olavs allé. Es war eine kurze Straße, an deren Ende er Jon erblickte, bevor dieser auf der linken Seite verschwand. Während er sich ihm an die Fersen heftete, rief er Ivar an und erklärte ihm die Situation.

»Ich komme, so schnell ich kann, von der gegenüberliegenden Seite.«

Durch einen Spaziergang, den er vor mehreren Jahren unternommen hatte, wusste er, dass das Wohngebiet die Form eines Rechtecks hatte. Sie näherten sich Jon also wie bei einem Zangenmanöver von verschiedenen Seiten. Als William die Ecke erreicht hatte, an dem die Allee rechtwinkelig abknickte und somit parallel zur Klostergata verlief, hielt er sich eng an den Lattenzaun, bevor er seinen Kopf hervorstreckte. Im gelben Licht der wenigen Straßenlaternen nahm sich die schmale, schneebedeckte Straße wie das reine Disneyland aus. Die hübschen Villen aus den Zwanzigerjahren mit Erkern und klein gewürfelten Fensterscheiben in allen Größen verrieten einen Wohnstandard, wie er nur den wenigsten vergönnt war. Er erinnerte sich daran, dass die Häuser auf der rechten Seite über Gärten verfügten, die sich bis zum Wasser erstreckten. Gab es überhaupt irgendein störendes Element, dann musste es das Geräusch der Züge von der anderen Seite des Flusses sein.

Jon war der einzige Mensch auf der Straße. Er stand dreißig Meter entfernt und schaute in beide Richtungen. Dann betrat er ein Grundstück, in dessen Carport ein schwarzer BMW stand. William ging ihm langsam entgegen, immer dicht am Zaun entlang. Er rechnete damit, dass Jon die breiten Stufen nehmen und an der Tür klingeln würde. Aber das tat er nicht. William konnte ihn über den weiß gestrichenen Latten nicht erkennen. Ging Jon um die Villa herum?

Als William die geräumige Einfahrt erreichte, sah er, dass der Schnee säuberlich vom Eingang weggeräumt worden war, doch die wuchtigen Lampen an beiden Ecken des Hauses offenbarten zwei Schneehügel; niemand hatte einen Weg zur Rückseite des Hauses freigeschaufelt. Trotzdem war Jon nicht zu sehen. Wurde er plötzlich selbst beobachtet? Hatte der Kerl sich hinter dem Auto versteckt?

Mit entschlossenen Schritten ging er zum Carport und um das Auto herum, schaute sicherheitshalber sogar unter den BMW. Kein Jon, kein Fremder im Tarnanzug. Dann ging er zum Haus zurück, nahm die Stufen und sah, dass sich über der Klingel zwei Schilder befanden. Das obere war eine Alarmwarnung der Firma *Securitas*. Das andere ein blank geputztes Messingschild mit verschnörkelten Buchstaben. Zuerst reagierte er nicht, weil es ihm vollkommen unbegreiflich erschien, dass die Bewohner etwas mit Jon Vensjø zu tun haben könnten. Doch als er den Nachnamen ein weiteres Mal las, durchzuckte es ihn.

Es wäre ein Gebot der Vernunft gewesen, zurück zur Straße zu gehen, auf Ivar zu warten und mit diesem die Situation zu besprechen. Doch hatte er das beunruhigende Gefühl, dass keine Zeit zu verlieren war. War es wirklich denkbar, dass sich hinter den vier Wänden dieses Hauses eine verzweifelte Frau befand, die die Polizei angerufen hatte? Bevor er irgendwelche Schlussfolgerungen traf, musste er herausbekommen, was Jon vorhatte, warum er überhaupt hierher gefahren war. Am liebsten hätte er sogleich auf den Klingelknopf gedrückt, doch damit verdarb er womöglich alles. Für den Mann aus Hommelvik musste es einen guten Grund geben, warum er nicht geklingelt hatte.

Er ging rasch bis zur nächsten Hausecke, doch entdeckte er dort keine Fußspuren. Dann ging er zur entgegengesetzten Ecke und sah jenseits des Schneehügels schwere Fußabdrücke, die von einem Paar Jagdstiefel stammen konnten. Die Abdrücke waren so tief, dass Jon mit Anlauf über den Schneehügel gesprungen und an der Hauswand gelandet sein musste. William stapfte über den Hügel und setzte seinen Weg durch den losen Schnee an der Hauswand fort. An der nächsten Ecke sah er den Fluss durch die Bäume des Abhangs schimmern. Auf der Rückseite des Hauses waren dicke Vorhänge vorgezogen. Die Spuren endeten ungefähr an der Mitte des Hauses, als hätte Jon von hier aus einen weiteren Satz gemacht. Doch der Schnee lag in allen Richtungen vollkommen unberührt da. Er hob den Kopf und glaubte ein leises Geräusch über sich zu hören. Nichts war zu sehen. War der Mann, den er verfolgte, auf den Balkon im ersten Stock geklettert? Es gab ein Spalier an dieser Stelle, an dessen kräftigen Holzsprossen sich im Sommer sicher Klematis und wilder Wein emporrankten. Nach oben zu klettern, ging erstaunlich leicht, doch waren seine Hände kalt vom Schnee geworden, als er den Kopf über die Brüstung streckte. Ein schwacher Lichtschein offenbarte, dass eine der Flügeltüren angelehnt war. Hatte Jon sie geöffnet?

Es war keine Zeit zu verlieren, und er empfand keine Angst, als er vorsichtig das fremdartige und exquisit möblierte Schlafzimmer betrat, das von einem Lüster beleuchtet wurde. Vollkommen im Klaren darüber, dass sich Jon möglicherweise im Zimmer befand, registrierte er, dass es nur ein Einzelbett gab, und später erinnerte er sich daran, was ihm in diesem Moment durch den Kopf ging – in dieser Villa wohnte ein Ehepaar mit getrennten Schlafzimmern. Als er eine weitere Tür erblickte, die einen Spaltbreit geöffnet war, stellte er vorsichtshalber das Handy ab. Natürlich hätte er Ivar Bescheid geben sollen, bevor er ins Haus eindrang, doch jetzt war es zu spät.

Er hielt sein Ohr an die Tür, bevor er es wagte, sie aufzuschieben. Es war, als betrete man den Flur eines vornehmen Hotels. Auch hier befanden sich Kronleuchter an der Decke und Gemälde in vergoldeten Rahmen an den Wänden. Eine breite, mit einem dicken Teppich belegte Wendeltreppe führte in die Empfangshalle hinab. Jon musste ihm immer noch einige Schritte voraus sein. Er war nirgends zu sehen.

William brauchte nicht zu schleichen, denn der dicke Teppich dämpfte alle Geräusche effektiv. In der großen Halle befanden sich fünf Türen. Da die Küchentür offen stand, schien Jon diese gewählt zu haben. Er versuchte es zunächst auf der gegenüberliegenden Seite und drehte einen altmodischen Messingknauf. Während er Buchregale erblickte, die vom Boden bis zur Decke gefüllt waren, nahm er zum ersten Mal den Klang einer Stimme wahr, einer männlichen Stimme, die er zunächst nicht erkannte. Sie schien ein Stück entfernt zu sein, also öffnete er die Tür ganz. Zwei Schritte, und er befand sich in einem Raum, der offenbar gleichzeitig als Bibliothek und als Büro diente. Der Schein der Leuchten, die neben dem Computer auf dem blank polierten Schreibtisch standen, wurde von grünen Glasschirmen gedämpft. Ein rotes Lämpchen zeigte an, dass ein Handy aufgeladen wurde. Am Ende des Raumes, zur Linken, öffnete sich ein weiteres Zimmer, als er näher trat. In diesem Moment, als er sein dreistes Eindringen in ein fremdes Haus schon bereute, hörte er wieder die männliche Stimme. Er ging zur Türöffnung und warf einen Blick in den lang gestreckten Empiresalon, dessen Kronleuchter nicht brannte. Doch der Schein vieler kleiner Wandleuchten war stark genug, um ihm sofort alles zu verraten, was er wissen musste.

Eine andere Form von Gewalt in der Ehe, dachte er, noch dazu in einer Gesellschaftsschicht, die vom *Trondheimer Anzeiger* in diesem Zusammenhang ignoriert wurde.

Das Ehepaar Danielsen, das er vor zwei Monaten besucht hatte, ging ihm durch den Kopf. Ihr Wohnzimmer war bei weitem nicht so vornehm gewesen, doch die Situation war ähnlich. Auch hier saß ein Paar auf dem Sofa, das heißt, auf einem von drei Sofas. Doch niemand sonst war anwesend – keine verschreckten Kinder, keine uniformierten Streifenbeamten. Und kein Blut war zu sehen. Dies war eine zivilisierte Auseinandersetzung zwischen zwei ebenbürtigen Menschen, die keines Vermittlers bedurften. Zumindest wirkte es so. Beide waren tadellos gekleidet. Sie trug ein knielanges grünes Kleid, er einen anthrazitfarbenen Anzug. Ja, er wirkte so makellos, so durch und durch gepflegt, dass man ihm niemals zugetraut hätte, eine Frau zu misshandeln. Er sah blendend aus.

William hatte keinen von ihnen zuvor gesehen und hätte sich am liebsten verkrochen, sich in die Halle zurückgezogen und das Haus wieder verlassen. Doch beide schauten nicht in seine Richtung und befanden sich am anderen Ende des Raumes, mindestens zehn

Meter von ihm entfernt. War die Frau nicht auffallend bleich?

Sie hörte ihrem Mann zu. Seine tiefe, sonore Stimme war an sich sehr angenehm, wäre da nicht dieser beißende Unterton gewesen, als spräche er in einer Tonlage, die ihm sonst nicht zu Eigen war.

»… wäre anders gekommen, wenn du nicht so verdammt misstrauisch und neugierig gewesen wärst. In all den Jahren habe ich deine Unfähigkeit zu überspielen versucht. Habe dir alle Dummheiten, die du begangen hast, verziehen. Habe dir alle Freiheiten gegeben, dein eigenes Leben zu leben, doch es hat nichts genützt … Warum sagst du nichts?«

»Lass mich gehen, dann werde ich dir nie mehr zur Last fallen.«

Ihre flehende Stimme stand in starkem Kontrast zu seiner. Sie war außerdem kraftlos und leise, und William vermutete, dass sie ein ums andere Mal die Worte wiederholte, die sie selbst für zwecklos hielt.

»Und das soll ich dir glauben, nach dem, was heute Abend vorgefallen ist? In meinen privatesten Unterlagen hast du geschnüffelt. Begreifst du nicht, dass ich Trost bei anderen Frauen suchen *musste*, um an deiner Seite überleben zu können? Ohne sie wäre ich längst zugrunde gegangen.«

»Trost? Du hast sie getötet!« Es war keine Anklage, nur eine Feststellung.

»Ja, leider. Weil sie mich betrogen haben, mich genau so schändlich im Stich gelassen haben wie du und Pål und Wenche. Mehr als zwanzig Jahre habe ich dir vertraut, aber du verstehst doch wohl selbst, dass jetzt alles ein Ende haben muss.«

»Ja, ja, lass mich einfach gehen.«

»Fragt sich nur, wie ...«, sagte er nachdenklich. »Das Einfachste wäre, du tust es selbst und nimmst eine Überdosis von den Schlaftabletten, die ich dir besorgt habe. Obwohl es sehr peinlich für mich wird, wenn die Leute herausbekommen, dass du jahrelang unglücklich warst, ist das immer noch besser, als dich weiter leiden zu lassen.«

»Seit der Geburt der Kinder habe ich mich krank gefühlt.«

»Du sagst es. Du hast keine Freude am Leben und hast auch mir die Freude daran genommen. Das verstehst du doch, oder?«

»Ja ...«

William war wie paralysiert. Ihm war übel. Der Mann hatte eine solche Macht über sie, dass ihre Unterwürfigkeit fast natürlich wirkte. Sie war das Resultat eines langen, methodischen Prozesses, der ihren Willen gebrochen und sie zu einer Marionette gemacht hatte. Es ging um einen Mann, der es liebte, die absolute Kontrolle zu haben.

»Warum bringen wir es nicht einfach hinter uns?« Der schneidende Unterton seiner Stimme war verschwunden. Sie klang jetzt warm und verständnisvoll, weder drohend noch zornig. Solcher Hilfsmittel bedurfte es nicht mehr.

»Ja, wir sollten ...«

»Dann hole ich ein Glas Wasser für dich. Oder vielleicht willst du die Tabletten lieber mit einem Glas Rotwein nehmen? Denn du hast doch wohl nicht so etwas Theatralisches vor wie in den Fluss zu springen. Ein so kalter Tod wäre wirklich nicht nötig.«

Der Mann stand auf, drehte sich vom Sofa weg und ging langsam Richtung Küchentür. Über einen letzten

Rest an Widerstandskraft musste die Frau noch verfügen, denn nun sprang sie auf und lief auf eines der Fenster zu. Sie riss den Vorhang zur Seite und wollte das Fenster öffnen. Doch im nächsten Augenblick war er bei ihr, fasste sie um die Taille und riss sie zurück, dem Tisch entgegen, der vor dem Sofa stand. Sein beherrschter Konversationston war blinder Raserei gewichen: »Verdammte Hexe!«

Sie schrie nicht. Kein einziger Laut kam über ihre Lippen, als er mit der freien Hand etwas Blitzendes vom Tisch nahm, einen langen, scharfen Gegenstand, den er ihr direkt vors Gesicht hielt.

»Wenn du diese Methode bevorzugst, meinetwegen, aber es wird höllisch wehtun!«

William zögerte. Glaubte, der Mann würde kurzen Prozess machen, wenn er plötzlich auf der Bildfläche erschien. Gleichzeitig kam er sich wie ein unbeteiligter Zuschauer vor, als hätte das, was sich vor seinen Augen abspielte, nichts mit der Wirklichkeit zu tun. Als handelte es sich um ein Theaterstück oder einen der zahllosen Gewaltfilme, die sich vom gemütlichen Fernsehsessel aus betrachten ließen.

Der Mann fauchte in einer Mischung aus Hass und Triumph: »Das Skalpell habe ich in einem Obduktionsraum mitgehen lassen. Ein alter Schulfreund hat mich vor zwei Jahren mal herumgeführt. Ich kam mir wie ein Tourist vor, und als er sich für einen Moment umdrehte, habe ich die Chance ergriffen und mir ein Souvenir gesichert. Ich habe wirklich meinen Schnitt gemacht, könnte man sagen. Ein Schnitt, den Miriam und Beate zu spüren bekamen.«

Am Rande seines Gesichtsfelds, beim Rahmen der Küchentür, ahnte William einen Schatten.

»Die Wahl liegt bei dir. Das hier oder die Tabletten? Antworte! Meine Geduld ist am Ende.«

Der Frau entwich kein Laut, als sich die Schneide des Skalpells an ihren Hals legte. William spürte, dass seine Füße sich rührten. Dann flog vom linken Rand der Szenerie in hohem Bogen ein schwerer, dunkler Gegenstand durch den Raum, über die Köpfe der beiden Akteure hinweg. Es war ein Küchenstuhl, der gegen das halb geöffnete Fenster krachte, das klirrend in Scherben ging. Der Mann erschrak, ließ die Frau los und drehte sich entgeistert um. Im nächsten Augenblick folgte dem Stuhl eine grün gekleidete Gestalt, die ebenfalls in hohem Bogen durch den Raum flog, ehe sie den Mann mit voller Wucht traf und zu Boden riss. Die Frau taumelte zur Seite.

In weniger als zwei Sekunden waren die Rollen vollständig vertauscht. Als William näher kam, sah er den tadellos gekleideten Mann der Länge nach auf dem Rücken liegen, während Jon auf ihm saß. Sein Armeemesser zeigte direkt auf die Kehle des Mannes. Aus der Hand, die den Griff umfasste, wich alle Farbe.

»Nein!«, schrie William.

Als Jon den Kopf hob und kurz zu ihm herübersah, leuchteten die Augen mit einer Intensität, die William erschreckte. »Fuck you!«

»NEIN!«

Langsam, sehr langsam nur, schien der Exsoldat die Kontrolle über sich zurückzuerlangen, nahm Vernunft an und entspannte sich. Dann huschte zu Williams Verwunderung ein Lächeln über sein ebenmäßiges Gesicht. »Excuse me. Ist das nicht der gute, alte Bill? Als wir uns das letzte Mal trafen, habe ich wohl eine schlechtere Figur abgegeben.«

»Verschone ihn!«

Das Lächeln wurde breiter. »Du glaubst doch nicht im Ernst, dass ich diesen Dreckskerl abmurksen wollte.«

William, der nicht wusste, was er glauben sollte, warf hilflos die Hände in die Luft.

»Nein, diese Missgeburt verdient es, vor Gericht gestellt zu werden und für alle Scheußlichkeiten zu büßen, die er begangen hat. Jetzt schau nur, wie er die Hosen voll hat, wenn es ihm selbst an den Kragen geht. Der Angstschweiß läuft ihm nur so herunter, und das soll ruhig noch eine Weile so bleiben.«

Die Frau hatte sich aufgerappelt, schien jedoch nicht zu begreifen, dass sie selbst außer Gefahr war. Sie wich an die Wand zurück. Jon Vensjø drehte dem Mann, der unter ihm lag, sein Gesicht zu, und jetzt war seine Stimme von Hass erfüllt: »Shit, weißt du, wer dieser jämmerliche Typ ist, Bill?«

»Ja … äh … ich …«

»Er war dreist genug, sich als Terry auszugeben, und ich bin drauf reingefallen. Diesen Typen lasse ich nicht entwischen, dachte ich, nie im Leben!«

»Gut, dass du das dachtest.«

»Es hat sogar die Unverschämtheit besessen, in der Pianobar des *Britannia* aufzukreuzen, um nachzuschauen, ob ich seine Einladung angenommen habe. Nur ein kurzer Blick, aber genug, um mir seine Visage einzuprägen. Fucking beautiful! Was für ein Schock, als ich heute begriff, dass es der Geschäftsführer von *Comdot* war, der meine kleine Miriam getötet hat!«

Der Mann unter ihm, Gøran Livang, rührte sich nicht, war aber puterrot angelaufen, während ihm der Schaum zwischen den zitternden Lippen hervortrat. Wenn er

Jon jetzt ins Gesicht spuckt, dachte William besorgt, wird er sein Messer zu spüren bekommen.

Dort, wo sich vor wenigen Minuten noch eine Fensterscheibe befunden hatte, kam in diesem Moment ein weiteres Gesicht zum Vorschein. »Ich glaub', ich spinne«, sagte Ivar. »Ich hab schon mal die Polizei alarmiert.«

Streng genommen ein überflüssiger Kommentar, denn nun konnten alle die anschwellenden Sirenen hören.

In Trondheim schlug es wie eine Bombe ein,

dass Gøran Livang, der erfolgreiche und angesehene Geschäftsmann, der im letzten Jahr zum bestgekleideten Trønder gekürt worden war, zweier Morde sowie eines Mordversuchs beschuldigt wurde. Später sollte William intensiv darüber nachdenken, welche Rolle er in diesem Drama gespielt hatte. In den Wochen, die Livangs Enttarnung vorausgegangen waren – sowohl für ihn als auch die Polizei und die Allgemeinheit eine völlig überraschende Tatsache –, hatte er sich auf vielen Abwegen befunden, bis er schließlich zur Villa an der Kronprins Olavs allé geleitet worden war.

Meistens kam er zu der Einsicht, dass sein eigenes Verhalten keine besonderen Auswirkungen gehabt hatte. Wäre nicht Jon Vensjøs spezielles Verhältnis zu Miriam Malme gewesen, hätten weder die Polizei noch er selbst den Mann aufgespürt, der den Mord an Vibeke Ordal dazu genutzt hatte, den Anschein eines Serientäters zu erwecken. »Nur eines habe ich vielleicht erreicht«, sagte er mehrmals zu Solveig, »dass Jon den Geschäftsführer am Leben ließ. Wenn Blicke wirklich töten können, dann bin ich mir sicher, das Messer wäre zum Einsatz gekommen, hätte ich mich nicht eingeschaltet.« Aber auch das war ungewiss; auch nachdem er Jon besser kennen gelernt hatte, ahnte er immer noch nicht, was wirklich in dessen Kopf vor sich ging.

Hingegen war er zunehmend davon überzeugt, dass Jon wirklich am Vietnamkrieg teilgenommen hatte. Nachdem William Zeuge geworden war, mit welcher Professionalität er Livang ausgeschaltet hatte, war auch er der Meinung, der CIA solle endlich stichhaltige Beweise dafür vorlegen, dass die von Sivle aufgezeichnete Geschichte ein Lügenmärchen sei. Er selbst träumte nur noch selten von Blut, verstand aber besser als zuvor, welch schreckliche Albträume einen Mann plagen mussten, der den Dschungelkrieg Monat für Monat aus nächster Nähe erlebt hatte.

Eines Abends bei Bjålands, an dem nicht nur William und Solveig, sondern auch eine sichtlich entspannte Anna zugegen waren, hatte Jon, zunächst widerwillig, geschildert, wie er Gøran Livang auf die Spur gekommen war.

»Natürlich hatte ich ein Auge auf Miriam Malme geworfen, so attraktiv wie sie war. Niemand kann dich ersetzen, Anna, aber jedes Mal, wenn ich sie sah, musste ich an die Frauen in Nam denken. Hatte das sonderbare Gefühl, diese Frau beschützen zu müssen. Ich kann mich nicht erinnern, jemals mit ihr gesprochen zu haben. Auf der Straße oder in den Geschäften haben wir uns allenfalls gegrüßt. Doch das eine Mal, als sie *wirklich* Hilfe gebraucht hätte, befand ich mich direkt in der Nähe und habe nicht verstanden, was vor sich ging!«

Er stockte, und sein Blick verfinsterte sich. Jørgen Bjåland bat ihn weiterzusprechen. Jon schien sich plötzlich in einer anderen Welt zu befinden.

»Einmal, während einer nächtlichen Patrouille in der Nähe von Ben Hien, habe ich so einem Schlitzauge den Hals durchgeschnitten. Und am Morgen, als es hell geworden war, machte mich Terry darauf aufmerksam, dass es sich um eine junge Frau handelte. Ich habe nie erfahren, ob sie dem Vietcong angehörte oder ein unschuldiges Bauernmädchen war, doch ihren Anblick bin ich nie mehr losgeworden …« Er machte eine weitere Pause und begann sich eine Zigarette zu drehen, bevor er den Faden wieder aufnehmen konnte. »Das Allerschlimmste aber waren die Kinder … An einem heißen Tag sagte der Leutnant, alles spreche dafür, dass sich in der Bambushütte vor unseren Augen bewaffnete Guerillasoldaten befänden. Wir brauchten nur eine Handgranate zu werfen und die Hütte dann unter Beschuss zu nehmen. Das taten wir. Die Hütte geriet in Brand. Es gab natürlich ein wildes Schreien, das wir zum Schweigen brachten. Doch nachher fanden wir keine Waffen, nur die blutigen Leichen von Müttern und ihren kleinen Kindern … Der Leutnant, dieser Dreckskerl, sagte später, niemand könne uns etwas vorwerfen, es sei eben eine typisch beschissene Situation gewesen.«

»Quäl dich nicht länger damit«, bat Jørgen eindringlich. »Erzähl uns lieber, was in der Nacht passiert ist, als Miriam Malme getötet wurde.«

»Das hängt doch alles miteinander zusammen! Seit Jahren hatten mich die Erinnerungen nicht mehr gequält, aber letztes Jahr im Sommer tauchten sie wieder auf. Vielleicht weil ich ihr öfter begegnet bin als zuvor. Du weißt, wie es mir ging, Anna. Manchmal habe ich es drinnen nicht mehr ausgehalten. Ich musste raus, musste mich mit den Bildern auseinander setzen, wenn ich sie loswerden wollte. Das hat Bengtsen mir auch gesagt. An einem Sonntagabend im Februar, es war ziemlich spät, bin ich den Hügel hinabgegangen und musste einem Taxi Platz machen, das die Straße hinauffuhr. Da erblickte ich einen BMW, der zwischen den Bäumen geparkt hatte. Das war ziemlich ungewöhnlich, denn normalerweise ist das der Traktorplatz von Høydal. Ich habe mir die Nummer aufgeschrieben, only God knows why. Bei meinem miesen Gedächtnis hätte ich sie mir nie merken können. Kurz darauf war das Taxi wieder auf dem Weg nach unten. Später, auf dem Rückweg, begegnete ich einem Kerl, der aus dem Vorgarten von Miriam kam. In der Dunkelheit habe ich sein Gesicht nicht erkannt. Er murmelte einen Gruß, als wir aneinander vorbeigingen. Es war nichts Besonderes an ihm, aber trotzdem bin ich auf Miriams Grundstück gegangen. Ich entdeckte frische Fußspuren im Schnee, und als ich um das Haus herumging, meinte ich, ein eingeschlagenes Fenster gesehen zu haben …«

»Und du hast nichts unternommen?«

»Fuck you, Jørgen! Hast du immer noch nicht kapiert, wie es ist, wenn dir *niemals* geglaubt wird? Die Leute in den USA haben uns ausgelacht und bespuckt, nachdem wir zurückgekehrt waren. Ich will von keiner Behörde der Welt mehr was wissen.«

Das war der Hauptgrund, warum Jon seine Beobachtungen nicht der Polizei gemeldet hatte, als er wenige Tage später erfuhr, dass Miriam Malme ermordet worden war. Anna hatte geahnt, warum er so niedergeschlagen war, wusste jedoch nichts Näheres. Dann rief Terry Donovan an und wollte sich mit Jon in der Pianobar des *Britannia* treffen. Die Aussicht, einen seiner »Brüder« – er hatte Donovan, einen Farbigen, 1967 kennen gelernt – wiederzusehen, machte ihn so euphorisch, dass ihm die Veränderung von dessen Stimme nicht auffiel. Gøran Livang, der in den USA Informatik studiert hatte, war das Risiko eingegangen, den texanischen Dialekt Donovans nachzuahmen.

Erst als Jon am Montag von dem dritten Mord erfuhr, ahnte er, dass es sich möglicherweise um denselben Täter handelte. Er rief die KFZ-Zulassungsstelle an und bekam tatsächlich den Namen des Fahrzeughalters des schwarzen BMW heraus.

»Zur Polizei gehen? Nie im Leben. Niemand hätte mir Glauben geschenkt, und ich hätte ohnehin nichts beweisen können. Livang hatte sogar dafür gesorgt, dass ich kein Alibi hatte, als Beate Stokke ermordet wurde, weil ich anderthalb Stunden in einer schummrigen Bar auf Terry gewartet habe.«

Jørgen warf ein, dass der *Comdot*-Geschäftsführer *Silberkreuze* gelesen haben musste und Jons Wohnort kannte. Er wollte dessen Vergangenheit dazu benutzen, ihm den Mord in die Schuhe zu schieben, sollte er wider Erwarten in Bedrängnis geraten. William schämte sich, als er dies hörte. Denn auch er hatte das Buch gelesen. Und nicht nur das; lange Zeit war er sich ziemlich sicher gewesen, dass Jon ein perverser Serienkiller war.

»Den ganzen Tag hatte ich darüber nachgedacht, wie ich mir den Kerl vorknöpfen sollte. Die Entscheidung fiel dann während der Abendnachrichten im Fernsehen, als berichtet wurde, wie ein anderer Typ seine Freundin erstochen hatte. Das brachte das Fass zum Überlaufen. Ich musste den falschen Terry aufsuchen und ihm ein Geständnis abpressen! Ich musste einfach! Und diesmal hatte ich Glück. Dieses Ungeheuer hat doch alles zugegeben, als Bill und ich ihn von verschiedenen Orten aus belauscht haben.«

Das Wort *Ungeheuer* ging William nicht mehr aus dem Kopf. Alles in allem ein gerechtfertigter Ausdruck.

»Shit, ich hatte gar nicht bedacht, dass ich solch einen Sprung seit dreißig Jahren nicht gewagt hatte. Hätte mir bei der Landung fast das Knie ausgerenkt. Sah wohl ziemlich komisch aus, was, Bill?«

William schüttelte den Kopf, und Solveig flüsterte ihm zu, sie hätte – bei aller Wertschätzung ihres Ehemanns – nie einen attraktiveren Mann als Jon Vensjø kennen gelernt, ganz gleich, ob es sich um einen ehemaligen Soldaten oder notorischen Lügner handelte.

Arne Kolbjørnsen konnte berichten, dass Gøran Livang bereits während des ersten Verhörs hemmungslos mit seinen Fähigkeiten geprahlt hatte, als Perfektionist in Kleiderfragen, als Verführer, Liebhaber, Stimmenimitator und Mörder. Er strich seine cleveren Einfälle heraus, die roten, zu Hause aufgesetzten Briefe, und brüstete sich damit, mit welcher Eleganz er die »treulose« Beate Stokke in eine Falle gelockt hatte. Ganz zu schweigen von seiner Geschicklichkeit, der er es zu verdanken hatte, seine gepflegten Hände nicht mit Blut besudelt zu haben. Er spekulierte darauf, dass man ihm eine geistige Störung attestieren würde, und es wäre ihm vielleicht auch gelungen, wäre Jomar Bengtsen nicht gewesen. (Hätte eine geistesgestörte Person *Comdot* zu einem mächtigen Konzern ausbauen können? Hätte eine geistesgestörte Person für Hinweise, die zur Ergreifung des Täters führten, eine Belohnung von 100000 Kronen ausgesetzt?) In Wirklichkeit war Livang nichts anderes als ein extremer Egozentriker, dessen einziger Lebensinhalt darin bestand, sich immer und immer wieder seine eigene Unfehlbarkeit bescheinigen zu lassen. Eine solch »vollkommene« Person besaß nur eine Schwäche – die Unfähigkeit, mit persönlichen Niederlagen fertig zu werden.

Nach Meinung des Kommissars ein Mensch mit einer gespaltenen Persönlichkeit. Bengtsen gab ihm Recht.

Ein Ungeheuer?

Kolbjørnsen hatte er anvertraut, dass er rasend vor Zorn gewesen war, als er seine geliebte Miriam in den Armen eines anderen Manns an seinem Haus hatte vorbeischlendern sehen. Er hatte alles dafür getan, diese Frau zu erobern und zu besiegen. Was für eine ungeheure Provokation! Er war ihnen bis zur Wohnung des Mannes gefolgt und hatte am nächsten Tag Miriam angerufen, die ihm reinen Wein einschenkte. Es bestand kein Zweifel, dass sie ein Verhältnis mit Aslak Fuglevåg hatte, und er zögerte nicht, private Informationen über den Mann einzuholen. Livang machte ebenfalls keinen Hehl daraus, wie sehr es ihn befriedigt hatte, ihr einen tiefen Schmerz zuzufügen, indem er sie auf dem Handy anrief, sich als Polizist ausgab und ihr mitteilte, ihr Freund sei bei einem Autounfall ums Leben gekommen.

Natürlich hatte er auch *Silberkreuze* gelesen, und natürlich räumte er ein, es sei eine Dummheit gewesen, Laila, die nicht den geringsten Erfordernissen der Ehefrau eines modernen Konzernleiters genügt hätte, zu heiraten. Sie hätte sogar die Unverschämtheit besessen, sich Zugang zu einer Schublade zu verschaffen, in der er unter anderem zwei Brieftaschen, verschiedene Passbilder, ein Exemplar der *New Encyclopedia of Serial Killers* sowie ein wunderschönes Skalpell des Trondheimer Kreiskrankenhauses aufbewahrte. Unter seinen Trophäen befand sich Miriams Handy, und während er früher Telefonzellen für seine Anrufe gewählt hatte, um keine elektronischen Spuren zu hinterlassen, begann er ihr Handy zu benutzen, um Beate und Jon anzurufen. Die Idee kam ihm, als er ihren Pincode in ihrer Handtasche entdeckte. Sogar sein Ladegerät war mit ihrem Handy kompatibel gewesen, und es wunderte ihn nur, dass ihr Abonnement bei *Telenor* offenbar stillschweigend weiterlief. Als er an besagtem Abend nach Hause kam und Lailas Vergehen bemerkte, war er gerade aus Byåsen gekommen, wo er sich persönlich bei Tonje Indrehus bedankt hatte, dass sie seine schmerzlich vermisste Mitarbeiterin – wenn auch tot – gefunden hatte. Er hatte ihr Blumen und Konfekt mitgebracht, sie sogar umarmt, und Tonje hatte Kolbjørnsen gegenüber zugegeben, sie sei äußerst geschmeichelt gewesen. Vielleicht wäre sie seine nächste Eroberung geworden, hätte das Schicksal nicht anders entschieden.

Ein Ungeheuer?

Laila Livang war eine vermögende Frau. Doch auch sie hatte großen psychischen Schaden erlitten, und Jomar Bengsten versprach, alles in seiner Macht stehende zu tun, um ihr zu helfen. Mit der Zeit, in einer neuen Umgebung und im Beisein der Kinder, würde sie vielleicht etwas von ihrem verlorenen Glück zurückgewinnen. Sie hatte Ivar Damgård anvertraut, dass sie niemals gewagt hätte, sich an die Polizei zu wenden, wären da nicht die Zeitungsartikel der Journalistin Halldis Nergård gewesen. Diese hätten sie ermutigt, sofort zum Hörer zu greifen, nachdem sie die Schreibtischschublade geöffnet und begriffen hatte, dass ihr Mann ein Mörder war. Als er aus Byåsen zurückkam, habe sie gerade noch das Handy in das Ladegerät stecken können, es aber nicht mehr geschafft, die anderen Gegenstände wieder in der Schublade verschwinden zu lassen, bevor er das Zimmer betrat.

Ivar räumte seinerseits ein, er hätte die Zusammenhänge begreifen müssen, als Jon die Klostergata entlangfuhr. Am Tag zuvor hatte er der Villa auf der Halbinsel einen Kurzbesuch abgestattet, doch erst als William das Handy ausschaltete, kam er auf den Gedanken, dass Gøran Livang möglicherweise das Ziel war. Es stellte sich auch heraus, dass Agnar Juviks auffallende Zerstreutheit damit zusammenhing, dass ihm erstmals die abstrus wirkende Idee gekommen war, sein Chef könne ein Serienkiller sein. Von seiner besonderen Einstellung zu Frauen hatte er schon lange gewusst und sich seltsamer Blicke erinnert, die sich Livang und Beate Stokke wenige Tage vor ihrem Tod zugeworfen hatten. »Viel zu spät habe ich seine krankhafte Eitelkeit erkannt.«

Am Freitag, dem 17. März, demselben Tag, an dem der Polizeipräsident auf eine Aufforderung des *Trondheimer Anzeigers* hin eine ausländische Putzfrau um Entschuldigung bat und ihr einen großen Blumenstrauß überreichte, besuchten William und Solveig eine Bar. Nicht, um auf die neue Regierung anzustoßen, sondern um das gemeinsame Bier mit Oddvar und Gøril nachzuholen. Obwohl sie sich vorgenommen hatten, ein gewisses Thema nicht zu erwähnen, war es doch unvermeidlich, dass sie hin und wieder auf die Angelegenheit zu sprechen kamen.

Oddvar: »Ich habe heute Aslak Fuglevåg beim Einkaufen getroffen. Er wirkte sehr melancholisch und sagte, er mache sich bittere Vorwürfe, damals mit Miriam in der Kronprins Olavs allé spazieren gegangen zu sein. Hätte er gewusst, dass dort ein eifersüchtiger Verehrer wohnte, hätten sie natürlich einen anderen

Weg eingeschlagen. Auch Miriam hatte offenbar keine Ahnung, dass sie an Livangs Haus vorbeigingen. Und wisst ihr was, Fuglevåg hat sich einen neuen Mantel zugelegt, einen ziemlich schicken sogar, und wurde fast übermütig, als ich ihm sagte, wie gut er darin aussähe.«

Gøril: »Kleider machen eben Leute.«

William: »Zu mir hat er gesagt, er bedaure zutiefst, dass nicht alle Menschen gleich attraktiv seien. Ich glaube, er hat Recht. Gut auszusehen war schon immer ein Vorteil.«

Solveig: »Nicht für Miriam.«

Oddvar: »Wenn du Zeit hast, William, solltest du mal ein Buch schreiben: *Survival of the Prettiest*. Was sollten wir an schrecklichen Menschen bewundern, wenn nicht ihre Schönheit? Apropos Buch: Fuglevåg sagte, dass in Miriams Tagebüchern von einem gewissen J die Rede war. Wer, meint ihr, könnte das sein?«

William: »Gøran Livang natürlich. Merkwürdig genug, dass er nie mit seinem beruflichen Erfolg angegeben hat. Vielleicht war der für ihn selbstverständlich. Miriam kann nicht gewusst haben, dass er Geschäftsführer von *Comdot* ist. Als er seinen Vornamen sagte, musste sie geglaubt haben, er schreibe sich mit J, also Jøran, wie das im Norwegischen üblich ist.«

Gøril: »Ab morgen nenne ich mich Jøril.«

Oddvar: »Na dann prost!«

William hatte bereits beschlossen, ein Buch zu schreiben. Kein Buch über Schönheit, sondern eins über diesen vermeintlichen Serienmord, über Geir, Gøran und Jon sowie über die Frauen, die aus verschiedenen Gründen ermordet worden waren. Ein Buch, das von psychisch belasteten Personen handelte. Niemand kannte die Angelegenheit besser als er.

Schon am nächsten Abend setzte er sich vor seinen Computer. Er war sich vollkommen darüber im Klaren, stilistisch nicht mit Miriam Malme konkurrieren zu können. In erster Linie sollte es ein spannendes Buch werden, eines, das den Leser von der ersten Seite an in Bann schlug. Denn ohne eine gewisse Spannung, hatte Sivle gesagt, könne man auch keine Botschaft vermitteln. Botschaft? Ein Aufruf zum Kampf gegen alle Psychopathen dieser Welt? Oddvar hatte lächelnd gemeint, ein solcher Kampf sei von vorneherein verloren. Doch William kümmerte das nicht. Der nackte Bildschirm verlangte förmlich danach, mit Wörtern gefüllt zu werden, und voller Esprit tippte er den ersten Satz.

Er war so angetan, dass er ihn Solveig laut vorlas.

»Ist das nicht ein wunderbarer Beginn?«

»Schon, aber so fangen doch alle klassischen Kriminalromane an.«

Und so demotiviert man einen vielversprechenden Debütanten, dachte William.

In den nächsten Tagen hatte er in Heimdal so viel zu tun, dass er keine Zeit für die Fortsetzung seines Romans fand, und da er auch im Laufe der Zeit nicht viel zustande brachte und die Sache in den Medien überdies weidlich ausgeschlachtet wurde, beschloss er schließlich schweren Herzens, das Projekt aufzugeben. Jon Vensjø schien aus der Angelegenheit gestärkt hervorgegangen zu sein, doch blieben seine wirklichen psychischen Probleme ein Mysterium. Vielleicht sollte William die Aufzeichnungen doch jemand überlassen, der auf diesem Gebiet mehr Erfahrung hatte als er. So kam es, dass die Geschichte auf meinem Schreibtisch landete, und mit dem größten Respekt vor einem Menschen, der Fantasie genug besaß, nach neuen Wegen zu suchen, wo andere gegen die Wand liefen, habe ich seinen Beginn gestohlen:

Es war eine dunkle und stürmische Nacht …

Trondheim, im Mai 2000
Fredrik Skagen